Gaudenzio Claretta

Vita di Maria Francesca Elisabetta di Savoia-Nemours regina di Portogallo con note e documenti inediti

Mit 1 genealog. Tabelle

Gaudenzio Claretta

Vita di Maria Francesca Elisabetta di Savoia-Nemours regina di Portogallo con note e documenti inediti
Mit 1 genealog. Tabelle

ISBN/EAN: 9783742839183

Manufactured in Europe, USA, Canada, Australia, Japa

Cover: Foto ©Andreas Hilbeck / pixelio.de

Manufactured and distributed by brebook publishing software
(www.brebook.com)

Gaudenzio Claretta

Vita di Maria Francesca Elisabetta di Savoia-Nemours regina di Portogallo con note e documenti inediti

GENEALOGIA DEI DUCHI

LUDOVICO, nato da AMEDEO

FILIPPO II (*Senza Terra*), n. a Ginevra i
Lémenc il 7 novembre 1497, sposa il
ed in seconde Claudina di Brosse, da
Carlo III nel quale continuò la linea i

FILIPPO, n. a Borgo di Bresse nel 1490
nel 1518, creato da Francesco I, il 22 di
7 mattutine del 15 novembre 1533 in 1

GIACOMO, n. a Valuisant il 12 ottobre 1531 , *sp.* nel 1566 con Anna d'Este, † a Mirafiori tra le 9 e le 10 di sera del 18 giugno 1585; testò a Parigi il 6 luglio 1580.	GIOVANNA, n. nel 1532, *sp.* nel febbraio 1555 a Niccolò di Lorena, duca di Mercœur.
CARLO EMANUELE, n. a Nanteuil nel febbraio 1567, † ad Annecy il 13 agosto 1595 nubile.	MARGHERITA, n. il 3 luglio 1569, † nel luglio 1572.

FRANCESCO da Paola, n. nel marzo del 1619, † il 26 giugno 1627.	LUIGI, † a Parigi il 16 settembre 1641.	CARLO AMEDEO 13 aprile 1624, luglio 1643 con Vendôme, † il 3 duello col duc a Pari

MARIA GIOVANNA BATTISTA, n. li 11 aprile 1644 e battezzata solennemente nella chiesa di Gran Moutier dell'Abbazia di Fontenraud il 16 di ottobre del 1646, *sp.* a Carlo Emanuele II il 10 maggio 1665, † il 15 marzo 1724, madre del celebre Vittorio Amedeo II primo re di Sardegna, nel quale continuò la linea diretta di casa Savoia sino a Carlo Felice, † senza prole il 27 aprile 1831.	MARIA FRANCESCA ELISABETTA, n. a Parigi cinque ore prima del fratello, il 21 giugno 1646, *sp.* il 27 giugno 1666 alla Rochelle, per procura, con Alfonso VI re di Portogallo, poscia, casso il matrimonio, ai 2 aprile 1668 col cognato D. Pietro, † a Palbava presso Lisbona il 27 dicembre 1683.	GIUSEPPE , gem Francesca , nat dopo di lei, † il tra la mezzanot apoplessia.

I DI SAVOIA-NEMOURS

VIII, primo duca di Savoia

I 29 novembre 1443, + nel priorato di
a prime nozze Margarita di Borbone,
cui ebbe, oltre ad altra figliuolanza,
diretta di Casa Savoia, e

, sp. con Carlotta d'Orléans a Parigi
icembre 1528, duca di Nemours, + alle
Marsiglia.

GIOVANNA (naturale), sp. a
Giovanni dei conti Tiene di
Vicenza scudiero di Enrico III.

GIACOMO, protonotaio apostolico, canonico di Ginevra, decano della collegiata d'Annecy, abate di Pinerolo e d'Entremont, priore di Talloire e
del Santo Sepolcro, + secondo
il Besson nel 1595, secondo il
Guichenon il 27 settembre 1567.

ENRICO I, n. a Parigi il 2 novembre 1572, sp. ai 14 aprile 1618
con Anna di Lorena, + alle 2
pomerid. del 10 luglio 1632 a
Parigi; testò il 13 giugno 1596.

ENRICO (nat.), avuto da Francesco di Rohan, signora di Gar-
nacbe nel Poitou, + dopo il 1617.

SAMUELE, signore di Villeman.

), n. il venerdì
sp. alli 11 di
Elisabetta di
0 luglio 1652 in
a di Beaufort
gi.

ENRICO II. n. nel 1625, sp. nel
marzo 1657 con Maria d'Orléans dei duchi Longueville,
+ a Parigi il 14 gennaio 1659,
senza prole; testò lo stesso
giorno della morte.

CARLO EMANUELE (naturale),
protonotaio apostolico, canonico di Annecy, vivente ancora nel 1625.

ello di Maria
o cinque ore
6 marzo 1647
te e l'una, di

FRANCESCO da Paola, n. alle 6
mattutine del 10 marzo 1650,
+ il 12 dicembre stesso anno,
tra l'una e le due dopo il pomeriggio.

CARLO AMEDEO, nato il 28
febbraio 1651 a 5 1/4 del mattino, + il 10 marzo successivo
alle 10 di sera.

VITA

DI

MARIA FRANCESCA ELISABETTA

DI SAVOIA-NEMOURS

REGINA DI PORTOGALLO

CON NOTE E DOCUMENTI INEDITI

PER

GAUDENZIO CLARETTA

TORINO
TIPOGRAFIA EREDI BOTTA
MDCCCLXV.

PROEMIO

—

I rapporti tra nazioni e nazioni sono di lor natura costituiti dalla somiglianza degli usi, de' costumi, dalle stesse aspirazioni ed agevolati dagli interessi politici, di matrimonio, ovvero di commercio che con ragione si possono tenere per altrettanti punti di contatto i quali valgono a ravvicinare i popoli. Savoia e Portogallo uniti con legami che l'istoria fa ascendere sino alla metà del secolo dodicesimo, rinnovatisi sul principio del decimosesto, fondarono loro alleanze per ragioni di matrimonio e di commercio piuttosto che di politica.

Laonde se l'argomento delle relazioni tra queste

due potenze considerato nella sua generalità poteva fornire materia d'importanza secondaria, e di poco avvantaggiare l'istoria della nostra diplomazia nazionale, ben altrimenti pare a me che la cosa si debba intendere qualora siano esse trattate ne' singoli loro punti speciali, somministrando questo studio particolare largo campo a rendere palesi fatti assai interessanti, de'quali in senso inverso appena sarebbe conveniente discorrere.

E valga il vero: nelle relazioni esaminate ai tempi di Beatrice di Portogallo e di Carlo III (1) molti avvenimenti di nostra storia quasi ignoti hanno contribuito a rischiarare un'epoca per il Piemonte bensì infelice, ma non perciò priva di interesse. In queste poi che formano oggetto delle attuali investigazioni io nutro fiducia che alcune specialità sulla reggenza di Giovanna Battista di Savoia-Nemours e sui primi anni di uno de'più grandi principi i quali ci governarono e che nel suo animo geloso d'ogni servaggio abbia saputo resistere ed importarla sulle mire dei conquistatori, saranno rese manifeste con soddisfazione di quanti non disdegnano i patrii annali.

(1) Torino, 1863, tipografia Eredi Botta.

Quindi è che se più spedito correrà il racconto sulle cose portoghesi, su cui poco mi fu concesso di consultare, in estensione maggiore si comprenderanno quelle del nostro paese. E così parimente se non ho tralasciato di ragunare notizie sulla vita e sulle gesta di Maria Elisabetta regina di Portogallo onde si intitola quest'istoria, io ebbi però in mira di considerarla piuttosto nelle sue relazioni col Piemonte e per conseguenza nel grande progetto alimentato dalla politica di Francia di far sposare l'infante sua figliuola al principe ereditario di Savoia, argomento il quale, sebbene appena siasi toccato dai nostri scrittori, riuscì tuttavia ad eccitare grave rumore in Europa in quei tempi.

Che se i destini di questa patria nobilissima a cui vegliava un nume tutelare resero nulla ogni opera in proposito, non è men vero che esaminando tali vertenze noi ci mettiamo in grado di essere informati, come già dissi, di un periodo di storia piemontese ai tempi della reggenza di Madama Reale la seconda, curioso per i fatti succeduti, sebbene assai meno brillanti di quelli che ci presenta il regno della figlia di Enrico IV, non avendo Giovanna per debolezza saputo seguire

il lodevole esempio di Cristina nello allontanare
il periglio in cui era l'indipendenza nazionale di
essere violata da chi sempre tentò di schiacciarla,
ma che allora per buona sorte rimase incolume
in grazia della saviezza del giovanissimo nostro
principe e del contegno di questa schietta e generosa popolazione.

Un sommario storico-critico sul ramo di Savoia-Nemours che si estinse in due principesse
sorelle, delle quali, una tolse in matrimonio
Carlo Emanuele II, e l'altra Alfonso, poi Pietro,
regi di Portogallo, precederà la narrazione, guidato io dal concetto di rettificare alcuni errori
sfuggiti agli autori che ne tennero parola, ma
non di tracciarne una storia la quale potrebbe
essere maneggiata con successo da uno scrittore
a cui sorrida l'idea da me proposta, e che voglia consultare gli archivi di Savoia e di Parigi.

Parmi ora di dover dichiarare al lettore che
questo lavoro tutto si fonda su diplomatiche
corrispondenze sinora sepolte in antico segreto,
circostanza la quale, se da un canto mi fa scansare la taccia di fastidioso ripetitore di cose già
divulgate, mi pone dall'altro in grado di avvertire che ben poco ho potuto giovarmi di scritti

editi, e quanto meno servirmene indirettamente
soltanto, e fra questi per debito di giustizia ac-
cenno alle varie memorie e relazioni di Francia
di quel tempo, ed all'*Istoria della Real Casa* del
Guichenon per quanto s'attiene alle notizie sui
duchi di Savoia-Nemours, ai *Ricordi di una missione in Portogallo* del conte Luigi Cibrario, ed
alla *Storia del regno di Vittorio Amedeo II*, di
Domenico Carutti, in riguardo ai primi anni di
esso principe ed alla reggenza di Madama Reale,
quasi non facendo uopo di ricordare la *Vita di
Maria Elisabetta* del padre d'Orléans, poichè ben
sanno i periti dei patrii annali che essendo un
semplice .elogio di soverchio lumeggiato dalle
fiammelle del seicento senza veruna scorta di
documenti diplomatici, ma soltanto costituito sulle
relazioni e dicerie volgari, non presenta alcun
interesse a consultarsi.

Le corrispondenze adunque dei ministri, le
lettere autografe dei personaggi in discorso, e la
relazione manoscritta del priore Giacomo Spinelli sui trattati di matrimonio di Vittorio Amedeo coll'infante di Portogallo sono i documenti
originali esistenti negli archivi del regno che som-
ministrarono per numero ed importanza materia

tale da rendere soddisfacente risultato e copiosissimo elemento al mio lavoro. Nel quale, siccome
già per me si tentò in quello di Beatrice, sono
lieto di poter rendere meritato omaggio di lode
all'antica fede dei nostri avi che, animati da ca-
rità schietta ed onesta in verso la patria ed il
principe, non dubitarono menomamente di tutto
rischiare a prò della indipendenza e pura gloria
del paese con sforzi e risultati che nel ristretto
loro confine possono reggere al confronto, se non
superare ancora altri più clamorosi dei tempi
posteriori.

CAPO PRIMO

I. Nei tempi sciagurati che decorsero da Amedeo VIII, primo duca di Savoia, ad Emanuele Filiberto (il quale, dopo di avere riacquistato col valore militare la monarchia, rifondolla col senno), ha la sua origine il ramo collaterale di Savoia-Nemours, stabilitosi in Francia sul principio del decimosesto, e venuto meno sul fine del secolo successivo. Stipite di questa linea fu Filippo, figliuolo del duca di Savoia secondo di tal nome (principe generoso e magnanimo, ma troppo irrequieto, che morì nel 1497), e di Claudina di Brosse, detta di Bretagna, nata da Gioanni di Brosse, conte di Penthièvre, e da Nicolina di Blois, mancata ai vivi nel 1513, e che egli aveva sposato dopo la morte di Margherita di Borbone, sua prima consorte. Filippo adunque, fratello a Carlo III (il Buono), marito di Beatrice di Portogallo e padre di Emanuele Filiberto, nacque a Borgo di Bressa nel 1490, e, destinato sino dai teneri anni alla chiesa, venne, a mano a mano crescendo in età, investito di varii uffizii. Eletto dapprima protonotaio apostolico e commendatario della prepositura di Montegiove (Gran S. Bernardo), aveva appena di poco varcato il primo lustro quando il Capitolo di Geneva, per secondare le instanze del padre, lo nominò vescovo di essa città. Ma Alessandro VI, che ne

dovette confermare l'elezione, diedegli per amministratore
Aimone di Montefalcone, vescovo di Losanna, sino a che
fosse giunto ai diciott'anni, il qual provvedimento venne
confermato dal duca Carlo III per atto dato a Chambéry il
13 ottobre 1504 (1). Il duca Filiberto (il Bello) suo fratello,
poi lo fece similmente assistere da un consigliere e ciambellano, cioè da Amedeo di Ternier, signore di Pontverre.
Nel 1500 Filippo comparve al giubileo di Roma con seguito
di treni superbi, e siccome in quella circostanza fu stimato
che dovesse profondere in magnificenze straordinarie in
risguardo alla sua possibilità, che necessariamente si rove-
sciarono sui diocesani gravati di una mezza decima da
Aimone di Montefalcone, così diedesi materia a giusto mor-
morio, il quale di leggieri si sarebbe potuto evitare. Perchè
infine potesse egli comportarsi con decoro senza che la famiglia ne avesse a sentir danno, si segnalarono ancora le
liberalità del duca a suo favore, ed ai 21 luglio del 1502
venne investito delle abbazie di San Giusto di Susa e di San
Pietro di Rivalta (2). Ma Filippo non inclinava punto a vestir
cocolla, e messa quindi in atto la sua deliberazione, diedesi
per contro al mestiere delle armi, nel quale riuscì prode e
rinomato. Nè venivano meno i tempi, i quali anzi si facevano
ciascun giorno più propizi all'uopo. Giulio II aveva alzato
il grido di cacciare d'Italia i barbari; Luigi XII, pretendendo ai diritti trasmessi alla sua famiglia da Valentina
Visconti (causa innocente di tanti guai all'Italia), lasciava
traspirare quali fossero le sue mire, e Massimiliano infine
si credeva eletto a spogliare la repubblica di Venezia delle

(1) BESSON, *Mémoires pour l'histoire ecclésiastique des diocèses de Genève*, ecc.,
pag. 58.

(2) Nella serie degli abati di S. Giusto del Sachetti, autore delle *Memorie della
chiesa di Susa*, a pag. 131 è omesso Filippo, ma nelle note manoscritte che esistono nel
volume da me posseduto è detto che a Pietro De Foresta, abate del 1488, succedette Filippo
nel 1503, il quale avrebbe conceduto alcune franchigie ai comuni di Condove, Mocchie e
Frassinere siccome risulta dagli istromenti del 23 novembre 1505 e 28 gennaio 1506,
confermato da Pietro della Balma, suo successore, per atto dato da Avigliana il 23 febbraio 1505.

antiche usurpazioni che a lui sembrava si avesse la medesima appropriate sulle ruine dell'imperio.

Non occorre del resto di specificare qui come per quanto si adoprassero i potentati a colorire con fallaci argomenti le loro pretensioni, esse trovavano la sede nella cupidigia soltanto e nella gelosia della prosperità altrui, mentre sarà più che sufficiente di avvertire che nel dicembre del 1508 venne conchiusa la famosa lega di Cambrai all'oggetto di assalire i Veneziani.

Sceso pertanto in Italia il Re di Francia in esecuzione di quel trattato, Filippo di Savoia, colla spada in pugno, tolto un cavallo, lo seguì, accompagnato da una trentina di gentiluomini savoiardi, e seco lui combattè alla giornata di Agnadello. Questa battaglia, chiamata di Vailate o di Agnadello nella ghiara d'Adda, si diede il 14 maggio del 1509, e non ignorano i periti della storia militare che con essa incominciò un nuovo metodo di guerreggiare diverso dall'antico per maggior ferocia nella mischia e per più sanguinose isconfitte. La giornata di Agnadello adunque, in cui le truppe del re ottennero vittoria e fecero prigione Bartolomeo d'Alviano governatore dell'esercito veneto, fu d'importante giovamento all'istruzione militare del giovine nostro principe, che aveva innanzi l'esempio e di Gastone di Foix, uno dei più grandi guerrieri che abbia prodotto la Francia, e dell'incomparabile Pietro Baiardo, meritamente chiamato il *cavaliero senza taccia e senza paura*.

Ma erano appena trascorsi quindici giorni dopo la battaglia di Agnadello, che Luigi XII già aveva acquistata tutta quella parte di territorio veneziano spettantegli in forza del trattato di Cambrai, e seguìta la capitolazione di Cremona, essendo impaziente di accomiatare l'esercito e far ritorno in Francia, si propose di non spingere più oltre le sue conquiste, e così mosse alla volta dei suoi Stati. Coll'esercito francese se ne andò egualmente Filippo, che giunto in Savoia, fece rinunzia dell'episcopato di Ginevra a favore di

Carlo di Seyssel (di una delle più antiche famiglie di Savoia), ottenendo in compenso dal duca il 14 agosto 1514 le baronie di Beaufort e Faucigny col contado del Genevese in appannaggio, unitamente alle terre di Faverge, Ugine, Gressy, Cesson-le-vieux et le neuf, Arlod, Chatel Verboux, Nonthouz e Gordans, ed all'assegnamento di ottanta mila fiorini di picciol peso sui proventi di alcuni castelli designati nel Beugey sino a che Margherita d'Austria, vedova ducchessa di Savoia, godesse quelli della baronia di Faucigny (1). Questa cessione pertanto importava a Filippo il diritto di esercitare l'alta e bassa giurisdizione e di stabilire un Consiglio formato del numero di magistrati creduto necessario, non essendosi Carlo III riservato che l'alta sovranità, il diritto di battere moneta e di giudicare le cause in secondo appello. Ed è per l'appunto in vigore di questo trattato che venne stabilito ad Annecy, capitale del Genevese, un Consiglio il quale d'allor innanzi amministrò la giustizia. Se al duca di Savoia poteva riuscire conveniente (e d'altro canto come primogenito eravi tenuto) di compensare il suo minor fratello, meglio sarebbe stato di farlo in maniera diversa, non potendosi mettere in dubbio che coll'assegnargli un tale appannaggio Carlo III secondò piuttosto gli impulsi di sua bontà naturale che non i suggerimenti di politica prudenza, poichè Filippo divenne francese anche nelle aspirazioni. Del resto però prima che egli si stabilisse in quel regno, il duca nel 1520 l'aveva spedito all'imperatore affinchè gli prestasse a nome suo a Worms il dovuto omaggio. Anzi presso Carlo V risiedette Filippo alcun tempo, e da lui ottenne, secondo il Pingone, il titolo di marchese di Saluzzo (2). Se non che poco ebbe egli a dimorare coll'imperatore, ed indotto a seguire il partito francese o spronatovi dall'interesse ovvero dalla passione tolse da lui con-

---

(1) Archivi generali del regno, *Princes de Genérois et Nemours*, paquet 1, n° 3; paquet 2, n° 1.
(2) *Arbor gentilitia*, pag. 71.

gedo e si decise di stabilirsi in Francia. E qui accennerò, per servire all'ordine cronologico, alle lettere di assegnamento speditegli dal duca di Savoia il 12 agosto 1526 di 200 fiorini piccol peso sui proventi del castello e della baronia di Gex in compenso di Faverges, concessogli bensì a titolo d'appannaggio, ma in feudato (1). Del 17 settembre stesso anno egualmente è il trattato con cui venne rimesso in parte a Filippo il marchesato di St-Sorlin per compensarlo della signoria di Faverges, di cui non poteva godere perchè era tenuta in gaggio da Luigia, viscontessa di Martigues (2).

Si è detto testè che il principe Filippo si era risoluto di dimorare in Francia, ora vuolsi avvertire come Francesco I (succeduto a Luigi XII sino dal 1515), ben sapendo quanto convenivagli di tenerselo affetto, ai 22 dicembre del 1528 lo regalasse del ducato di Nemours, rivenuto alla Corona per la morte senza prole di Filiberta di Savoia, sorella di esso Filippo e vedova di Giuliano de'Medici, figliuolo di Lorenzo e fratello di Leone X, che aveva sposato a Torino nel 1514.

E giova notare che questa liberalità gli fu accordata dopo il matrimonio che ad istanza del re egli aveva conchiuso ai 17 settembre stesso anno con Carlotta d'Orléans, figlia di Luigi, duca di Longueville, governatore della Provenza, e di Giovanna di Hocberg (3).

Innestatosi in tal guisa il principe Filippo in Francia, divenne il ceppo di una famiglia, che alle agitatissime fazioni le quali ebbero a desolare quel regno lunga pezza di anni prese attiva e talvolta nobile parte, sempre spiegando valentia, virtù ereditaria dei nostri principi, ma che con la

---

(1) Archivi del regno, luogo citato, paquet 2, n° 10.

(2) GUICHENON, *Histoire de Bresse*. Si avverte che il marchesato di St-Sorlin venne poscia in piena proprietà rimesso da Emanuele Filiberto a Giacomo di Nemours per lettera data da Chambéry il 14 ottobre 1571.

(3) GUICHENON, *Histoire de la maison de Savoie*, preuves 2, pag. 622.

linea primogenita di sua casa non egualmente serbò la stessa concordia.

E se la stirpe collaterale dei duchi di Nemours non le riuscì così ostile come quella dei principi d'Acaia, perchè ben differenti erano i tempi e le condizioni di questa, non si astenne però sempre di alcun poco contrariarla, mentre sarebbe stato miglior spediente di maneggiarsi piuttosto a difesa e ad incremento di essa. Narra in proposito il presidènte Lambert che già sino dai tempi di Filippo cominciasse ad incresparsi alquanto la buona armonia col fratello Carlo per ragione di supplemento di appannaggio richiesto, quantunque ai motivi espostigli da Confignone e da Ulrico di Monforte (dal duca a lui spediti) si fosse egli senz'altro arreso (1).

Breve fu la vita di Filippo, primo duca di Nemours, che morì alle sette mattutine del 15 novembre del 1533 presso alla maggior chiesa di Marsiglia, dove aveva accompagnato il re nel suo incontro con Clemente VII, seguito in apparenza per dare sesto agli interessi comuni di voler pacificare l'Europa e muovere guerra agli infedeli, ma in sostanza per maritare la nipote Caterina con Enrico d'Orléans, secondogenito di Francesco I, siccome in effetto avvenne ai ventotto di ottobre stesso anno.

Le mortali spoglie di Filippo furono traslate il 6 dicembre nella cappella del castello d'Annecy, ma le funebri pompe e l'umazione nella collegiata di Nòtre Dame di Liesse, sepoltura dei conti del Genevese, si effettuarono soltanto ai 19 marzo del seguente anno (2).

Dalla relazione manoscritta che si conserva nei regii

(1) *Mémoires du président Lambert. Hist. Pat. Monumenta. Scriptorum* I.

(2) Archivi del regno. *Sur la couverture du livre, ou soit régistre des statuls et régles de la Chambre des comptes du Genevois*, n° 23, paquet 2, on lit :

« Anno a partu Virginis 1533 et die 15 novembris hora septima ante meridie Marsiliae prope majorem ecclesiam evolavit ad superos illustrissimus D. D. Philippus de Sabaudia dux Nemorosii comesque Gebennensium et baro Faucigniaci, qui dictam civitatem peragraverat propter ibidem factam congregationem et adventum sanctissimi Clementis

archivi ricavasi un'ampia notizia di quanto si praticò in tale circostanza a seconda dell'antico cerimoniale di Corte, e da essa piacemi di togliere un sommario per essere in grado di ricordare alcuni fra i più distinti uomini che onoravano allora la Savoia, la quale sempre produsse generosi figli sempre fedeli alla causa de' suoi re.

Premetterò innanzi di ogni cosa che singolar cura del comune fu di parare il tempio a favore della circostanza, ed in esso tra le armi ed i vessilli si innalzava una cappella così detta ardente, formatasi in prospetto dell'ara maggiore, che elevandosi a mo' di piramide sulla sua sommità era adorna di un cappello ducale.

Per corteggiare poi il corpo dell'estinto principe nel passaggio dal castello alla chiesa si stabilì di mantenere il seguente ordine. Precedevano adunque le confrerie coi proprii gonfaloni, i mendicanti, i curati e cappellani delle chiese parrocchiali, quelli dell'ordine del Sepolcro, di Talloire, i canonici ed i seguenti prelati, vale a dire, il priore di Bourget, l'abate di Thamyez, il vescovo di Losanna, della casa di Montefalcone, quello di Tarantasia, Stefano di Groliè, e l'abate d'Altacomba, Claudio di Estavayé, che fu poi vescovo di Belley. Seguitavano indi gli uffiziali, domestici, i sindaci, i gentiluomini, è primo di costoro era Filippo di Gouex che teneva lo stendardo, poi il signor di Marthod colle divise del principe, il signor di Monthour colla cotta d'arme, poscia due scudieri, l'uno savoiardo, per nome Gabriele Fardet, signore della Motta, l'altro milanese, chiamato di Campignano, i quali conducevano un destriero imbardato

Papae moderni ac serenissimi Francisci Francorum Regis, qui cum ipsorum copiosissimo coetu ibidem interfuerat, cuius D. nostri ducis Nemorozii corpus fuil apportatum maximo cum apparatu die sexta decembris 1533 et in cappella castri Annessiaci repositum cum maxima pompa et aliis solemnitatibus opportunis, maximeque cum diurno divino cultu usque ad illius inhumationem in sepulcro comitum Gebennensium in ecclesia collegiali Sanctae Mariae Annessiaci die decimanona martii sequentis.

« Qui reliquii post se illustrissimam *Charlota* d'Orleans eius uxorem et conthoralem ac illustrissimum Jacobum de Sabaudia et Janam suos liberos ex eadem illustrissima domina susceptos. »

sino a terra di velluto chermisi a due grandi croci bianche su tela d'argento. Venivano in appresso Amedeo Dulinge, capitano del castello, Guglielmo di Bellegarde, signor di Montagny, Luigi Chabot, signore de l'Escheraine, gran scudiero che portava la spada di Filippo, Amedeo d'Ohrec, Giovanni di Lorney, re d'armi dell'Ordine supremo (di cui il duca era stato insignito da Carlo III nella prima creazione da lui fatta) e Francesco Mesinge, suo istoriografo.

Era il corpo del duca di Nemours deposto su di un ricco feretro coperto di drappo nero, e quattro baroni ne tenevano i canti, cioè, Alessandro di Salencuve, Claudio Baley d'Ermance, Pietro della Foresta, signore di Valdisera, ed il signor di Roccaforte, della generosa stirpe dei Mentoni. Si notavano ancora cavalieri dell'Ordine supremo, dignitari del ducato, e fra i primi accennerò al baglivo di Lossey, al conte della Chambre, rappresentante il duca di Savoia, a Francesco di Lussemburgo, visconte di Martigues, al conte di Gruyères ed a Giovanni, barone d'Aulbonne (1).

Il seguente giorno venne destinato a celebrare i sacrifizi offrendo, secondo l'usanza francese, tutte le divise dell'estinto principe, ed in esso egualmente venne letto l'elogio da un frate di San Domenico, il quale assunse per tema il versetto: *Hodie cecidit princeps fortis*. Depostosi infine il corpo di Filippo nell'avello, mentre si compieva la cerimonia, si collocò a' piè dell'altare il gran vessillo, su cui era impresso il motto: *Suivant sa voie*, e che sin allora stava spiegato, gettando a terra in egual tempo l'araldo il suo bastone ed esclamando per ben tre volte in tuono lamentevole di voce: *Le duc de Nemours, comte de Genèvois et baron de Faucigny, est mort,* col cangiar tosto il lutto in gioia col grido di: *Vive Monsieur Jacques de Savoie notre comte nouveau,* preceduto dal rialzamento della bandiera, conforme

(1) Archivi del regno, *Princes de Genèvois et Nemours*, paquet 15, n° 18. *Livre contenant un extrait authentique de tous les honneurs faits aux ducs et duchesses de Nemours,* ecc.

al principio in Francia proclamato che il re non muore mai (1).

La lunga iscrizione latina che venne apposta sulla tomba di Filippo leggesi nel Guichenon, ed è inutile che io mi faccia a riferirla (2).

Dal matrimonio con Carlotta d'Orléans Filippo ottenne soltanto Giovanna, disposatasi nel febbraio 1555 a Nicolò di Lorena, duca di Mercœur, conte di Vaudemont, che visse pochi anni e fu madre del duca di tal nome, il quale si rese poi celebre sotto il regno di Enrico IV; e Iacopo, lustro principale di questi duchi. Di figliuoli naturali ebbe Giovanna che tolse in matrimonio Giovanni dei conti Tiene di Vicenza, scudiere di Enrico III, e Giacomo, che fu protonotaio apostolico, canonico di Ginevra, decano della collegiata di Notre Dame di Liesse, abate di Entremont e Pincrolo (3), priore di Talloire e della commenda dei cavalieri del Santo Sepolcro ad Annecy. Questi, secondo il Besson, sarebbe morto nel 1595, ed ai 27 settembre 1567 secondo Guichenon. Fu sepolto nella collegiata d'Annecy, ed il 15 dicembre 1546 aveva fatta donazione tra vivi al nobile Domenico d'Ossens di 400 scudi del sole (4).

Al tempo della minoranza di Giacomo amministrò gli affari del casato dei Nemours la vedova duchessa, e fu allora che, occupatasi da Francesco I la Savoia, volle questi conservare bensì al duca il suo appannaggio, ma, quanto al tribunale, il Parlamento di Ciamberì si fece a conoscere delle appellazioni che si era riserbato Carlo III.

Carlotta d'Orléans, saggia e prudente principessa, seppe talmente conciliarsi l'affetto dai sudditi ed il rispetto da Francesco I, che a di lei istanza corresse questi con energia Gian

---

(1) La prima occasione autentica in cui siasi stabilita questa massima dagli storici viene assegnata al tempo della morte di Carlo VII mancato il 22 luglio del 1461.

(2) *Histoire généalogique*, tom. III, pag. 191.

* (3) Dell'abbazia di Pinerolo prese possesso il 7 ottobre del 1533. (Archivi del regno, *Abbazia di Pinerolo.)*

(4) Besson, *Mémoires pour l'histoire ecclésiastique de Genève*, ecc., pag. 131.

2

Paolo de Costes il quale di ritorno dalla guerra di Boulogne-sur-mer aveva fatto gran ravaggio nel territorio d'Annecy.

Nel costituirsi in possesso di quest'ufficio la madre tutrice (che nell'ottima sua amministrazione poté pagare i debiti lasciati dal marito di soverchio generoso) faceva poi eseguire l'inventario delle cose mobili lasciate dal duca nel castello di Annecy da Giovanni Marvillier signore di Mervillon, deputato all'uopo, ed il 3 novembre dell'anno seguente addiveniva anche a compiere la solenne entrata in essa città. Il giorno precedente era rimasta a Crans, villaggio a breve distanza d'Annecy, e dove fu elevato un leggiadro padiglione, nel quale ella venne incontrata dai signori del comune, da Francesco di Lussemburgo, dalla nobiltà che aveva per guida Bernardo di Mentone, ed infine dai magistrati. Ai nove partì la duchessa Carlotta alla volta di Annecy, ed al sobborgo del Bœuf venne salutata da certi giovanetti che a di lei onore recitarono alcuni versi. L'accompagnavano Marino di Montchenu, primo mastro di casa del re di Francia, governatore di Giacomo e cavaliere di onore della vedova duchessa, il signor Debegnin e Della Chese, suoi scudieri. Narrasi che al ponte del Bœuf si abbia avuta l'occasione di ammirare il buon gusto di quei compaesani in una specie di trofeo, di cui sul limitare stavano un giovane che rappresentava *le loyal vouloir de la ville d'Annecy*, ed una donzella che offrì alla duchessa le chiavi della città (1).

Carlotta d'Orléans nel 1550 introdusse ad Annecy la giurisprudenza francese, e Giovanni Milles, che allora era presidente del Consiglio, compilò sotto i di lei ordini *Le styl*

---

(1) Vestiva in questa occorrenza la duchessa « de robbe de fin et très beau satin noir, la cotte de même, sa ceinture d'or toute garnie et converte de riches pierres pretieuses en la quelle pendoit un très pretieux patenotte d'or de très esquise et triomphante façon. Elle portait sur son chef une très riche couronne ducale à la quelle étaint enchassées plusieurs bons et gros rubis diamants satifet autres riches pierreries. » (Archivi del regno.) *Relation de la célèbre et magnifique entrée de la très haute et puissante dame Madame Charlotte d'Orléans (Princes de Généroís et Nemours, paquet 15, n° 18).

et la pratique en fait de justice pour le pays de Genèvois et de Faucigny, opera che fu stampata a Lione nel 1553.

La duchessa di Nemours morì a Dijon agli otto di settembre del 1545, ed il suo cuore venne sepolto nella chiesa dei padri Giacobini, mentre le spoglie si trasportarono ad Annecy ai 25 del mese successivo (1). A Belley ebbero per iscorta i magistrati, ai quali ad una lega dalla città si unì il visconte di Martigues con bella compagnia di gentiluomini e di clero. Il corpo di Carlotta fu deposto nella cappella del castello, convertita in camera ardente, dove rimase sino al lunedì 28 del mese: e notasi come vi accorressero numerosi gli abitanti del paese e dei contorni, anzi, all'oggetto di capacitare quella credula gente, fu mestieri persino di esporre alcun tempo alla loro vista le esanimi spoglie della duchessa, la quale aveva saputo talmente accaparrarsi l'affetto dei sudditi, a cui non pareva vero fosse estinta. Il lunedì poi dopo il pomeriggio, toltosi il corpo della principessa dagli elemosinieri, paggi ed altri della Corte, fu riposto su di una lettiga ed accompagnato da numerosa folla e dalle autorità, e finalmente si depose nella collegiata, dove la duchessa si era scelta sepoltura nello stesso avello di suo consorte (2).

II. Jacopo di Savoia, secondo duca di Nemours, figliuolo del precedente, nacque nell'abbazia di Valuisant in Sciampagna alle cinque vespertine dei dodici di ottobre del 1531. Non aveva che due anni appena compiuti quando morì suo padre, ma Carlotta D'Orléans, di lui genitrice, siccome già ebbi a motivare poco fa, lo educò con grandi cure ad Annecy, sino a che, giunto in sul terzo lustro (non convenendo più opporsi alle replicate istanze di Enrico II), andato il 23 settembre 1546 ad Azilli nella Borgogna, secolui partì

---

(1) Sopra la coperta del libro esistente nei regii archivi, e citato in nota alla pag. 14, si legge: « Le 8 septembre 1545 Madame Charlote d'Orléans duchesse de Nemours et Genèvois est allée d'ici en la ville de Dijon, et le 28 d'octobre du dit an elle a été souterée en l'eglise de N. D. d'Annecy, et vepres à grand honneur. »

(2) Archivi del regno, *Princes de Genévois et Nemours,* paquet 5. *Relation Ms. de la pompe funebre de Charlotte d'Orléans.*

per la Lorena, ed ebbe l'onorevole incarico di capitanare ducento cavalli leggieri e cento uomini d'armi. Venuto poscia in Piemonte coi fratelli Giovanni e Luigi di Borbone nel 1551 per attendere alla guerra minuta che qui facevano i Francesi, si ebbe a segnalare non poco negli assedii di Lanzo, Viù e Rivara. Ma nell'anno seguente, siccome è noto, muovendo Carlo V un esercito (che per quei tempi pareva grandissimo per lo numero della soldatesca e delle munizioni) affine di ritogliere ai Francesi la città di Metz, nel famoso assedio colà succeduto, il principe Giacomo fece prova di suo valore, che eguale spiegò all'attacco di Renty seguito nel 1554, ed in cui cotanto si distinse il nostro sommo duca Emanuele Filiberto. E la più eloquente prova della valentia di esso Giacomo è che a ventisette anni il re lo nominò colonnello generale della cavalleria leggiera: in una parola sotto il regno di quel sovrano non fuvvi nè viaggio, nè impresa a cui egli non abbia preso parte.

Continuavano intanto le ostilità in Piemonte con danno di Spagna e di Savoia, ed il maresciallo di Brissac, fortificato Santhià, stava cingendo d'assedio la terra di Volpiano di cui si valevano gli Spagnuoli per tenere in briglia la guarnigione francese di Torino, ma arresasi la medesima nel settembre del 1555, venne tosto smantellata, e così terminò in Piemonte questa campagna nella quale il principe Giacomo ebbe a pugnare sotto le insegne del prode maresciallo. Nella tregua che poscia ne seguì, i gentiluomini francesi, a cui pareva ancora di aver fatto nulla, vollero inviare cartelli di sfida alle guarnigioni spagnuole: e raccontasi del cavaliere di Bellegarde che sfidò e combatté con un tal Guido Piovena vicentino, capitano di cento cavalleggieri imperiali (1). Ma un'altra sfida assai più clamorosa avvenne presso la città d'Asti tra Giacomo di Savoia-Nemours ed il marchese di Pescara, della quale discorrono

(1) Questo Guido Piovena fu al servizio del duca di Savoia, e venne elevato al grado di mastro di campo generale.

in diversa guisa gli autori delle due nazioni, e che io procuro di narrare secondo la maggiore apparenza del vero. Mentre adunque stavano in quiete le due armate, un bel dì il marchese di Pescara fece sapere per mezzo di un gentiluomo a Giacomo che siccome egli teneva in gran credito la sua valentia nell'armi, così desiderava di rompere lancia secolui. Accettò il duca senza farne motto al maresciallo, il quale, saputo l'occorso, se n'ebbe a corrucciare alquanto, sebbene abbia tosto ammesso che, essendosi gettato il dado, bisognava uscirne con onore, ed indotto anzi Giacomo a non cingersi poi dell'armi di parata, ma bensì di quelle che doveva sempre indossare un cavaliere geloso della gloria del nome francese e disposto a vincere. Giacomo di Nemours scelse allora tre compagni, Classé Vassé, luogotenente della compagnia dei gendarmi; De Manoua, gentiluomo provenzale, ed il capitano Monha di Simiana, e così d'altra parte porse invito il marchese di Pescara al marchese Malaspina, a Francesco Caraffa, nipote del papa, e ad Arborio di Cenda. E siccome stava grandemente a cuore al maresciallo di Brissac la riputazione dei suoi guerrieri, così si affrettò ad ordinare che prima del combattimento si procedesse ad una esperienza, a cui egli presiedette, e che seguì nel parco di Torino; ma essendo i cavalieri comparsi coll'armi lucenti, egli ne pronosticò pessima riuscita. Fece bensì svestire il duca di Nemours, a cui diede consiglio d'indossare un arnese di poca figura, ma ben temprato, senonché quei giovani militari, alquanto imprudenti, non avendo voluto seguire i suggerimenti del vecchio maresciallo, n'ebbero la peggio. Calcando io le orme del signor di Boyvin, il quale si dimostra assai più imparziale inverso la sua nazione di quel che lo siano altri di quel tempo, io mi limiterò dunque ad osservare che Classé, slanciandosi contro Malaspina, ne riportò un colpo di spalla tale che morì; De Manoua poi, correndo contro Arborio di Cenda, strabalzò, e nel cadere si ruppe il collo, cosicché l'onore

del nome francese già correva rischio di essere leso se il
capitano Monha di Simiana non avesse colla lancia tra-
passato il corpo di Francesco Caraffa. Quanto al duca di
Nemours ed al marchese di Pescara è detto che si avventa-
rono per ben due volte senza urtarsi, avendo soltanto spez-
zate le lancie al terzo assalto. Il duca Giacomo dopo questo
fatto si tenne celato per una quindicina di giorni, temendo
la giusta collera del bravo maresciallo, di cui non aveva
voluto seguire i savii consigli (1), ma questo errore giovanile fu da lui bentosto riparato, poichè nel seguente anno
militò valorosamente in Fiandra col maresciallo di St-Andrè,
e fu poscia compagno al duca di Guisa nella spedizione di
Napoli (2).

Nelle lunghe trattative che precedettero la pace di Castel
Cambrésis tra Francia e Spagna, per quanto risguardava il
Piemonte, Emanuele Filiberto si raccomandò con fervore
al duca Jacopo possente in Corte di Francia, o specialmente
nel partito dei Guisa, il quale adoperossi bensi per il buon
successo, sebbene il famoso trattato segnatosi il 3 aprile 1559
in riguardo alla monarchia piemontese non abbia poi am-
messa la restituzione definitiva degli Stati, ma soltanto una

(1) *Mémoires du sieur François du Boyvin*, pag. 485.
(2) Parla di questa spedizione di Napoli nella lettera sua autografa scritta presso Si-
nigaglia al connestabile di Borbone.

    « *Monsieur*,

    « S'en allant, monsieur de Momorancy je n'ay voulu laisser perdre une si bonne occa-
sion pour me maintenir toujours en votre bonne grâce. Je n'eusse point fally de vous
rendre particullierement conte de la charge que j'ay sì se fut pressanti quelque chose
pour le service du Roy, mais jusques à cette heure je n'ay pas eu une crois rouge depuis
que nous avons laissé monsieur le marechal de Brissac: l'on dit que nous allons au
royaume de Naples la ou j'ay espérance de faire connaitre la bonne volonté que j'ay
heu toutte ma vie de faire service au Roy. En demeurant, Monsieur, j'ay prié monsieur
de Momorancy de vous dire quelque chose de ma part; ce qui m'a asseuré qu'il estoit
bien fort mon amy qui sera......... apres m'estre recommandé bien humblement a votra
bonne grace priant Dieu, Monsieur, qui vous donne bonne vie et longue.

    « Du camps pres de Senegaglia, le xxvi jour de mars

                      Votre humble cousin pour vous faire service
                         JACQUES DE SAVOIE. »

Biblioteca di S. A. il duca di Genova. Libro di Cesare di Saluzzo. – *Savoia Nemours*,
Miscellanea. Lettere autografe mandate in copia da Parigi da Champollion a Cesare di
Saluzzo. Gentile comunicazione del dotto bibliotecario cavaliere Alessandro di Meana.

provvisoria remissione, ed arra di esso sia stato il matrimonio di Margherita, sorella del cristianissimo, già avanzata negli anni.

Non è fuori di proposito lo accennare qui che in questo anno medesimo Giacomo di Nemours fu anche campione nel torneo nel quale per strana ventura ebbe a morire Enrico II. Ed ecco come occorse il fatto. Per celebrare la pace e la duplice alleanza della figlia con Filippo II, e della sorella con Emanuele Filiberto, aveva il re deliberato di tenere in persona un torneo, in cui mantenne il campo il primo ed il secondo giorno col principe di Ferrara, col duca di Guisa e col Nemours, riscuotendone molti applausi: ed è noto che, finito il torneo, vedendo Enrico II due lancie ancora intiere, ordinasse al conte di Mont Gomery, capitano delle sue guardie, di pigliarne una e provarla secolui, come accadde, senonchè per isventura una scheggia della lancia dell'avversario essendogli entrata nell'occhio, l'ebbe a ferire in modo che il giorno decimo di luglio ne dovette soccombere.

L'ordine della narrazione c'induce ora a far parola della parte attivissima tenuta dal duca di Nemours nelle guerre religiose che afflissero Francia ed Europa tutta nella metà del secolo decimosesto. Sino dal bel principio adunque di quelle lagrimevoli dissensioni, quando cioè nel 1560 fu scoperta la congiura di Ambuosa, Giacomo ebbe ordine di sorprendere il barone di Castelnau, che si era ritirato a Neizai, e che gli riuscì di aver nelle mani. In tal modo egli aveva compiuto all'obbligazione sua di soldato, ma non è men vero che nella leale sua natura s'ebbe assai a formalizzare della maniera con cui in quella circostanza venne sconosciuta la di lui parola, poichè essendosi Castelnau arreso sulla firma d'esso duca di Nemoùrs, che sul proprio onore lo volle assicurare di venir rimesso in libertà appena avrebb'egli rassegnato le sue pretese al re, giunto invece ad Ambuosa più non venne rilasciato. Locchè fu cagione, scrive un contemporaneo « Que cette sollicitation causa un grand crevecœur et mescontentement du duc de Nemours qui ne se tourmentait que pour sa signature, car pour sa parole il eut toujours donné un dementi à qui la lui ait voulu reprocher sans nul excepter for Sa Majesté seulement tant était vaillant prince et genereux » (1).

Nei primi anni del regno di Carlo IX, e così al tempo della reggenza di sua madre Caterina de' Medici, la quale per coprire i suoi funesti disegni accordava in apparenza favore al partito dei protestanti, il duca di Nemours corse rischio d'incontrare mala ventura, e dovette ritirarsi nella Lorena. Infatti nelle conferenze che si tenevano tra il contestabile di Montmorency, Guisa e Sant'Andrea, essendosi stabilito di abbandonare la Corte, e da uno di loro di spegnere persino la vita della regina, Giacomo, tutto devoto ai Guisa, prevedendo che il suo partito sarebbe tosto chiamato a prendere l'armi, credette di favorirlo coll'animare Enrico, duca D'Orléans, fratello del re, a fuggire secolui a San Germano. Ma siccome il giovine principe, di soli dieci anni, svelò il progetto alla madre, la quale fece metter le mani su di Lignerolles, scudiere di Nemours, così egli fu costretto ad irsene altrove per salvare la sua libertà (2).

(1) *Mémoires de Vieilleville*, tom. XXXI, liv. VIII.

(2) *Mémoires de Castelnau*, liv. III – *Mém. de Condé*, tom. II.

Ed è forse in questa circostanza che vi fu qualche broglieria tra esso e la regina madre come appare dalla lettera autografa scrittale:

« Madame j'ay seu depuis le retour de Monsieur de Guise à la cour comme il a pleu à vostre Majesté trouver mauvais la façon et les termes des quels j'usay parlant à elle à Nanteuil, chose dequoy non seulement j'ay esté bien mary mais encore d'avantage estonné, vu qu'il me semble d'avoir rien dit qui doive offenser le nom que j'ay toute ma vie heu de vous estre très humble et en tout obeissant serviteur, et comme tel en toutes les occasions qui m'ont esté offertes de parler à votre Majesté je me suis toujours aydé de l'autorité qui lui a pleu me donner d'y parler librement comme librement aussy je me suis toujours employé à vous faire très humble service sans considerer pourvu qui vous en fussiez satisfaicte le bien ou le mal qui m'en pourroit avenir de coy s'il vous phil vous pourrés souvenir et en cette bonne volonté je me suis toujours maintenu bien que j'aye conu que non seulement quand vous aurez heu bon... vous ne m'aves faict cel honneur que de la reconnoistre comme il me semblait qu'elle et les servisses que j'ay faite à cette cour ne meritoit mais d'avantage outre qu'il vous a pleu me discontinuer l'honneur que me souliés faire de me commander et fier de moy vous n'aves laissé que

La setta degli Ugonotti andava intanto acquistando vieppiù nuovi aderenti, e nel Delfinato e nella Provenza la guerra acerbamente mieteva molte vittime. Era per lo appunto in queste provincie che Francesco di Beaumont, barone des Adrets, capo del partito protestante, operava miracoli di prodezze, ma nel settembre del 1562 il duca di Nemoùrs, destinato a sottomettere il Lionese ed il Delfinato, potè sorprenderlo e batterlo a Belriparo, ed impadronirsi nello stesso tempo della città di Vienna. Lo zelo da lui adoperato nell'interesse della Corona di Francia gli procurò allora, vale a dire verso il fine dello stesso anno, la carica di governatore del Lionese, vacante per la morte del maresciallo di St-André, ucciso nella battaglia di Dreux (1).

moy seul avec occasion do se plaindre des honneurs qu'il vous a pleu despartir depuis la mort des feus rois mes mestres, d'ont il est venu que je n'ai peu faire de moins que de vous remonstrer avec toul l'honneur et respect que je dois à Votre Majesté le tort que m'a esté faict lequel d'autant j'ai estimé plus grand qu'il est venu de personne de la bonne grace de la quelle m'assurait la fidélyté: de coy je l'ai toujours servie et qui toutesfois n'a rien diminué de l'afection de coy je vous ai toujours faite service. Ni aussi si vous plaist me sera point cause de garder Votre Majesté comme je la suplie très humblement de le vouloir avoir pour agreable. Cependant je supliray Dieu qui vous donne Madame longue et heureuse vie.

Votre très humble et très obeissant serviteur et sujet
JACQUES DE SAVOIE. »

Biblioteca di S. A. il duca di Genova. Lettere citate - Ms de la Bibliothéque R. de Paris, n° 8678, § 45.

(1) Nell'occasione della solenne entrata in Lione di Anna d'Este consorte di Giacomo si diedero superbe feste in questa città, delle quali così discorre il suo storico: « 1566 - Environ la Toussaints la duchesse de Nemours femme de nostre gouverneur en chef fit son entrée a Lyon : les rues furent tendues de lapisserie et luy allèrent au devant les marchands des nations estranges tous honorablement vêtus, à cheval et en housse. Les enfans de la ville, les notables, les escheuins et officiers de la ville vetus de robbes de damas qui lui presenterent le poesie à la porte de Weyse qui fut porté par quatre escheuins d'ou deux estoient catholiques, sçavoir Claude Guerrier et Thomas Faure, et deux protestants qui estoient Antoine Renaud seigneur de Champaignen et Mercurin de Ruvillas qui la conduirent sous iceluy jusques à porte Froc ou messieurs de St-Jean luy en presenterent un autre. Au devant du corps de la ville marchèrent les deux cens arquebusiers conduits par le sieur Antoine Guillon sieur de Clery nepueu de noble François Sale capitaine de la ville lor escheuin. Les jours suyvants furent faicts plusieurs rejouissances en la ville et entre autres une charivary ou chevanchée de l'asne contre les maris qui s'etoient laisses battre à leurs femmes, qui fut chose fort plaisante à voir et fut de l'invention d'un nommé Jean Perron imprimeur et l'un des gardes du maistre des postes, homme fort facetieux et propre pour telles inventions. La ville fit present à ma dit dame de deux hanaps d'argent doré taillés au burin de relief de la

Dopo questa giornata si ritirò Giacomo a St-Genis nella Savoia, e come il padre, così ancor esso corse rischio di rompere la buona armonia col duca suo cugino, pretendendo al partaggio dell'eredità dell'avo Filippo congiuntamente a Carlo III. Si aggiustarono le differenze col mezzo dei deputati spediti dai contendenti, cioè da Guglielmo des Portes per parte di Giacomo, e dal presidente Renato Birago per parte di Emanuele Filiberto, i quali ai 15 di agosto 1564 pronunziarono la sentenza con cui dichiaravano che riguardo alla pretesa di Giacomo su tutti i beni, terre e signorie lasciate dall'avo Filippo non poteva dirsi sussistente perchè i beni e terre erano affette ai maschi primogeniti, secondo l'uso di cento e più anni, si fosse o non disposto per testamento (1). In tal guisa adunque rimase salvo il diritto di primogenitura a favore del duca di Savoia, e per trattato conchiusosi il 22 settembre 1564 s'indusse questo ultimo ad aumentare soltanto l'appannaggio di Giacomo e dei discendenti di quaranta mila lire di rendita, oltre venti mila di pensione vitalizia, sua vita naturale durante (2).

hauteur chachun d'une cordée qui s'enchassoyent par la couppe l'un dans l'autre et dedans y avoit un service de table d'argent doré fort mignon et le tout se mettoit dans un seul estuy. » (CLAUDE DE RUBYS, *Hystoire véritable de la ville de Lyon*, liv. III, pag. 405.)

(1) Archivi del regno, *Princes de Genévois et Nemours*, paquet 8.

(2) Biblioteca di S. M. Ms intitolato: *Priviléges de Monseigneur le duc de Genévois*, comunicatomi dalla gentilezza del commendatore Promis. A carte 121 leggesi: « Inthèrinement de la Chambre des comptes de Thurin — Emanuel Philibert per gratia di Dio duca di Savoia Chablais ed Aousta, principe e vicario perpetuo del Sacro Romano Imperio, marchese in Italia, prencipe di Piemonte, conte di Geneva e di Genevese, di Beugey, di Romonte, di Nizza e d'Asti, barone di Vaud, di Gez et di Faucigny, signor di Bressa, di Vercelli e del marchesato di Ceva etc. Faciamo con le presenti nostre manifesto ad ognuno come sopra la supplicatione presentata nella Camera nostra de' Conti per parte dell'Ill᷐ᵒ ed Ecc᷐ᵒ signore il duca di Nemours nostro cousino acciochè piacesse inthèrinarli admetterli e approbarli le lettere di donatione concessione in feudo ossia in augmentatione e accrescimento di esso et della parte o portione accordata per il Ser᷐ᵒ sig. duca Carolo de feu memoria Felice signor e padre nostro al feu Ill᷐ᵒ sig. Philippo di Sauoia padre del detto sig. duca di Nemours et rio nostro nelli anni 1514 e 1526 della somma di vinti milla liure tornesi di reddito e entrata annuale et perpetua a lui e suoi mascoli et suoi discendenti di titolo et qualità naturali e legittimi et di presente d'altra simile somma di vinti milla liure tornesi di pensione annuale durante la sua vita solamente. Il che tutto ascende alla somma di quaranta milla liure tornesi et di più che piacesse alla detta

All'ultimo di dicembre poi fu eretto in ducato il Genevese, e per convenzione del sei febbraio seguente anno in supplemento di appannaggio il duca assegnogli ancora sei mila lire d'entrata da prendersi sulla gabella del sale del Genevese (1).

Ultimate queste vertenze, il duca di Nemours fece ritorno in Francia, ma la sua consorte Anna D'Este dovette rimanere ancora in Savoia, poiché trovo che nel 1566 seguì il solenne di lei ingresso in Annecy, dove fu accolta con manifestazioni di affetto da quella buona popolazione (2).

Soggiornando adunque il duca Giacomo in Francia, si trovò presente in un cogli altri principi, grandi e prelati del regno, agli Stati generali tenutisi a Moulins nel 1567. Senonchè, ripresesi le ostilità dai religionari, e la persona del re minacciata correndo gravi pericoli, mentre il 27 settembre stesso anno era a Meaux con soli sei mila Svizzeri di nuova leva e novecento cavalli mal equipaggiati, in così critici frangenti si ebbe molto a lodare la saggezza del duca di Nemours, che cogli Svizzeri contribuì assai a garantire

Camera nostra intheriuar altra lettera di più ampia dichiarazione del volere e intensione nostra per le quali dichiarianno che le dette quaranta milla liore toroesi siano pagate e assignate sopra li più chiari danari di nostra recetta apprestne però che la spesa nostra ordinaria et di madama nostra consorte carissima sarà furnitta et dichiarar quod era intieramente del beneficio et quomodo contenesi in esibitione conforme al buon parer nostro. Viste per la detta Camera le dette lettere dattéés alla Stella il 12 di settembre prossimamente passato et altre lettere di dichiarationie fatte sopra di esse della volontà e piacer nostro dattées in Aulgnone li vinti di settembre prossimamente passatomnbi due signiate et sigillate in forma debita; altre lettere di seconda terza e ultima giossione continenti anche assolutione di iuramonto datto nella presente città li 28 et ultimo di novembre prossimamente passato parimente signato et debitamente sigillato; la detta supplicatione signata Combauel, et il tutto debitamente considerato, la detta Camera nostra ha dichiarato... ecc. ecc. — Dato in Torino il 1° decembre 1564. »

(1) GUICHENON, *Histoire généalogique*, tom. III, pag. 155.

(2) Alla porta del Bœuf alcuni giovani presentando le chiavi della città alla duchessa così la complirono:

Anne plus chere à Monseigneur
El de grâces du ciel donnée,
Prens les cles et reçois le cœur
De ceste ville à toy vouée (a).

(a) Archivi del regno. *Livre contenant l'extraict de tous les honneurs faits aux duca de Nemours*, ecc.

il suo sovrano, il quale, ricordando poscia quel fatto, diceva
*Ne tenir sa vie ni sa couronne après Dieu que de son cousin
le duc de Nemours.* Nello stesso anno del pari, datasi la
battaglia di St-Denis, egli valorosamente combattè in qualità di generale della cavalleria. Ed a proposito di questa
giornata narrasi dal Rubys il seguente fatto. Mentre sul
principio della quaresima del 1567 Giacomo stava coll'armata ad una lega e mezzo da Lione, facendo ciascun giorno
scorrerio sino alla porta della città, un dì capitò che alcuni
soldati arrestassero un tal Marco Errain di Macon, ricevi-
tore di tributi, il quale si fece tosto a promettere al duca
ch'egli potrebbe farlo entrare in Lione. Nemours volle prestare soverchia credenza a costui (sebbene avvisato di guar-
darsene), quindi è che avuto accordo del giorno e dell'ora
nella quale la porta di San Giusto verrebbe aperta, spedì al-
l'impresa il signor di Brissac con alcuni soldati, che appena
trovatisi entro, videro con sorpresa abbassarsi la saraci-
nesca, ed avrebbero corso rischio della vita se tosto scaval-
cando il muro non si fossero messi in salvo. Ricevuta questa
notizia Giacomo, ed in pari tempo informato della morte
del duca di Guisa, ne sentì un talo crepacuore, che, amma-
latosi, cadde in periglio della vita. Ed in quella dolorosa
circostanza ebbe ad esperimentare il buon animo e della
regina Caterina de' Medici, che gli inviò il suo medico
Vincenzo Lauro (1) e del duca di Savoia Emanuele Filiberto
che volle compiere il medesimo uffizio (2).

Dal sin qui detto impertanto ben appare con qual calore
s'impiegasse il duca di Nemours per la causa da esso lui
sostenuta, e Pio V che si rallegrava assai dei successi otte-
nutisi contro le fazioni dei religionari, e che aveva scritto
affettuose lettere a Filippo II, al duca d'Alba e a Don

---

(1) Vincenzo Lauro nacque nel Napolitano il 28 marzo 1523, fu medico ordinario e
consigliere intimo di Emanuele Filiberto, e Pio V appena eletto papa gli commise il ve-
scovato di Mondovì. Fu quindi legato a varii sovrani e finalmente eletto cardinale da
Gregorio XIII. Morì ai 21 dicembre 1592.
(2) *Histoire véritable de la ville de Lyon*, pag. 358.

Giovanni d'Austria, i quali gareggiavano nel distrurre mori
ed eretici, volle egualmente, con lettera del 5 luglio 1568,
manifestargli il suo aggradimento, come si toglie dal
passo riferito in francese dall'illustre Simondo de' Sis-
mondi (1).

Nell'agitatissima sua carriera il principe nostro fu anco
scelto dal re ad accompagnarlo all'assedio di Avra di Grazia,
occupato dagli Inglesi, quindi nel 1569 ad opporsi a Wolf-
gang di Baviera, duca di Deux-ponts, che, riunito in Al-
sazia un esercito di 8000 cavalli e 6000 fanti, muoveva in
Francia per soccorrere i correligionari. Senonchè questa
impresa fallì contro ogni sua aspettazione, e dicesi per
colpa del duca d'Aumale, il quale non avendo lasciato dare
il combattimento fu causa che, entrate le truppe ne-
miche nella Borgogna, commettessero quindi gravissimi
danni in quella provincia. Scoraggiato allora il duca per
un tale accidente, e temendo oltre a ciò che per iscolpare
il loro protetto presso il re, i Guisa gli avrebbero fatto un
cattivo uffizio, stanco per soprappiù di scorgere il regno
lacerato dal civil sangue, stabilì di abbandonare la Corte,
e andato nel Genevese, maneggiò presso Emanuele Filiberto l'infeudazione del marchesato di St-Sorlin, che ottenne
con lettera del 14 ottobre 1571 (2). Ma la risoluzione del
duca di Nemours di ridursi a vita privata venne tosto da
esso allontanata, e meglio ci piacerebbe di non scorgere il

(1) « . . . Nous l'avons toujours chéri à cause de ton zèle pour la religion catholique et de la constance de ta foi que tu as manifestée dans les périls du royaume de
France: mais lorsque nous avons appris qu'après la paix qui vient d'etre faite avec les
hérétiques et les rebelles du Roi très chrétien notre fils, tu as été le premier qui dans
les villes de Lyon et de Grenoble as refusé d'en executer les conditions comme fatales à
la religion catholique et dérogatoires à la dignité du roi donnant ainsi un exemple illustre à tous les autres, notre amour pour toi et notre respect pour ta verta s'en sont infi-
niment augmentés, la tristesse que nous causaient les conditions de cette paix a été sou-
lagée, aussi ne voulons nous point omettre de t'en attribuer la gloire et de t'en rendre
grace, car nous jugeons que tu as ainsi bien merité de la religion catholique du rois très
chrétien et du royaume de France. Plaise à Dieu que tous les grands du royaume et tous
les gouverneurs des provinces imitent ton exemple. » (*Histoire des Français*, tom. XIII,
pag. 178.)

(2) GUICHENON, luogo citato, paquet 155, e preuves 2, pag. 621.

suo nome frammezzo a quelli che appaiono nella famosa congiura che insanguinó per tutta la Francia la notte memoranda del 24 agosto 1572. Quantunque non sembra che egli sia stato compagno di coloro i quali a nome della religione sfogarono le loro passioni, è scritto peró che col duca di Guisa fosse venuto alla Corte qnando questi dal re ricevette gli ordini terribili dei progetti da lungo tempo premeditati. L'amicizia forse e la parentela che univanlo ai Guisa poterono sopra una risoluzione che meglio avrebbe fatto di non realizzare.

Nel 1574 poi il duca di Nemours prestò omaggio ad Enrico III (succeduto allora al fratello Carlo IX), che, reduce dalla Polonia, transitava per Lione, e, secondo il De Thou, fu presente al consiglio tenutosi dal nuovo re e dalla regina madre in riguardo ai negoziati di pace coi protestanti, ma breve tempo egli ebbe a stanziare in quella città, essendosi deciso finalmente di consacrarsi alla quiete resa omai necessaria dalla malferma sua salute. Venuto adunque in Piemonte, pose tosto termine a vertenze che aveva col duca di Savoia in fatto dei danni da lui pretesi di ricevere dal Senato di Savoia riguardo ad innovazioni introdotte in linea di giustizia, ed in lettera del febbraio 1577 a Carlo Emanuele insisteva sulla necessità di porvi un termine all'amichevole (1).

E qui si può egualmente accennare alle lettere speditegli di donazione e concessione in feudo di venti mila lire tornesi di reddito ed entrata annuale già accordata dal padre a Filippo di Nemours negli anni 1514 e 1526 (2).

(1) «... Je pense Monsieur que ne me tiendrez pour parent si fallait disputer de mon honneur devant gens de robbe longue qu'ils ne savent que c'est, et mesme que le principal de la troupe est mon suget, et vous dirai davantage que si le plus grand roy du monde en voulait connaitre sans mon consentement je ne luy ferais jamais seruice. Car comme vous savez mieux que personne nul n'y a que veuir que moy mesme. Je ne doute point Monsieur que ne m'en faciez la raison telle qu'un prince juste doit faire à son parent et encore à ung moindre que luy.... » (Archivi generali del regno, *Duchi de Nemours*, marzo 1.)

(2) Pag. 121 del Ms. esistente nella biblioteca di S. M. superiormente già citato, ed avente il seguente titolo: *Priuiléges de Monseigneur le duc de Genérois*.

Dal Piemonte il duca di Nemours passò di bel nuovo in Francia, poiché trovo che il mercoledì sei di luglio del 1580 a Meudon dettava il suo testamento. Con quest'atto pertanto: 1° approvava il contratto di matrimonio con Anna D'Este, assegnandole le cento mila lire a lei donate dal re di Francia Carlo IX nell'occasione del matrimonio, i proventi della terra di Monthart per quarantatrè mila, e per le rimanenti cinquantasette mila gli altri suoi beni; 2° istituiva suo erede particolare Enrico, secondogenito nel marchesato di St-Sorlin, e nelle signorie di Poncin, Cerdon, Chassey, St-Denis, e nella somma di quindici mila lire di pensione annuale; 3° legava al medesimo le terre che gli spettavano nella Borgogna; 4° determinava che Anna D'Este gioisse dell'usufrutto di dette terre sino a che Enrico fosse giunto ai 25 anni, e di una pensione di dieci mila lire; 5° istituiva suo erede universale Carlo di Genèvois, suo figliuolo primogenito. Notisi che al testamento va unito un codicillo del 30 maggio 1581 (1).

Essendo in Francia il duca Giacomo, concepiva il pensiero di innalzare in Piemonte una casa di campagna; il sito scelto per realizzare quel progetto era attissimo, e tant'è che Carlo Emanuele I ne fece poscia acquisto per fabbricarvi un luogo di delizia, che chiamossi Mirafiori. Quella regione, detta Casaccia, era posseduta da varii proprietarii, e vi aveva anche un piccolo podere il referendario Filiberto Pingone. Il primo contratto per parte del duca di Nemours si faceva da Filiberto Lemort, suo procuratore, il quale ai sei di aprile 1581 acquistava da Francesco Giustetto di Torino trentaquattro tavole nella regione alle Vallette presso la Casaccia De Darmelli, coerenti i beni di monsignor di Pingone e Pietro Ostorero, per il prezzo di fiorini 129, tre grossi, ecc. L'atto fu rogato da Pietro Bauducchi, notaio ducale e canonico di Moncalieri (2).

(1) Archivi del regno, luogo citato.
(2) Archivi Camerali. Si notano ancora varii atti, relativi all'acquisto di questi beni

Breve spazio di tempo del resto fu concesso al duca di
Nemours di poter godere questo suo nuovo acquisto, poiché nel 1582 la villeggiatura non era ancora innalzata,
e alla metà del 1585 egli non doveva più essere fra i viventi.
Ma già aveva fatto ritorno in Piemonte sin dal 1581, in
quanto che risulta nell'anno seguente abitare a Moncalieri,
e nel 1583 reggere lo Stato mentre Carlo Emanuele I a
Vercelli era affetto da malattia in cui fu presso a morirne;
e qui raccontasi che quantunque Giacomo fosse l'erede pre-
suntivo della Corona (non avendo ancora il duca tolto moglie), in quei terribili frangenti avesse rifiutato di alloggiare
nel ducal palazzo, e di ricevere la sera le chiavi della città,
come aveva ordinato lo stesso Carlo Emanuele (1).

All'ultimo di agosto poi del 1584 egli si raccomandava
a Carlo Emanuele perché volesse provvedere onde fossero
convenientemente puniti alcuni di Moncalieri, che senza
riguardo al decoro l'avevano oltraggiato e con parole e con
attentati su di persone del suo seguito (2).

che qui piacemi di accennare nel loro sommario. — Ai 10 di aprile il procuratore del
duca di Nemours citato comprava da Olivero e Catterina De Vechis di Moncalieri una
giornata e tavole 13 e mezzo alla Casazza, al rogito di Pietro Banducchi. — Nello stesso
giorno faceva egualmente acquisto dai fratelli Amedeo ed Antonio figliuoli del fu Giacomo
Panbianco di Torino di giornate una e tavole sette. — Ai 21 aprile da Filiberto Ducro
borghese di Moncalieri di una giornata e tavole cinque. Nell'istromento di compera delle
giornate sei vendute il 29 aprile stesso anno dal nobile Franceschino Darnello del palazzo de' Darmelli è detto « Conciossiache l'Ecc.mo sig. Giacomo di Savoia duca di Nemours e di Genevois sii venuto dalla parte di Francia habitar in Piemonte et habbi fatto
presuposto di far fabricar vn edificio nelle fini di Torino alla Casazza etc. » — Ai 12 dicembre 1583 finalmente l'accennato procuratore in Torino e nella sala della casa degli
eredi del fu senatore Dellacomba, abitata da Guido Piovena mastro di campo generale di
S. A., ed alla presenza di Giuseppe Ottogno borghese di Moncalieri, maresciallo degli alloggiamenti del duca di Nemours, e di Giovanni Cavoretto di Moretta faceva acquisto da
Tobia Liardi mercante milanese residente in Torino di 17 giornate e tavole 31 situate a
Borgorato di qua dal fiume Sangone per il prezzo di scudi trecento quarantasei d'oro.

(1) Il trionfo della fama, pag. 243.
(2) « Monsieur! Après avoir ceux de Moncallior par plusieurs fois battu de mes gens
sans occasion et s'etre assemblés devat ma porte comme si j'eusse elé ennemi de la patrie
et avoir tué par derriere et de nuit vint de mes serviteurs sans qu'il eut l'epée à la main,
et ne pouvant plus comporter telle insolence je supplie très humblement V. A. d'en vou-
luir faire quelque demonstration pour etre ce que je vous suis, et principallement à l'endroit d'un nommé Jehan Dorie qui convia la ville à se mouvoir disant qu'il fallait jetter
cinq ou six de mes gens dans un puits, et qu'il ne me fallait point porter de respect et

La salute del duca Jacopo andava intanto ogni giorno facendosi peggiore, e la podagra da cui era oppresso da lungo tempo, con maggiore veemenza lo affliggeva in modo di poter nemmeno più muoversi dalla sedia sulla quale stava assiso (1). L'anno 1585 adunque suonò a lui fatale, ed in quel sito dove egli cercava sollievo al male, doveva pur soccombere. Ammettendo che il duca di Nemours sia venuto meno presso la città di Moncalieri e nel luogo dove poscia sorse la villa magnifica di Mirafiori, io mi scosto dal sentimento di tutti gli autori (2), i quali concordi vogliono che Giacomo sia morto ad Annecy il quindici di giugno del 1585, ma per servire all'esigenza storica io riporterò i motivi che renderanno noto l'errore in cui sono dessi incorsi. Le ragioni che danno peso alla mia asserzione sono di fatto e posano su due documenti non peranco stati esaminati. Il primo è l'elogio del principe dettato dal suo cappellano (che era della famiglia dei Pingon) poco tempo

mille autres paroles insolentes ainsi que les informations en font foy. Et parce Monsieur qu'il vous auralt pleu de voir lesdites informations et suivant icelles commander un capitaine de justice d'en donner sa sentence ci enclose il y a cinq mois et que non obstant icelle il ne sera esi encore rien ensui ni par le moyen qu'ont ses parens. Et aussi que messieurs du senat disent ne pouvoir exécuter la dite sentence sans expres commandement de V. A. A cette occasion je la supplie tres humblement d'en mander uotre uolonté audit senai affin que lon cognaisse en quel compte uous me tenez. Joint que lon me dit que celuy qui tua mon homme est eschappé et me doute que celuy ci à la fin n'en face le mesme. Et en cet endroit pour nemmager damantage V. A. je supplyeray Dieu luy donner vne parfaite santé très longue et contente vie et a moy sa bonne grace.

« De la Cassine Chastelier ce dernier jour d'aousi 1584.

Votre très humble et très obéissant serviteur
JACQUES DE SAVOIE. »

Archivi del regno, *Principe de Genévois et Nemours*, mazzo 1.

(1) Sino dal 6 ottobre del 1580 così egli scriveva al duca di Savoia: «... Je suis en si mauvais état que si on me donnait un royaume pour demeurer auprès du plus grand prince du monde ordinairement je m'en excuserais, car il me serait impossible de porter la peine ny le travail, ne demandant que repos de corp et d'esprit et estre en un lieu à mon aise propre à ma santé esloigné de toutes affaires... » (Archivi del regno, *Principe de Genévois et Nemours*, mazzo 1.)

(2) Ne parlò solo indirettamente il Rofredo con queste parole: «Non tenesque exauditi in Repub. christiana tumultus: ac demum Jacobum Nemorosii ducem Emanuelis quondam Philiberti patruelem fratrem, in Montiscalerii agro iunio mense decessisse quoque accepimus. » Pag. 83 dell'orazione *ad seren. Carol: Em: de auspicatissima coniugio cum Catharina austriaca.*

3

dopo la di lui morte, vale a dire il venti giugno 1585, nel quale dice essere Giacomo venuto meno in una villeggiatura presso Torino in conseguenza del mal di podagra. Si estende assai l'autore sui particolari degli estremi momenti di Giacomo, e fra le tante lodi di cui gli volle esser prodigo, scelgo a riprodurre due fatti che dimostrano la di lui bontà d'animo alieno dalla vanagloria. Il primo è che avendo un giorno dalla fessura della cortina di sua stanza scoperto un famigliare intento a derubargli una ricca catena da cui pendeva l'ordine cavalleresco, e del valore di più di 500 scudi, nemmeno si fece a rimproverarlo, e solamente quando dopo alcun tempo i valletti si dimostravano inquieti di più non rinvenirla, comandogli di partirsene colla catena, e di più non comparirgli innanzi, salvandolo così dall'infamia.

L'altro avvenimento che onora altresì la memoria del duca è che quando il suo maggiordomo Gerardo di Boncmenat ebbe a rappresentargli la di lui generosa azione nell'aver provvisto di un considerevole numero di materasse i prigionieri, ed alle quali egli aveva creduto di far apporre le armi del casato, Giacomo gli rispose: *Ne faut pas que la sènestre sache ce qui fait la dextre*, ordinandogli di torle immantinenti.

Il secondo documento il quale prova che questo duca morì presso Torino e non in Savoia è la cronaca manoscritta di Rivoli, in cui il buon cronista nell'anno 1585 così discorre:
« Fermatasi S. A. in Torino nel mese di maggio, era passato a miglior vita il signor Jacques di Savoia, duca di Nemours, alla Grangia chiamata la Chiateliera appresso Torino e la campagna di Moncalieri, ove abitò lungo tempo infermo, facendo fabbricare il gran palazzo appresso Moncalieri, il quale chiamavano la Casaccia, e venduto poi a S. A., fu chiamato e si chiama al presente Mirafiori, e li 25 detto mese fu il cadavere di detto duca trasportato a seppellire in Annessi passando per Rivoli accompagnato da molti signori » (1).

Jacopo di Nemours adunque morì tra le nove e le dieci

(1) Biblioteca di S. M.

vespertine del diciotto giugno, assistito dall'autore del citato elogio e dall'arcivescovo di Torino, Gerolamo della Rovere.

Il secondo duca di Nemours fu il precipuo ornamento di sua schiatta, e lo stesso signor di Brantome, tessendone l'elogio, dice: « Qui n'a vu monsieur le duc de Nemours en ses années gayes n'a rien vu, et qui l'a vu le peut baptiser par tout le monde la fleur de toute chevalerie. » È fama che egli scrivesse così bene in prosa come in versi, e già fu quistione se a lui dovessero attribuirsi i *Rondeaux* (1), facienti parte di una raccolta di poesie inedite, che per autore recano il nome di Monsieur Jacques, state acquistate intorno al 1835 dalla reale biblioteca di Parigi. L'inclito cavaliere Cesare di Saluzzo n'ebbe a dubitare, e nelle ricerche per l'appunto fatte sul suo invito dal Champollion, è detto che appartenendo probabilmente esse poesie alla metà del secolo xv, si deggiono piuttosto attribuire a Giacomo d'Armagnac, duca di Nemours, stato decapitato, come tutti sanno, nel 1477 d'ordine del subdolo Luigi XI (2). Se però si potesse stabilire che il documento appartenga non al xv, ma sibbene al xvi secolo, le poesie si debbono attribuire non al cospiratore D'Armagnac, ma piuttosto al dotto ed amabile Giacomo di Nemours. Del resto che Giacomo fosse versato in lettere non si può mettere in dubbio, ed oltre a quanto di lui si legge nell'*Accademia della fama* del Frugoni (3), egli è l'autore di una celebre istruzione ancor

(1) Specie di poesia col ritornello.

(2) Biblioteca di S. A. R. il duca di Genova, *Savoia Nemours*, Miscellanea.

(3) «... Il volete letterato ? Sentitelo fra le muse armoneggiare come un Apollo e saper così bene come Achille trattar la cetra come la spada. Osservate la di lui eloquenza stillar dolcemente in rugiada su fogli ad imbalsamarli colla virtù dei concetti felicemente spiegati in prosa a segno che il Tuano lasciò per memorabile nella sua grande historia che se le opere di Giacomo di Nemours venissero impresse non cederebbero punto a quelle degli Strozzi e del duca d'Atri. Hebbe la perfetta intelligenza delle matematiche, della pittura, della scultura, e della architettura s'intese a maraviglia. Possedelte la conoscenza dei metalli e dei minerali, e parlando con esattezza i quattro principali idiomi, latino, francese, italiano e spagnuolo si fe' sentire non sol colla spada, ma colla lingua da queste primiere nazioni del mondo... » pag. 243.

inedita, e che il citato Champollion dalla biblioteca reale di
Parigi inviò al nostro benemerito Cesare Saluzzo. Riguarda
essa il modo col quale devono governarsi un gran principe ed un gran capitano negli affari di Stato e di spada,
e se la natura di questo lavoro non consente ch'io la rife-
risca in disteso, come sarebbe mio desiderio, non posso però
dispensarmi dal registrare almeno la prefazione di questo
saggio ricordo che Giacomo di Nemours prima di morire
lasciava ai suoi figli, rendendo in tal modo non debole omaggio alla memoria di un principe per nobiltà di sentimenti
a nessuno secondo (1).

(1) « Instruction accompagnée d'ung discours sur le faict du gouvernement et conduit-
d'ung grand estat et d'une grande armée pour servir tant à ung grand prince qu'à ung
grand cappitaine que moy Jaques de Savoye duc de Genévois et de Nemours laisse à mes
deux enfans Charles et Henry de Savoye pour s'en ayder quand Dieu leur fera sa grace
d'estre l'un ou l'aultre, ou qu'il se presentera l'occasion de s'en pouvoir ayder, lequel je
n'ay bati sur les livres mais sur ce que j'ay veu par expérience depuis trente six ans
passés que je porte les armes. Et premièrement je commencerai par l'instruction, puis je
viendray au discours. Le tout faict à Montcalier l'an mil cinq cent quattre vigt et deux.

« Charles et Henry mes enfans bien aimés ! Me voyant goutteux, vieulx, estroplé et ma-
ladif et n'attendant tous les jours si non l'heure qu'il plaise à Dieu me prendre et faire
sa volonté de moy pour me rendre (s'il luy plaist et comme j'espere qu'il m'en fera la
grace) plus heureux que je ne suis en ce miserable monde et vous y laisser sans que
j'aye eu la santé et le moyen de vous y acquerir le bien et honneur que j'eusse bien de-
siré tant pour l'amitié que je vous porte que pour l'esperance que j'ai que vous serez
tous deux si gens de bien et d'honneur que ne forlignerres jamais qui me fera avoir plus
de regret quand je vous abandoneray que non pas d'abandoner les choses mondaines qui
ne sont que vanités et aussi que vivant je n'auray eu ce plaisir pour mon indisposition
de vous avoir peu conduire avec une espée à la main pour le service du Roy ou de monseigneur et nepveu duc de Savoye qui sont nos souverains princes aux liens ou ayant
appris en ma jeunesse d'acquerir honneur et reputation je vous y eusse encor peu mon-
strer le vray chemin par ou sans nulle hypocrisie ni feintise l'on se peut rendre digne
d'estre employé aux grandes et honnorables charges. Mais puisqu'il plaise à Dieu que
je sois privé de ce contentement et ne pouvant bouger d'une chaise sans que mes val-
lets m'en otent je prends mon plus grand plaisir à faire quelque chose qui vous puisse
tourner à bénéfice et servir d'augmenter vostre réputation après moy. Et parce qu'il m'a
semblé tant pour m'acquitter du devoir de pere que pour rendre le tribut à l'amour
naturel de vous deux que je tiens par moy meme vous debuoir laisser ce peu d'instruction
avec un petit discours fondé sur ce que j'ai peu apprendre depuis trente six ans qu'il
y a que je porte les armes au service de cette grande et puissante couronne de France,
et morrez parmis tant de grands hommes et cappitaine et en ce grand chaos d'affaire tant
d'estat que de guerre que j'y ay veu traitter de mon tems estant le plus grand légat plus
riche et prouffitable heritage que je vous puisse laisser j'entends de ce qui deppend de moy.
Lequel discours et instruction je vous encharge tous deux tant pour votre bien et utilité que pour contenter la mémoire de votre père le lire souvent, le bien retenir, garder,

Ma per dare anche un'idea dell'istruzione giova osservare
che essa si può dividere in due parti, nella prima delle
quali il duca Giacomo lascia ai suoi due figliuoli saggi am-
maestramenti sul modo con cui debbano reggersi nel corso
delle vicende umane, e così di rispettare l'autore di ogni
bene, amare la madre, essere uguali sì nella prospera che
nell'avversa fortuna, parlar poco, e non lasciarsi ingannare,
« Ne vous laissez tromper jamais, egli dice, qu'une fois,
car nul ne se peut garder de la premiere, mais si attendes
jusques à la deuxieme vous ne seres tenus pour gens
d'esprit. »

La seconda parte dell'istruzione ha per oggetto di ammaestrare un gran principe, desideroso di conservare i
propri Stati ed essere amato dai sudditi, a cui, fra i tanti
suggerimenti, fa presente di scegliere buoni consiglieri,
timorati di Dio, « Car qui ne craint d'offenser Dieu craindra
encor moins d'offenser un prince. » Dopo di aver poi discorso in qual maniera i grandi principi ed i grandi capitani debbano eleggere i loro consiglieri, si rivolge ad un
principe e giovane capitano che sia chiamato a quel grado,
il quale egli induce ad aver presenti tre cose principali:
prudenza, giustizia e spada: prudenza perchè con essa potrà

observer selon les affaires et occasions qui se présenteront, car il vous en peult arriver
bien peu qu'en le lisant vous n'y trouvea quelquo chose que vous y puisse servir. Et
encore que le dit discours s'adresse aux grands princes et aux grands cappitaines et que
ne soyez ni l'uns ni l'autre pour cette heure vous estes assez bien néz d'assez bonne maison
pour me faire esperer estant gens de bien enners Dieu et le monde que pourrez estre
un jour plus grands et d'une façon et d'aultre et arriver avec la prudence, experience et
valeur que Dieu vous donnera s'il luy plaît à l'honneur et gloire que nos predecesseurs
ont acquis par tout lo monde et ne laissera ce dicte traité de nous servir aussy bien d'instruction qu'à des plus grands que vous n'etes. Doncques mes chers enfans je vous enjon-
dray comme père et vous prieray comme le plus grand ami que vous aurez jamais eu au
monde de vouloir vous estudier de toute vostre pouvoir d'ensuivre et bien observer ce
peu d'advertissement que je vous laisse le quel j'ay basti sur les malheurs, désastres,
ruines, pertes d'estats et d'armes, et un monde d'inconvenients et facultés qui en dep-
pendent lesquels à mon regret j'ay veu arriver en plusieurs estats et seulement pour avoir
oublié et ne tenir conte d'observer ce qui s'en suit et pour s'estre servi de gens tant d'age
que de savoir incapables de leurs charges. » (Biblioteca reale di Parigi, N. 20, supplemento — Biblioteca di S. A. il Duca di Genova, *Savoia Nemours*, Miscellanea.)

eseguire buona giustizia; giustizia perchè lo farà temere ed
amare dai sudditi, quando sia amministrata incorruttibile;
spada perchè unita alla prudenza servirà a conservargli i
suoi Stati e farlo rispettare dai vicini, « Car l'epée est aussy
bien destiné pour la paix que pour la guerre, et sans
l'espée un Estat est toujours malade. » Passa quindi ad osservare come un principe il quale succeda in uno Stato
debba tosto riguardare ai mezzi lasciati dal suo predeces-
sore, provvedere alle fortificazioni delle frontiere, e servirsi
per gli impieghi specialmente di nazionali, senza escludere
però affatto gli stranieri conosciuti a tutta prova. Ed ancor
qui giova far plauso agli egregii sentimenti del nostro
principe, e fra gli ottimi consigli, trascriverò il seguente
come si trova riferito, perchè di grande importanza anche
ai giorni nostri, nè giammai abbastanza messo in pratica
da chi è troppo corrivo nel dar ascolto alle eloquenti ma
non saggie ed oneste altrui manifestazioni. Egli dice adunque: « Ne fault qu'un prince pour faire plaisir et gratifier
qui que ce soit recoive jamais en son Estat celuy qui aura
attenté ou conspiré contre la personne ou Estat d'ung autre prince, car il luy en peut advenir de mesme et seroit
donner courage aux sien fils s'ils en auaient occasion d'en
faire aultant. » Avverte ancora che un principe deve guardarsi
dal comunicare cose di Stato a quelli che non sono della
professione, cioè ai curiali, ai preti ed alle donne: « Car il
s'en est vu de notre temps arriver de tres grands inconvenients ruines despenses grandes et pertes d'ames inestimables
en France par ces trois sortes de robbe longue. » Conchiude
finalmente l'istruzione con una specie di trattato militare,
in cui dà norme delle quali si debbano provvedere tanto il
principe, quanto il capitano nel dirigere un'armata, nel
modo di alloggiarla, accamparla, ed in quello di combattere
ed eleggerne gli uffiziali.

Giacomo di Nemours fu cavaliere degli ordini del Re, con-
sigliero di Stato e del privato Consiglio di S. M., e cavaliere

gran croce dei Santi Maurizio e Lazzaro; aveva per divisa un braccio armato, nascente da una nuvola, e che serrava in mano una scimitarra pronta a recidere più gruppi, col motto *Nodos virtute resolvo.*

Questo duca, che doveva sposare la regina d'Inghilterra (1) tolse per contro in matrimonio nel 1566 Anna D'Este, contessa di Gisors, vedova di Francesco di Lorena, duca di Guisa, e figliuola di Ercole II, duca di Ferrara (2), dalla quale gli nacquero Margherita, venuta meno in età d'anni tre, e due maschi, Carlo Emanuele ed Enrico. Ma la continenza non è virtù guari conosciuta nelle Corti de' principi, ed a Giacomo perciò non mancarono figli naturali.

Da Francesca di Rohan, conosciuta sotto il titolo di signora di Garnache nel Poitou, ebbe un maschio di nome Enrico. Si racconta poi che vivendo questa donzella alla

---

(1) Negli archivi del regno esiste l'istruzione che il duca di Savoia diede al conte di Moretta spedito in Inghilterra per trattare in proposito, e discorrendosi in essa delle qualità di Giacomo e della convenienza che vi sarebbe di conchiudere quell'alleanza sono usate queste parole: « ... Impero che egli si trova nato di tal sangue che ha avuto imperatori et re progenitori et imparentato sempre con tutte le regali case della cristianità et questa propria tal uolta et atteso di presente il stretto legame del sig. duca mio con le due corone di Francia et Spagna, si può promettere da quelle non solo la conservatione di questa santa unione, ma ancbora fauore appresso alla M. V., et essendo poi di casa né francese né spagnuola si trova hauere sì buon credito appresso a quelle nationi et altre anchora come sono la Allemana et Italiana dalle quali riconosce l'origine sua che niuno forse della qualità ch'egli si trova può sperare maggior seguito di alemanni od italiani o sia anche di francesi, li quali rispetti et quello dei stati del sig. duca di Savoia vengono ad essere di tal e tanta consideratione che anchora che mons. di Nemours non portasse in questo regno se non la persona sua, porta però tal peso che deve esser preferito a molti altri che se ben haueranno anch'essi dei stati sono nondimeno talmente discosti da questo regno che poco aiuto se ne può sperare massime in quelle parti che ricerca il bisogno di esso regno, o se sono un poco più vicini vengano ad ingombrare più tosto che aiutare il regno. Pertanto non essendo monsignor di Nemours manco suddito di stato et tanto stretto col sig. duca di Savoia che lo tiene non per fratel cugino ma per figliuolo e per quello in cui tutta la sua successione aspettaria quando Iddio mandasse per lui et non gli desse figliuoli di Madama sua consorte sono grandemente a considerare le altre dependentie già discorse con le due corone et particolarmente il valore, la virtù et la creanza di quel prencipe il quale per l'età sua che è nel suo vigore proprio si trova hauer aquistata tale esperienza delle cose che a prencipe et canagliere et gran capitano si appartengono che forse qualch'uno si maraviglierebbe che le sue fatiche non sieno maggiormente riconosciute. »

(2) GUICHENON, preuves 2, pag. 628.

Corte di Parigi, cedesse all'amore del duca, il quale non ostante il suo entusiasmo per la religione cattolica, approfittò della debolezza di lei ottenendone doppio frutto, e forse per tranquillizzarla le promise di maritarsi con essa alla presenza di testimonii. Ma allorché trattossi di unirsi a miglior parentado, egli protestò che nessun vincolo poteva legarlo a donna ugonotta, che egli non mai avevalo promesso di sposarla, e che il suo carteggio sempre erasi mantenuto nei termini quali si convengono a nobile ed onesta donzella. Francesca s'interpose bensì con calore per impedire tanta sventura, ma una sentenza prima del re di Francia, data a Montereau il 28 aprile 1566, dichiarò non esservi motivo di respingere la decisione della Santa Sede a cui era l'esponente ricorsa (1), poi Giulio Oradino, decano della Sacra Rota, ai 5 marzo 1571 si fece a pronunziare la sentenza definitiva contro di lei in conferma di quella già emanata da Antonio Dealbone arcivescovo di Lione.

La ripudiata Francesca menava gran rumore per queste sue disgrazie che interessavano non pochi, ed Anna D'Este per tranquillizzarla in qualche maniera le ottenne dalla Corte l'erezione in ducato della signoria di Leudun. Ma essa volle sempre usare i titoli di casa Savoia, facendo assumere ad Enrico suo figlio quello di duca del Genevese, che con questa qualità si sottoscrisse in lettere dirette a Carlo Emanuele I, quantunque Enrico III con decreto del 20 marzo 1580 avesse dichiarato non poter esso usare che nome ed armi del casato dei Rohan (2).

Questo figliuolo naturale di Giacomo era soldato per gli

(1) Biblioteca di S. M., a pag. 64 del manoscritto *Privilèges de Monseigneur le due de Genévois.*

(2) « Henry par la grace de Dieu Roy de France et de Pologne à tous ceux que ces presentes lettres verront salut. Savoir faisons que sur le différend pendant par devant nous en notre conseil entre notre très cher et très aimé cousin Jaques de Savoie due de Genévoys et Nemours demandant et requerant l'inhibition de certaine requete du 14 febrier dernier passé d'une part, et notre bien aimé cousin Henry soy disant de Savoye etc...... Nous estant en notre conseil assisté de la Reyne notre très honnurrée dame et

Ugonotti, e morì non nel 1585, come erroneamente scrisse il Litta, ma senza dubbio dopo il 1617, conservandosi ancora in quest'anno di lui lettere dirette al duca di Savoia. Lasciò erede un figlio per nome Samuele, che fu signore di Villeman.

La duchessa Anna D'Este sopravvisse al suo marito sino al sette maggio del 1607, nel qual anno morì in Parigi (1), ed avendosi, come gli avi dei Nemours, ordinata la sepoltura nella chiesa di N. D. di Liesse ad Annecy, in esecuzione di questo suo volere, ai sei di giugno il vescovo di detta città, colla scorta del capitolo e delle maestrature, recossi pontificalmente a Sillingy dove, toltosi il corpo della duchessa, si traslocò al sito destinato. Nella funebre ceremonia ebbero posto onorevole il signor di Beaumont barone di Confignon, il signor Condemine, il signor di Lucinge, il baglivo di Loche, i signori della Thuile e di Groisy della casa di Sales, fratelli entrambi dell'illustre vescovo di tal nome.

Nel vegnente giorno, celebratisi i funerali, il glorioso vescovo Francesco di Sales, con quell'enfasi e con quel sentimento suoi proprii, si fece a pronunziare un elogio in onore della duchessa; e parlando di questo discorso l'autore della relazione manoscritta della cerimonia osserva che, quantunque l'avesse composto in brevissimo spazio di tempo e tramezzo gravi affari, tuttavia *fut si belle et neantmoins si pleine pour ne rien oublier des principales louanges dues à la très heureuse memoire de Madame que toute l'audience en demeura non seulement satisfaite mais ravie à l'exemple de ceux qui ouirent prononcer en l'eglise de Notre Dame de Paris celle qu'il y fit aux obseques de monseigneur le duc*

mere, nous auons ordonné et ordonnons que ledict demendant ne prendra à l'auenir aultre nom et armes que de la maison de notre très chere et bien aimée cousine Françoise de Rohan sa mère sans se qualifier d'autre nom et armes. » (Bibliotera di S. M., a pagina 78 del manoscritto *Privilèges de M. le duc de Genérois*.)

(1) Del 22 maggio è la lettera di suo figlio Enrico che partecipando al Consiglio di Annecy la di lei morte lo invitava a degnamente riceverne le spoglie.

de Nemours (1). Aggiungerò infine che sulla sua tomba si legge un'iscrizione latina riferita dal Guichenon (2).

Anna D'Este fu principessa dotata di molta penetrazione: quando nel 1601 fece in Parigi la solenne entrata Maria de' Medici, sposa ad Enrico IV, questi comandò ad Anna, sovr'intendente della casa, di presentare alla regina la sua propria favorita marchesa di Verneuil. Di commissione così poco delicata si volle scusare la duchessa, ma non avendo potuto sottrarsi all'ordine imperioso del re, seppe assai destramente e con mezzo ingegnoso eseguire l'incombenza avuta (3). Ai 20 luglio 1581 ella ottenne che nella collegiata d'Annecy si 'esponesse il Sudario trasferitosi da Chambéry dai cardinali di Lorena e di Guisa, e di lei parlando monsignor della Chiesa avverte che « essendo stata ammaestrata nei primi suoi anni dall'eccellente Olimpia Moratta (4), donna in ogni scienza dottissima, riuscì nelle lettere maravigliosa, come ne fanno fede, oltre ai virtuosi che la conobbero, alcune sue faconde prose che con immortal sua lode da huomini dottissimi sono tenute care. Acquistossi quest'illustre duchessa molto honore nel memorabil assedio di Parigi, doue non fu di picciol giovamento in mantener in proposito quella città non solo col souuenir ai bisogni, ma con la lingua e col consiglio, trouandosi presente a tutte le deliberazioni di qualche importanza » (5).

III. Carlo Emanuele, primogenito di Giacomo, nato nel castello di Nanteuil nel febbraio del 1567 e battezzato solennemente agli otto giugno dell'anno seguente (avendo avuto padrini il re e Caterina de' Medici), dimostrossi

---

(1) Archivi del regno, *Princes de Genévois et Nemours, Relation des funerailles d'Anne d'Est.*

(2) Luogo citato, pag. 201.

(3) *Histoire des amours d'Henry IV.* Archives curiesses, tom. XIV.

(4) Questa matrona era mantovana e moglie di Andrea Gruntlero, medico tedesco, e parlava e scriveva ottimamente francese, italiano e tedesco. Morì nel 1555 in Heidelberg.

(5) *Theatro delle donne letterate*, pag. 72.

giovano coraggioso al pari de' suoi avi, e nel fior degli anni diè saggio di esperienza antica nel mestiero dell'armi, sebbene la parte da essolui tenuta nelle guerresche fazioni della lega cattolica non sia stata coronata di felice successo.

Visso in Corte di Savoia sino dai dieci anni, essendo stato emancipato già dallo aprile 1571, in cui d'ordine del re fu eletto a di lui curatore Antonio di Cirie, vescovo di Avranche, decano della chiesa di Parigi, che, morto nel 1575, ebbe a successore il fratello Carlo, presidente delle richieste (1). Agli undici di aprile 1576 Emanuele Filiberto gli assegnava quattro mila cinquecento lire da prendersi sulle gabelle del vino del Genevese e Faucigny (2), e nel 1585 fu compagno a Carlo Emanuele I nel viaggio di Spagna in occasione del matrimonio di questi con Caterina d'Austria. Enrico III assegnogli ancora nel 1588 il governo del Lionese e Beaujolais, che si prevedeva vacante per la probabile morte del signor di Mandelot (3), ma questa liberalità, checchè ne scrivesse egli al duca di Savoia, non lo fece astenere dallo inframmischiarsi poscia nelle guerre civili, sprezzando in tal guisa i consigli di suo padre. Ai secondi Stati generali di Blois, tenutisi nel 1588, e nei quali furono trucidati il duca ed il cardinale di Guisa, si trovò ancor presente Carlo Emanuele di Nemours, ed Enrico III che aveva comandata la morte di quei principi volle per propria sicurezza aver lui nelle mani colla madre in ragione del parentado con loro. Tradotto però nel

(1) Archivi del regno, *Princes de Genévois et Nemours*, paquet 10.
(2) Archivi del regno, *Princes de Genévois et Nemours*, paquet 11.
(3) Il signor de Mandelot morì il 24 novembre 1588. Ora le patenti di nomina di Carlo Emanuele datano da Blois il 24 novembre, cioè l'istesso giorno della morte; il che significa non essersi attesa la morte del precedente governatore per nominarvi il nostro duca. In lettera poi di esso anno egli scriveva al duca di Savoia : « ...... Il a plen au Roy d'avouyr si bonne souvrenance de la fidelité de feu monsieur mon pére et de la mienne que soudains aprés la mort de Monsieur de Mandelot S. M. m'a fait cet honneur de me gratiffier du gouvernement de Lyon avec telle conflance et demonstration d'amitié que sadyte Majesté m'a obligé de plus en plus à desyrer toute ma vye de vivre et mourir son trés humble et trés fidel serviteur... » (Archivi del regno, *Principi del Genevese e Nemours*, marzo 2.)

castello di Amboise, il nostro duca ebbe mezzo di evadersi sotto le spoglie di uno sguattero, e fuggire a Parigi, seguendo con maggior calore il partito ostile al re, di cui la vita fu poi troncata, come tutti sanno, dal coltello del fanatico domenicano frà Clemente. Nel febbraio del 1585, essendosi i Lionesi dichiarati del partito dell'unione, cacciarono di città gli uffiziali regii, e giurarono che essi farebbero quanto loro comanderebbe il duca di Nemours, il quale ad una simile novella tosto partì alla loro volta. A Lione venne egli accolto con acclamazioni dal popolo che gridava *vivent les princes catholiques! vive le gouverneur!* ma non si trattenne a lungo, poichè dopo la morte di Enrico partì per volare al soccorso di Parigi, ordinando soltanto che si formasse una linea di ripari, di cui affidò la direzione al marchese di St-Sorlin, suo fratello (1). Il duca di Nemours si distinse quindi nelle file della lega il 21 settembre 1585 al combattimento d'Arcques e nel successivo anno il 14 di marzo alla battaglia d'Ivry, dove rimase quasi solo sul campo di guerra. Scorgendo allora perduta omai ogni speranza, ritirossi prima a Chartres, poi a Parigi, e verso il mese di giugno stesso anno ne venne nominato governatore in rimpiazzamento del duca d'Aumale, caduto in sospetto dei medesimi personaggi della lega. Nelle critiche congiunture in cui la città di Parigi era ridotta Carlo Emanuele di Nemours operò ingegnosi ritrovati, ed a lui essa deve in gran parte la propria salvezza. La bella difesa eseguita dal duca in tale circostanza è meritamente decantata da tutti gli storici contemporanei, i quali osservano quant'abbia egli saputo governarsi trammezzo un popolo così difficile a reggere, e che potè indurre a tollerare i disagi dell'assedio. Il duca di Nemours adunque era il capo e governatore della città, e nelle varie fazioni veniva sussidiato dal nunzio, dagli ambasciadori di Spagna

(1) *Notices sur Charles Emanuel de Nemours*, par A. PERICAUD ainé, *des Académies de Lyon et de Dijon.* — Lyon. 1821, pag. 7.

o di Scozia, dal cardinale Gondi, dagli arcivescovi di Lione e Piacenza, da Francesco Panigarola (1) e dall'attivissima sua madre Anna D'Este: notasi poi qual sua prontezza di spirito l'avere saputo persino trarre profitto degli oratori sacri, fra cui trovavasi allora in Parigi Pietro Cristin di Nizza, che per l'eloquenza poteva maneggiare il cuore di chiunque (2). Non è nel mio assunto di qui soffermarmi a discorrere di quel memorabile assedio tentato dalle armi del re di Navarra, che fu poi Enrico IV, mentre mi basterà di avvertire che il nostro duca non risparmiò fatica di sorta, e ad Enrico, che verso il 20 di luglio scrissegli umanamente una lettera (3), disdegnoso nemmeno volle rispondere, trattandolo da eretico. Ed a questo proposito si narra che ad uno dei marescialli di Francia abbia detto che *sa foi et sa religion ne lui permettaient pas de reconnoitre Henry pour roy.* Infatti, inorgoglitosi, si credeva di diventare per-

(1) Francesco Panigarola, benchè nato in Milano da patrizia famiglia, volle tuttavia esser tenuto cittadino d'Asti, sia perchè ne fu vescovo, sia perchè amò questa città qual seconda sua patria. Fu ammirato per le sue prediche in Pisa, in Firenze, e Roma, predicò alla Corte di Caterina de' Medici e vi convertì calvinisti di alto rango. Carlo Emanuele I nel 1587 ottenne da Sisto V di averlo vescovo d'Asti. Scrisse il *Discours véritable de tout ce qui s'est passé en la ville de Paris et ses environs tant de la part du Roi de Navarre et de son armée que de la part du duc de Nemours et les habitans de Paris depuis la retraite du dit Roi de Navarre de devant Sens jusqu'au douze juin 1530,* stampato nelle *Mémoires de la ligue,* tom. IV.

(2) *Discours bref et véritable des choses plus notables arrivées au siège mémorable de la renommée ville de Paris et défense d'i-celle par Monseigneur le duc de Nemours,* par PIERRO CORNEJE. *Mémoires de la ligue,* tom. IV, pag. 227.

(3) « Mon cousin! Vous avez fait assez paraistre votre valeur et generosité en la defense de Paris jusqu'icy, mais de vous opiniatrer davantage sous une vaine attente de secours il n'y a aulcune apparence, et si vous me contraignes de tenter la force vous peurés penser qu'il ne sera lors en ma puissance d'empecher qu'elle ne soit pillée et saccagée. Encor quand le secours que vous attendo viendroit vous sanes qu'il ne peut passer jusqu'à vous sans une bataille laquelle devant que me donner ny presenter, vostre frere se souviendra de la dernière, et quand bien Dieu me defavoriseroit tant pour mes peches que je la perdisse, vostre condition serait encor pire pour n'avoir voulu recognoistre vostre Roy legitime et naturel de tomber sous le joug et domination des espagnols les plus fiers et les plus cruels du monde. Partant je vous prie de vous souvenir de ce qui s'est passé et jeter les yeux sur ce qui peut avenir et me recognoistre pour tel que debole (a).

Votre bon roy et bon amy
HENRY. »

(a) *Recueil des lettres missives d'Henry IV publiées par Berger,* tom. III, pag. 226.

sino re di Francia, ma intanto scorgendo i suoi progetti rovesciati dal duca di Mayenne, suo fratello materno, e verso cui nutriva rancore, in un momento di rabbia diè le demissioni da governatore di Parigi ed andò a riassumere le redini del governo del Lionese. Fece quindi la guerra, ora in persona, ora per mezzo di luogotenenti, nel Borbonese, Forey, e nell'Alvergna, s'impadroni bensì dei castelli di Bisy ed Espoisse per tradimento di un cotale che Luigi d'Azinville de Revillon, signore di essi, aveva ospitato, ma conoscendosi non abbastanza forte a guerreggiare in siti così differenti, fece partire alla volta di Milano Carlo di Coligny d'Andelot con incarico di negoziare con i ministri di Spagna ; missione del resto che non sortì alcun effetto.

Intanto Carlo Emanuele di Nemours, framezzo al disordine generale da cui era agitata la Francia in sui primi mesi del 1583, si prefiggeva di formarsi una sovranità indipendente delle provincie sotto il suo governo, ed a tal uopo si adoprava congiuntamente al fratello per aggiugnervi il Delfinato. Sotto pretesti diversi adunque faceva fortificare le principali piazze di suo governo, come Thoissey, Thigy, Belleville, Charlieu, Saint-Bonnet, Condrieux, costituendo in tal modo una circonvallazione attorno Lione, che destinava per capitale del suo dominio. E forse vi sarebbe riuscito se la maniera sua di agire non avesse stanca la tolleranza di quel popolo, ma l'esser egli giunto ad abolire l'autorità de' magistrati, formando un Consiglio di gente straniera a lui ciecamente devota, ed il comportarsi con eccessivo rigore, finì per colmare la misura e renderlo odioso. Si vantava Carlo Emanuele discepolo di Macchiavelli, del quale di continuo leggeva le opere, citandone spesso l'autorità, senza però dissimulare i progetti che dovevano renderlo abborrito, nè più assumendo il titolo di governatore delle provincie a lui sottomesse, chiamavasi semplicemente duca di Nemours, quasichè regnasse per propria autorità. Senonchè Pietro d'Espinac, arcivescovo di

Lione, chiamato da Parigi dal duca di Mayenne, quegli fu che si accinse a liberare i Lionesi dalla tirannia di costui. Ritornato egli adunque alla sua seggia episcopale, si attorniò tosto dei capi della borghesia inspirando loro coraggio, affinché resistessero al basso popolo ed alle genti di guerra del duca, il quale per ricuperare il suo ascendente credette di ingiugnere a Dezimieu di venir a raggiungerlo coll'eletta di sua guarnigione per rendersi padrone assoluto di Lione. Ma D'Espinac il diciotto di settembre avendo potuto far guardare la porta del Rodano da una compagnia di cittadini armati, nel combattimento colà ingaggiatosi si impadronì della persona di Dezimieu in un con quella di Carlo di Simiana, signore di Albigny, uno dei più caldi partigiani di Nemours. Al rumore poi essendosi armati i cittadini, lo stesso Carlo Emanuele, accorso colà, venne arrestato da un corpo di milizia municipale che comandava un gentiluomo lionese, Alessandro Reveroni, il quale lo condusse nel proprio palazzo. Senonché il giorno seguente l'arcivescovo signore della città credette di far menare il duca nel castello di Pierre Encise guardato da svizzeri e da abitanti di Lione. Si trattò poscia a lungo per liberarlo tra Mayenne medesimo, stupefatto come un principe così facilmente potesse venire oppresso dai propri sudditi, e l'arcivescovo D'Espinac, e Carlo Emanuele persino aveva a tale oggetto spedito a Lione il barone di Sierre (1). Dicesi che in questi frangenti gli oratori sacri a Parigi caldamente raccomandassero al popolo di pregare *pour notre bon bourgeois M. de Nemours qui est en grande affliction, que Dieu le fortifie et le console.*

Finalmente potè conchiudersi a Lione il 22 novembre 1593 un trattato, ratificatosi a Parigi il 4 gennaio seguente anno, ma siccome vi erano ancora ostacoli a superarsi prima che definitivamente acquistasse la libertà, così egli pensò con uno stratagemma poco presso simile a quello

(1) CAMBIANO, *Dell'Historico*, discorso. *Hist. pat. Monumenta Script.* I, pag. 1320.

usato ad Ambuosa, di aiutarsi da sè stesso, ed in effetto la notte del mercoledì 26 luglio 1594 si evase dalla sua prigione (1). Libero, giurò vendetta alla città, che in fin dei conti difendeva le sue guarentigie : messosi adunque a capo di una picciola armata composta di volontari e di tre mila svizzeri somministratigli dal duca di Savoia, si fece a devastare il Lionese, e forse se ne sarebbe impadronito se il Montmorency, che al re menava mille cavalli e quattro mila fanti, non l'avesse serrato in Vienna, e per soprappiù gli stessi suoi svizzeri, mal retribuiti, non si fossero ritirati nella Savoia.

Verso il fine di marzo 1595 venne il nostro duca a Torino per indurre il contestabile di Castiglia a passare nel Lionese con un'armata; senonchè appena partito, Dezimieu, a cui egli aveva commesso la guardia di Pipet, principale castello di Vienna, essendosi sottomesso al re, ed avendo introdotto in quella città le truppe di Montmorency, si fece in tal guisa ad attraversare ogni di lui progetto. Carlo Emanuele quando conobbe l'accaduto, fu presso ad impazzire, e si sparse voce persino che Dezimieu l'avesse avvelenato. Sul qual sospetto D'Albigny, suo intimo amico, volendo vendicarne l'affronto, portossi immantinente a Parigi, e stese sul suolo Dezimieu, che del resto fu salvo, mercè dei soccorsi a tempo prodigatigli. Ma la cagione dell'immatura morte del duca di Nemours era piuttosto riposta nell'angoscia che distruggevalo lentamente. Infatti, rientrato Enrico IV nella credenza cattolica, e riconosciuto dagli Stati, e con fanatico entusiasmo dai popoli, città e provincie, a gara concorrevano a rendergli omaggio ed a trattare sulle condizioni di loro dedizione. Il duca di Nemours si accorse allora che bisognava infine deporre qualsiasi speranza, e col corruccio nell'animo pensò di ritirarsi ad Annecy, dove in esso anno fondava il convento e la chiesa dei cappuccini sotto il titolo di S. Giacomo, a breve

(1) PERICAUD, *Notices sur Charles Emanuel de Nemours*, pag. 29.

distanza dalla città e su di un promontorio che viene a bagnarsi nel lago, la quale fu consacrata da Claudio di Granier, figlio di Bernardino, mastro di casa del padre di Carlo Emanuele, vescovo di Annecy (1). L'estrema debolezza toglievagli ogni passatempo ed impedivagli persino di cavalcare, e per ben quattro mesi fu egli oppresso da una febbre foriera della sua morte, senza che potesse avere il tempo di rappatumarsi col re, incarico da lui affidato bensì alla madre e ad Alessio Comneno, gentiluomo greco suo amico. Vuolsi che la sua malattia fosse eguale a quella che aveva colpito Enrico IX, ed Onorato d'Urfè, signore di Castelnuovo, riferisce che l'ultima goccia del suo sangue segnò l'estremo momento di vita. E qui non posso dispensarmi dal toccare almeno con poche parole un argomento che assai onora la memoria di colui il quale, se nella foga degli anni giovanili non abbastanza seppe contenersi a fronte della salute del suo paese, dai molti tratti poi che porse di generoso sentire ci lascia giudicare come in età più matura per altra e più nobile causa avrebbe adoperato i suoi talenti.

Scorgendo adunque avvicinarsi l'ultimo istante di vita volle chiamare a sè il marchese di St-Sorlin ed i gentiluomini del seguito, che raccomandò alle cure del fratello, a cui aggiunse che gli lasciava il più bel tesoro. Ai cavalieri poi si fece ad inculcare di non separarsi giammai dalla credenza cattolica, e seguendo le orme dei padri, rendere gloriose le proprie azioni. Supplicato per ultimo lo stesso fratello di rendersi interprete presso la madre de' suoi sentimenti inverso di essa, Carlo Emanuele con la più perfetta calma, assistito dal vescovo Claudio di Granier moriva nel suo castello di Annecy ai 13 agosto del 1595 in età di soli vent'otto anni (2).

(1) BESSON, luogo citato.
(2) Guichenon e Mezerai vogliono che Carlo Emanuele sia morto nel luglio, ma De Thou, Duchat e Pericaud sono con noi d'accordo, e giustamente, poichè la nuova della morte del duca di Nemours giunse a Parigi soltanto il 22 agosto, come si toglie dal giornale di Enrico IV.

Un enfatico scrittore di quel tempo, devoto al casato dei Nemours, volle con un suo filosofico e morale ragiona· mento accingersi a consolare il superstite fratello. Porta desso per titolo : *Consolation à très hault et très puissant prince Henry de Savoie duc de Genèvois et Nemours pour la mort du feu monseigneur son frère*. — Turin, imprimè par Jean Baptiste Boileau, MDXCV — ma ignoro se allora, oggidi al certo produrrebbe effetto opposto, come ne può giudicare il lettore dai passi che mi piace di riferire di uno scritto degno precursore delle corruzioni secentistiche in fatto di letteratura (1).

Carlo Emanuele di Nemours era bellissimo della persona, splendido, magnifico, vero principe e principe anche nel· l'ambizione, e se forse del manto della pietà si servì per coprire azioni poco sincere, ciò si deve piuttosto tenere l'effetto della calorosa adesione al partito di quella lega di cui i capi che si chiamavano cattolici per eccellenza anc· lavano troppo ai regni terreni. Del resto il nostro duca era giovanissimo, e scorgendo di essere assai amato dai Pari- gini, si lasciò, come già dissi, trasportare alcun poco avanti nell'immaginazione, sognando persino di divenir re di Francia.

Tale parmi debba essere il giudizio più disinteressato del duca di Nemours, e che mitiga quello con soverchia passione emesso dal Brantome, il quale non dubitò di af- fermare che *ce prince avait plus de grandes qualités que de*

(1) «..... Ne vous fust il pas eté Indecent de maltraiter vn ambassadeur enuoyé de quelque grand prince à mon defunt seigneur. Pourquoy oultragèz vous donc la mort ambassadeur du Roy des roys venue pour le tirer du mond tenebreuse prison fontaine de soucy theatre a charlatans sepulçro reblanchy plaisante frenesie bourbier des vices abisme d'erreur faulse apparence de bien repos labourieux tremblante asseurance dessein sans succès fente joye: vraye douleur et ordre plein de confusion pour le faire eternellement jouir d'vne bienheureuse vie. Vie assurèe vie tranquille, vie ennemie de mort qui ne goutte tristesse sans douleur sans travail sans peur sans mutation. Jour eternel , eternité sans temps, jour sans nuict doulce compagnie, admirable Jherusalem, throne du tout puissant.....»

In questa occasione fu egualmente pubblicato a Parigi un componimento che porta per titolo *Le deuil de Ferron sur la mort du duc de Nemours* — 1596.

bonnes, plus de courage et de vanité que de veritable honneur ni de vertu. Ai 15 di marzo del 1569 era stato ammesso fra i cavalieri dell'ordine supremo, mentre già col padre nel 1559 aveva ricevuto la gran croce dei Ss. Maurizio e Lazzaro.

IV. Dopo la morte di Carlo Emanuele, che era rimasto scapolo, il titolo assunse di duca di Nemours il fratello più giovane, Enrico marchese di St-Sorlin, il quale vide la luce in Parigi nel palazzo di Lâon il 2 novembre del 1572. Col fratello primogenito passò i primi suoi anni alla Corte di Torino, e come lui venne ricevuto fra i cavalieri dell'ordine supremo. Nel 1587 fu padrino con donna Matilde di Savoia di Vittorio Amedeo I, e nell'istesso anno prese parte ad un fatto d'armi in cui si distinse il duca di Guisa. A Montargis venne onorevolmente accolto dal re, che volle nominarlo fra i suoi consiglieri e colonnello dei cavalleggieri, promettendogli ancora di eleggerlo al comando di un reggimento in un primo scontro col nemico, siccome si toglie dalla lettera scritta il 27 di ottobre da Anna D'Este, sua madre, al duca di Savoia (1). Nell'anno vegnente poi Carlo Emanuele lo destinò comandante delle sue truppe nella presa di Carmagnola, e quindi nell'occupazione del marchesato di Saluzzo, seguita col pretesto di munirsi contro gli Ugonotti del Delfinato, ma animata dal vero e lodevolissimo fine per un principe italiano di cuore e di senno di atterrare in Piemonte quel baluardo della

(1) «..... Mon fils de Guise manda à mon dit fils de Nemours par deus courriers exprès quil estoit sur le poynt de combattre les ennemis et quil ne deuryet pour rien du monde perdre vne si belle occasyon si bien, que preferant l'honneur à tous autres desirs il suplya le Roy auec permission de la Reyne et de Madame la princesse de luy permettre d'aller trouuer mon dit fils de Guyse ce que S. M. enfin luy accorda et luy commanda de le menyr trouuer quand l'occasion de combattre seroyt passée luy ayant fait cet honneur de luy dire quil uoulloyt quil demeurast pres de sa personne auec ses troupes de cheuaux legers ce qu'il n'a oublye de faire car apres auoyr demeure quelques jours auec son frere de Guyse il alla trouuer S. M. a Montargis qui luy a fait beaucoup de faueur layant faist de son conseil et outre la charge de collonel de cheuaux legers luy a promis de luy faire commander vn regiment de gens d'armes si la bataille se donne ans ennemys.....» (Archivi del regno, *Principi del Genevese e Nemours*, marzo 1.)

conquistatrice Francia. Il duca Enrico non servi lungo tempo a Carlo Emanuele, poichè animato dal fraterno esempio e dal vincolo di parentela che univalo ai duchi di Guisa e di Mayenne, adoprossi con zelo per la lega, come già ebbi campo ad accennare superiormente, e nel 1591 sostenne la guerra del Delfinato. Ma quando gli affari di essa lega volsero a male, ed il partito dominante già cominciava a vendicarsi dei nemici, egli venne persino appiccato in effigie sulla piazza di Grève a Parigi, e trascinato a coda di quattro cavalli. E fu allora che secondata la pratica del trattato già intavolatosi dall'estinto fratello all'oggetto di riconciliarsi col re, a suggestione altresi della madre, egli abbandonò la lega, giurando di fedelmente servire lo Stato, e coll'editto di Folembray ottenne perdono di quanto congiuntamente al maggior fratello egli aveva operato contro gli interessi ed i diritti della Corona.

Apertasi poi nel 1600 la guerra tra Enrico IV e Carlo Emanuele I, occasionata dalla seguita occupazione del marchesato di Saluzzo, il duca di Nemours trovandosi astretto a dare ascolto da un lato alla voce del sangue, e dall'altro a quella dei benefizi ricevuti dalla Corona di Francia, ritirossi ad Annecy, e mantenne in quella vertenza la neutralità che meglio avrebbe fatto di sempre serbare in simili affari.

Per amore di cronologia accennerò qui all'acquisto fatto il 21 ottobre 1601 del marchesato di S. Ramberto di Joux da Amedeo di Savoia, fratello naturale di Carlo Emanuele I, di cui faceva omaggio al re Enrico IV (1).

Enrico di Nemours fece poi ritorno in Piemonte nell'occasione del matrimonio di Margherita di Savoia, figlia di Carlo Emanuele I, sposatasi il venti febbraio del 1508 a Francesco Gonzaga, figlio maggiore di Vincenzo, duca di Mantova, e di quello della sorella Isabella, che ai 16 di marzo stesso anno si unì ad Alfonso D'Este, duca di

_____
(1) Guichenon, *Histoire de Bresse*, pag. 99.

Modena (1). Rappresentando il duca di Nemours quel di Mantova, fu a Torino accolto con speciali ceremonie. Presso la città venne incontrato dal duca, dal principe di Piemonte, dal gran priore di Castiglia e dal principe Tommaso col seguito di molti cavalieri, che lo presentarono di un cappello guernito di catenella d'oro, di un palandrano di tela d'argento e di una slitta guidata da un destriero riccamente imbardato. L'ultimo giorno di carnevale il duca di Nemours sposò, in qualità di procuratore di Francesco Gonzaga, la principessa Margherita, e quindi ruppe lancia in un torneo datosi in quell'occasione, e per il quale già prima aveva fatto pubblicare il cartello di sfida (2).

Ai 16 di marzo poi essendosi celebrato il matrimonio di Isabella, il diciasette il duca di Nemours comparve egualmente in una quadriglia, che eseguì sulla piazza del Castello *con molti trombetti vestiti di verde e incarnato, con otto paggi vestiti de la medesima divisa, con otto staffieri per il simile vestiti, con quatro padrini, quali erano questi il sig. conte di Beinette, il signor Onofrio Muti, il sig. di Biaumont*

---

(1) Queste principesse furono donne di somma pietà, e la forza dell'esempio tanto poté che Alfonso III duca di Modena marito di Isabella dopo la di lei morte lasciato lo scettro vostì l'abito dei cappuccini col nome di frà Giambattista il 13 luglio del 1629.

Riscuotere l'ammirazione nelle Corti dove s'innestano le principesse di Savoia é un fatto tradizionale di lor casa, e nobile e moderno esemplo ce lo porgono Maria Clotilde e Maria Pia di grande edificazione alla Francia ed al Portogallo.

(2) Ecco il tenore del cartello di sfida : « Le prince Alimedor aux chevaliers de Piémont et de toute l'Italie. Vous qui parmy les delices de la fortune esperez les victoires par la trempe de vos armes et la présence de vos dames cessez de relever vos courages dans les faibles appás de ceste vaine espérance puisque c'est moy qui arrive, moy dis je qui en pourpoint et esloigné de la beauté qui m'enflemme n'aporte pour toutes armes que le souvenir duquel si je ressens la douleur par ma constance vous en epreuverez le pouvoir a vestre dommage. Mais puisque cet agreable secours me provient de celle qui me liant le coeur m'a deslié le bras je vous deffie a toutes sortes de combats tant a cheval qu'a pied pour graver dans vos poitrines ce que je m'apreste a maintenir qui est que nul ne se peut dire constant qu'il me soit absent de sa dame. Et ne desirant autre aduantage sur vous que celuy que les effets sont accoustumés de m'acquerir sur tout le monde je donnerai à vostre prince la liberté de prescrire votre defaite en contestant par excés de courtoisie ou plutot pour recompenser l'audace de ceux qui s'oseront attaquer à moy qu'il leur soit permis de se glorifier partout d'en avoir esté vaincus. » — *Quelques mémoires de ce qui s'est passé aus nopces des Infantes de Savoye à Turin*, chez les Cavaleris freres, MDCVIII.

*et entrarono in detta piaza, et passegiarono il campo, et poi
si ritirarono da un canto, et erano tutti vestiti a la inglese, con dei cavalli, tutti imbardati* (1).

Compiute le festività delle nozze, Enrico accennava di
partirsene alla volta di Francia, ma supplicato da Carlo
Emanuele di trattenersi ancora per assisterlo ne' gravi affari della successione di Mantova e di Monferrato, non tardò
di ubbidire ai suoi cenni, senonchè, trascorsi due anni, egli
di bel nuovo si faceva ad insistere per ritornare a Parigi,
dovendo colà maritarsi con madamigella d'Anet, figliuola
del duca d'Aumale, con cui erano passate delle promesse e
scritture di sposalizio.

Il duca di Savoia si fece allora a rappresentargli che
per molti rispetti egli non poteva gustare quelle nozze, ed
animandolo a liberarsi da qualsivoglia promessa, nè di riguardare a spesa di sorta, finì per dirgli che, ottenutone
lo scioglimento, egli concederebbegli l'infante Caterina, sua
ultima figlia, ed in pegno di sua parola gli fece promessa
scritta di propria mano (2).

Essendo dunque le cose in questi termini, Enrico Nemours
adoperossi perchè fosse casso detto sposalizio, sborsando ben
inteso la considerevole somma di ottanta mila scudi d'oro,
e verificatasi così la condizione apposta dal duca, questi lo
abbracciò tosto come figliuolo, ne diede parte all'infante, e

(1) Vere relationi di quanto è successo nelle nozze della Serenissima Infanta di Savola
fatte tra doi principi cioè Mantoua e Modena et anche il seguito di guerra sino a questo
anno 1618 come ancora di pace, raccolte diligentemente da me Gio. Matteo Cavalchino
(Torino, 1618, Ms. della bibliotera della R. Università).

(2) « Nous soubsiné promettons en foy et parolle de prince conforme à l'amour fra-
ternelle que nous auons toujours porté et portons à notre frere le duc de Genèvois et
Nemours luy donner en mariage ma Mlle Catterine aussitost quil nous aura remis et re-
porté la promesse qu'il a cy deuant faite par procure à Mlle Danel fillie de Monsieur
le duc d'Aumale de mariage ol pour plus grande assurance auons signé et aussy escrit
de nostre main propre auec apposition de nostre foy.

« Faict a Turin ce 4 juin 1611.   C. EMANUEL. »

Et au bas est le cachet de S. A. qu'il porte ordinairement au bras (scudetto di Savoia
contorniato dal collare dell'ordine). — Archivi del regno, *Princes de Genévois et Nemours*, paquet 14, n° 27.

chiese la dispensa da Paolo V, il quale con breve del 26 agosto 1611 si fece ad accordarla (1). Carlo Emanuele volle ancora significare l'accordo seguito ai principi esteri (2), e nella relazione di questo avvenimento è riferita la lettera di congratulazione del duca di Sassonia, data da Norimberga ai 22 di novembre stesso anno.

Narrasi di più che l'infante di buon grado leggesse biglietti e versi scritti dal duca, il quale fece acquistare a Parigi ed a Milano, con non picciolo dispendio, quanto occorreva per le nozze. Anzi è detto persino che Carlo Emanuele da Rivoli significasse ad Enrico di tenersi pronto, poichè fra due o tre giorni si celebrerebbe il matrimonio, il quale però mai non si ebbe ad effettuare, vuolsi perchè la Spagna avesse fatto intendere che essa non poteva approvarlo. Ed in proposito ecco quanto si legge in alcuni passi di lettera del cardinale Maurizio al fratello principe Tommaso. Ai 12 dicembre 1613 egli scriveva: «È stato non pocho garbuglio con il duca di Nemours, e lui ha chiamato licenza, e credo S. A. gliela habbia data, di andare a Nissi.» Al primo di ottobre 1614 poi così esprimevasi: «Vi mando con questa occasione certi auuisi che m' ha mandato il Rouiglione, facendoui anco sapere come il conte di Verrua ha scritto al duca di Nemours che uenisse, che senz'altro li prometteva che il suo matrimonio saria fatto, in testa dell'esercito.» Ma invece in lettera del 23 dicembre scriveva: «È uenuta nuoua che S. A. haueua mandato al duca di Nemors com'esso duca s'era risoluto di passarsene di qua, se però la noua che il corriere dell'ambasciatore di Francia andaua spargendo per tutto che la pace era fatta, non l'haueva ritenuto: quello che ho paura in questo è che uenendo non si torni a parlar del suo matrimonio, e vi prego pensar un poco il ripiego per questo le-

(1) Archivi del regno, loc. cit., paquet 14.
(2) Del 1641 è l'istruzione data dal duca al barone di Lullin spedito in Fiandra all'arciduca ed all'infanta.

ueria affatto la speranza di potersi mai più attirare con Spagna » (1).

Del resto Carlo Emanuele con atto del dieci giugno del 1615 d'Asti assegnava ad Enrico una pensione vitalizia annuale di venti mila ducatoni da prendersi sulle taglie ordinarie e straordinarie del Genevese e Faucigny, e così rimase assopita, se non nel cuore, almeno nell'apparenza, quella faccenda. Sino dal 24 maggio il cardinale Maurizio scriveva: « Del duca di Nemours le cose vanno benissimo perchè ha fatto che lui rimette la scrittura, e S. A. paghi quello che diede a quella madamigella d'Omale per disfare quel matrimonio, assignandoli un tanto ogni anno sopra le sue terre del Genevese » (2).

Quanto poi all'infante Caterina, figliuola di Carlo Emanuele I, dedicatasi alle opere di pietà divenne religiosa del terz'ordine di S. Francesco, e morì con grande edificazione il 21 ottobre 1641, in età di 46 anni, nel palagio dei Ferrero in Biella, e fu sepolta al santuario di N. D. d'Oropa (3).

Ma sembra che Enrico di Nemours si tenesse offeso di questo avvenimento, e meditasse maniera di dimostrarlo al duca, seppur non fu la Spagna che l'instigava ad una rottura per togliere a Carlo Emanuele così valido appoggio. Nè tardò a presentarsene l'occasione. Infatti apertasi sino dal 1611 la guerra per la successione del Monferrato e di Mantova, ed esibitagli da Carlo Emanuele nel 1615 un'onorevole offerta per averlo ai suoi comandi nelle bellicose fazioni, raccontasi che egli secondasse bensì palesemente il marchese di Lanzo, governatore della Savoia, per levare un corpo d'armata nel Genevese e venire con esso in soccorso del duca, ma non omettesse nello istesso mentre di

(1) Archivi del regno, lettere del cardinale Maurizio.
(2) Archivi del regno, luogo citato.
(3) Di questa principessa vi è una vita scritta dal P. MaurizioArpand d'Annecy stampatasi nel 1670, ed un elogio del Codretto di Sospello col titolo di *Spregio del mondo ossia Vita e morte della Serenissima Infanta D. Francesca Catterina di Savoia*, Mondovì 1654. Ma in entrambi questo fatto è omesso.

dare ascolto alle proposte degli Spagnuoli (1). Costoro adunque, governando il malumore di Enrico, gli avrebbero promesso genti e munizioni per tentare alcune spedizioni nella Savoia, ed egli, secondato da questo movente, avrebbe finto che non venendogli mantenuta la parola data dal marchese di Lanzo di passare in Piemonte con cento cavalli leggieri e cinquanta carabine per sue guardie, non stimavasi più obbligato ad alcun impegno. Senonchè il marchese di Lanzo non erasi spiegato siccome pretendeva il duca, di cui il procedere si rese palese a Carlo Emanuele, il quale non tardò a fargli occupare da esso marchese il castello di Annecy, nel mentre che il principe Vittorio Amedeo, suo figlio, alla testa di fiorito esercito mosse contro lui, che si era intanto ritirato nel contado di Borgogna, dove potè raggranellare un considerevole numero di genti speditogli dal duca di Guisa. Non si astenne allora bensì il duca di Nemours dal pubblicare un manifesto contro Carlo Emanuele, ed accingersi al varco del Rodano, od al ponte di Gresin, od a quello di Lucey, ma vigorosamente impedito dal principe di Piemonte, fu costretto a ritirarsi in Viry, villaggio della contea di Borgogna. Sperimentata indi la divisione nell'armata, e di più scorgendo illusorii i soccorsi promessigli dagli Spagnuoli, dovette per forza prestare benigno animo alle proposizioni di aggiustamento apertegli dal maresciallo di Lesdiguières e da Bellegarde, governatore della Borgogna. Ai quattordici novembre del 1616 pertanto egli conchiuse un trattato con Vittorio Amedeo ad Annecy, in virtù del quale il duca doveva: 1° essere ristabilito in pieno godimento di tutti i suoi beni, appannaggi, diritti avuti prima della presa di armi e del sequestro de' suoi beni; 2° essere mantenuto per l'avvenire nella rendita di venti mila ducatoni; 3° avere, per maggior sicurezza della sua persona, cento uomini d'arme a sua scelta, di guarnigione ordinaria, nel castello d'Annecy; 4° appartenergli

(1) GUICHENON, *Histoire généalogique*, loc. cit. pag. 207 e seg.

una parte delle imposizioni stabilitesi secondo i trattati dei
suoi predecessori; 5° venirgli promesso da S. A. il pagamento della somma di quarantacinque mila ducatoni, cioè
venti mila in lettere di cambio pagabili a Lione, e venticinque mila per terzo in diciotto mesi (1). Dópo questi avvenimenti continuò a mantenersi buona armonia tra Enrico
ed il duca di Savoia, a cui serviva in Parigi con zelo nei
suoi affari, e del 13 aprile 1628 è una sua lettera colla
quale al medesimo si raccomandava di non venire obbligato
ad alienare i fondi di una cotal sua terra nel Genevese,
principio certo della ruina di sua famiglia (2).

Accennerò ora di passaggio che il duca di Nemours sino
dal 26 agosto del 1623 aveva fatto acquisto da Luigi XIII
del contado di Chartres eretto in ducato sino dal 1528 (3),
e nel 1627 da Pietro de la Grive, genero di Pompeo Porro
milanese, il marchesato di St-Sorlin, a cui Anna D'Este lo
aveva venduto sino dal 2 febbraio 1596 (4).

Enrico di Nemours aveva per intendente di sua casa il
signor della Bretonnière, abate di St-Evreux in Normandia,
che a proprie spese innalzò il ponte de l'Hale a tre archi
nella città d'Annecy (5), fece testamento in Parigi il giovedì
dopo il pomeriggio del 13 giugno 1596 alla presenza dei
regii notai Jacopo Babinet e Francesco Croiset, e di Gioanni
De Maistre, consigliere del re e presidente del Parlamento,
e del nobile Aimone Marcon, avvocato in essa Corte, esecu-
tori testamentari. Lasciò erede Anna D'Este, sua madre, ma

(1) Archivi del regno, *Princes de Genèvois et Nemours*, paquel 15, n° 5, e Biblioteca di S. M., pag. 138 del Ms. *Priviléges de Monseigneur le duc de Genèvois*.

(2) « .... De sorte que si telles ouvertures avaient lieu, il ne m'en resteroit plus que le
nom de duc, estant sans exemple que quoyque mes prédecesseurs ayent esté assés mauvais messagers ayent jamais usé de samblables alienations dont les commencements sont
de si perilleuse consequence que hors le commandement absolu de V. A. je ne voudrais pour rien du monde laisser ce mescontentement aux miens et le blasme d'avoir
commandée un si grand desordre. » (Archivi del regno, *Princes de Genèvois et Nemours*, mazzo 3.)

(3) Pere ANSELMO), *Généalogies*, tom. II.

(4) GUICHENON, *Histoire de Bresse*, pag. 100.

(5) BESSON, loc. cit., pag. 111.

è probabile che altra volta egli abbia disposto delle cose sue dopo i cangiamenti sopravvenuti nella famiglia (1). Questo duca venne meno a Parigi alle due del pomeriggio dei dieci luglio del 1632 in seguito a continua febbre, accompagnata da oppressione di stomaco, e con grande sentimento di dolore manifestato dai Parigini, come si ricava dalla lettera scritta l'11 di luglio da un tal Dunaut al principe Tommaso (2). Le sue spoglie mortali furono inumate, a seconda della fatta disposizione, nel gentilizio sepolcro di Annecy. A Meytet, villaggio a breve distanza dalla città, si trovarono per riceverlo, il 5 di agosto, a titolo di onoranza, i sindaci con i consiglieri di quel comune, ed alla pompa funebre, eseguitasi il seguente giorno, presero parte Andrea Fremyot, arcivescovo di Bourges, Gian Pietro Camus, vescovo di Belley, e Gian Francesco di Sales, vescovo di Ginevra, i delegati delle baronie di Faucigny e del Genevese, quelli della nobiltà, e le magistrature e confrerie del paese. I quattro angoli del drappo funereo poi erano tenuti dai baroni di Monthey, Brison, Mentone e dal signor di Docbeye del casato di Montagnard.

Anche il principe Tommaso, fratello di Vittorio Amedeo I, che si trovava allora ad Annecy, volle esprimere la sua stima al defunto duca col destinare a rappresentarlo nella funebre ceremonia alcuni suoi gentiluomini (3).

Gli uffizi religiosi, cominciati il sette, continuarono per

(1) Archivi del regno, *Princes de Genévois et Nemours*, marzo 3.

(2) Parlando della morte del duca Enrico, scriveva: « Elle eat si funeste qu'elle a donné un deplaisir universel dans Paris, et si je l'ose dire plus grand aux étrangers et indifferents qu'aux domestiques de Madame de Nemours, et d'effect plus de trente mille personnes lui ont rendu les derniers devoirs depuis l'heure de la mort qui fut hier à deux heures après midi jusqu'à présent avec une foule si grande que la cour de l'hotel, la sale et la chambre du mon dil seigneur ont été sans cesse toujours pleins de monde. Il est mort d'une fievre continue accompagnée d'une oppression d'estomac avec quelque melancolie outre son mal ordinaire de la goutte, et qu'on dil avoir esté causé par l'incommodité qu'il a reçu en son voyage de la court. » (Archivi del regno, *Lettere private dirette al principe Tommaso.*)

(3) Archivi del regno, loc. cit., *paquet* 15, n° 15. — Nella relazione dei funerali di Enrico è detto che insieme al corpo di esso duca eravi ancor quello di Francesco da Paola,

ben tre giorni nella collegiata, in cui sulla tomba d'Enrico
venne apposta una epigrafe riferita dal Guichenon (1).

Il duca di Nemours aveva tolta in isposa, il quattordici
di aprile del 1618, Anna di Lorena, figliuola unica di Carlo
duca di Aumale, pari di Francia, e di Maria di Lorena d'El-
beuf (2), che lo rese padre nel marzo del 1619 di Francesco
da Paola, principe del Genevese, mancato ai vivi dopo bre-
vissima malattia, in età d'anni otto, il 26 giugno 1627 (3),
e questi aveva ricevuto le acque battesimali da S. Francesco
di Sales; di Luigi, che sino dal settembre del 1635 deplo-
rava di essere ancor troppo giovine per potersi dedicare al
servizio del duca Vittorio Amedeo I, del qual principe così
scriveva il 17 settembre 1641, giorno successivo alla sua
morte, l'abate Andrea Mondino di Mondovì, saggio e fedelissimo agente di M. R. Cristina di Francia, a Parigi: « Hieri
a dieci hore di mattina passò da questa a miglior vita il
signor ducha di Nemors (che sia in gloria) con dolore uniuersale di tutta la Corte et principalmente di S. M., che ne
riceueua un nottabil seruizio, con l'esempio a tutta la nobiltà di sì coraggioso et generoso prencipe, hauendo seruito questa campagna all'assedio di Ayra con stupore et
merauiglia, di doue uense a Pariggi con una febre maligna
che in tre settimane li ha fatto render il spirito al suo
creatore » (4).

Il corpo di questo principe giace nella collegiata d'Annecy, dove venne seppellito il sedici novembre di quell'anno

suo primogenito «... Et estoil aussi le corps de premier fils ayné de feu monseigneur
toes dans un mesme cercueil en deux chasses de plomb tirées en forme de charriol par
six chevaux bardés et couverts de drap noir, avec une croix blanche par le millieu, et dessus le charriot estoil une couverte de vellour noir qui tenait toute la rue de Notre Dame. »

(1) *Histoire généalogique*, tom III, pag. 209.
(2) Lo stesso, preuves 2, pag. 625.
(3) Archivi del regno, *Princes de Genevois et Nemours*, mazzo 3.
(4) Di questo saggio ed esperto piemontese, gloria della terra che gli diè i natali, saranno da me pubblicati alcuni particolari affatto ignoti sulla sua vita e sulla sua carriera
diplomatica nella storia della Reggenza di Cristina di Francia, intorno alla quale da alcuni anni attendo, lavoro non di avventura ma di lena e di estesi studii e che io procurerò
di compilare su documenti tolti da pubblici e privati archivi non ancor stati esplorati.

con solenni ceremonie. L'abate Neselin recitò un discorso in tale circostanza, e Renato Favre della Valbonne, presidente del Consiglio del Genevese, compose l'elogio che si legge sulla sua tomba (1).

Dalla principessa Anna di Lorena Enrico ottenne ancora Carlo Amedeo ed Enrico, in cui si estinse il casato dei Nemours. Da esso credo ugualmente sia nato un figlio naturale per nome Carlo Emanuele, protonotaio apostolico, canonico d'Annecy e, se non erro, primo elemosiniere del duca di Savoia, e di cui fa menzione in una commendatizia al fratello il principe cardinale Maurizio in lettera del 27 maggio 1629 (2).

La principessa Anna di Lorena, morta nel marzo del 1638, era molto esigente ancor essa in fatto d'etichetta, e quando nel settembre del 1633 venne in Piemonte col terzogenito marchese di St-Sorlin, si fece a sollevare gravi quistioni col suo pretendere di essere ad Annecy ricevuta sotto il baldacchino, e che i sindaci di essa città dubitavano se dovessero o non ammettere (3), ma checché ne scrivesse

(1) GUICHENON, *Histoire généalogique*, tom. III, pag. 210.
Sul fine del registro degli statuti della Camera dei conti del Genevese, archivi del regno, *Titres pour Fiefs*, paquet n° 21, si legge il seguente componimento allusivo alla morte di questo principe:

SONNET.

Comme Tymandre estait à la fleur de son age
Mars eut avec Amour un different nouveau
L'un soustient que ce prince est plus vaillant que beau,
L'autre que sa beauté surpasse son courage:
Mars qui ne peut soffrir qu'Amour eut l'advantage,
Pour se venger de lui, dechire son bandeau,
Amour bande son arc, allume son flambeau
Et tache à repousser cest insolent outrage.
Jupiter qui craignait pour Mars et pour Amour
Descendit icy bas avec toute la court
Pour juger qui des deux debvoit avoir la gloire;
Mais Tymandre parut si parfait à ses yeux
Qu'il ravit à tous deux l'honneur de la victoire
Et pour les accorder le mit au rang des dieux.

(2) Archivi del regno, *Lettere Principi*.
(3) Ecco quanto ne scriveva il principe Tommaso al fratello Vittorio Amedeo in lettera

il principe Tommaso, vennegli poi riconosciuto quel diritto. In tale circostanza ebbe dessa per compagni di viaggio il signor Des Ais, governatore di Montargis, e la marchesa di Mirabeau, vedova del marchese di tal nome, che era luogotenente del re in Borgogna, la quale del pari stava molto sulle pretese, e di cui il principe Tommaso facendo menzione nelle sue lettere al duca Vittorio, insinuavagli di procurare che ricevesse poi tutte le soddisfazioni, perchè la duchessa di Nemours se ne formalizzava assai in caso contrario (1). Noterò che in questa circostanza la duchessa fu pregata di tenere al sacro fonte il principe Eugenio, nato a Chambéry nel 1633, dal principe Tommaso e padre del gran principe Eugenio di Savoia-Soissons.

V. Carlo Amedeo di Nemours nacque il venerdì dei dodici di aprile del 1624, ed a somiglianza de' suoi maggiori, visse breve vita, adoperata egualmente nel maneggio delle

data da Chambéry il 22 novembre 1633 : « Madama di Nemours hauendo inteso dalli sindici d'Annessi quanto gli ho fatte dire nel particolare d'incontrarla col baldachino secondo l'ordine che si è compiaciuta di mandarmi, me ne ha fatto molte doglianze, allegando ch'ella non è di minor conditione di Madama Anna d'Este, la quale ebbe la medesima honoranza, et Madama d'Orléans hancora : il fu duca di Nemours suo marito nelle sue Funeraglie, etiandio in presenza mia et li vescovi parimente ancorchè non supremi. Le ho a questa rappresentato quanto mi è stato possibile con dirle che se questi honori sono stati fatti prima non perciò se ne doueua tirar alcuna conseguenza, perchè questo era seguito senza partecipatione nè consenso del supremo volere de' governatori, anzi di solo capriccio et cortesia de sindici, et hauendone hora domandata licenza che io sia stato presente alle funeraglie nelle quali si portò il baldachino, gl'ho replicato che per non essermene stato parlato meno domandato il mio consenso, io non mi feci altrimenti riflessione, et che quando se ne fosse trattato prima ne haurei fatta la medesima difficoltà. Et circa Madama d'Orleans che faceua delle gratie, nobili et molte altre cose, che per buoni rispetti se gli tollerò, ma poi se gli ritrinchiarono: quanto poi a Madama d'Este se si tollerò ancora a lei che se gli portasse il baldachino fu perchè all'hora suo marito era prossimior alla possessione di questa corona. Con tutto ciò non si è mai potuta quietar et propose che almeno se gli presentasse il baldachino nell'entrare, e che ad imitatione de' principi di Francia quando vengono ne' loro governi l'haurebbe per il rispetto che deue a V. A. rifiutato con farselo portare avanti qualche passo. Pareua il ripiego alquanto moderato, però rappresentatogli di nuovo quanto sopra et come lo haueua le mani legate, si messe maggiormente sul salti, dicendo che ogni uolta che non hauesse tal honoranza che se ne voleua andare al suo marchesato di St-Sorlin ; tuttavia ho fatto tanto con l'aiuto del sig. De l'Haje, che si è finalmente disposta di andar ad Annessi senza farvi alcuna entrata pubblica. » (Archivi del regno, Lettere dei Principi di Savoia Carignano.)

(1) Archivi del regno, Lettere dei Principi di Savoia Carignano.

armi. Volontario agli assedii di Gravelines, Bethunes, Linck, Bourbourg e Montcassel, a ventidue anni già comandava la cavalleria leggiera all'assedio di Courtray nel 1646, ed a quello di Mardyck, succeduto a questo, volendo egli generosamente soccorrere il principe di Condé, sorpreso dal nemico, venne ferito in una gamba da un colpo di moschetto. In questa impresa si segnalò egli per gran valore, inquantoché, seguito da un picciol numero di bravi, potè respingere una parte degli assediati, che avevano formato il disegno di rompere le dighe per inondare la piazza, e dicesi che Luigi XIV abbiagli spedito un suo gentiluomo per complimentarlo, ed assegnatagli in pari tempo una pensione di venti mila lire (1). Se prode nell'armi era tenuto Carlo Amedeo, il suo cuore non chiudevasi alla galanteria, a cui anzi consacrava soverchiamente, se si vuol giudicare dai tempi moderni, ma nè più nè meno di qualunque par suo avendo riguardo ai memorandi tempi di Luigi XIV.

Nelle memorie della famosa madamigella di Montpensier è detto che egli amasse madama di Châtillon, e che in simili negozi desse saggio di poca costanza; del resto di tali avventure abbondano tutte le memorie di Francia di quei tempi, nè mi preme di punto intrattenermi su di questa materia.

Intanto osserverò come già per tempissimo il cardinale Richelieu tenesse d'occhio il giovine duca per maritarlo a madamigella di Combalet sua nipote, all'oggetto, come avverte D. Felice di Savoia, scrivendone a M. R., di farlo poi addivenire ad una cessione de' suoi diritti sulle sue terre della Savoia, e così avvantaggiare le sue mire a danno dell'indipendenza e sovranità degli Stati del nostro duca (2). Ma erano queste illusioni, e sino dal febbraio del 1643 si intavolavano poi negoziati per accasare il duca Carlo Amedeo all'oggetto d'impedire piuttosto una certa rovina della sua salute,

(1) SALUCES, *Souvenirs militaires*, tom. II, pag. 278.
(2) Archivi del regno, *Lettere de' Principi naturali*.

ed in questi progetti fu d'uopo di avvertire che vi teneva mano la duchessa Cristina, la quale veniva servita dal proprio ministro a Parigi, conte Carlo Ubertino di Moretta, che secolei teneva corrispondenza in proposito (1). Ma queste prime trattative che risguardavano madamigella d'Ales andarono a monte, siccome dalla lettera si scorge dello stesso Moretta, scritta il 2 aprile, in cui osserva che il duca d'Angoûléme si era avanzato in proposizioni, dalle quali gli fu mestieri di recedere, non volendo per sovrappiù il conte d'Ales, padre della sposa, rinunziare alla carica di colonnello generale, come si era inteso. Soggiunge infine il ministro che taluni avrebbergli proposto madamigella di Vendôme, edaltri quella della Valletta, e con madamigella di Vendôme, figliuola di Cesare, pari di Francia, e di Francesca di Lorena, per l'appunto egli si doveva accasare nel luglio del 1643 (2). Il qual matrimonio venne conchiuso dallo stesso Moretta, che ne diede parte a M. R. in lettera del quattro giugno, annunziandole in egual tempo l'arrivo in Torino dal cavaliere di Mescy, spedito dal duca di Nemours per informarla ufficialmente, ed osservando che « questo accasamento non poteva essere più aggiustato in riguardo delle gentilissime maniere, bellezza e qualità riguardevoli della signora sudetta, e l'amore scambievole de' signori sposi » (3). M.R. poi per essere rappresentata in un col suo figlio Carlo Emanuele,

(1) .... È stato da me il cavaliere di Mescy per comunicarmi una proposizione fatta per il duca di Nemours, cioè il matrimonio di Madamigella d'Ales , havendo il duca d'Angolesme fatta egli medesimo la proposizione et apertura: offerisce di rimetterli il carico di colonnello generale della cavalleria francese, per il quale ha rifiutati 500 mila franchi che gli haueua offerti il duca di Mercurio; darli 100 mila scudi in contanti et procurarli 100 mila franchi dal Re, oltre la speranza di un'intiera successione, non hauendo più d'un solo figliuolo che da molti mesi in qua sta nelle mani degli empirici. Il partito non è disavantaggioso, al che si aggiunge il non esserucne alcun altro in Francia fuori di quello della figliuola del duca di Longauilla, già destinata per un figlio del signor prencipe Tomaso, oltre la necessità di dargli moglie prontamente per non lasciarlo perdere dietro alle dissolutezze , assicurando i suoi che se fra sei mesi non se gli prouede, si perderà intieramente quel prencipe. » (Archivi del regno, Francia, *Lettere Ministri*, mazzo 47)

(2) Archivi del regno, Francia, *Lettere ministri*, mazzo 47.

(3) Archivi del regno, luogo cit.

incaricava l'abate Scaglia di Verrua di assistere al contratto, raccomandandogli caldamente d'invigilare a che nulla succedesse di pregiudizievole ai diritti di S. A. in genere di preminenze e distinzioni, delle quali ceremonie si faceva allora gran caso e tale da addivenire a rottura con chichessia, ed è per l'appunto nel voler dimenar le faccende cotanto pel sottile che ne nascevano confusioni al menomo urto. La letteradel Verrua del nove luglio ci apprende infatti del malcontento che egli ebbe a provare, perchéforse per mero accidente non fu chiamato alla firma del contratto (1).

Carlo Amedeo in questo suo novello stato non lasciò del resto di prendere parte alle avventure di galanteria ed alle fazioni bellicose che continue si succedevano framezzo allo dissenzioni da cui era la Corte agitata durante la minorità del suo re.

Nel 1651 la regina aveva bensì pubblicato un decreto col quale dichiarava che il duca di Nemours con il principe

(1) «...... Hieri l'altro al Louvre fu letto avanti queste MM. nella galleria picciola il contratto di matrimonio fral duca di Nemours e Madamigella di Vandosme. Io vi assistetti per parte di V. A. R. e di S. A. R. Signarono le Maestà, poi Monsieur et il principe di Condé, come parenti e per honorevolezza doppo di loro il duca di Vandosme per la figlia et il duca di Nemours per sè. Io ch'era colà presente non fui addimandato a signare. Vdii a dire che si manderebbe al resto della compagnia a signarea casa. Alhora io mi dichiarai a Monsieur de Bellisle che il giorno ch'io non l'haueuo fatto in quel congresso, non lo farei altrimenti a casa mia, perchè il mio luogo era colà e non altrove; che a V. A. era stato supposto così dal cauagliere di Mazzé che non dovessi io far altro che d'interuenire, e che così hauesse eseguito conforme gli ordini di V. E., ma che variando il supposto, segnando altri, io non faceuo colà la persona del semplice testimonio, ch'io haueuo occasione di dolermi che Monsieur de la Noue Intendente della casa di Monsignor di Nemours non hauesse pensato a questo, et havesse presa la pena di uenirmi a trouare sopra questo fatto e che di più io fossi stato inuitato solamente due hore prima da un gentiluomo, dove che haueua saputo che l'abbate di Nemours era stato in persona ad inuitare i principi; che il maggior honore che si possa hauere questo principe è che V. E. prendi parte per mezzo del suo ministro a quel che le tocca. Insomma io m'ho fatto intendere. Di qui è uenuto che il suddetto abbate mi è stato a trouar un'hora fa, e mi ha fatto scuse grandi, dicendo che io era il primo sopra la nota delle sue visite, ch'era stato per trouarmi alla casa dove stauo senza puoter ricauar conto dove io mi fossi uenuto ad habitare. Che troppo ben sa quello che mi si deve. Ho ammesse le scuse al modo che doueuo. Ed in effetto il duca e lui ponno esser compatiti non hauendo applicatione a molte cose, ma La Noue, loro direttore, ha gran torto. » (Archivi del regno, Francia, *Lettere ministri*, mazzo 11.)

5

di Conti, Rochefaucauld e Condè sarebbero reputati rei di maestà lesa se entro il termine di un mese non deponessero le armi, ma fu questo indarno, poichè, sebbene Nemours fosse andato in Fiandra d'ordine del Condè per ivi comandare un picciol corpo di truppa, dopo brevissimo tempo fece tuttavia ritorno a Parigi. Intanto Mazzarino avendo stabilito il re a Tours tentava d'impadronirsi d'Orléans, sostenuta dall'armata riunita di Nemours e Beaufort, ed è noto come la celebre madamigella di Montpensier (la quale in quelle faccende giuocò una delle prime parti), vestita in amazzone, si fosse messa alla testa dell'armata, e riuscisse di entrare trionfante nella città assediata. Non è proprio di queste memorie di scendere a simili dettagli, quindi mi limiterò a raccontare un accidente allora occorso, e che fu cagione di conseguenze terribili per il nostro duca. Nelle memorie di Francia adunque sta scritto che dopo la presa d'Orléans, presiedendo un giorno la Montpensier ad un Consiglio di guerra tenutosi in un albergo del sobborgo di essa città, dovetto essere spettatrice di una scena accaduta tra i due generali, così poco d'accordo insieme. Essendo pertanto occorsa quistione se dovevasi attaccare Blois e Montargis, la disputa fra Nemours e Beaufort animossi al punto che dalle ingiurie trascorrendosi ai fatti, questi slanciò uno schiaffo al cognato, e fu allora che la Montpensier, impiegando la sua autorità, potè impedire che si mettesse mano all'arme (1). Si riconciliarono bensì i due rivali, ma l'insulto non doveva in quel modo rimanere invendicato, e se i testimonii sostennero che il duca di Nemours non aveva ricevuto uno schiaffo, il Retz osserva che *c'était du moins un de ces soufflets problématiques dont il est parlé dans les* Provinciales. Intanto gli affari del partito rivoluzionario erano giunti al punto che più non si trattava che di disputarsi la capitale tra i capi. Dopo di avere

(1) *Collection des mémoires relatifs à l'histoire de France*, par M PETITOT, tom. XXXV, pag. 241.

dunque riunite le forze, Condè era andato a stabilirsi a St-Cloud e Turenne alla Chevrette presso St-Denis. Senonchè minacciato di essere assalito a St-Cloud, egli dovette risolversi di accamparsi a Charenton al confluente della Marna e della Senna; ma siccome l'impossibilità di traversare Parigi rese quella marcia pericolosissima, così fu mestieri di effettuarla per conseguenza la notte del primo al secondo luglio 1652. L'armata fu divisa in tre corpi: il primo era sotto gli ordini di Tavannes, il secondo sotto quelli di Carlo Amedeo di Nemours, essendosi riservato Condè il comando del terzo. S'ingaggiò la mischia in sulle otto del mattino nel sobborgo di Sant'Antonio, e con quel calore che alimentano le guerre civili. Molti furono gli uccisi ed i feriti, e fra questi si distinsero il duca di Nemours ed il Rochefaucauld. Le porte della città stavano tuttore chiuse, e l'armata già correva rischio di essere esterminata se l'arrivo di madamigella di Montpensier non avesse contribuito al di lei salvamento (1).

Ottenuto così prodigioso successo, il diciotto di luglio il Parlamento si fece a dichiarare che il re non era più libero, e rivestì frattanto del titolo di luogotenente generale dello Stato il fratello di Luigi XIII, Gastone, il quale procedette tosto alla formazione di un Consiglio investito dei più ampii poteri, e di questo fecero parte Carlo Amedeo di Nemours ed il duca di Beaufort. Ma nella prima sessione nacque tosto una disputa fra quei due emuli, che dopo il fatto d'Orléans ciascuno può immaginarsi come se la passassero. Vuolsi che non si trattasse che di questioni di precedenza, ma che il duca di Nemours si servisse di tal pretesto per dimostrare il dispetto e l'ira che nutriva contro il cognato, il quale riceveva con compiacenza gli omaggi della Châtillon, di cui egli era perdutamente amante (2).

Indarno possenti ed autorevoli personaggi si adoprarono

(1) PETITOT, tom. XXXV, pag. 262.
(2) Lo stesso, pag. 261.

a rappacificare quei due emuli, che riattaccatisi sul mercato
dei cavalli, dietro il palazzo di Vendôme, il 30 luglio 1652,
alla sorte delle armi vollero affidare il risultato di loro
discordie (1). All'ora stabilita adunque vennero in cospetto
gli avversarii, che erano cinque contro altrettanto numero
di persone: il duca di Nemours aveva con sè il barone di
Villars, gran spadaccino, figlio di un notaio di Coindrieu
e padre del maresciallo di questo nome, che acquistò poi
tanta fama; Francesco di Guarrie, signore di Uzech, capitano di sue guardie; il signor Campan ed il cavaliere della
Chaize, alfiere delle medesime. Il duca di Beaufort era assistito da Luigi di Rostagno, conte di Bury, da Renato di Aen
de la Roche d'Aix nell'Anjou e dai signori di Hericourt e
di Briets.

Si racconta poi che quando furono in cospetto il duca
di Beaufort tentasse di comporla all'amichevole, dimo-
strando al rivale l'onta che diversamente ne nasceva, ma
che il Nemours nulla volendo intendere sparasse per risposta una pistola che fallì, anzi si avventasse indi colla spada
sull'avversario, che allora difendendosi sparò ancor esso
una pistola carica di tre palle, le quali fecero cader freddo
il duca di Nemours.

Degli altri personaggi Bary fu gravemente ferito, Brietz
ed Hericourt morirono nelle ventiquattr'ore (2).

E di questo funesto accidente fu anche lagrimevole la
maniera con cui la duchessa di Nemours ne venne informata, come osserva la Montpensier, la quale dice che *elle
était dans sa chambre dont une fenêtre donne sur la cour
elle entendit crier: il est mort! il est mort! elle s'evanouit* (3).

È detto egualmente che al rumore delle armi da fuoco

(1) Non tralascierò di osservare che in lettera data da Pontoise il 5 agosto 1662 il
principe Tommaso scrive al fratello che *lunedì 29 del caduto fu ucciso in duello il
duca di Nemours* (a).
(2) PETITOT, tom. XXXV, pag. 252.
(3) Lo stesso, id.
(a) Archivi del regno, lettere del P. Tommaso

accorresse gente la quale trattenevasi nel giardino di Vendôme, e fra gli altri il fratello medesimo dell'estinto duca,
l'abate di Rheims, che si affrettò tosto a dire che Carlo Amedeo ancor era vivo, ed anzi in atto di pentimento gli aveva
serrato la mano. Questa diceria aprì poi il campo ad un
gran cicalare di teologi e periti dell'arte, sostenendo gli
uni essere un tal atto semplice movimento convulsivo perchè il colpo ricevuto doveva averlo ucciso sull'istante, gli
altri al contrario essere ancor vivo, mossi questi ultimi dal
fine di salvarne la memoria dall'ignominia.

Del resto l'arcivescovo di Parigi proibì che si facessero
pubbliche preghiere nella sua parrocchia di Sant'Andrea, in
cui le spoglie del duca furouo riposte, e dove stettero sino
al diciasette dicembre 1659, giorno stabilito per trasferirle
solennemente ad Annecy. Vuolsi parimente che di questo
avvenimento si servisse il re per rinnovare i decreti di rigorosa proibizione de'duelli, ordine che però non poteva
avere alcun successo (1) siccome già ne facevano prova gli
editti di Enrico III e di Enrico IV nel 1609. Infatti battersi
in duello era una millanteria del giorno, e l'esempio della
Corte veniva seguito dai gentiluomini i quali risguardavano
codardo colui che non avesse trovato mezzo di stabilire la
sua riputazione di braveria con qualche combattimento
singolare. L'avidità adunque di battersi era tale che all'annunzio di un diverbio tutti gli amici dell'offeso si facevano
ad offrirgli la loro spada, ed il menomo dei duelli si ese-
guiva da tre a tre e da quattro a quattro.

L'avventura del duca di Nemours fece molto senso e
causò commenti diversi secondo il diverso proposito di
ciascuno: quelli che sostenevano il Nemours asserivano
come il duca di Beaufort giammai avrebbe dovuto scendere
a tanto eccesso, massimamente che l'avversario era appena
convalescente, nè in forze sufficienti; i partigiani del Beau-
fourt, o del vero, per contro rinfacciavano al Nemours la

(1) *Histoire de l'abdication de Victor Amé II.*

sua tracotanza e l'essere stato il primo a sparare contro il
rivale, aggiungendo che era ristabilito della ferita, ed anzi
il giorno antecedente aveva svelto un picciol albero nel
giardino dell'arsenale. Noi non possiamo erigerci in giudici
di un fatto di cui poche memorie (1) ci sono giunte, né imparziali affatto, ma avvertiremo soltanto prima di conchiudere che alla Corte di Savoia questa novella venne accolta
con sensibile impressione, e sino dai due dì agosto l'abate
Andrea Amoretti (succeduto al Mondino nella carica di
agente presso la Corte di Parigi) ragguagliava M. R. Cristina dell'accaduto con colori che ne potessero lenire l'angoscia (2).

Tostochè Madama Reale ebbe notizia di questo avvenimento incaricò l'abate d'Agliè suo ministro di passare i do-
vuti ufficii di condoglianza, anzi spedì a tale oggetto il barone di Gresy e scrisse alla vedova duchessa di Nemours
una sua autografa lettera sparsa di bei sentimenti ingeniti
in quella celebre nostra sovrana (3). Quanto poi al duca
di Beaufort conosciuto in Francia sotto il nome di *Rois
des Halles* si sa che venuto meno il partito della Fronda
venne esso ripristinato nel regio favore, ed ai 25 di giugno
del 1669 valorosamente lasciò la vita con altri gentiluomini
francesi nell'infelice guerra di Candia contro i Musulmani.

(1) Non è però che non si pubblicassero relazioni in proposito, anzi cito fra queste:
1° La rélation veritable de ce qui s'est passé dans le combat de Messieurs les ducs de
Beaufort et de Nemours a Paris Milard, 1652; 2° Le recit du duel deplorable entre Messieurs les ducs de Beaufort et de Nemours, Paris 1652; ma del titolo all'infuori nulla mi
giunse di questi scritti.

(2) ..... Per continuare la relatione delle cose di Parigi dirò a V. A. R. che l'accidente del duca di Nemours è stato grandemente sentito a questa corte non ostante che
tenesse il partito contrario mentre era egli in concetto di prencipe di gran valore, d'ingegno e di grande aspettazione: ognuno haurebbe voluto che il negotio fosse andato al
rouescio e che la mala sorte havesse toccato a Beaufort la cui morte si stima che haurebbe
dato in qualche maniera la uita agli affari del Re nella città di Parigi la cui popolazione
defferisce molto a detto Beaufort. Il duca d'Omale ha mandato un gentilhuomo a darne
parte al signor prencipe Tomaso e alla corte col procurar la grafia del delitto per la sfida
Dicesi che detto duca d'Omale non ostante tale accidente continui nell'habito ecclesiastico. » (Archivi del regno, Francia, *Lettere Ministri*.)

(3) Archivi del regno, Francia, *Lettere Ministri*, mazzo 53.

Dal matrimonio con Elisabetta di Vendôme nacquero a Carlo Amedeo tre maschi, mancati nella loro infanzia (1), e due femmine. La primogenita fu Maria Giovanna Battista, nata l'11 di aprile del 1644 in Parigi nel palazzo dei Nemours, e battezzata poi solennemente il 15 di ottobre 1646 dal padre Davide Cordier, priore di San Giovanni, nel coro della chiesa di Grand Moutier dell'abbazia di Fonteurauld secondo lo stile delle famiglie principesche di Francia (2), che dispossossi nel 1664 a Carlo Emanuele II duca di Savoia. Poi nacquero gemelli Maria Francesca Elisabetta e Giuseppe il 21 giugno 1646; essendo Maria venuta alla luce cinque ore prima del principe; essa fu poi regina di Portogallo, oggetto precipuo di queste Memorie, e Giuseppe morì il giorno delle ceneri del 6 marzo 1647 in seguito ad apoplessia che lo tolse tra mezzanotte e l'una, essendosi trovato il suo cervello pieno d'acqua (3). Viene in appresso un altro maschio, cioè Francesco da Paola, nato alle sei del mattino del 10 marzo 1650, e battezzato il pomeriggio dello stesso giorno. Padrini furono un uomo che aveva servito nel palazzo dei Nemours, ed una femmina, Susanna di nome, in odore di specchiate virtù (4). Morì questo principe fra l'una e le due del pomeriggio del 12 dicembre stesso anno. Finalmente la prima domenica di Quaresima del 26 febbraio 1651 alle 5 ¼ del mattino nacque ancora un maschio che al fonte battesimale ebbe nome Carlo Amedeo, e padrini furono il signor di Menage limosiniere del duca, e madama Du Pui dama d'onore della duchessa, il quale morì il venerdì del successivo giorno decimo di marzo alle sei di sera (5).

---

(1) Due di questi figli morti in culla sono sepolti nella chiesa del monastero della Visitazione d'Annecy e nella cappella degli Innocenti a piè ed in capo della tomba di San Francesco di Sales, e furono trasportati da Parigi nel 1859.

(2) È noto il genere di vita menato dalle abbadesse di quel ricchissimo monastero e che facevano parte della Corte di Parigi, a cui assistevano in certe epoche.

(3) Da un registro tenuto dal signor De Bourderaux segretario de' Nemours (Archivi del regno, Ceremoniale, Nascite e battesimi, mazzo 1).

(4) Luogo citato.

(5) Luogo citato.

VI. Della stirpe dei Nemours viveva adunque di figli
maschi il solo Enrico detto l'abatino, intorno al quale credo
non inutil cosa di spendere alcune parole per divulgare
su di lui fatti non peranco conosciuti. Erasi, come già fu
detto, questo principe destinato allo stato ecclesiastico, ma
l'avventura succeduta nella famiglia influì assai sul cangiamento di professione, sebbene taluni in sulle prime so-
stenessero che egli voleva mantenersi nel medesimo sin allora con soddisfacimento tenuto. Nelle lettere di Filiberto
Alberto Bally (1) alla duchessa Cristina occorre frequente
menzione di Enrico, ed in quella del 16 di agosto del 1652
si fa a rassegnarle i motivi che possono determinare il
duca a mantenersi nel chiericato (2).

(1) Quest'Alberto Bally barnabita a Parigi fu indevolmente adoperato dalla duchessa
Cristina negli affari della turbolente di lei reggenza. Quindi venne nel 1659 promosso
alla sede vescovile di Aosta. Avremo occasione di parlarne più a lungo nella storia della
reggenza mentre intanto ci affrettiamo di rendere il meritato elogio alla di lui vita stampatasi in questi giorni col titolo di *Mémoire historique sur Philibert-Albert Bailly évêque
d'Aoste et comte de Cogne au XVII siècle*, par J.-M. ALBINI barnabite, de la Société
Académique d'Aoste. Turin 1865.

(2) « ..... Monseigneur l'archeuesque de Ilbelms paroist toujours plus ferme à vouloir
demeurer dans l'eglise et a receuoir les ordres qui luy restent à prendre ayant depuis
deux ans le soudiaconat. Il y-a pour cela trois raisons : la premiere que prenant l'espée il
faudroit se battre contre le duc de Beanfort et il ne s'est jusqu'a present exercé qu'à la
lecture des liures : la seconde que la maison est extremement oberée à oster le dal de le
douaire de Madame de Nemours et les reuenus qu'il reçoit de ses benefices et les debites
paiés il luy resteroit peu pour sa subsistance et la dernière et la plus veritable est son
insigne pieté: son grand vicaire m'a assuré et juré ce matin que l'absolution qu'il auoit
donné à feu M. de Nemours eut une legitime matiere et que l'ayant pressé de luy serrer
la main ne pouvant point parler, pour marque de sa contrition il la luy serra deux fois
très etroitement sur quoi il prononça les paroles sacramentales. Cela n'empesche pas que
les medecins ne soutiennent qu'il a mal absou le defunt dont ils ont trouué le cœur
percé par le milieu de trois grosses bales et qui ne firent qu'vn seul trou concluant de la
qu'il fut impossible sans miracle qu'il ne trapassat au même moment qu'il receut le coup ;
quand'on leur objecta qu'il serrat la main à ce grand vicaire, ils repondent deux choses.
La premiere ou qu'il a menti pour garentir vne famille si illustre de l'ignominie de voir
jetter à la voirie le corps du mort ou que luy prenant la main et la luy presnant pour
l'obliger à en faire de mesmes les esprits qni restaient encore dedans comme nous voyon-
qu'ils restent dans vne teste coupeé qui saute a donné des marques de vie longtemps après
la decolation firent cet effort. C'est vne celebre question qni partageant les esprits a fait
permettre à nostre archeuesque de mettre le corps en depost dans l'eglise de St-André
des Arts paroisse du defunt et refuser qu'on luy fit des funerailles pompeuses et aucune
oraison funebre jusques à present. La Sorbonne s'assemble pour le decider. » (Archivi
del regno, Francia, *Lettere Ministri*, marzo 53.)

Ed a vero dire Enrico di Nemours pareva più atto alla chiesa che non al secolo, ed anzi la sua educazione n'era stata a ciò informata; dotto ma assai pedante, pesava movimenti e sillabe, ed essendo di cagionevolissima salute ricorreva spesso al nutrimento del latte d'asina siccome nota la Montpensier. Dopo di avere ricevuta la sua educazione dai gesuiti il cardinale di Richelieu lo provvide dell'abbazia di San Remigio facendolo poi nominare nel 1651 arcivescovo di Rheims, dignità che seco univa quella di pari del regno e di legato nato della Santa Sede.

Era parimente abate di Saint-Rambert, ed il clero di Francia a sua volta nominollo a presidente, dimodochè quando uscì il re di tutela egli dovette prestargli omaggio di fedeltà a nome degli ecclesiastici. Ma dopo la morte del fratello, messi da un lato gli scrupoli e la vocazione, pensò che avrebbe potuto continuare la linea di sua casa, e deposti la cocolla ed il titolo di marchese di Saint-Sorlin quello assunse di duca di Nemours. Il caso poi volle che legasse conoscenza con Maria d'Orléans figlia di Enrico II duca di Longueville e di Luigia di Borbone-Soissons, e con essa cenando quasi tutti i giorni ed intrattenendosi di letteratura, dopo alcuni mesi risolvesse di averla in matrimonio. Ottenuta una dispensa da Roma per il grado di parentela, il castello d'Ivry fu stabilito per la celebrazione del matrimonio, ma quando tutto era conchiuso, con meraviglia veniva differita la cerimonia di tre settimane senza apparente motivo. Corse voce che Carlo II re d'Inghilterra avesse fatto chiedere la mano di Maria, ma alfine si celebrarono le nozze, ed il contratto porta la data del 28 marzo 1657 (1). Se dobbiamo stare al d'Ozier, fu la passione che consigliò questa dama a disposarsi al duca di Nemours, ma la Montpensier asserisce all'opposto, ch'essa aveva 50 mila scudi di reddito, e pretendendo al duca di York non sembrava risoluta a togliere Enrico, piangendo anzi assai quando al

(1) Archivi camerali.

fatto addivenne. Concorda questo racconto con quanto si legge nella prefazione alle memorie della duchessa di Nemours, dove è detto che Enrico ebbe a provare tal crepacuore che lo rese tosto ammalato (1). Ma quel che è certo, la cognata di Enrico, Elisabetta di Vendôme, di questo matrimonio sentiva non picciol dispetto, e già sino dal febbraio del 1655 si era raccomandata alla duchessa di Savoia ad adoperarsi onde l'arcivescovo di Rheims potesse ottenere un cappello cardinalizio, e così indurlo a dismettere ogni idea di accasamento (2). Siccome poi questi negoziati non valevano a far cangiare Enrico dalla presa deliberazione, essa allora muoveva pretese, e s'inciprigniva perchè si qualificasse duca di Nemours a detrimento di sue figlie, e non fu che a grande suo malincuore di dover accondiscendere a novità così pregiudiziali alle di lei mire (3).

(1) Petitot, luogo citato, tom. XXXIV, pag. 371 e seguenti.

(2) « ..... Luy disant dans le dernier secret et sur esperance qu'elle me fera la grace de ne me point nommer à personne que si Uostre Altesse Royale ne fail bientost osperer ce chappeau à monsieur de Rheims la necessité de ses affaires à la persuasions de quelques uns de sos domestiques l'obbligeront à se marier, à quoy j'ajoute que la cour a tres grande envie de l'archeveschè de Rheims et offre toutes choses pour parvenir à ce dessein. » (Archivi del regno, Principi del Genevese e Nemours, marzo 4.)

(3) « ..... Pour moy je m'en retoorne à ma solitude des champs puisque mon sejour ley n'a peu me faire sortir d'affaires avec mon beaufrere monsieur de Reims qui fail voir clairement ne vouloir pas se rendre à la raison et à ce que toutes les personnes qui ont en connaissance de nos affaires ont jugé à propos lon voit si peu de fondement raisonable à sos pretentions que cela fait dire aux connaisseurs qu'il se veult marier avant que de vider. Cela me fail suppliter tres humblement vostre Altesse Royale de ne uoloir pas appuyer ces pretentions en luy donnant sur la suscription de ses lettres le titre de duc de Nemours qui ne lui appartient pas, puisque lors qu'il aura pris la part qu'il doit aus debtes sur la moitié que peut estre il peut avoir pour son partage au duché do Nemours mes filles comme estant aus droits de feu monsieur mon mary son frere aisné, ont droit par la coustume de lo rembourser en argent, uoila ce que la justice m'oblige de demander à Uostre Altesse Royale de ne vouloir pas par son autorité autoriser les chimeres de monsieur de Reims auxquelles je n'aurais jamais pris garde si en uoulant le titre et le nom de Nemours il n'avoit aussi pretendu tout le bien qui est du legitimement à mes filles et n'avoit monstré une lettre de Vostre Altesse Royale du deux de ce mois par laquelle elle le nomme duc de Nemours. Mon malheur avec la perte de trois fils que j'ay faite est canse qu'il possede le duché de Genévois comme affecté aux masles lequel par consequent n'ayant pas été remis à la couronne il fait perdre pour cette raison à mes filles le bien que Vos Altesses Royales leur pourroient donner avecqo justice en consequence de la perte qu'elles font dans leur maison do l'appanage du Genévois. » (Archivi del regno, Princes de Génévois et Nemours, marzo 4.)

Del resto nel nuovo suo stato di duca di Nemours non visse che un anno o qualche mese soltanto, poichè ai due gennaio del 1669 veniva sorpreso da un soffocamento di sangue che ai quattordici del mese toglievagli la vita tocco così appena il sesto lustro. Enrico morì nella magione dei Longueville ed il testamento porta la data dello stesso giorno di sua morte, e con questo dispose doversi il suo corpo seppellire ad Annecy ed il cuore nella casa professa dei gesuiti di Sant'Antonio a cui donava tre mila lire. Si notano poi varii legati, e così dieci mila lire ai poveri vergognosi della parrocchia di S. Germano Lauxerrois, oltre dieci mila da essere impiegate dal vescovo di Ginevra in erezione di un seminario o rifugio per i nuovi convertiti d'Annecy a Ginevra; la cappella e biblioteca all'abate di St-Spir, e di più particolari disposizioni agli ufficiali di sua casa (1).

Nel duca Enrico ebbe termine la stirpe dei Nemours del ramo di Savoia che per ben cento e cinquanta anni, e non senza lode, fiorì nel reame di Francia, e per mezzo della quale si propagò la linea diretta della regnante dinastia sino ai giorni nostri.

La duchessa di Longavilla, vedova di Enrico, condusse vita solitaria soggiornando alternativamente tra Parigi e le sue terre; molti n'ambirono la mano, ma ella meglio amò di rimanere libera.

La propensione che aveva a sorvegliare i proprii affari procurolle il titolo di avara, di cui gli scialacquatori e gli emuli sono prodighi a quanti non credono loro pari: aveva un fratello minore e scemo nel quale si riduceva il retaggio dei Longueville, e di cui la tutela invano disputò al principe di Conti suo zio, ch'ebbe ancora maniera di farsi nominare erede. Si accinse la duchessa, e riuscì di provare essere il fratello di mente sano, e questi una seconda volta dispose a di lei favore, ma fattolo chierico e morto nel 1694 sorsero asprissime liti fra i due contendenti.

(1) Archivi generali del regno, *Princes de Genevois et Nemours.*

Nel 1694 fu riconosciuta dagli Stati del paese sovrana di
Neufchâtel, ma nell'istesso anno la sovranità le venne tolta
da Federico di Prussia. Francia, Savoia e Prussia pretende-
vano poi alla di lei successione, cosa che le recava fasti-
dio. Raccontasi infatti che un giorno confessandosi da un
ecclesiastico, il quale consigliolla a perdonare, essa gli rispondesse: *Non, mon pere, je ne pardonnerai jamais à mes
trois ennemis, le roi de France, le duc de Savoie et le roi
de Prusse* (1).

Anna di Longueville giunse a tarda età essendo mancata
in Parigi il sedici di giugno del 1707 dopo di avere vissuto
ottandadue anni. Fu principessa fornita di molto ingegno
e scrisse memorie sui guai della Fronda di cui era stata
testimonio nei primi anni di sua gioventù, confidandole
prima di morire a madamigella l'Heritier di Villaudon che
le pubblicò nel 1709 a Cologne con questo titolo: *Mémoires
de M. L. D. D. N. contenants ce qui s'est passé de plus particulier en France pendant les guerres de Paris jusqu'à la prison du cardinal de Retz avec les differens caractères des personnes qui ont eu part à cette guerre.*

Questo scritto fu poi successivamente più volte ristam-
pato, o fa parte della raccolta di memorie relative all'istoria di Francia (2). Facile è lo stile ed elegante, il racconto
ameno e la verità si trova esposta senza rapporto a verun
interesse, dimodoché meritamente afferma il Petitot dicendo l'opera della duchessa di Nemours dover essere ri-
guardata come uno dei più pregiati monumenti dei primi
anni del regno di Luigi XIV (3).

Esposto in tal modo un sommario istorico sui duchi di
Savoia Nemours, tolto da documenti ancora inediti, scen-
diamo ora a tenere parola di Maria Elisabetta regina di
Portogallo, oggetto precipuo di questo tema.

(1) PETITOT, tom. XXXIV, pag. 381.
(2) PETITOT, tom. XXXIV, pag. 381.
(3) PETITOT, tom. XXXIV, pag. 381.

CAPO SECONDO

I. Maria Francesca Elisabetta, nata in Parigi ai 21 di giugno del 1646 dal duca Carlo Amedeo di Nemours e da Elisabetta di Vendôme, siccome già fu scritto superiormente, sino dai teneri anni venne affidata alle cure delle religiose di Santa Maria, dalle quali apprese i principii dell'educazione ed i rudimenti delle lettere. E che abbiano prodotto buoni frutti le massime a lei insinuate in quel tranquillo albergo ben lo si prova coll'autorità di gravi scrittori e specialmente del suo biografo, il quale racconta come allorché madamigella d'Aumale comparve alla Corte di Versaglia a sé traesse l'ammirazione di quanti l'avvicinavano (1). Di animo leale e generoso, era dessa pieghevole alla gratitudine ed all'amicizia, ed un non so che di maestoso e sublime intorno a lei si aggirava da far rendere facilmente e di buon grado alla sua persona quell'omaggio

(1) D'ORLEANS, *Vita di Maria di Savoia*, pag. 5.

che d'ordinario per arte viene soltanto concesso all'elevata posizione sociale.

II. Mentre ella era educata nel chiostro, la maggior sorella egualmente conduceva i suoi dì a Fonteurauld, quando nella primavera del 1659, vale a dire nell'occasione che si dovevano nell'autunno successivo celebrare i solenni funerali del duca di Nemours, venne condotta dalla madre, in un con Giovanna Battista, a visitare M. R. Cristina e Carlo Emanuele II, coi quali un novello legame di parentela doveva poi un giorno conchiudersi.

Se però ufficialmente appariva che il viaggio in Piemonte fosse occasionato dalla circostanza della tumulazione del duca di Nemours nell'avito sepolcro di Annecy, ben altro era il movente che spingeva la duchessa madre a quivi recarsi congiuntamente alle due sue figlie. A maggior intelligenza della qual cosa farà d'uopo di sapere che, ravvicinatasi l'età in cui Carlo Emanuele doveva omai decidersi ad ammogliarsi, varie proposte si toglievano ad esame a tale oggetto; e fra i nomi dell'infante Maria Teresa di Spagna, della principessa Enrichetta Anna d'Inghilterra, della nipote del Mazzarini Ortensia Martinozzi, figurava pur anco quello di madamigella di Nemours. Riguardo alla quale già da lungo tempo erano in vigore trattative tra le due madri; poichè ben si sa che sino dall'anno 1652, nell'occasione in cui M. R. aveva inviato il barone Cisa di Gresy a condolersi colla duchessa della morte repentina di Carlo Amedeo, nell'istruzione segreta era egli tenuto ad assumere minute informazioni sulle qualità fisiche e morali della giovine principessa. Caduta poi nel 1657 la nostra duchessa Cristina gravemente ammalata, madama di Nemours, spedendo il commendatore di Mesci a rallegrarsi secolei dell'ottenuta guarigione, venne incaricato di presentarle un ritratto di madamigella e discorrere in proposito del matrimonio; ma siccome allora erano già intavolate trattative con la figlia del duca d'Orléans, così nessuna risposta favorevole potè egli ottenere sino a che in un altro suo viaggio in Piemonte l'agente della Nemours (inviato per ottenere la mediazione di M. R. all'oggetto di aggiustare le differenze vertenti col cognato, arcivescovo di Reims, come già superiormente fu detto) riproposta la pratica, venne dalla stessa nostra duchessa suggerito il viaggio in Savoia ed in Piemonte sotto colore di assistere ai funerali del duca di Nemours. Osserva qui il Guichenon che Carlo Emanuele si tenesse soddisfatto al di là d'ogni credere di simile deliberazione, e che un giorno in cui capitò a Rivoli per la caccia del cervo, con una matita scrivesse sulle pareti di una stanza di quel castello: *La raison ne veut pas que j'épouse mademoiselle de Nemours, mais mon destin le veut* (1).

Senonchè la gioia doveva presto trasformarsi in amarezza, poichè appena fu partito il commendatore di Mesci, un corriere del Mazzarini annunziava a M. R. che la duchessa di Nemours già apertamente vagheggiava alti progetti sul futuro matrimonio, con idee di dominio, tenendo persino mano con alcuni grandi della Corte. O che fosse vera o supposta questa novella, M. R. se ne adombrò grandemente, e d'allora propose di distruggere l'edifizio che ella stessa aveva innalzato. Non parendole del resto conveniente di opporsi al progettato viaggio della famiglia Nemours, lasciò bensì che il medesimo si compiesse, ma in Corte seppe preparare gli eventi da rendere nulla ogni ulteriore determinazione in proposito. Giunta intanto la duchessa Nemours a Chambéry, venne tosto informata del cangiamento sopravvenuto, e scorgendo inutile qualunque lotta, era già decisa di rimanere in Savoia se non che un filo di speranza ancor l'alimentava. Infatti aveva saputo altresì che Carlo Emanuele al cortigiano che lo dissuadeva

(1) *Le soleil en son apogée, ou l'histoire de la vie de Christinne de France.* (Ms. della biblioteca dell'arsenale di Parigi.) Ne esiste una copia nei regii archivi. *Storia della Real Casa.*

d'ordine della madre di rivolgere ad altro imene il pensiero, rispondesse con qualche alterazione che dal momento si erano fatte venire in Piemonte le damigelle Nemours, egli stimava almeno di vederle.

Gli illustri ospiti adunque furono accolti da M.R. con particolari ed apparenti contrassegni di stima e di affetto. Giuntale sicura notizia del loro arrivo, ella spediva il nove giugno a Susa il conte Muratore, maestro delle cerimonie della casa ducale, che con Orazio Britti, maggiordomo, ed i conti di San Giorgio e di Settimo, gentiluomini della Corte, trovossi presente alla venuta seguita l'undici di quel mese. Presa dimora nel palazzo del castellano di Susa, ivi dovettero soggiornare sino al cinque, essendo stata la duchessa di Nemours assalita da una flussione, e dalla lettera di Cristina al conte Muratore appare che le inviò per guarirla persino il proprio cerusico Tevenot (1), quantunque di questa indisposizione della duchessa di Nemours prendesse ella qualche timore, supponendola un pretesto per ottenere un abboccamento col duca.

Partita poi da Susa alla volta di Torino, la duchessa di Nemours fu incontrata ad una lega al di là di Avigliana da D. Gabriel di Savoia, il quale pernottò con gli illustri passeggieri a Rivoli, ed il domani accompagnolli al castello del Valentino, dove si abboccarono colla Corte e collo stesso duca (sebbene indisposto di salute in quel giorno) essendosi quindi diretti al castello di Torino, che loro venne assegnato per abitazione.

Nel frattempo che dimoravano in Piemonte questi principi procurò M. R. di renderli grato il soggiorno col mezzo di deliziose escursioni e splendide feste date al Valentino ed al Parco, ma l'illusione di ogni accasamento svani non fosse stato che per il tenuto contegno di lei. Per il che la duchessa di Nemours, servitasi dell'occasione in cui era di passaggio per Torino l'arcivescovo di Embrun, il quale dirigevasi

(1) Biblioteca di S. M., *Ceremoniale* SCARAFELLO, tom. II.

alla sua legazione di Venezia, stimò d'incaricarlo di ottenere da M. R. una decisiva risposta. La quale fu che, siccome il duca d'Orléans erasi messo in condizione di dare ascolto alle antiche proposte del matrimonio di sua figlia col duca, così non era conveniente di occuparsi con altri di simile materia (1), e con Francesca d'Orléans infatti s'ebbe poi egli ad unire il 5 marzo 1663.

Il sedici di agosto perciò fu stabilito di partire, e così dopo di avere visitati i castelli di Mirafiori e di Stupinigi, la duchessa di Nemours prese commiato dalla Corte, ed ai 20 valicò le Alpi col commendatore di Mesci, suo maggiordomo, con madama del Puy e con altre persone di seguito. Ai diciasette di settembre assistettero in Annecy ai funerali di Carlo Amedeo di Nemours, nei quali il duca di Savoia era rappresentato dal marchese Eugenio Alberto di Lullin. La funebre orazione fu letta da Carlo Augusto di Sales, vescovo di Geneva e degno nipote del glorioso San Francesco (2).

Venuta meno nel 1664 la duchessa di Nemours, Maria Francesca Elisabetta fu sottoposta alla tutela del duca di Vendôme suo zio, il quale poi, unitamente al vescovo di Làon, indi cardinale d'Estrées, diede vigore alle trattative che s'intavolarono per concederla in matrimonio al re di Portogallo; senonché prima di esporre i particolari di questo negozio, parmi necessario di considerare almeno sommariamente le condizioni di quel regno e le qualità del sovrano a cui la nostra principessa si doveva unire.

III. Ai sei di novembre dell'anno 1656 era mancato ai vivi il Re D. Giovanni IV, il fondatore della casa di Braganza, principe fornito di rari talenti e di grande valore

(1) GUICHENON luogo citato.

(2) Furono stampate in questa occasione : 1° la *Oraison funebre pour la mort du duc Charles Amedé de Savoie duc de Nemours* par CHARLES AUGUSTIN DE SALES; Annecy, 1651 ; 2° l'*Apparatus funebris in exequiis ducis de Nemours*, GREGORIO BOTTA a Clarasco barnabita auctore, che io non ho potuto consultare. L'iscrizione apposta sulla sua tomba si legge nel GUICHENON, *Histoire généalogique*, tom. III, pag. 212.

e coraggio, siccome quegli che sostenne guerre asprissime
contro i Castigliani e gli Olandesi, i quali nelle Indie inva-
devano buona parte dei suoi dominii. Lasciava D.
Giovanni morendo sotto la tutela e la reggenza della consorte Luigia
di Guzman, due figliuoli, Alfonso e Pietro, divenuto Alfonso
(nato il 21 agosto 1643) primogenito per la morte seguìta,
mentre ancor viveva il padre, di Don Teodosio principe del
Brasile, il quale sino dai suoi teneri anni prometteva
frutti maturi di saggezza. Luigia di Guzman, principessa di memoria amabilissima ai Portoghesi, nata da
D. Emanuele di Guzman, duca di Medina Sidonia, e da
Giovanna di Sandoval, riuniva in sè fermo coraggio e vigore, accoppiati ad una prudenza singolare e ad un amore
stabile della gloria. Resse ella invero con somma lode lo
Stato coll'aiuto di savii ministri, e specialmente di D. Francesco de Tara, conte d'Odemira, e l'avrebbe forse governato sin che le sarebbe stato possibile, se Alfonso, circondato da favoriti e consiglieri, i quali, all'ombra di lui, volevano essi regnare, non fosse stato indotto ad assumerne
egli stesso le redini, specialmente indottovi dopochè un tal
giorno per opera della madre era stato rimproverato sul suo
tenore di vita dal Corpo dei consiglieri di Stato. Sforzata
adunque la madre a quell'atto, ella il 23 giugno del 1662,
alla presenza di tutti i poteri dello Stato, rimetteva ad
Alfonso le insegne supreme, quindi libera da così gravi
cure, e conscia abbastanza come giammai presso la reggia
avrebbe potuto godere quella pace che dopo duri travagli
erale necessaria, determinava di ritirarsi in una casuccia
situata presso un convento da lei fatto innalzare.

IV. La Corona di Portogallo era pertanto caduta sul
capo di un principe inetto a sostenerla, e nel male fu pur
ventura che soli cinque anni serbasse Alfonso il trono.
Giovane di umore tristo, sino dalla tenera età disdegnando
la compagnia dei gentiluomini, amava di avere a' di lui
fianchi negri e mulatti, de' quali stabiliva una picciola

corte con cui scorrere di notte tempo le strade di Lisbona per commettervi qualunque eccesso. Si dice, ed è consono al vero, che un tale sregolamento di spirito fosse cagionato da una paralisia che lo aveva assalito dalla sola età di quattr'anni da tutta la parte destra del suo corpo. Il padre aveva bensì messo in pratica tutti i mezzi possibili a migliorare l'infermità di lui, inviandolo persino agli efficaci bagni di *Caldas da Rainha*, ma se le cure adopratesi gli poterono far ricuperare l'uso della mano, non così fu della vigoria dello spirito sempre rimasto infermo, per quanto si fosse messa in opera l'abilità di Niccolò Monteiro. Anche Luigia di Guzman aveva tentato ogni spediente per correggere, se possibile fosse, il cattivo germe che offuscava la mente del figlio, allettandolo ed attorniandolo di persone di savio giudizio, anzi perché si potesse abituare all'amministrazione di quegli affari che un giorno egli stesso era per reggere, lo faceva intervenire alle adunanze del Consiglio; ma era opera vana, perchè Alfonso agli affari di Stato, alla madre, alla gloria infine preferiva la dimestichezza primieramente di un tal Antonio Conti, originario di Ventimiglia nella Liguria, e di Giovanni suo fratello; secondariamente di molti altri giovinastri, che nel regale palazzo eseguivano al di lui cospetto esercizi di forza con allettamenti di vario genere. Calamità di Stato poi che si rovescia sui popoli è quando attorno ai principi germogliano coloro i quali ad alimentare le male disposizioni di essi, ovvero l'indolenza e corruzione vi hanno interesse proprio, che così antepongono a quello del paese. Ed in tal guisa avveniva di D. Alfonso. Il conte d'Atougia, Cesare di Menezes sono indicati fra i pessimi consiglieri di quel principe, ma a tutti di lunga mano era superiore per autorità D. Luigi di Vasconcellos e Souza, conte d iCastelmelhor fornito di discreto ingegno e di attinenze, e che nei cinque anni in cui Alfonso rimase assiso sul trono ebbe egli a regnare.

A questi ministri, signori di ogni voglia di Alfonso, è specialmente dovuto il sentimento di avversione che nutriva egli contro la madre e l'infante D. Pietro suo fratello, il quale essa aveva da lui diviso per dargli una conveniente educazione e renderlo degno col tempo di governare, prevedendo, e forse lasciando troppo apertamente conoscere il suo pensiero, che cioè il primogenito sempre più se ne dimostrava inetto; al che era essa anche indotta per indefinitamente perpetuare la sua autorità. Nei primi anni della reggenza abitava l'infante lo stesso regal palazzo, ma siccome dal fratello, geloso e sospettoso, veniva in ogni maniera maltrattato, così fu mestieri di allontanarlo e farlo dimorare nella magione di Cristoforo de Moura, marchese di Castel Rodrigo, situata a Corte Reale. Ma questa determinazione diè assai a pensare ad Alfonso, il quale, messo sopra dai cortigiani, con asprezza declamava contro la madre e contro l'infante, lagnandosi essere scopo della regina di preparare il fratello ad arrogarsi poi la sua posizione. E simili dicerie infatti, avvalorate dallo scorgere che in realtà un partito si aggruppava intorno a D. Pietro, furono quelle che accelerarono Alfonso a manifestarsi apertamente avverso alla madre e risolversi ad assumere l'amministrazione dello Stato, come avvenne. Padrone quindi assoluto delle sue voglie, il novello sovrano, invece di mutar vita, precipitavasi al contrario in quei mali che dovevano aprirgli la sua rovina; triste consiglio, perchè forse nella diversa ipotesi, coll'aiuto del conte di Castelmelhor, egli si sarebbe potuto costituire forte abbastanza per abbattere il partito di quanti stavano per tramargli contro.

Questo ministro adunque, dato il crollo ai suoi avversari, erasi arrogata l'autorità la più estesa, e governava il principe qual macchina che intieramente pendeva dal suo cenno, ed a tale effetto erasi egualmente maneggiato sulla persona dell'infante D. Pietro, collocandogli a fianco un fratello, sua creatura, per poter vincolarlo a sè; impresa del resto che tornò inutile, odiando D. Pietro il conte, tanto più che i lusinghieri consigli del partito intorno a lui raggranellatosi non gli riuscivano indifferenti al punto di dover abbandonare le fila dell'impresa che un giorno o l'altro si sarebbe effettuata.

V. Il conte di Castelmelhor impertanto che scorgeva già essere riuscito in una parte essenziale del suo negozio e che così bene secondava le ambiziose sue mire, credette di dovere vieppiù stabilire il suo stato col matrimonio del principe, con speranza di poter con esso staccarlo dalla vita sregolata, e togliere forze al partito dell'infante. Ma nel mentre che si adoperava per rendere illusorio qualsivoglia progetto si volesse mettere in mano all'infante Don Pietro, egli stesso iva incontro alla sequela di quei guai che aprivangli il suo allontanamento dalla Corte.

Fermo adunque nel disegno, il ministro coi suoi consiglieri caldamente instava presso il re perchè sanzionasse un progetto di matrimonio che era per intavolarsi, quantunque osservino taluni che Alfonso vi avesse ripugnanza, e che un giorno si lamentasse degli autori di quel negozio, i quali avevangli consigliata una cosa di cui si sarebbe sempre mai pentito.

La scelta della sposa cadde in prima sulla persona di Gioanna Battista di Savoia-Nemours, poi sulla sorella Maria Francesca Elisabetta, che il conte credeva come figlia di semplice duca e senza l'appoggio di elevato parentado, regolare a suo arbitrio massimamente colle attrattive di un trono. A questo oggetto nel 1664 partiva di Londra(dov'era ministro) alla volta di Parigi il marchese di Sande, seco conducendo Francesco de Sa-Menezes, segretario dell'ambasciata, Rui Tellez e Francesco d'Azevedo, che non tralasciò, conforme ai consigli di prudenza, di eseguire le opportune precauzioni per isviare l'attenzione dell'emula Spagna. Il Turena, che s'interessava per gli affari di Portogallo, non omise allora di suggerire al marchese di voler sbarcare in

Normandia, passando a Rouen, Pontoise e quindi a St-Denis,
dove sarebbevi uno dei suoi gentiluomini che lo avrebbe
accompagnato nel proprio palazzo di Parigi. E così si fece,
ed ivi assai si discorse sulle pratiche degli Spagnuoli per
far sposare a madamigella di Nemours il principe Carlo
duca di Lorena. Anzi sino dal dicembre del 1661 Elisabetta
di Vendôme, di lei madre, scriveva a M. R. Cristina che già
si erano stesi da Leonne, ministro di Stato, gli articoli di
esso matrimonio (1), ma per la partenza del duca essendosi
raffreddata ogni trattativa, il Turena assicurò il marchese
ch'egli si sarebbe caldamente impegnato per secondare le
mire del re di Portogallo e vincere i disegni della duchessa
di Nemours, contraria a quelle nozze.

Quando il re di Francia, che già in parte aveva contribuito a rendere vano il primo connubio, venne informato
di questi progetti, propose ancor esso madamigella d'El-
bœuf, sua cugina, al qual partito già si lasciava attrarre lo
stesso ministro di Portogallo; senonché, venuta meno in
quel frattempo la madre della sposa, raddoppiò allora il
marchese di Sande i suoi sforzi per riuscire negli intenti,
pregando il vescovo di Lâon di conferire all'uopo col duca
di Vendôme, zio egualmente e tutore di madamigella di
Nemours. Dicesi che il Vendôme in risposta affermasse di
adoprarsi a persuaderne Maria Giovanna, purché egli dal
canto suo s'impegnasse a far sposare la minore sorella, madamigella d'Aumale, al principe D. Pietro. Ma questo poteva
benissimo essere un ritrovato per guadagnar tempo e scoprire intanto se al Portogallo sarebbe stato indifferente di
avere o l'una o l'altra delle eredi Nemours; ed il negozio
riuscì infatti, poiché quando fu palese che Maria Giovanna
erasi impegnata con Carlo Emanuele, duca di Savoia, vinti
gli ostacoli che nel Consiglio di Lisbona pareva dovessero
annullare ogni ulteriore trattativa, diedesi tosto incomin-
ciamento alle proposizioni con madamigella d'Aumale.

(1) Archivi del regno, *Princes de Genévois et Nemours*, marzo 4.

Questa circostanza è negata da alcuni scrittori, e da altri nemmeno esposta, ma che si debba tenere per vera io lo deduco dalla lettera scritta al duca dal conte Pietro Carrocio di Villarfochiardo, ambasciatore di Savoia a Parigi, li otto gennaio 1666, il quale ne parla nel senso or accennato (1). E quanto all'infante D. Pietro si volle bensì che sposasse madamigella di Bouillon, figlia del duca di tal nome, e nipote del maresciallo di Turena, ma egli giammai fu per consentirvi, ancorché dal fratello fosse stato persino colle minaccie a ciò indotto (2).

Non voglio poi a questo punto omettere un'osservazione che io tolgo dalla *Memoria consultiva sulla nullità del matrimonio del re di Portogallo,* quantunque non si possa guarentire il racconto di autenticità, essendo deposizione della parte contraria. In quel documento adunque si espone che il marchese di Sande, a cui era noto appieno lo stato fisico e morale del suo signore, venuto in scrupolo di sua missione, ne abbia discorso col conte di Castelmelhor, il quale avrebbegli risposto di cagionargli sorpresa un simile dubbio, dal momento che tutta la Corte sapeva come la figlia la quale presso di sè veniva educata era naturale di Alfonso. Siccome testè ho accennato, io non intendo punto di assicurare autentica questa notizia, perchè se nella memoria riferita è detto che una tale deposizione si tenne falsa, quando il contrario fu asserito dalla madre di quella

---

(1) «.... Mi sentì il re con molta attenzione e poi mi disse che quando si trattò il matrimonio di V. A. R. già era avanzata e come conchiusa un'altra trattazione per maritare Madama al Re di Portogallo, e che per preferire V. A. R. si negoziò coll'ambasciatore di Portogallo di far riuscire il matrimonio di esso Re di Portogallo con madamigella d'Aumale, ch'ora si nomina madamigella di Nemours, che se ne aggiustarono le cose con li medesimi patti et articoli che erano stati stabiliti per M. R. Fra quali s'era convenuto che S. M. ripigliando Nemours et Gisors pagarebbe di contanti al Re di Portogallo un millione di liure che delli parenti d'esse principesse fu rapportato ed assicurato che S. M. aderiua e si contentaua che questo medesimo si eseguisse per la sorella » *(a)*.

(2) *Relation de la Cour de Portugal sous don Pedre II,* tom. I, pag. 62.

(a) Archivi del regno, Francia, *Lettere ministri,* mazzo 78. Questo Pietro Carrocio fu regalato dei borghi di Giaglione, Barbotero e Massò Orgiale devoluti per la morte di Carlo Andrea Aschieri nel 1635, e dopo gli uffizi diplomatici divenne primo presidente della Camera.

figlia, dai pochi fautori dell'infelice Alfonso si sostiene che
in questo si adoperò violenza (1). Ma quanto non si puote
negare è che madamigella d'Aumale con non equivoche
esposizioni venne informata dello stato del re, per cui rimane cosa certa come la voglia di regnare e la speranza di
predominio sullo spirito di lui infermo abbiano potuto vincere l'avversione che doveva cagionarle quel connubio, sebbene con le lusinghe mal sapesse celare quanto dentro di
sè sentiva, come osserva il Carrocio nella lettera scritta il
tre di aprile a M. R. di Savoia (2).

Le trattative del matrimonio di Alfonso con Maria Elisabetta
si convennero il 24 di febbraio 1666 tra Francesco de Mello,
conte di Ponte, e marchese di Sande anzi accennato, ed il
duca d'Estrées pari e primo maresciallo di Francia, Cesare
d'Estrées, duca e vescovo di Lâon, procuratori, ed il duca
e la duchessa di Vendôme, zii e tutori della principessa. La
convenzione matrimoniale è stampata nei documenti del-
l'elegante opera del Souza, epperciò non occorre altro che
di qui riferirla nella sola sua sostanza. È dessa costituita di
diciannove articoli, il primo dei quali recava che la celebrazione del matrimonio dovesse seguire alla Corte di Londra, ma a questo si derogò col decimosettimo, dichiarandosi
che a cagione della pestilenza da cui l'Inghilterra era afflitta, si addiverrebbe alla Roccella. Disponeva il terzo che la
dote sarebbe stata di seicento mila scudi di moneta francese,

(1) Archivi del regno, *Principi di Savoia-Nemours.*
(2) « ..... Tout est disposé pour le départ de Mademoiselle le troisième jour des fêtes :
elle a eu toute cette semaine un chagrin assèz extraordinaire, et voyant que monsieur
de Lâon en avait aussi, j'etais curieux d'en savoir le sujet pour l'écrire à V. A. R. Cependant je ne l'ay pas pu pénétrer, de sorte que je crois que celui de Mademoiselle provient de la quantité des adieux qu'elle donne et reçoit, et celui de M. de Lâon, de la
quantité des affaires qui l'accablent. M. de Lâon m'a dit que monsieur le marquis de
Sande voudrait que Mademoiselle prenne le père D. Severin Theatin pour confesseur et
elle veut un jésuite; je ne sais si cela est une affaire assèz considérable pour la pouvoir
tourmenter, ou bien si les discours que madame la princesse de Carignan luy a fait sur
la méchante humeur et cruauté du Roy de Portugal sont assèz fort pour la mettre en
peine. Si j'en puis savoir quelque chose je ne manqueray pas de l'écrire. » (Archivi del
regno, Francia, *Lettere Ministri*, marzo 23.)

equivalenti ad un milione ed ottocento mila lire tornesi, cioè quattrocento che si sborserebbero in contanti a Lisbona, e gli altri in effetti, e nell'articolo seguente, specificandosi il modo di pagamento, si dichiarava essere la dote superiore di gran lunga a quelle costituite per lo passato a principesse della famiglia Nemours, appunto per dimostrare all'Europa in qual pregio dalle famiglie Nemours e Vendôme fosse tenuto un tale parentado. Determinava il sesto che il re stabilirebbe la casa della regina un mese dappoichè ella fosse giunta a Lisbona, e col medesimo splendore che ebbero a gioire le altre regine (1).

Prima che seguissero gli sponsali, ed ai 20 di marzo, si addiveniva ad una convenzione tra Madama Reale Giovanna Battista e la principessa Maria Elisabetta, in forza della quale M. R. cedeva a quest'ultima tutti i diritti a lei spettanti sul ducato di Nemours e contado di Gisors, con facoltà di rimetterli al cristianissimo (2), che ai 2 aprile faceva sborsare un milione di lire tornesi a Maria Elisabetta per il riacquisto del ducato e del contado accennati (3). Quanto poi al palazzo dei Nemours, situato in Parigi, *assis en celte ville de Paris, rue Pavée, paroisse St-André des Arts, consistant en plusieurs corps de logis, une grande cour, un grand jardin derriere le dit hôtel, à l'un des debouts du quel jardin vers la rue des Charites St-Denis dite des Augustins sont les ecuries du dit hôtel de Nemours,* fu venduto il 30 dicembre 1670 a Roberto Bierre, scudiere e consigliere del re, a Simone de Lespine, mastro generale delle regio fabbrice, ed a Claudio Gauldriè Boilleau, borghese di Parigi, al prezzo di 260,000 lire coi pesi e censi verso l'abbadia di San Germano dei Ponti, sul cui territorio era fabbricato (4).

(1) *Provas da historia genealogica da Casa real portuguesa tiradas dos instrumentos dos archivos da Torre do Tombo*, ecc., per D. Antonio Gaetano da Souza, tom. V, pag. 10.
(2) Archivi del regno, *Princes de Genévois et Nemours*, paquet 19.
(3) Archivi del regno, luogo citato.
(4) Archivi del regno, *Principi del Genevese e Nemours*.

L'atto di alienazione si rogò il pomeriggio di detto giorno da Giovanni de la Balle e Pietro Gaudin, notai in Parigi, nell'abitazione di Tommaso Chabó, marchese di San Maurizio, ministro di S. A. in Parigi e procuratore speciale in quel negozio.

VI. Condizione del trattato matrimoniale era di celebrare le nozze alla Roccella, e quest'atto veniva sollecitato dai parenti di madamigella d'Aumale, quantunque il marchese di Sande cercasse di procrastinare sulla considerazione di voler vedere aggiustati gli affari d'Inghilterra. Ma vinti gli ostacoli e stabilitosi che la partenza per la Roccella dovesse effettuarsi il 25 maggio del 1666, madamigella d'Aumale il 5 di aprile recossi a Versailles, dove prese congedo dalla Corte il giorno prefissole, che era un sabato, dopo le quattro, ed ai 25 del susseguente mese, accompagnata dalla duchessa di Vendôme, dal di lei figliuolo e dal conte Carrocio, partì alla volta di quella città. A breve distanza da Parigi alla nobile comitiva si unirono poi il marchese di Sande, il duca d'Estrèe, maresciallo di Francia, coi figliuoli del marchese di Coevres, il signor della Nanne, consigliere del Parlamento di Parigi e sovrintendente della casa della principessa, Bernardo Carrocio figliuolo dell'ambasciatore di Savoia, ed Ignazio altro figliuolo dello stesso ministro, che però partì quattro giorni appresso.

Nel viaggio, lungo a quei tempi, gl'illustri personaggi ebbero dimostrazioni d'onore dai corpi municipali, e dal clero segnatamente di Estampes, feudo dei Vendôme. A Poitiers essendo survenuto male al marchese di Sande, fu il viaggio interrotto per ben quattro giorni, e già si temeva si avessero a celebrare le nozze in quella terra se il miglioramento del marchese non fosse giunto in proposito. L'arrivo alla Roccella seguì alle sette vespertine del diciasette di giugno, e venne l'augusta sposa incontrata dal duca di Nevaglia, che capitanava quattro compagnie di cavalleria, e dai duchi di Lande e Noirmoutiers, attorniati da numeroso stuolo di nobiltà francese, ed alle porte della città le furono presentate le chiavi, accompagnandola quindi alla magione destinatale, dove si portarono le autorità a complirla (1).

Dopo alcuni giorni di quiete e mentre si attendeva che si calmasse il mare a quei di agitatissimo, giunse il ventisette di giugno, che cadeva in una domenica, in cui il marchese di Sande venne ammesso a solenne udienza. Approssimatosi questi alla principessa che stava accanto alla duchessa di Vendôme, assistita dalle dame principali della Roccella, la complì a nome del re Alfonso suo signore. Nella cappella poi dove si trovavano il duca di Lâon, il vescovo di Lâon, il vicario generale della città, il parroco di Freguesia, il duca di Vendôme, il duca di Navailles ed altri personaggi, si lesse la procura del Re che il marchese di Sande porse ed il duca di Vendôme diede alla Regina, ed in virtù della quale il duca di Lâon celebrò nella forma richiesta. E così, secondo l'uso, la principessa sposa data procura al suo zio duca di Vendôme per rappresentarla, il vescovo di Lâon unì in matrimonio i due procuratori, vale a dire l'ambasciatore ed il duca. Compiuta la cerimonia, il marchese di Sande, secondo lo stile, lesse apposito discorso alla novella Reina sua signora, consegnandole altresì una lettera del Re, scritta per l'occasione, e baciandole la mano. Si avanzarono quindi a complimentare la Regina il duca di Navailles rivestito del carattere di ambasciatore del Re di Francia, un gentiluomo del Re d'Inghilterra, l'inviato del duca di Savoia ed il magistrato della Roccella.

VII. Ai trenta di giugno poi, giorno decretato a far vela alla volta di Lisbona, la Regina uscì dal palazzo seduta su di una seggia adorna di tessuto verde, coperta nella parte inferiore di un pallio e portata dai magistrati della Roccella, i quali erano circondati da tutta la Corte. Teneva dietro la duchessa di Vendôme da cui si accomiatò la Regina con

(1) Documento n° I.

molta tenerezza quando giunse al brigantino, ma il duca di Navailles volle accompagnarla sino a bordo della Capitana, che all'arrivo di Maria Elisabetta sparò tutte le artiglierie. La flotta era comandata dall'ammiraglio marchese di Rouvigni, ambasciatore del Re di Francia, e costituita di due navi da guerra, delle quali la Capitana recava ottocento pezzi di bronzo con settecento uomini di guernigione. La Regina prese stanza in una camera riccamente parata all'uopo, ma la partenza dalla Roccella non seguì che ai quattro di luglio, essendole d'impedimento il tempo burrascoso sollevatosi nel giorno determinato. Nè fu quel lungo viaggio scevro d'inconvenienti, ed un distinto ragguaglio di esso ce lo porge la lettera del commendatore Ignazio Carrocio, ministro straordinario di Savoia alla Corte di Portogallo, scritta al duca il nove di agosto, testimonio sincero ed in parte oculare.

Dissipatosi prima di tutto, per opera del duca di Beaufort, il pericolo di uno sgradevole incontro cogli Spagnuoli, i quali, avendo occupato il forte detto le Berlinghe spettante al Re di Portogallo, si erano messi in istato d'impedire il passaggio alla Regina, non così facilmente fu possibile di sfidare il flusso e riflusso di un mare agitatissimo. Maria Elisabetta dimostrò bensì singolare intrepidezza, ma, aggravata anche dall'accidente, molto dovette soffrire, tanto più che dopo un intervallo di tempo alquanto mite sollevossi una nebbia così fitta che recava grave disturbo ai naviganti. Pervenuta infine la flotta a Cascais, considerevole fortezza portoghese, la Regina fu salutata da spari di artiglierie a cui si rispose da bordo dei vascelli, ed ai due di agosto si potè giugnere alla distanza di una sola lega di Lisbona (1). Ivi, fatta sosta, la Regina prese una refezione o poi venne complita per parte del Re, il quale un'ora dopo inviolle quantità di frutti ed altre specialità nazionali.

Levate le mense, comparvero molti cavalieri presentati

(1) Documento n° II.

dal marchese di Sande, e nello stesso tempo giunsevi pure il conte di Castelmelhor accompagnato da numeroso seguito. Posto il conte ginocchio a terra, baciò la mano della nuova sua sovrana, quindi, alzatosi, la complì secondo l'uso. Di lì a poco si presentò la madre di esso conte, stata nominata prima sua dama. La contessa di Castelmelhor vestiva un abito nero con una tela bianca piegata al dinanzi da parere piuttosto una rigorosa abbadessa che non una gentildonna del secolo atta all'impiego del quale veniva onorata. Anche costei recitò breve complimento e prese quindi posto dietro la sedia della Regina presso il marchese di Santa Croce, Don Giovanni Mascarenhas, maggiordomo del regal palazzo.

Inverso le sei vespertine poi dal porto di Lisbona sortì il re D. Alfonso sontuosamente vestito ed in compagnia dell'infante D. Pietro, i quali presero imbarco su di un brigantino superbamente intagliato, adorno di arazzi e cuscini di broccato cremisi, e remato da quindici battellieri vestiti di rosso con passamano d'oro e d'argento. In esso brigantino furono egualmente ammessi a sedere i consiglieri di Stato, fra i quali si notano il marchese di Niza e D. Vasco da Gama.

Arrivati gli augusti personaggi alla Capitana, tuonò tutta l'artiglieria e tosto da quella scesero il marchese di Sande ed il duca vescovo di Lâon, che vestiva rocchetto con mozzetta, i quali complirono D. Alfonso che loro rispose con molta benignità e con espressioni di riconoscenza per averc essi cooperato con sincero zelo al suo matrimonio ed accompagnato la Regina in un viaggio così disastroso. Salirono quindi il Re e l'infante sulla Capitana, e sul primo gradino loro presentossi il marchese di Rouvigni a cui D. Alfonso testimoniò la riconoscenza per aver guidato così felicemente il viaggio. Avviossi allora il Re alle stanze della Regina, e, postosi in atto di genuflettersi, s'inchinò in modo che pareva veramente volesse compiere tale atto, ma non potendo, venne di botto sollevato dai cavalieri che lo circondavano (1)

Complita la Regina col mezzo degl'interpreti, si trattenne D. Alfonso alcun poco seco lei, e non lasciarono i circostanti di notare che dopo di averla mirata e rimirata dimostrò di sentirne molto gradimento.

VIII. Posto termine a queste cerimonie, scesero il Re e la Regina coll'infante D. Pietro nel brigantino in cui si assisero del pari il marchese di Fontes, gran ciambellano, il conte di Castelmelhor colla madre, Simano di Vasconcello e Souza, gentiluomo di camera, il marchese di Sande e madama del Puy, venuta di Parigi con Maria Elisabetta: forse per inavvertenza fu dimenticato il vescovo di Làon, del che ebb'egli ad adontarsi menandone gran rumore, come vedremo a suo luogo. Quando si giunse sul ponte innalzato sulla spiaggia di Junqueira dove attendevano nobiltà e grandi della Corona, sbarcarono gli augusti personaggi e salirono in un cocchio che condusseli al tempio delle religiose fiamminghe di Santa Clara. Già era scesa la notte e stavano perciò alla porta della chiesa in lunghe file disposti valletti di camera che ceri accesi tenevano e le dame e donzelle nominate per servire alla Regina, alla quale baciarono la mano nell'atrio del tempio, dove si trovava egualmente il vescovo di Targo, eletto di Lamego, elemosiniere del Re, vestito pontificalmente, e che presentò ai principi le reliquie del Legno santo. Intuonatosi allora dai musici palatini l'inno ambrosiano e compartitasi tosto dal vescovo la benedizione nuziale, il Re e la Regina si ritirarono alla villa di Alcantara, delizia di quei sovrani, e da loro prese congedo l'infante D. Pietro che partì per la villeggiatura di D. Luiz Cesare de Menczes (2).

Per quanto ora s'aspetta a discorrere del soggiorno dei principi ad Alcantara, parmi opportuno di fedelmente

(1) *Lettere* del CARNOCIO.
(2) SOUZA, *Historia genealogica*, tom. VIII, pag. 396.

seguire il Carrocio che ne racconta ogni particolarità nella sua corrispondenza diplomatica col duca di Savoia. Premesso adunque che dopo essersi fatte le scuse al vescovo di Làon che si teneva offeso per la dimenticanza a di lui riguardo poco fa accennata, il Re con sollecitudine diedegli facoltà di visitare la Regina quantunque volte gli aggradisse. « Quanto a noi altri, qui parla il Carrocio, che siamo stati al seguito di detta Regina dacchè ella è in Alcantara, siamo tutti privi della facoltà di più rendergli li nostri ossequi, venendo ogn'hora maggiormente ristretta, et il più grave studio di monsignor di Làon è di trovar qualche modo di mitigare sì gran rigore. Per altro dicono che il Re ha ogni veneratione e stima per essa, e procura di divertirla con canti et istrumenti musicali. Si è astenuto il Re di dormire con la Regina per tre notti, per essere stato instantemente pregato a causa di qualche impedimento ch'haveva sovrapresa la Regina: il che è poi seguito con intiera e reciproca sodisfattione alli sei di questo corrente agosto » (1).

Avvertirò ora riguardo alla solenne entrata in Lisbona che, non dovendosi effettuare sino al fine del mese, siccome in quel frattempo venne diramato ai capitani dei vascelli venuti di Francia l'ordine di tenersi pronti alla partenza, così il duca vescovo di Làon ottenne il dieci di agosto di potersi licenziare dal Re, ed all'atto di congedo fu ammesso anche il Carrocio, che in quell'udienza ebbe compagni i componenti la legazione, quali erano il barone Costa, il signor Cagnolo, un gentiluomo d'Orléans per nome Thoynard ed il signor Mandato.

Nel giorno designato adunque il ministro di Savoia col vescovo di Làon c con gli altri personaggi fu accompagnato ad Alcantara dal conte della Torre, mastro di campo generale, dove giunto, sull'avviso che il Re non era peranco in ordine, attese alcun tempo in una chiesa attigua al palazzo, e quando fu al cospetto di D. Alfonso che se ne stava in una

(1) Archivi del regno, Portogallo, *Lettere Ministri.*

grande galleria col conte di Castelmelhor e corteggiato da dodici fidalghi (1), si fece a complirlo.

Il Carrocio indirizzavagli queste parole: « Nelle regie nozze di V. M., S. A. R. mio signore partecipa di un contento singolarissimo, perchè, havendo già l'onore di appartenerle, si rinvigorisce e stringe hora la parentela con l'unire a V. M. una principessa non solo a S. A. R. consanguinea, ma di più affine in primo grado. Si rinova hora con questo in S. A. R. più gagliarda l'anticha osservanza di sua casa verso quella di V. M. e verso la sacra sua persona. Io per parte di S. A. R. supplico V. M. di gradire la divota volontà la quale m'ha esso commesso di professargli dedicata al suo servitio per essercitarla in tutte le buone occasioni dei comandi suoi e della regia prole che insieme le auguro con tutta la prosperità » (2). Si levò D. Alfonso il cappello, ma, copertosi tosto, ritto in piè e per mezzo dell'interprete Antonio di Souza Macedo, rispose al Carrocio nei seguenti accenti: « Ringratio molto S. A. R. dei buoni sentimenti che ha verso la mia persona e casa, e potete assicurare per parte mia S. A. R. che isperimenterà in me non solo quella corrispondenza et unione che gl'hanno professata li miei antecessori, ma molto più grande hora ch'a vincolo più stretto di parentela ne fur contratte maggiori le obbligationi di che darò a S. A. R. con effetti più sincere le prove in tutte le occorrenze di suo servitio » (3).

Scendendo ora a brevemente discorrere del ricevimento solenne che gli augusti sposi ottennero dagli ordini e poteri supremi dello Stato la domenica dei 25 di agosto, io chiuderò la serie di tutte queste descrizioni di feste e viaggi, nelle quali mi sono alquanto esteso all'oggetto di rendere conosciuti gli usi di una nazione per scritti editi a noi ben

(1) Con questo nome sono indicati i nobili portoghesi.
(2) Archivi del regno, Portogallo, Lettere Ministri.
(3) Archivi del regno, luogo citato.

poco famigliare, e ch'io ho ricavato, e non senza studio, da memorie patrie manoscritte.

In quel giorno pertanto, usciti i principi d'Alcantara in sul meriggio, la funzione ebbe principio col procedere dei procuratori del Senato che con i ministri di loro giurisdizione cavalcavano destrieri con eleganza imbardati. Seguivano i portinari regi colle mazze sugli omeri, i re d'armi araldi e giudici che indossavano toghe spettanti al diverso loro ufficio. Tenevano dietro i cocchi e le lettighe dorate e guernite colla massima perfezione; fra quali la regal carrozza riusciva d'effetto vago e bizzarro per i ricchi suoi ornamenti. D. Alfonso stava assiso alla destra della Regina e l'infante D. Pietro sulla seggia di prospetto, avendo a mancina la prima dama d'onore. Chiudevano la comitiva le regie guardie vestite di ricche uniformi che facevano bella mostra. Nè si deve omettere che maestosi archi eransi innalzati dalle nazioni inglese, italiana e fiamminga, e che sul limitare di quello elevatosi alla porta di Santa Catterina, stando schierato il Senato, il procuratore del popolo Christovan Soares de Abrea lesse un discorso a nome della Città, il quale terminato, Ruy Fernandes de Almeida, presidente della Camera, offerse al Re le chiavi, che trasmise alla Regina, la quale, accettandole, tosto si fece a restituire, secondo l'uso. S'incamminò quindi l'augusta coppia alla cattedrale, dove fu cantato l'inno ambrosiano, e poscia fece ritorno al palazzo salutata dai plausi della folla, dalle salve dell'artiglieria e dal suono prolungato delle campane.

IX. Ecco adunque Maria Elisabetta assisa sul trono di Portogallo, ma in quel talamo regale ella non doveva godere la pace di un buon coniugio. Delicata incombenza, come chiunque può scorgere di leggieri, ella è di trattare dei diversi e molteplici avvenimenti accaduti presso quella reggia nei tempi descritti, nè tema guari facile tramezzo allo spirito di passione diversa da cui sono mossi gli scrittori che maneggiarono l'argomento; ma siccome, per quanto

7

s'attiene allo scopo propostomi, una breve e sincera esposizione degli eventi principali può ravvisarsi più che sufficiente, in tale sommaria disquisizione io mi farò a seguire le orme di Roberto Southwel, ambasciatore straordinario del Re Carlo II d'Inghilterra, testimonio imparziale, il quale narra le vere cause della deposizione di D. Alfonso nella pregiata sua istoria della di lui detronizzazione. Ed è pregio dell'opera lo accennare che il ministro inglese fu personaggio fornito di perspicace giudizio e di grande esperienza nel maneggio degli affari diplomatici; nel fatto poi in questione egli merita, secondo si è detto, la più larga fede, perchè, essendo in continua relazione coi ministri e colla Corte, ben poteva e, quel che più monta, ben sapeva penetrarne i segreti. Nè si può egli tacciare di soverchia condiscendenza con la Regina, essendo protestante, mentrechè il gran negozio venne in parte regolato dai gesuiti, i quali guidavano la coscienza di Maria Elisabetta.

Ma prima di addivenire a quest'esame, credo bene di dover osservare come sul bel principio del 1667 relazione diplomatica seguì colla Corte di Savoia nell'occasione che a Lisbona veniva spedito il conte Filiberto di Piossasco, primo scudiere di M. R. col carattere di ambasciatore, per mettersi in possesso de' regi trattamenti accordati ai duchi di Savoia. Per il che fa d'uopo di sapere che sino dall'anno antecedente, cioè dal 31 di luglio 1666, il commendatore Ignazio Carrocio aveva incarico di ottenere dal Portogallo l'ambito privilegio, intorno al quale erano già seguiti trattati per mezzo del vescovo di Lâon, del conte del Villare, nipote del Carrocio, e del marchese di Sande allora che la Regina Maria Elisabetta trovavasi alla Roccella. Il Carrocio adunque avendo ottenuto che D. Alfonso in lettera inviata al duca dessegli il titolo di *Altezza Reale*, e siccome si parlava in essa anche dei regi trattamenti per gli ambasciatori all'estero ed a Roma, purchè dentro il termine di sei mesi si spedissè a Lisbona un personaggio colla qualità di ambasciatore, così il

5 aprile 1667 davasi istruzione al conte di Piossasco per il suo viaggio a Lisbona. La seconda parte poi della sua istruzione esigeva che in quell'occasione egli inoltrasse egualmente la domanda per ottenere che i sudditi di Savoia potessero godere lo stesso privilegio degl'Inglesi trafficanti al Brasile, il quale consisteva di poter negoziare colà senza permissione speciale del Re in Portogallo, e senza dover nell'andata e ritorno arrestarsi a Lisbona, pagare i diritti attinenti, e sottostare alle visite che si facevano per venire in cognizione se sui vascelli si caricavano ebrei abitanti in quel regno sotto nome di cristiani. Il Piossasco adunque partiva di Torino alli otto di aprile, giungendo a Lisbona alli sette di maggio, di dove poi partì il 20 di giugno, siccome risulta dalla relazione da lui fatta a M. R., e nella quale si notano molti curiosi particolari sul modo di prendere possesso dei regi trattamenti, e sulla Corte altresì di Lisbona (1).

Facendo ora ritorno al racconto intrapreso premetterò che, descrivendo il Southwel il carattere di D. Alfonso nella seconda lettera a lord Arlington ne reca il seguente giudizio. Dopo di aver dimostrato ch'egli era bensì sincero, ma che la sincerità esagerava persino a dire, per esempio, ad uno tutto il male che di lui sapeva: ch'era prode, ma che prodezza non distingueva da ferocia al punto da metter mano alla spada per un minimo accidente e menare colpi a diritto ed a rovescio, così ragiona: D. Alfonso ha spesso lucidi intervalli ne' quali i suoi ragionamenti sono retti, nè scevri di senso proprio ad uno di mente sana. La virtù poi che possiede, se tali si possono chiamare, avuto riguardo al suo stato, sono così esagerate che devesi ammettere aver desse contribuito al pari dei difetti alla sua ruina. Pranza d'ordinario nel letto, mangia fuori misura, e fuma e beve più che qualsivoglia altro portoghese. Per quanto poi risguarda le donne, ne mantiene un serraglio, *mais*, egli aggiunge, *ses caresses, à ce qu'assurent ses maitresses elles*

(1) Documento n° III.

mêmes sont sans effect, son plaisir est de les mettre en désordre (1).

E se non sufficienti ancora possono parere i lineamenti dati dal ministro inglese si compiaccia il lettore di seguirmi, per un istante, a considerare il ritratto che ne traccia l'abate di S. Romano, ministro di Francia a quel tempo, il quale combina con quanto accenna il Southwel. Osserva questi adunque che don Alfonso era di viso aperto ed aggradevole, di occhi svegliati ed allegri, ma di taglia grossolana e piuttosto picciola, che si cibava con precipizio e beveva senz'ordine, non facendo poi alcun esercizio nè a piedi, nè a cavallo.

Coprivasi il corpo, avverte il medesimo, di sei o sette abiti, fra quali sempre si notava un collare di bufalo rivestito di più di trecento pezzi di seta o taffettà a prova contro un colpo di arma da fuoco, e sul capo si aggiustava un camauro che scendevagli sino al collo, sovrapponendo a quello un berretto all'inglese che abbassava nell'uscire di palagio. Don Alfonso faceva uso di molto tabacco, di cui era solito tenere varii rotoli persino sotto il guanciale; non era privo di un tal qual spirito, quantunque non sapesse nè leggere, nè scrivere ed usasse spesso basse espressioni, come, per esempio: *va bugiar, va beber m.....* A Salvaterra poi cavalcava il dopo pranzo vagando per la campagna e facendo gran ravaggio di polli d'India e di pecore che qual sua preda ambiva molto di ritenere (2).

E questi lineamenti ho creduto di qui ritrarre perchè mi paiono assai più imparziali di quelli dati dall'autore della relazione della Corte di Portogallo sotto don Pietro, il quale vorrebbe scorgere don Alfonso meno sregolato nello spirito di quel che invero egli fosse, e quasi atto al matrimonio, mentrechè se non si può negare che la condizione

(1) *Histoire du détrônement*, ecc., tom. II, pag. 25 e seguenti.
(2) *Négociations relatives à la succession d'Espagne*, tom. II, pag. 56 e seguenti.

di lui e del suo ministro fu assai peggiorata dai partigiani della regina, è però cosa affatto ovvia che mal fisico e mal morale si trovavano accoppiati in quell'infelice sovrano (1).

Già si è detto superiormente che il fido ministro di un tal sovrano fosse il conte di Castelmelhor divenuto padrone assoluto delle sue voglie, che dominava or cogli allettamenti, or colle minaccie, ma la maniera di governare di lui, troppo imperiosa, riusciva ogni giorno più intollerabile ai grandi della nazione, stanchi oramai di soffrire così grave giogo.

Seguendo il conte le mire di sua politica non aveva bensì omesso d'investigare lo spirito della regina istruendola e consigliandola com'ella dovesse regolarsi e quanto proficuo le riuscisse di secondarlo nell'andamento degli affari. E sino ad un certo punto Maria Elisabetta bravando sull'indifferentismo del re, potè ottenere un aumento di appannaggio e farsi obbedire e consultare negli affari di Stato. Ma di ciò non contenta, ella aspirava a qualche cosa di più, come al cangiamento del ministero col richiamo del duca di Cadaval, potente avversario del conte di Castelmelhor, e questo col fine di attirarsi tutta l'autorità possibile. Senonchè come il conte potè persuadersi che Maria Elisabetta, guidata da viste ambiziose ed aliena dal tollerare tanto giogo fosse fuori di sè, e si tenesse delusa nel concetto che nutriva di potere colla sua bellezza, coll'ingegno e coll'ardire insignorirsi facilmente dell'imbecille monarca, allora ogni suo studio fu di allontanarla non solamente dalla confidenza di Alfonso, ma sibbene da qualsivoglia affare, al punto che di lei più non si faceva alcun caso, nè guari alle sue istanze davasi ascolto.

Sensibile al di là di ogni misura riusciva alla regina un tale stato di cose, aggravato dal modo stesso di diportarsi con lei di don Alfonso e con i favoriti, e fu allora che più non rigettò, anzi prese a blandire i consigli di coloro che

(1) *Relation de la Cour de Portugal*, tom. 1, pag. 63.

l'intrattenevano tal fiata, e con tutta cautela sui mezzi da
adoperarsi per distrurre una posizione così disaggradevole. In questa guisa pertanto fu aperta una segreta corrispondenza coll'infante don Pietro che per la regina sentiva
battersi il cuore e che assai sapeva dimostrare di compa-
tirla, ed in tal modo si ordì quella lunga e bene avviata fila
di avvenimenti che prepararono la ruina di don Alfonso.

Agenti principali del delicato negozio furono il padre
Verjus gesuita francese, confessore della regina, il conte
di Schomberg, generale degli stranieri e direttore, si può
dire, di tutta l'armata, ed il signor di S. Romano, ambasciatore di Francia a Lisbona, che per le loro qualità meno
difficilmente potevano accostarsi alla regina, tanto più che
don Pietro solo non sarebbe stato capace, nè tanto ardito
di metter mano ad un progetto così rischioso. Del resto gli
indicati personaggi tenevano corrispondenza e con grandi
dello Stato e con molti fidalghi avidi gli uni del comando,
e perciò nemici del conte di Castelmelhor, speranzosi gli
altri di più lieto avvenire che al certo si procurava di far
loro presente in un cangiamento ch'avesse a succedere. Ed
a questo proposito si osserva che la corrispondenza tenuta
per tale oggetto fu presso a cadere nelle mani del re, essendo
stata dimenticata dalla regina nel proprio letto, ma che tutto
pareva congiurare contro il misero Don Alfonso, il quale
non seppe di quei documenti impadronirsi (1). Il ministro
inglese è d'avviso che i congiurati sul bel principio dell'impresa non avessero altro intendimento che di preparare la
ruina al conte di Castelmelhor, essendo giunto soltanto ad
assumere più tenebrosa piega l'affare nel progredire innanzi, per cui si reputò di non dovere dalla sorte del ministro disgiungere quella del suo signore. Per altro egli
stesso sostiene di avere inteso da persone degne di fede che
quando fu allestita la trama si convenne: 1° di detronizzare
il re nell'assemblea degli Stati; 2° doversi assumere la corona

(1) *Relation de la Cour de Portugal*, pag. 114 e seguenti.

dall'infante don Pietro, mentre Alfonso sarebbe stato chiuso in un chiostro; 3° annullare quindi il matrimonio del re con Maria Elisabetta, la quale ritirata in un monastero farebbe conoscere la propria causa e poi darebbe la mano di sposa all'infante don Pietro.

Intanto i mali trattamenti di Alfonso verso la regina e l'infante don Pietro, sempre tenuto lontano dalla Corte, gli insulti ad arte esagerati da lei stessa, e perciò lungo tempo rimasti impuniti del segretario di Stato Antonio de Souza, diedero esca a prontamente eseguire il rischioso disegno.

E quanto al conte di Castelmelhor giova avvertire che di Maria Elisabetta erasi voluto servire Luigi XIV per combatterne l'autorità all'oggetto di sviare il disegno ch'esso aveva di alienare sempre più i Portoghesi dagli Spagnuoli, contro il quale intendimento si adoperava certamente il possente ministro.

Disposti gli animi di alcuni cortigiani e degli emuli del temuto ministro, ai 31 di agosto si cominciava ad ottenere una prima vittoria col far esiliare il Souza senza che più potesse altra volta venire, siccome già era accaduto precedentemente. Animato dal successo, il principe don Pietro, coll'aiuto dei suoi partigiani, riuscì infine ad allontanare il primo ministro mentre i fautori dell'impresa si studiavano di spargere lagni sul cattivo governo e disordine del regno, e sulla necessità di aprire l'assemblea delle Cortes.

Attonito il re di così clamorosi successi, se mancava di energia per operare quanto richiedeva il suo interesse, non è che totalmente ignorasse la critica sua situazione scorgendo da un canto da sé allontanati i più fedeli ministri e dall'altra prevedendo forse fin dove potesse giugnere la condotta di coloro i quali lo attorniavano. Debole ed inetto ad afferrare una subitanea e pronta risoluzione, or manifestava di volersi recare in Inghilterra, ora di rifugiare presso il conte di Castelmelhor, i quali progetti avrebbe per avventura eseguito se non ne fosse stato impedito.

La regina che in affari per lei d'interesse così vitale tenne, sebbene colla massima cautela, una parte agitatissima, non scansò evidentemente il biasimo di quanti deploravano quegli accidenti, e le querele della reggia furono pur con molta passione e non minore malizia esagerate, e forse di tai fatti intendeva discorrere Maria Elisabetta in un passo di lettera scritta al cognato Carlo Emanuele II (1). Checché però ne sia di questo suo ragionamento, Maria Elisabetta era pur donna da confidare bensì nei soccorsi superni, ma di non sprezzare i materiali di quaggiù, e l'ordine spedito da Luigi XIV all'ambasciador suo a Lisbona ed al conte di Schomberg, vero duce dell'armata portoghese, di sostenere e spalleggiare la causa della regina, significa anche per i meno veggenti ch'ella non rimase inerte, nè dormì sulla sola speranza di fausto successo.

X. Le cose del resto eransi dimenate in modo da non poter più a lungo durare in quell' inerzia. Ai 14 di novembre dello stesso anno 1667 fu tenuto il gran Consiglio di Stato

(1) « Ce serait manquer à tout ce que je dois à V. A. R. si je laissais partir monsieur Verjus sans me servir d'une occasion si favorable pour assurer V. A. de mes très-humbles respects et de m'acquiter de mon devoir ; comme il est difficile que les personnes qui ont l'honneur d'approcher d'après les têtes couronnées dans des conjonctures facheuses et de temps difficiles ne se trouvent embarassées dans les affaires qui arrivent, j'avouerai à V. A. que mon malheur m'a attiré de puissants ennemis et que je me suis vue par des faux rapports et des calomnies prête à perdre les bonnes grâces de ma divine reine, dont l'amitié peut seule faire le bonheur de ma vie , mais la vérité ayant l'avantage de se dégager toujours avec le temps, fait que j'espère que par ma conduite je justifieray tellement les choses que j'espère que mes ennemis auront le deplaisir de me voir vivre d'une manière à désabuser pleinement mon aimable reine dont la justice et la bonté ne manquent jamais aux personnes qui en sont comme moi persuadées par mille effects obbligeants et comme je suis assurée par la même raison, c'est à dire la justice et l'équité, et un service assidu de près de vints années de trouver toujours dans son cœur un avocat secret qui plaidera ma cause avec succès et emportera en faveur de mon innocence l'avantage sur mes ennemis..... » (Archivi del regno, *Lettere autografe della regina di Portogallo.*)

E qui mi faccio a dichiarare che a maggior intelligenza ho stimato di correggere se non la locuzione almeno l'ortografia dei documenti francesi che faranno parte di questo lavoro, che diversamente non si sarebbero potuto comprendere.

al quale la regina e l'infanto intervennero, ed in cui si decise di convocare gli Stati del regno. Vinto questo partito e vinta si può dire la causa, non rimaneva altro che di salvarne le apparenze. Ai 21 del mese la regina clandestinamente verso sera usciva dalla Corte e ritiravasi nel convento delle religiose della Speranza dell'ordine di S. Francesco, dicendo al conte di Santa Croce, suo ciambellano, che l'accompagnava, esser decisa di rimanervi, ed intanto incaricavalo di significare al re che la sua coscienza non le permetteva di coabitare più secolui, non essendo essa sua moglie, n'egli suo marito, che Dio ed Alfonso sapevano abbastanza che il matrimonio non ebbe a cangiare il di lei stato, per cui desiderava di avere la restituzione della dote e far ritorno in patria (1). È facil cosa il supporre a qual furore siasi lasciato indurre il Re a tale notizia. S'incamminò senz'altro egli stesso al monastero e chiese gli venisse aperto, ma rispostogli dall'abbadessa che le chiavi erano in mano della regina, allora diede ordine si atterrassero le porte, il quale disegno sarebbesi compiuto se l'infante don Pietro che stava sulle vedette ed aveva preso ogni precauzione non fosse giunto con una folla di popolo, e così l'avesse impedito. Nel successivo giorno l'infante recossi dalla regina con cui conferì dalla grata del monastero.

Rifiutò Maria Elisabetta di regina il titolo, e si volse con preghiera all'infante perché appoggiasse innanzi al re ed al Consiglio le ragioni che aveva, quindi costituito il duca di Cadaval suo protettore, scrisse una lettera al vicario generale ed al Capitolo della cattedrale nella vacanza della sedia vescovile, loro dichiarando essere essa ancor pulcella, ed incaricandoli di prendere cognizione della non validità del matrimonio e procedervi secondo il dettame di loro coscienza. La lettera poi volle segnare colle sole parole di *Dona Maria Francisca Isabel de Saboya* (2).

(1) Archivi del regno, *Extrait d'une lettre écrite de Lisbonne le 25 nov. 1667.*
(2) Archivi del regno, luogo citato.

Simile dichiarazione di nullità di matrimonio espose la
regina il mercoledì al Consiglio di Stato, il quale decise che
sebbene un affare di tanta importanza dovesse essere di
competenza delle Cortes, però siccome l'attendere quell'assemblea poteva esporre la monarchia a grave rischio, così
statuiva d'incaricare il principe stesso a stringere il re a consentire ed in difetto togliergli la libertà.

In tal maniera si procedette, ma ognun vede con poco
laudabile temperamento. La rivoluzione adunque aveva
trionfato e lo scopo della trama erasi raggiunto, poichè il
partito sapeva abbastanza di tutto ottenere nello stato di
alterazione in cui si trovava don Alfonso, incapace di sostenersi senza l'appoggio di consiglieri.

Quando l'ambasciata gli venne riferita egli diè nelle
smanie, nè punto volle consentirvi per quanto il marchese
di Cascaes inviatogli, ed i consiglieri di Stato lo persuadessero: locchè si ammette da tutti gli scrittori anche i più
parziali alla regina com'è il d'Orléans, il quale così ne discorre: « Comunque Alfonso vedesse poco, pur la corona
gli parca bella. Tutto vi volle per fargli deporre un peso
che a lui non pesava. Si usò dolcezza e poi risoluzione, e
poi minaccie, e tutto indarno. Fu inflessibile sinchè fu libero, onde per vincere l'ostinazione convenne torgli la libertà » (1).

Vuolsi infatti che discesa la notte mentre don ·Alfonso
con grande perturbazione d'animo stavasi relegato nelle
proprie stanze, siasi indotto a forza ad addivenire alla rinunzia del regno a favore del fratello con riservarsi il solo
ducato di Braganza e 100,000 scudi d'entrata. La quale
rinunzia voltata poi in forma di lettera si ebbe cura di
spedire a tutti i tribunali ed alle autorità a cui si ingiungeva di obbedire al reggente. Per via adunque così illegale veniva privato del· regno il misero don Alfonso,
il quale segnata la propria ruina doveva essere anche

(1) *Vita di Maria di Savoia,* pag. 45.

costretto a confermare la sua onta. Invero sta scritto che dopo i fatti accaduti alcuni ecclesiastici si adoperarono per ottenere da lui una dichiarazione d'incapacità. Contro il qual atto dicesi che Alfonso protestasse bensì con veemenza con allegare che la figlia tenuta dal conte di Castelmelhor provava evidentemente il contrario; ma secondo il Southwel, un tal Pietro d'Almeida, conscio nulla riuscire al re più gradito quanto di essere nella sua prigionia libero di andarsene a diporto, gli avrebbe fatto intendere come sarebbe per ottenere la facoltà desiderata ove segnasse la dichiarazione da lui infatti sottoscritta (1).

Ai tre di dicembre l'infante don Pietro cominciò a firmare alcuni dispacci togliendo a segretario il Da Silva, già segretario di Stato ai tempi della regina madre.

Don Pietro assunse il titolo di reggente, e la voce correva che nella prossima apertura delle Cortes sarebbe stato coronato re, e don Alfonso tradotto in qualche fortezza, ma quanto alla prima proposta non dovevasi essa effettuare, mentre del misero don Alfonso la sorte già era decretata. Ed anche qui può riuscire curioso il passaggio relativo a questi fatti che leggesi nella lettera inedita or accennata (2).

XI. L'ardita impresa infine era compiuta con risultato

(1) *Histoire du détrônement*, ecc., pag. 269. — Negli archivi del regno, sotto la data del 2 dicembre 1667, vi è una copia in portoghese della dichiarazione d'incapacità, così concepita: « Por escusar a raynha Maria Francisca Isabel de Saboya, com que à te ayora quo tini en forma de casado a molestia de porem faizo causa que temon para se recolher no conuento da Esperanca e dali tradada nullidade do matrimonio e por deschargo de minha consciencia declaro que naom consumei com ella o matrimonio por ser donzella. Assimo juro a es Sanctos Evangelios e quere que esta declaracaon tenha toda à força e vigor bastante para se julgar po nullo o matrimonio que celebramos.

« Lisbôa, em 2 de dicembre de 1667.   REY. »

(2) « ..... Quant à la Reine il y a tant de messages entr'elle et l'infant que personne ne doute qu'ils n'agissent de concert dans toute cette affaire: ainsi tout le monde se persuade qu'il y aura au plutot un mariage entre eux et que la chaleur de leur amour est cause que ce changement s'est fait avant que les *Cortes* et les Etats se fussent assemblés; ceux qui soutiennent que l'infant n'épousera jamais nulle personne qui a traité son mari de cette sorte ont pour réponse que la Reine a infailliblement quelque promesse de lui qui la encourage d'entreprendre et de poursuivre avec tant de rigueur cette affaire, qu'elle est belle et agreable et présente sur les lieux, de sorte que le Portugal peut avoir un heritier plutot que d'une autre femme. » (Archivi del regno, *Extrait d'une lettre écrite de Lisbonne.)*

favorevole al punto che non se lo aspettavano gli stessi suoi fautori. Anche le Cortes poscia radunatesi sancirono di loro autorità la reggenza di don Pietro, confermando la deposizione di don Alfonso, ed ai 24 di marzo il Capitolo di Lisbona si fece a dichiarare nullo il matrimonio del re con Maria Elisabetta.

La questione del matrimonio della regina coll'infante don Pietro ci svela un tratto di astuzia di essa, poichè erasi questo già da lunga mano concertato, mentre si procurò di lasciar scorgere che usciva dal voto delle Cortes le quali opponendosi alla lusinghiera di lei domanda di far ritorno in Francia e di avere la dote, la sollecitarono invece ad accasarsi col reggente.

Che se si può credere anche come una tale disposizione fosse suggerita dalla necessità, non essendo le finanze dello Stato in grado di restituire la considerevole somma costituita in dote alla regina, a provare sempre che il calcolo diresse questa faccenda, sussiste un fatto certissimo e che si spiega in questo senso. Ed è che all'oggetto di supplire alla dispensa richiesta dalle leggi ecclesiastiche per causa di onestà già da lungo tempo si era provveduto, inviando il Verjus in Francia, il quale richiedendone il cardinale di Vendôme, legato a latere, zio della regina, potè ottenerla facilmente senza dipendere dalla Corte di Roma, che colla maniera pacata con cui deve procedere in simile negozio avrebbe messo incaglio alla pronta esecuzione di esso. E fu ventura, poichè il Vendôme poco prima nominato cardinal diacono. trovavasi in Francia per rappresentare il Pontefice come padrino del Delfino, allor settenne, alla funzione del battesimo.

XII. Avuta adunque la dispensa l'inviato presentolla alle autorità di Lisbona, ed ai due di aprile del 1668 il vescovo di Targa impartì la benedizione nuziale nella cappella del regal palazzo, e come sempre accade, il popolo cogli applausi non mancò di approvarla.

I capitoli di matrimonio di don Pietro colla regina
hanno la data del 27 marzo ed essenzialmente recano la
costituzione in patrimonio (colla speranza di succedere nel
regno) di tutti gli Stati lasciati dal re don Giovanni e
l'assegnamento della dote già stabilita per don Alfonso (1).

XIII. Se però l'ottenuta dispensa del legato *a latere* fu
creduta efficace a celebrare le nozze, non vennero meno
i contrasti con Roma, che pretendeva essere quella una
delle cause maggiori riservate dalle leggi alla Sedia apo-
stolica, e decretava incompetenti il legato *a latere* ed il
Capitolo di Lisbona a conoscere la medesima. Fino dal
principio della costituzione della causa, Clemente IX aveva
con special breve nominato il padre Diego de Sousa inquisitore di Portogallo, Antonio Mendoza commissario generale
della bolla della crociata, e Martino Alfonso de Mello decano
della metropolitana onde con altri delegati esaminassero la
quistione e quindi ne pronunziassero il loro parere. In Roma i
partigiani di Spagna non tralasciavano di muovere opposizioni contro il seguito matrimonio, e l'affare poteva assumere una piega assai seria.

Per la buona riuscita di esso s'intromisero il padre de
Ville gesuita, il quale successe poi al Verjus nella confidenza
della regina, e Madama Reale di Savoia che fece anche dai
canonisti piemontesi esaminare la causa, ed inoltrò diplomatica corrispondenza colla Corte di Roma, e si avverta che
fra i molti titoli i quali si conservano in proposito vi sono
delle istruzioni spedite al padre De Ville da Torino e concernenti i mezzi da praticarsi per indurre il Pontefice a seguire temperamenti atti a non intorbidare lo scioglimento
avvenuto del primo matrimonio (2).

(1) SOUZA, *Historia genealogica*, ecc.

(2) Una fra le altre volte Giovanna Battista scriveva alla Regina di Portogallo : «.... Che
di gratia non lasci correre il tempo inutilmente, perchè se il pontefice venisse a morire
prima che questo negotio fosse aggiustato, Dio sa come andrebbero le cose..... È un
grand'errore il pensare che il papa sia per muoversi a facilitare quando vedrà che non si
vuol fare la nominazione per li secondi del regno s'esso prima non dà qualche pro-
visione che soddisfacia in ordine all'approvatione del presente matrimonio. È vero che la

Volgeva pressoché un anno dacché si agitava in Roma quest'affare quando sul principio del 1669 sembra che prendesse favorevole successo, come risulta dal passo di lettera scritta il cinque di gennaio dal cardinale vescovo di Lâon al duca di Savoia, la quale io credo di riferire perché ci ragguaglia altresì della nascita della principessa ereditaria di Portogallo, che occupa notabilissima parte nel capitolo che succede (1).

Superato finalmente ogni ostacolo, il Pontefice spediva un amplissimo breve, col quale dichiarava nullo il matrimonio di D. Alfonso, ratificando quello di D. Pietro. Ed ecco in brevi termini narrata la storia della deposizione del misero D. Alfonso, a cui, privato della moglie e del trono, venne ancor tolta la libertà, essendosi creduto spediente di confinarlo all'isola Terceira sino a che sul principio del 1675, subodorandosi una rivoluzione, si richiamò di là, e si volle assoggettare a sorte più dura, siccome vedremo nel corso di queste memorie.

D. Pietro, assumendo il regime degli Stati, usò modestia, e finché visse Alfonso non assunse di re il titolo. Fu di estrema sobrietà e parsimonia, e neppure volle una lista civile: pagò i debiti, che erano ingenti, stabilì la pace colla Spagna, e si fece ad alleviare il popolo dei tributi (1).

Ma la deposizione di un re, per quante ragioni si vogliano supporre, deve sempre tenersi cosa grave e pericolosa, che una nazione deve deplorare e sapere da sè respingere: nel caso nostro poi reca indignazione il riflettere che una simile crisi fu l'opera delle persone al re stesso maggiormente vincolate, e che si compieva nell'albergo domestico ed all'ombra del talamo regale.

XIV. Conchiudo del resto questo melanconioso quadro col tributare omaggio di giustizia più che di lode all'affezionato ministro di D. Alfonso, il quale sarebbe mal giudicato da chiunque si lasciasse cogliere all'amo di tutti quei libelli usciti sotto gli auspizi della regina, che (ed il lettore a quest'ora se ne sarà persuaso) aveva giuocato nel dramma se non la prima, una almeno delle parti principali. E come già altra volta, così ancor in questa mi servirò dell'imparziale giudizio del ministro inglese. Osserva questi adunque che se sotto il regno di D. Alfonso il popolo sorrideva alle stravaganze del principe, con ragione poi era indotto ad applaudire al talento ed all'attività del conte di Castelmelhor, durante il cui regime ottenne il Portogallo una delle più luminose vittorie sui rivali vicini. Quand'egli venne assunto al potere lo Stato era sull'orlo del precipizio, gli Spagnuoli, dopo di avere stabilita la pace colla Francia, minacciavano il regno coll'eletta di lor truppe, e D. Giovanni d'Austria d'un giorno all'altro temevasi piombasse sulla città capitale. *Mais le conde,* osserva il Southewel, *ne fut pas plutot parvenu au gouvernement qu'un soudain échec fut donné à l'ennemi* (2).

(1) CIBRARIO, *Ricordi di una missione in Portogallo.*
(2) Tom. I, pag. 164.

CAPO TERZO

Nel presente capo in cui si comprende la parte seconda
di queste storiche investigazioni io imprenderò a parlare
della regina di Portogallo come madre specialmente del-
l'infante Maria Isabella, considerata erede presuntiva del

8

trono, vuoi perchè si attiene il racconto ai primi anni di uno dei principi più illustri che abbiano governato lodevolmente e senza macchia il Piemonte, vuoi perchè nel discorrere di quest'argomento io ebbi la sorte di raggranellare notizie poco fin qui divulgate e nei loro particolari assolutamente ignote. Ma prima d'ogni cosa credo pregio dell'opera di far precedere alcune considerazioni generali sulle Corti di Lisbona e di Torino, che servano di una specie d'introduzione. Se nella prima parte di questo tema ci fu dato largo campo di scorgere in Maria Elisabetta un'attività e cooperazione allo stabilimento dei suoi interessi, spinta in troppo estesi confini e non senza detrimento di quei diritti che giammai vengono a sufficienza tutelati, nell'attuale disquisizione per converso noi avremo a commendare le doti di spirito e di cuore, che, non disgiunte dallo esemplare tenore di vita, c'inclineranno a formarci una sentenza assai più favorevole della regina di Portogallo. Ed invero lo stesso autore della relazione della Corte di Portogallo, non guari alla regina favorevole, osserva che essa fu stimata assai per la grande di lei pratica negli affari, essendone la più bella prova che il principe D. Pietro non addiveniva ad eseguir verun negozio di conseguenza senza consultarla e prenderne il parere (1).

I. Calmato il regno per la pace conchiusa colla Spagna, e sedatosi dopo l'agitazione naturale che vi aveva recato quel repentino commovimento, Maria Elisabetta ebbe agio di godere vita tranquilla a fianco del secondo suo marito, e colla leggiadria far cangiare alla Corte quell'aspetto di grave e severo che tradizionalmente serbava, quantunque ella conoscesse abbastanza non potersi nè doversi ottenere l'intento di adottare in Portogallo le vaghe e gaie abitudini della Francia. E per questi particolari può riuscire soddisfacente il dare ascolto all'anonimo autore delle *Memorie storiche del Portogallo*, operetta oggidì assai rara, stampatasi

(1) Tom. I, pag. 154.

a Torino nel 1682, inspirata del resto a seconda delle
mire della duchessa di Savoia (1). Che se in alcuni punti l'autore di essa merita poca credenza per avere con qualche
esuberanza seguito il movente che gliela faceva dettare, in
altri al contrario deve essere stimato siccome quello che,
avendo risieduto a Lisbona nell'occasione dei negoziati tra
le due Corti, potè venire appieno in conoscenza dei dettagli
che invano fra noi si cercherebbero altrove. E così nel capo
nono della sua opera volendo dare un'idea della Corte di
Lisbona ne scrive nei termini seguenti: « Il corteggio non
è numeroso perchè troppo non l'ama il prencipe nelle fontioni private, ma nelle solenni è numerosissimo, essendo
quella Corte una delle più magnifiche e più numerose del-
l'Europa, e composta di tutti i titolati e primi fidalghi del
regno (2). Non si lasciano nè il principe, nè la reina vedere
se non di rado, benchè nei bisogni de' sudditi non negano
mai nè l'un nè l'altra le udienze. Rade uolte il principe
compare in pubblico, nè frequentemente si comune alle
persone all'uso di Spagna in cui paro che la Maestà sia

riposta nella gravità. Non vi ha mai in Corte commercio tra
huomini e donne, non soffrendo l'uso del paese niuna sorta
di conuersatione come si costuma nella Francia e nel Piemonte. Le anticamere del principe sono sempre piene di religiosi, per modo che la Corte potria chiamarsi la reggia
della santità. Tutta la ricreatione che si permette alla Corte
è nel cabinetto della reina, doue s'adunano molte dame la
sera che S. M. è disoccupata, e giuocano sovente con essa
lei. Al prencipe (oltre le udienze particolari, che dà a chi
le domanda, e le pubbliche a certi giorni della settimana)
si può comodamente parlare ogni volta che va alla messa e
ritorna in palazzo, e in altra hora che gli auuiene di
uscire » (1).

II. Accoppiava Maria Elisabetta al senno che la rese atta
ai maneggi del governo, e condusse l'Europa ad ammirare
in lei una delle più saggie principesse del tempo, la venustà
del corpo, e di essa si ha un fedele ritratto presso l'accennato autore: « È di ordinaria statura, bella non solo tra le
principesse, ma ancora tra le altre del suo sesso; ha gli occhi allegri, uiui e modesti. La delicatezza del corpo assai
più comparirebbe se quello non fosse serrato tra il guardin-
fante. Vestì lungo tempo, particolarmente nel principio che
venne in Portogallo, alla francese. Dopo le sue nozze col
principe reggente prese l'habito portoghese con tal contento
de' popoli, che diceuano essere allora la loro vera reina.
Porta souuente una capegliera bionda alla campagna, e
molte uolte in Corte veste, per maggior comodità, alla
francese, ma non si lascia uedere in pubblico, nè dà udienza
in quell' habito. Il suo portamento è maestoso, il volto avvenente, li tratti adorabili » (2).

III. A rallegrare pertanto il regio talamo ed a soddisfare
così ai voti della nazione, altro più non mancava che la
nascita di un principe, ed ai sei del 1669 la comune speranza

(1) Pag. 162.
(2) Pag. 183 e 184.

veniva condiscesa in parte, avendo veduto la luce una fanciulla, che per deferenza al Re di Francia ebbe i nomi di Isabella, Ludovica, Giuseppa, e tosto impegnò la regina ogni cura per educarla quale erede del regno, che tale si presumeva per il concorso di molti accidenti. Anzi Maria Elisabetta volle essere ella medesima la sua governatrice, e frutto di queste sollecitudini fu che ai soli quattordici anni l'infante pareva di avere compiuto con lode il tirocinio, conoscendo discretamente il portoghese, lo spagnuolo ed il francese, l'istoria delle quali nazioni erale altresì alquanto famigliare. Ed a quest'oggetto possono servire le notizie che si leggono nel menzionato autore, il quale prende già a cangiar di stile trattandosi di colei che era chiamata a dividere il destino col suo signore: « Chi l'ha veduta, ei dice, sarà testimonio che è un miracolo di bellezza e un'opera perfezionata della natura; grande più di quello si possa sperare dalla sua età d'anni tredici, ha un corpo delicato e benissimo tagliato, gli occhi vivi, pieni di fuoco, grandi, ben aperti, azzurri, che dimostrano un uiuacissimo spirito. Il profilo del uolto auuenente oltre di quello si possa immaginare, la bocca uermiglia e picciola con denti bianchissimi. Il color fresco, il candor del suo seno non è solo straordinario in Portogallo, ma sarebbe meraviglioso per tutto. Sarà una bellezza compita quando l'età le permetterà di hauer il seno più pieno. Ha corti capegli nascenti, ma folti, di color castagno chiarissimo e crespi. Invano l'arte può giungere a dar loro, acconciandoli, la gratia che hanno dalla natura; veste alla francese con una gala grandissima, il suo tratto è aggradevole, il portamento non affettato, accompagnato in tutto da una modestia virginale » (1).

IV. L'infante Isabella Lodovica di poco aveva trascorso il primo lustro quando già numerosi si offrivano i pretendenti alla di lei mano. Erano dessi il principe ereditario di Toscana di cui a favore faceva brogli il cardinale d'Estrées ed

(1) Pag. 186.

il principe elettorale di Baviera, ma nell'assicurare l'avvenire alla figliuola, il pensiero della regina erasi incontrato con quello della sorella tenendo d'occhio il giovine principe di Piemonte. La quale proposizione io il primo posso stabilire coll'appoggio dei necessari documenti.

Governava allora il Piemonte Maria Giovanna Battista, come già si è detto, sorella della regina di Portogallo, chiamata a reggere lo Stato per la morte del marito Carlo Emanuele II che lasciolla vedova in sul trentunesimo di lei anno, e madre di Vittorio Amedeo II unico frutto di lor unione.

La reggenza dello Stato fu da lei pacificamente assunta (1) nè guari soggiacque ai contrasti ch'ebbero a desolare antiche reggenze di principesse di Savoia ed ultimamente quella della duchessa Cristina, non contando del resto la famiglia regnante alcun principe che potesse pretendere partecipazione al governo. Ma la reggenza di Giovanna non può stare in paragone con quella di Cristina. Nella storia della monarchia

(1) Ecco l'atto con cui dichiarava di assumere la reggenza, e che, per quanto io sappia, non venne ancora pubblicato:

« La divina bontà che mai non manca a quei che confidano in essa non è stata dissimile da sé medesima nella presente pur troppo funesta occasione, perché privando questi fedelissimi popoli della felicità che godevano sotto il benigno dominio e prudente governo dell'A. R. del serenissimo Carlo Emanuel, mio signore, e consorte di sempre gloriosa memoria, ha voluto nel medesimo tempo che la nostra et universale afflittione per altro insoffribile fosse notabilmente mitigata con la soda e giusta consolatione che deve porgere a tutti la manifesta et segnalata esemplarità della morte di quel gran principe. Indi compartendo liberamente a noi quei lumi e quegli aiuti che in un caso di tanta importanza ci erano assolutamente necessarii non ha permesso che la confusione in cui ci ha posta l'estremità del dolore ci impedisse di riflettere sopra i rispetti che ci obbligano a non ricusare il peso assai formidabile che ci vien offerto dalle leggi, consigliato dagli esempi e precisamente imposto dalla volontà della medesima R. A. E perché si aggiunse lo stimolo dell'affetto materno verso un figlio di tanta aspettatione, il benefício d'una casa in cui siamo non solamente stata collocata ma nata, il consiglio dei magistrati, il desiderio di nostra certa scienza e col parere del Consiglio dichiariamo e ul notifichiamo d'aver accettato la tutela della persona, la reggenza delli Stati e l'amministrazione di tutti i beni dell'A. R. del serenissimo Vittorio Amedeo II, unico mio figliuolo unicamente amatissimo. Promettendo in parola reale che nella predetta tutela, reggenza e amministrazione osserueremo tutto quello al che ei obbliga la ragione ricevuta e praticata in questo paese, prendendo particolarmente per regola e per idea quello che ci è stato autorizzato dai magistrati di esso nel più vicino et insieme più degno e più plausibile esempio. Torino, 15 giugno 1675. » (Archivi camerali.)

la figlia di Enrico IV e di Maria de' Medici sarà sempre celebrata per la saggezza e per il patriottismo con cui senza alcuna millanteria seppe conservare libero il paese dalle vane bensì ma minacciose pretenzioni della vicina Francia nei tempi i più difficili; laddove Giovanna Battista, dominata piuttosto dall'ambizione congiunta alla debolezza, poco mancò a lasciare che già sino d'allora il superbo vicino d'oltremonte invadesse il Piemonte con tranelli che i nostri maggiori seppero con dignità e costante perseveranza vittoriosamente annientare.

Era Maria Giovanna culta ed ingegnosa, avvenente di forme, ma tale da poter imperare sulle aspirazioni del cuore: favorito non vi fu né ministro che per lei comandasse; ambiva bensì il potere, ma religiosa e caritatevole come tutte le principesse di Savoia, a tutti era amabile e condiscendente alle preghiere ed a sollevare i bisogni di chi soffre, maestosa infine e con dignità altera nelle faccende di corte e di governo.

Le funzioni del Consiglio di Stato erano disimpegnate da quello di reggenza che si raunava due volte la settimana, e del quale facevano parte don Gabriel di Savoia figlio naturale di Carlo Emanuele I, l'arcivescovo di Torino, Michele de'Beggiami, Giovanni Battista Buschetto gran cancelliere, i marchesi del Borgo, di San Tommaso e di San Maurizio, l'abate d'Agliè ed il presidente Trucchi, personaggi tutti non mediocri nelle parti a ciascuno spettanti, ma neppure eminenti come i loro successori ai tempi di Vittorio Amedeo II: del resto fedeli a tutta prova.

Vittorio Amedeo era allora in sul secondo suo lustro, e così minorenne, stabiliendo le leggi fondamentali della monarchia la maggiore età al quattordicesimo anno. Nato ai 14 di maggio del 1666, fu nei primi anni di gracile salute e sfidato dai medici che guastavano la debole sua natura con inutili medicine. Ebbe a governatori i conti di Monasterolo e di Piossasco, ma essendo gelosi l'uno dell'altro, il Piossasco venne eletto al grado di gran mastro d'artiglieria, essendosi a di lui vece chiamato il marchese di Morozzo, ed a precettori il conte Emanuele Tesauro e Pietro Gioffredo di Nizza, nome sempre caro a chi non disdegna le memorie dei patrii annali.

V. Ma proseguendo il racconto dei primi progetti di matrimonio coll'infante avvertirò come l'egregio autore della storia del regno di Vittorio Amedeo II sia d'avviso che la regina di Portogallo desiderasse di sposare la figlia all'elettore di Baviera, aggiungendo anzi ch'ella avesse per la riu-scita del negozio invocati i buoni uffici della sorella (1).

Anche il Denina, secondo me, incorse in errore col voler ammettere che M. R. non aggradisse il matrimonio di Portogallo amando piuttosto di adoprarsi per quello di Baviera (2), mentre io sono d'avviso che la cosa si debba intendere diversamente. Egli è vero che per avvalorare le trattative di tale connubio capitò a Torino il conte d'Atalaja e che M. R. mantenne in proposito relazioni coll'elettore con cui fece anzi sembiante di essersi da lei immaginato quel progetto per manifestare i sentimenti di cordiale effetto con esso lui, ma dai fatti succeduti facilmente puossi comprendere che duplice era l'oggetto della missione d'esso conte, proporre vale a dire in apparenza il partito bavaro ed aprire l'inclinazione della regina sua sovrana scrutandone l'animo della duchessa, e fin qui concorda lo stesso Denina.

La missione del conte d'Atalaja a Torino fu solenne e velata dall'apparenza di condolersi della morte di Carlo Emanuele II venuto meno il 12 giugno 1675. Il conte d'Atalaja giunse a Villafranca alla metà di ottobre seguito da molti nobili portoghesi e per alcuni giorni si trattenne in Nizza con don Antonio di Savoia, figlio naturale di Carlo Emanuele I, governatore della città e di quel contado, quindi per Cuneo fu a Torino il 21 del mese, dove prese dimora nel

(1) CARUTTI, *Storia del regno di Vittorio Amedeo II*, pag. 47.
(2) *Histoire de Victor Amé II*, Ms. della Biblioteca di S. A. il Duca di Genova.

palagio dei marchesi di San Germano. Il giorno successivo il ministro ottenne udienza privata dalla duchessa colla quale ebbe lungo e segreto colloquio, siccome avverte l'autore già superiormente citato del cerimoniale di Corte.

Ai 23 fu ammesso all'udienza solenne in cui espose l'oggetto palese di sua missione, ed ai quindici del seguente novembre lasciò il Piemonte (1).

Del resto che l'opinione da me manifestata a questo riguardo sia consentanea al vero io lo deduco altresì oltre all'allegazione dello stesso Denina (2) dalle parole medesime di Maria Elisabetta in una sua lettera a M. R. dove dice: « J'inclinais à la Bavière purement parceque cette maison s'était récemment mêlée avec le sang de Savoye et que cette négociation passant par mes mains il me serait aisé de la gouverner de manière que si après avoir pris des mesures et considéré les avantages que vous procuriez à un autre pouvant les acquerir à mon neveu vous preniez cette resolution et je ne me trouvasse point engagèe ailleurs » (3). Da alcuni punti poi della lunga lettera scritta dalla stessa regina di Portogallo il 23 novembre alla sorella (nella quale la ragguaglia dell'arrivo a Lisbona del conte d'Atalaia che acquistò riputazione per avere nel viaggio con un sol naviglio fugato sei d'Algeri che volevano predarlo), si toglie apertamente che la missione di quel ministro racchiudeva negoziati concernenti per l'appunto l'oggetto in quistione (4). Anzi si potrebbe sostenere da un'altra lettera

(1) Biblioteca di S. M., *Ceremoniale* SCARAVELLO, tom. IV.
(2) *Histoire de Victor Amé II.*
(3) Vedi il Documento n° VII.
(4) Dopo di avere cercato di far sparire ogni nube che sull'animo della sorella si fosse potuta formare in riguardo della riservatezza del conte d'Atalaja, così ella scrive… « Vous voyez par là, ma chere sœur, que les Portugais ne sont pas si farouches, ni si difficiles que vous vous l'étiéz immaginé ; il est vrai qu'ils sont retenus et qu'ils se découvrent difficilement aus étrangèrs, mais la retenue et la circonspection à un embassadeur ne doivent pas être blàmables particulièrement quand son âge ne lui donne pas asséz d'expérience pour prendre sur soi des choses considerables et aussi importantes que c'était l'affaire dont vous lui avéz parlé. C'est pourquoi vous ne devez pas vous étonner s'il vous a paru là dessus si réservé, car je ne le lui avais communiqué qu'avec le même

scritta dalla stessa ancor prima del 1677, che questo concetto di lunga mano si andava meditando fra le due sorelle (vivendo ancor Carlo Emanuele) le quali avevano sufficiente previdenza per calcolare e sulle opposizioni che potrebbero sorgere in Portogallo diviso dai partigiani di Spagna e di Toscana, e nel Piemonte unito ad ambire la gloria dei suoi principi e respingere ogni influenza straniera. In quella lettera adunque la regina di Portogallo così scrive a M. R.:

« Je prétends vous faire lire dans mon cœur un secret qui n'en est pas encore sorti, et que je ne ferai qu'à vous seule. Vous vous souviendrez ma chère sœur des lettres que je vous ai écrites, et de ce que je vous ai fait entendre sur le sujet de nos chers enfans : je vois par des raisons de politique, d'intérêt et de sureté qu'il est temps de songer tout de bon à considerer qui pourra soutenir cette couronne avec l'infante en cas qu'elle en demeure héritiere » (1).

Quando adunque studiato il progetto e meditate le propensioni dei cortigiani od almeno dei più affetti alla duchessa ella potè tenersi garante in buona parte del felice esito del matrimonio col suo figlio, fu sua cura di svincolarsi allora dagli impegni tolti colla Baviera, al che gli giovò assai la stessa condizione apposta dall'elettore di voler cioè attendere prima di accasare il secondogenito che il principe elettorale avesse famiglia. Ora siccome la regina di Portogallo instava per la pronta esecuzione delle nozze, così questo ritardo dopo due anni di trattative fu la base sulla

secret et les mêmes égards dont il s'est servi... Je vous remercie, ma chère sœur, des lumières que vous me donnèz sur une affaire si importante; mais, ma chère sœur, vous voulez bien que je vous dise que le sang qui n'est pas digne d'être souverain de Savoye ne l'est pas d'être roi de Portugal, et que ma fille ne remplira jamais en lieu du monde la seconde place qu'auprès de moi ou d'un frère, si Dieu lui en donnait un après qu'elle serait hors d'état de régner ailleurs : c'est un pis aller que bien des gens prendraient pour une grande fortune, car outre le grand apanage de la maison de Bragance que nous lui pouvons donner, les infantes et les infants sont traités comme ses rois.... C'est pour quoi je ne la séparerai jamais de moi qu'avec une couronne sur la tête : je l'aime trop pour la sacrifier à une fortune médiocre , et rien ne me pourrait consoler de son absence que la vue d'un thrône plus élevé que celui que son frère lui ôterait..... » (Archivi del regno, *Principi del Genevese e Nemours*, mazzo 5.)

(1) Documento n° IV.

quale si volle appoggiare lo svincolamento dall'assunto impegno. Di questa missione venne incaricato da M. R. il marchese di San Giorgio, il quale coll'opportunità di dover recarsi a Vienna, nel ritorno era spedito dall'elettore per rappresentargli quanto si è accennato con infinite scuse, ma tali da escludere qualsiasi ulteriore maneggio presso il Portogallo per parte della duchessa. E perchè meglio sia palese questa parte di trattative credo non inutile di riferire la testuale istruzione che M. R. dava al San Giorgio colla data di Torino ai diciasette settembre 1628 (1).

(1) « L'unione strettissima di sangue e d'obligatione che questa Real casa professa con l'elettorale di Baulera, rende comuni all'una gli avvantaggi dell'altra, e noi particolarmente riputiamo proprio ogni avvenimento che riguardi la persona di S. A. E.

« Così bramosa di manifestare con le opere questi sensi cordialissimi dell'animo nostro ci parve che ce ne porgesse una occasione molto propitia l'Infanta di Portogallo nostra nipote chiamata a quella corona doppo il principe reggente suo padre, col procurare che un matrimonio così considerabilo cadesse in sorte in uno de' figli di S. A. E. di Baulera. E raggirando fra l'animo de' mezzi di far riuscire questo importante negotio ne partecipassimo il pensiero all'A. S. E., la quale gradendolo con la solita sua gentilezza, approvò che ne attivassimo la riuscita per il signor duca suo secondogenito. Ne promovemmo all'hora la propositione appresso la Regina nostra sorella con tutto lo studio immaginabile e con buona speranza del successo la siamo andata coltivando per lo spatio di circa due anni durante il corso de' quali la Maestà Sua si è compiaciuta di mostrarsi propensa al desiderio ch'aveva conosciuto in noi molto fervente del buon esito di questo trattato. L'esclusiva ch'abbiamo presentito sia stata data a qualch'altro principe riguardevole alimentava ed accresceva notabilmente le nostre speranze. Vero è che come il signor duca di Baviera ci haveva fatto sapere che non stimava di dover impegnare il signor duca suo secondogenito prima di vedero il signor principe elettorale con qualche prolo, sendo l'elettorato di troppo gran conseguenza alla sua casa ed al mondo christiano per non accertarne antecedentemente la sua cessione, e di più ch'averebbe desiderato d'intendere qual dote fosse per havere l'Infanta, ci siamo applicata a questo secondo capo in Portogallo, con fiducia che a suo tempo S. A. E. facilitarebbe nel primo.

« Hebbimo notitia che all'infanta doveva spettare il ducato di Braganza ch'è di reddito assai considerabile. Doppo si è trovato che non v'era in questo alcuna certezza; il che andavamo procurando assicurarci di che veramente si potesse far capitale per la dote sudetta, sempre col pensiero che S. A. E. non insisterebbe nel voler vedere prima che il signor principe elettorale havesse prole, perchè sapevamo cho in Portogallo si desidera sommamente l'accasamento dell'infanta. Mentre s'andava continuando da noi l'accennata diligenza, la Regina ci ha scritto che il popoli di quel regno premono grandemente che l'infanta si mariti subito che lo consenta l'età di lei. Et havendo saputo che quella del signor duca figlio di S. A. E. di Baviera non vi corrisponde, che anzi è troppo inferiore per potersi effettuare il matrimonio quando l'infanta ne sia capace dal canto suo ci ha fatto sapere ciò cho vedrete nella medesima lettera, il di cui originale vi si rimette. Ci giunse veramente inaspettata, non ci parve tuttavia conveniente di tacere il contenuto al signor duca di Baviera, al quale ne scriviamo una di cui si consegna la copia, con pensiero di fargli dare una più compita notitia de' sentimenti della Regina con

Sorge ora la quistione nello stabilire chi debbasi credere autore di quest'importante negozio. Ripudiando io la sentenza di coloro i quali opinano ne sia stato un tal abate Della Torre che fu soltanto dei primi ad esserne informato, parmi che questo punto così importante esclusivamente si debba decidere fra le due sorelle, senz'ammettere l'intervento di altra persona estranea alla famiglia. Se si ha riguardo alle espressioni usate nella lettera scritta alla duchessa il 18 marzo 1675 l'idea primitiva sembra originata dalla regina di Portogallo, e se al contrario si considera un

opportuna occasione qual appunto ci porge la vostra missione a Vienna. E se ben nella nostra instruttione v'incarichiamo di passare alla Corte di Baviera nel ritorno che farete da quella dell'imperatore, per complire con quella A. E.; quest'è il nostro principal fine. Osserverete dunque che la Regina nostra sorella esclude intieramente il nostro intento con ragioni assai stringenti e sentimenti precisi. Non vorressimo però noi che il signor di Baviera fosse poi per dolersi col tempo di essere stato trattenuto in certo modo da noi in una vana speranza. Così desideriamo che gli comunichiate la detta lettera della Regina come un atto di nostra confidenza, acciò vedendo originalmente li di lei sensi, conosca la qualità delle difficoltà, e da chi proviene. Come pure che sendo questo progetto stato parte del nostro intensissimo affetto per la grandezza e felicità dell'elettorale Casa, n'abbiamo fatto le parti nostre per condurlo ad un prospero socresso. Del che procurerete di lasciar ben impressa S. A. E., del di cui animo generoso speriamo che l'essere stato accompagnato da poca felicità il nostro desiderio non detrarrà punto del merito ch'abbiamo procurato d'acquistarci appresso di lei, assicurandola ch'anderemo sempre con sollecitudine all'incontro d'ogni occasione di servirla e di giustificare con gli effetti la passione con la quale c'interessiamo in tutto quello che risguarda l'elettorale sua persona e Casa. Il signor duca di Baviera entrerà a ragionare di questa materia come sarebbe a dire chi possa aspirare al suddetto matrimonio, chi si presuma sia per conseguirlo. Professerete che come il vostro soggiorno ordinario è in Monmegliano, non havete mai sentito a parlare di questo proposito più di ciò vi è stato comunicato da noi per portare a notitia dell'A. S. E., tolto che havete sentito a dire che il soggetto come sopra escluso sia stato il signor principe di Conti, che il gran duca sia quello che più di ogni altro vi si affatica con esibitioni grandi, che si dice anche che il Re di Spagna vi pensi, se ben non se ne sia per anche dichiarato apertamente. Quando l'A. S. E. vi facesse qualche motivo tendente ad esigger da noi qualch'ufficio appresso la Regina nostra sorella per il detto signor duca suo figlio, potrete rispondere che siete certo che non n'abbiamo omesso alcuno che sia potuto uscire da noi, che però vedendo la forma con la quale s'esprime la detta Regina, non saprete cosa ci possiamo promettere. Se poi uscendo da questa propositione per il suo figlio secondogenito entrasse a farne qualche altra, non dovrete prendere alcun impegno, incaricandovi solo di riferirci puntualmente tutto ciò che l'A. S. E. si degnerà comandarci. Che à quanto habbiamo a dirvi attorno questo negotio, confidando che lo maneggiarete con la prudenza ed accortezza che vi richiede. Et intanto preghiamo Dio che vi conservi. — Torino, li 17 settembre 1628. »

Dobbiamo la comunicazione di questo documento al chiarissimo avvocato Domenico Perrero, coscienzioso e dotto cultore de'nostri studi, il quale lo tolse da archivi privati.

passo di lettera del priore Spinelli, agente principale di
M. R. in questo negozio, pare che ad essa si debba attribuire l'origine di ogni cosa. Nella lettera dello Spinelli
scritta il 12 di gennaio 1682 al conte Marcello Degubernatis
ministro di Savoia a Lisbona, dove egli parla della relazione
di quei trattati di cui era stato incaricato sciolto che fu il
negozio, si legge: « Et ho qualche scrupolo nella maniera
con la quale nel bel principio io porto e rappresento la
cosa attribuendone l'origine a S. M. per giustificare o per
dir meglio per compiacere a M. R. » (1).

Concorderebbe con questa opinione altresì quanto si
legge in una lettera scritta da Maria Elisabetta in cui accen-
nando al noto affare soggiunge: « Quelle gloire pour 305 de
l'avoir imaginè, conduit et conclù avec une adresse aussi
consumée, et combien de louange aura l'union des deux
sœurs dont cet ouvrage sera le chef d'œuvre » (2). Ora in
lettere posteriori la cifra 305 accenna sempre a M. R.

VI. Potrebbesi del resto verificare il caso che in realtà la
duchessa di Savoia ed anche la regina di Portogallo in simili proposte già fossero raggirate dai tenebrosi consigli della
Corte di Versailles, la quale avrebbe dominato al certo sul
Piemonte e moralmente almeno anche sul Portogallo,
quantunque io ravvisi più spediente di lasciare al discreto
lettore di seguire quella sentenza che meglio gli torni a
grado o scorga più probabile, ma ch'io, senza la scorta di
prove dirette, non voglio decidermi a stabilire. Mentre con
certezza soltanto puotesi ammettere che Giovanna Battista
con profonde riflessioni meditasse questo progetto di matrimonio, nel quale, guidata da movente favorevole alle sue
mire, scorgeva un allettamento, e per la cui buona riuscita
non mancò di tosto e con velate apparenze scoprire l'animo
dei primari personaggi della Corte, e che la regina di Portogallo egualmente in esso si compiacesse, poichè, siccome

(1) Archivi del regno, *Lettere varie al conte Degubernatis.*
(2) Archivi del regno, *Principi del Genevese e Nemours*, marzo 5.

aveva assai contribuito all'innalzamento del Re, così ella occupava gran parte nel governo che difficilmente le sarebbe lasciata intatta ove un re straniero alla famiglia sposasse la sua figlia. Quello poi che non si può negare è che le due sorelle furono messe in comunicazione fra di loro su questo affare dal cardinale d'Estrées, che fu a Torino nei primi anni della reggenza di Giovanna inviato dal suo sovrano con apparente missione di aggiustare le differenze di Francia con Roma. Il cardinale era persona propizia alla circostanza, come parente assai stimato dalla nostra duchessa ed alla regina di Portogallo affetto, perchè obbligato a lei della porpora ottenuta, ed in una parola capace di mantenere segretezza nell'affare, come infatti si vide nel corso di esso. Messa mano all'opera, si accorse allora M. R., siccome aveva preveduto, quanto difficile e delicata incumbenza fosse quella a cui stava per accingersi, e come per condurre con segretezza e felicemente la faccenda si richiedesse la cooperazione di persone prudenti e d'ingegno atto a maneggiarla. Esperto per l'occorrenza fu creduto l'abate Filiberto Sallier della Torre, già precettore in casa del principe della Cisterna, ed allora addetto alla segreteria del marchese di San Tommaso, il quale vuolsi n'avesse odorato qualche cosa dalla missione del conte di Atalaia, ed anzi offerto una memoria alla reggente, in cui si faceva a persuadere il matrimonio (1). Era il della Torre (che la regina di Portogallo contrassegnava col titolo di *petit abbé*) uomo di non mediocri qualità fornito e voglioso di salire a qualunque costo, lontano dal lasciarsi soverchiare da ostacoli, e quando che questi si presentassero, egli vi metteva maggiore alacrità, tentando diversi mezzi per riuscire nel suo piano. Dell'opera di costui adunque si valse M. R., ed anzi, amando si credesse un suo ritrovato l'orditura di così grave affare, l'indusse ad aprirsi col marchese di San Tommaso; quindi, dopo la ripulsa da

(1) DENINA, *Histoire de Victor Amé II.* (Manoscritto della Biblioteca di S. A. R. il Duca di Genova.)

questo avuta, col gran cancelliere Buschetti e col marchese
di San Maurizio, i quali non lasciarono di mettere sul tappeto gravi difficoltà dalla duchessa con astuzia e buone parole poco per volta appianate. Intesosi alfine il negozio e
tracciatosi un piano di esecuzione tra la duchessa, il gran
cancelliere, il marchese di San Tommaso e l'abate della Torre,
fu deciso di scegliere un'altra persona destra che, condu-
cendosi segretamente a Lisbona, ne concertasse colla Regina
e co' suoi fautori.

VII. Nella stessa guisa impertanto che il della Torre doveva maneggiare a Torino il negozio, a Lisbona s'inviò per
lo medesimo oggetto il priore Giacomo Spinelli, canonico
di Carmagnola (1), già favorevolmente conosciuto per essere
stato con successo impiegato nella segreteria del cardinale
Roberti, nunzio a Torino, Parigi, Ravenna, poi nel conclave
di Clemente VIII e finalmente all'epoca del matrimonio della
stessa Maria Elisabetta, la quale anzi l'aveva proposto per
quest'affare.

Per agire poi con tutta cautela, procurò lo Spinelli di essere
munito di due istruzioni: l'una apparente con lettere credenziali e l'altra segreta che gli verrebbe poi inviata in cifra
per mezzi ordinari. L'istruzione apparente aveva per oggetto
d'informare la Regina di quanto dopo il suo matrimonio
erasi operato in Parigi in ordine all'eredità comune paterna
e materna; l'istruzione occulta poi recava ch'egli dovesse
esattamente informarsi dello stato fisico e morale di D. Alfonso, delle probabilità o no che il principe reggente potesse ancora avere figliuolanza, e dell'inclinazione di esso
al matrimonio dell'infante col principe di Piemonte.

Inoltre era suo ufficio di scoprire se la residenza nel
Portogallo per lo sposo dell'infante fosse assolutamente
richiesta, di quali entrate gioisse il ducato di Braganza

(1) Era nato in Briga, diocesi di Ventimiglia; suo padre chiamavasi Dionigi. Del ca-
nonicato di Carmagnola, vacante per la morte del canonico Perrucca, fu investito da Alessandro VIII con bolla del 30 agosto 1666; ne prese possesso per mezzo di procuratore il
20 settembre stesso anno, e venne dispensato della residenza da Clemente IX, con un
breve amplissimo.

e se altri trattati vertissero con principi di diverse nazioni (1).

VIII. Munito il priore Spinelli di queste istruzioni e di
speciali commendatizie della duchessa, stabilì la partenza
da Torino agli otto di novembre del 1677, non senza evitare nel viaggio spiacevoli accidenti. Infatti, vertendo guerra
tra Francia e Spagna, a Tolosa venne arrestato d'ordine del
procuratore generale del Re sotto pretesto che a lui non
fosse permesso di lasciar libero il passo alla volta di Spagna
alle persone prive di passaporto francese; ma dopo tre giorni
di detenzione, sul riflesso che non era spagnuolo, fu rilasciato, quantunque poi un simile trattamento siasi ripetuto
ed a San Giovanni Piediporto, ultima stazione francese, al
Borgetto ed a Pampellona, dove seppe egualmente sbrigarsi
con destrezza allegando di non essere francese. Toccato il
suolo portoghese, si recò a premura d'informare il padre
De Ville, confessore della Regina ed uno dei pochi che avesse
mano in quel negozio alla Corte di Lisbona, il quale appena
giunse lo Spinelli al porto di Aldecacallega, a breve distanza
da Lisbona, per mezzo di un ufficiale del principe fecegli
rimettere una lettera con cui lo pregava di non portarsi
alla capitale sino a che nella notte arrivasse un brigantino
spedito per rendere vieppiù segreta la missione. E giunto
il brigantino al primo del 1678, di notte fu menato il priore
a Lisbona, sulla cui spiaggia fecesegli incontro Nugno Alvares Pereira Melo marchese di Terceira e Tentugal duca di
Cadaval, ministro e consigliere di Stato, maggiordomo della
Regina e principale iniziatore di queste trattative, che tosto
l'introdusse in un appartamento del regal palazzo in cui
stava aspettandolo il padre De Ville, che lo presentò alla
Regina, dalla quale ottenne parecchie udienze, e specialmente una il giorno dei Re in cui potè mirare l'infante, e,
siccome egli stesso scrive, *acciò nessuno della Corte se ne*

(1) Archivi del regno, *Relazione manoscritta dell'origine, progressi e scioglimento dei trattati di matrimonio tra S. A. R. e l'Infante di Portogallo*, compilata
ed appoggiata ai suoi documenti dal priore D. GIACOMO SPINELLI.

accorgesse, hebbe la bontà il serenissimo principe di stare alla porta e custodire la portiera (1).

L'arrivo in Corte di uno straniero incognito già erasi subodorato da chi poteva trovare il suo interesse a saperne qualche cosa, ed avevane pur fatto cenno il Foucher, inviato di Francia, laonde, per eludere l'altrui vigilanza, si ravvisò spediente che il priore, vestito abito secolare, si ritirasse dalla Corte e prendesse stanza in città sotto nome di un veneziano che piativa con un portoghese. La regina di Portogallo dimostrò poi singolare aggradimento dell'agente di Savoia che chiama prudente, discreto e pieno di zelo per la buona riuscita del negozio; le quali lodi si trovano ripetute nella lettera scritta alla sorella nei primi giorni del 1678, dove ad ogni sua espressione traspira l'ardente bramosia di scorgere favorevolmente iniziato un avvenimento oggetto d'immenso suo desiderio (2).

Non omise allora lo Spinelli di comunicare tosto le istruzioni avute dalla sua Corte al duca di Cadaval od al padre De Ville, i quali alcuni giorni appresso gli rimisero le risposte che parvero soddisfacenti nella generalità, escludendo però l'articolo della residenza del principe richiesta indispensabilmente dalla legge detta di *Lamego* (3).

Quanto all'appannaggio della casa di Braganza e dell'erede del trono e per conseguenza dell'infante, si dichiarò ascendere a cento mila crusadi ciascun anno; ed in riguardo allo stato fisico e morale del re D. Alfonso, si ebbe l'avvertenza di formolare la risposta in modo che lasciasse scorgere come da un filo pendeva la di lui vita (4). Egli è bensì vero che

(1) Relazione manoscritta citata.
(2) Documento n° V.
(3) Osserverò che nella verace e dotta storia di Portogallo dell'illustre Alessandro Herculano è dichiarata insussistente la costituzione fondamentale proclamata dalle Corti di Lamego.
(4) «..... Il souffre de grands maux d'estomac qu'il a gâté, il a une hernie extraordinairement grosse et qui croit tous les jours, il mange et boit démésurément hors de temps dont lui viennent de grandes oppressions qui paralssent le devoir étouffer : la paralisie qu'il a eu étant encore enfant lui a tellement gâté le cerveau qu'à peine lui rest-il

9

quando fu tenorizzato tale rapporto il misero D. Alfonso si trovava oppresso da alcune infermità, esagerate però di gran lunga da coloro che nella morte di quello sventurato reputavano consistere la quiete del regno, della qual cosa si potrà il lettore persuadere nello esaminare documenti che ● inferiormente verranno riferiti.

Soddisfatto del resto l'inviato di Savoia delle ottenute risposte, si adoperò, per maggiore cautela soltanto, ad accertarsi della sussistenza loro con i mezzi a lui possibili e ad ottenere una speciale notizia dello stato del regno, delle leggi vigenti e di mille altre particolarità che di quando in quando procurava di trasmettere ed a Madama Reale ed al gran cancelliere nel frequente suo carteggio. S'incontrano in queste lettere curiosi dettagli, ed in una, fra le altre, scritta al marchese di San Tommaso ci dà un minuto e vivo quadro del barbaro uso vigente in Portogallo di trafficare gli schiavi negri delle coste d'Africa, e che io credo di far cosa grata al lettore riproducendone testualmente il periodo (1).

par intervalle quelque usage de jugement et de raison. Cette paralisie lui occupe la moitié du corps entier, et non obstant celà, est devenu si effroyablement gros qu'à peine peut il marcher dans sa chambre dont il ne veut, ni peut jamais sortir. » (Relazione manoscritta citata.)

(1) «..... Dirò succintamente a V. E. parte di quello ho potuto penetrare da persone del mestiere. Di qua nanno tutti gli anni uascelli a Capo Uerde, Angola et altri luoghi d'Afica che sono de' Portoghesi e portano colà oglii, uini, aquavite ed ogni sorta di manifature di seta, lana, telle e ferro, come coltelli, spade, e specchi, coralli et altri bijoux buoni o falsi, et ogni genere di mercantie d'Europa, e li uendono e cambiano in schiaui negri, auorii et altre cose di quei paesi: parte di detti schiaui li transportano di là nel Brasile, doue se ne seruono per coltivar la campagna, custodire bestiami, fabricare zuccari, tabacchi e per ogni altro seruitio. Parte ne conducono qua doue parimente sono molto ricercati et hanno un esito incredibile tanto li maschi che le femmine. Poichè uppena giunta la flotta si trouano qui mercanti di uarie parti, e particolarmente di Spagna, che li pagano molto bene e li conducono e riuendono in Andalusia, Estremadura, Castiglia, doue se ne seruono non solo per coltivare la campagna, ma per tutti li seruitii di casa e di fuori. Il prezzo è secondo la qualità, bellezza e giouentù di essi e secondo le uirtù che hanno, e ue ne sono di sessanta, ottanta, cento o uenti e più erosoni per ciaschedumo massime dalli 15 sino alli 50 anni. E poche case sono in questo paese che non habbiano almeno un negro et una negra, e molti ne tengono due, quattro e più. Qua uengono tutti battezzati, e se ne n'è qualcuno che non sia ancora christiano gl'insegnano i misteri della santa fede e li fanno battezzare, ma non per questo ricuperano la libertà. Molti acciò stiano più uolentieri e si rendano più affezionati e fedeli a' patroni, li maritano fra loro e li tengono così accoppiati; possono anche maritarsi con permissione del

Teneva in questo frattempo il vigile ed accorto priore Spinelli continua relazione con i ministri, col segretario di Stato e col padre De Ville, i quali lo avevano ammesso ai loro congressi, sebbene non fosse ancora munito delle necessarie credenziali. Nel discutere adunque sui preliminari delle negoziazioni si parò sul bel principio una grave difficoltà messa in campo, di volere cioè che il principe di Piemonte facesse un viaggio in Portogallo, condizione senza fallo rigettata dalla Corte di Torino sul riflesso che, se da un canto l'età troppo tenera del duca e la delicata natura non permettevano che si esponesse ad un rischio così grave, dall'altra una simile risoluzione avrebbe attratto su di M. R. il biasimo de' regnicoli.

Le ragioni esposte dalla duchessa di Savoia furono accettate dalla regina siccome conformi a prudenza, ed il priore non lasciò allora di rappresentarle essere necessario di stabilire e stipulare il trattato per quindi ottenerne il consenso ufficiale della Francia. Nella lettera scritta da Maria Elisabetta a M. R. il 17 di aprile si specificano tutte queste circostanze, non disgiunte dalla sollecitudine di dare prontamente esecuzione alle trattative così favorevolmente iniziate (1).

Ed affinchè vieppiù regolarmente si procedesse, procurò lo Spinelli che venisse formolata una specie di progetto da sottoporsi a disamina dal Gabinetto di Torino, e gli fosse rimessa una copia autentica della legge di Lamego e di

patroni uno schiavo con una libera, et un libero con una schiaua, ma uolendo poi uenderli non possono poi farlo che in una limitata distanza dal luogo doue habita il consorte. Non se li dà cosa ueruna se non il uitto o uestito ad arbitrio de' patroni. Ordinariamente in questo paese non li danno uino e molti anco li strapassano e li danno il uitto a misura, ma questi poco guadagno ne fanno, perchè o rubbano in casa o se gl'infermano e li muoiono. Onde qiiui è un prouerbio che in sostanza dice : *Chi ha cura del suo moro ha cura del suo oro.* In Lisbona ue n'è una quantità grandissima : sono gente di gran fatica, di poca spesa e assai fedeli, particolarmente quelli di Angola. Questa sorte di mercantia d'uomini è di gran utile al principe perchè prima di poterli leuare colà dalle coste d'Africa pagano una buona gabella che mi dicono sia circa sette ducatoni per testa. » (Relazione manoscritta citata.)

(1) Documento n° VI.

quanto erasi ordinato negli Stati generali del regno nell'anno 1668 che inviò a M. R. in un dispaccio diretto al gran cancelliere. E notisi che il progetto era accompagnato dalla formale promessa del principe di far derogare alla legge di Lamego, in forza della quale nessun straniero avrebbe potuto essere chiamato al trono di Portogallo. L'inviato di Savoia, che in questa missione diede prove di essere destro e fornito di un bell'ingegno, attentamente indagava a Lisbona ogni menomo fatto che potesse tornare utile a sapersi dalla Corte di Torino, e massimamente dalla duchessa cui serviva con ammirabile zelo, quindi coglieva tutte le occasioni per informarsi e sullo stato della regina e del re D. Alfonso. Curioso è il carteggio dello Spinelli, ma in parte trovasi disperso, per modo che altro non mi resta che toglierne i punti più rimarchevoli dalle lettere che rimangono.

In una, per esempio, scritta il 13 maggio 1678, intrattenendosi a discorrere della regina di Portogallo, così si esprime: « In quanto al male della regina, nuovamente mi è stato confermato essere la scritta flussione da un vecchio cavagliero governatore di un luogo qui vicino che alloggiò in questi giorni nella casa dove sono. Anzi mi aggiunse che li medici dicono essere un male che di sette in sette anni suole fare mutationi e puote guarirne, ma che essendone già passati più di nove, si cominciava a perderne la speranza » (1).

Ma in quella del 21 di marzo più chiaramente egli si spiega sulla infermità della regina: « Il male della regina che accennai con le passate è voce comune sia una flussione di sangue cagionatale chi dice dal parto o sia da un aborto, et chi da mala qualità pescata et comunicatali dal marito, alla qual non havendo trovato rimedio appresso li medici, si applica da un pezzo in quà alle divotioni, essendo ricorsa per molto tempo all'intercessione di San Giuseppe,

(1) Archivi del regno, *Lettere dello* SPINELLI, mazzo 1.

et adesso visita soventi una miracolosa imagine della Vergine che qui chiamano del *Pilaro* » (1).

Nè meno interessanti sono le notizie che risguardano D. Alfonso raccolte dallo Spinelli da varie e segrete informazioni. Nella lettera del 3 ottobre stesso anno scriveva egli a M. R.: « Vedendo poi che da un mese in qua non mi si parla più dell'infermità del re di Portogallo, e che a qualche interrogatione da me fatta sopra di ciò si era risposto assai freddamente, procurai martedì d'introdurre discorso col padre De Ville intorno lo stato del medesimo re per sapere come andasse la supposta hidropisia. Il padre De Ville mi disse che stava al solito, che presentemente si asteneva dal bere e viveva tanto quanto più regolato, e che essendosegli fatti vari rimedi, il male non era passato avanti; ma me ne parlò con tanto mal di cuore e con segni tali di desiderio che Dio lo tolga da questo mondo che io dubito sia svanita detta hidropisia e insieme la speranza che si era qui concepita di rimanere in breve liberi da simile impiccio » (2).

Dagli altri due periodi di lettere dello stesso Spinelli che or riferisco si appaleserà poi bastantemente che opera meditata, siccome a luogo opportuno già ebbi ad accennare, fu la detronizzazione del misero D. Alfonso, il quale, e qui giova il ripeterlo, se all'ombra di saggio ed esperimentato consigliere od associandosi il fratello poteva mantenere le apparenze della sovranità, giammai lo si doveva spingere a ricercare la causa delle sue sventure in un legame al quale non era chiamato. La prima lettera è dei 14 di novembre, e così viene concepita : « Passandosi ad altri ragionamenti, feci destramente cadere il discorso sopra l'infermità del re e sopra il presente governo del principe reggente, e dopo essersi parlato di varie cose in questo proposito, venendomi bella congiuntura, io dissi al detto padre che il principe reggente haveva fatto male a non lasciarsi coronare re

(1) Archivi del regno, luogo citato.
(2) Archivi del regno, luogo citato.

quando gli Stati generali gliene facevano così vive instanze; al che detto padre non puotè stare saldo, ma rispose con un certo sospiro: — Dio la perdoni a chi ne è causa! Il principe reggente fu mal consigliato, e quelli che li diedero tal consiglio meriterebbero castigo, poichè non hebbero altro fine che di mantenergli questo stecco negli occhi e poter sempre dire: ecco là è il re, per tenerlo in certo modo soggetto e regolarlo in modo loro. Ma a tutto si rimediarà con l'aiuto di Dio, al quale qui si mira. Se un simile caso si dasse in Spagna, il re di Portogallo non sarebbe durato tanto, ma qui siamo buoni cristiani.— Tanto si lasciò uscire di bocca il padre De Ville! » (1). Bella lezione di morale, sulle cui norme la società per mala sorte deplora molte vittime mietute in tempi consigliati da una luttuosa politica!

L'altra lettera poi del 14 febbraio susseguente contiene pure non spregevoli dettagli sulle infermità dello stesso re D. Alfonso (2).

Se la corrispondenza dello Spinelli è mancante, assai più completa è quella della Regina di Portogallo che di frequente scriveva alla sorella per ragguagliarla delle più minute contingenze che risguardassero l'andamento del negozio, o già erasi

(1) Archivi del regno, luogo citato.

(2) «..... In quanto alle altre notitie necessarie particolarmente circa il male del Re don Alfonso non manco di usare ogni diligenza per quello mi permette lo stato in cui mi deno conservare, et hora che ho fatto conoscenza col padre dell'Oratorio, che mi pare persona aperta, intelligentissima e sommamente inclinata a questo negotio, spero di ricauare molte cose che desidero di sapere. Intanto per soddisfare senza maggior dilatione in quel che posso al desiderio di V. A. R. uoglio prendere l'ardire di accennarlo con la debita riocrenza una particolarità che mi ero riserbato dirle a bocca por non dare adito allo sinistre interpretationi, et è che ho insino procurato di fare amicitia con una cantatrice parente del padrone della casa dove sto, qual mi fu supposto era in sua giouentù delle favorite del Re don Alfonso... Doppo qualche tempo et industria ho ricauato dalla medesima la qualità del suo male circa l'impotenza ed indisposizioni del corpo o circa i suoi lucidi interualli di mente. Mi disse che da una parte, cioè da un braccio et una gamba è fortissimo e dall'altra offeso in maniera che non ha forza alcuna, che per quanto se gli farcia non puote usare con femmine, essendo offeso in quelle parti, quali sono estremamente grosse et senza moto, che allhora era bellissimo di faccia, che risponde e parla molte uolte a proposito, ma che nel progresso del discorso uacilla et non dura, che mangia e beue assai, e che faceva molti spropositi nel tempo del suo gouerno, confermandomi che hora sì è fatto grosso o grasso in maniera che non puote uscire dalle sue stanze. » (Relatione manoscritta citata.)

scelto il cardinale d'Estrées messaggero al Re di Francia per informarlo d'ogni cosa. A Lisbona intanto si possedeva persino un ritratto di Vittorio Amedeo, del quale la regina scrivendo a M. R. diceva aver fatto grand'impressione sull'animo dell'infante (1).

IX. Esaminavasi in questo mentre dalla Corte di Torino il progetto anzi menzionato, facendovi addizioni che nella loro sostanza non erano di molto essenziali, al di fuori delle seguenti che, vale a dire, vi fosse eguaglianza assoluta tra il principe reggente e S. A.; che l'infante godesse il medesimo trattenimento che già aveva ricevuto Cristina di Francia, consorte di Vittorio Amedeo I, qualora non succedesse nel regno, e che essendo regina, e venendo a morire con figli, il maggiore non potesse assumere il titolo di re, vivente il padre. Incontrarono queste addizioni difficoltà ad essere accettate nel Consiglio di Lisbona, ma più serie furono tenute le seguenti, cioè: 1° La quistione della partenza del duca, su cui di bel nuovo insisteva la regina; 2° continuasse il duca ad essere re e regnare sua vita naturale durante, con o senza figliuolanza, qualora premorisse l'infante; 3° dovesse M. R. essere reggente in Savoia ove S. A. venisse a morire lasciando figliuoli in età minore.

Fu dibattuta a lungo nel Consiglio di Lisbona questa materia, ma l'adoprarsi dello Spinelli giunse a far sì che nelle repliche inviate a Torino si tenesse maggior larghezza nelle esigenze.

Anche la regina instava presso la sorella perché volesse

(1) «..... Il a été vu d'une belle qui quoique dédaigneuse n'a pu s'empecher de montrer qu'elle le trouvait fort à son gré, et l'incarnat qui s'est d'abord montré sur son visage a trahi les sentiments de son petit cœur qui en sait déjà assèz pour dissimuler ce qu'elle ne croit pas qu'il soit encore temps de découvrir. En tout cas je souhaitte que le cavalier soit aussi content de la dame que la dame l'est du cavalier et sans façon je crois qu'ils le doivent être tous deux également car c'est bien le plus parfait et le plus joli couple que jamais l'amour et la fortune aient uni. Travaillons, ma chère sœur, à assurer leur commun bonheur en établissant le nôtre: de mon coté vous voyéz que je y travaille avec un empressement inexplicable... » (Archivi del regno, *Lettere autografe della Regina di Portogallo.*)

temperare le risposte ed ammettere l'articolo della successione, che vale a dire morendo l'infante il regio titolo si assumesse dal figlio successivo, relativamente al quale dicevasi essere impossibile di stabilire un cangiamento. Nè omette la regina nella lettera scritta a quest'effetto d'insinuare a M. R. come l'esigenza manifestata a lei pareva piuttosto la causa dell'ostinazione di qualche consigliere, che forse essendo alieno al matrimonio, cercasse ogni mezzo di mandarlo a monte, ed infine la sollecita a dichiararsi apertamente e far sì che non cammini cotanto per le lunghe un affare per il cui successo ogni dilazione poteva riuscire nociva.

X. Ma prima di esaminare il buon esito di queste trattative fa d'uopo di avvertire che siccome le obbligazioni contratte da M. R. nella sua qualità di reggente lasciavano al duca l'arbitrio di operare, giunto alla maggiore età, quanto egli aggradirebbe, e d'altra parte, scorgendo ella che già troppo s'invigoriva il partito d'avversione a quel matrimonio (il quale, riunendosi attorno al principe, poteva poi produrre perniciose conseguenze), così stimò Giovanna Battista di accingersi all'impresa di rendere il figlio pieghevole alle sue mire. Nell'intento adunque di preparare l'animo di lui e di abbellire l'avvenimento anche agli occhi dei più avversi, s'accinse la duchessa a far spargere in Piemonte fioriti panegirici sul Portogallo, e forse in questo tempo videro la luce le memorie storiche già accennate, in cui l'autore si era assunto di provare che il Portogallo era la Mecca del Piemonte. In quanto poi ad invogliarne il duca si valse M. R. dell'opera dello stesso abate della Torre, il quale con i modi insinuanti e cortesi, suoi proprii, seppe trovar mezzo di guadagnarsi l'affetto e la confidenza del giovine principe. E quando si accorse di avere lavorato al sicuro, non lasciò di animare il discorso, ricordando l'alleanza di Carlo III con Beatrice di Portogallo, la nobile aspirazione di Emanuele Filiberto a succedere in quel regno ed i vantaggi infine che dalle nozze coll'infante poteva ricavare lo Stato, in una parola riuscì egli a dipingere l'avvenimento con colori così lusinghieri, che Vittorio Amedeo parve si fosse invaghito del medesimo. Pervenute poi a Lisbona le risposte decisive della Corte di Torino, alle quali andava congiunto il potere concesso al priore per trattare, diedesi mano senza più a proseguire con qualche alacrità i negoziati per la formazione del contratto. Raunatisi allora i cinque ministri ammessi a parte del negozio, cioè il duca di Cadaval, il marchese di Fronteira, il conte di Villarmaior e li due segretarii di Stato, venne invitato il priore Spinelli alle assemblee che si cominciarono a tenere sino dal principio di dicembre, nelle quali, risoltesi le nuove difficoltà insorte, mercè l'esperienza dell'agente di Savoia, si passò a redigere il sospirato trattato, che si firmava il quattordici di maggio 1679 nel palazzo di Corte reale (1).

Il Re di Francia ne fu tosto informato ufficialmente da M. R. col mezzo dell'abate di Verrua, suo ambasciadore a Parigi, al quale aveva spedito lo stesso abate della Torre. Dissi testé che Luigi XIV ricevette dal Gabinetto di Torino la notizia ufficiale del trattato, ma tutto eragli palese molto tempo innanzi, nè oggidì servirebbe di occultare che la Francia vi aveva tenuta la sua mano segretamente, e già nella vaga sua immaginativa si pasceva degli ambiziosi progetti che sempre nutrì sull'Italia e specialmente sul Piemonte, e che già ebbe ad attuare con i mezzi ancor i meno onesti. Ch'io poi mal non mi apponga ad introdurre qui una tale osservazione lo proverò colle testuali parole di M. R. nella sua lettera scritta all'abate di Verrua il 22 luglio 1670 (2).

(1) Documento n° VIII.
(2) «..... Rispondendo per ordine alle vostre lettere delli 10 e 12 del corrente, ui diremo c'habbiamo ueduto con sodisfattione le cortesi et abbondanti espressioni che ui sono state fatte da S. M. e confirmate da' ministri sopra il trattato di matrimonio di S. A. R. mio figlio amatissimo con l'infante di Portogallo, nè ci recano meraviglia, mentre è euidente il uantaggio che ne risulta a cotesta Corona, appo la quale dourebbe anzi questo passaggio accrescere il nostro merito e muouere S. M. a farne procurare

Piacemi ora di richiamare per alcuni istanti l'attenzione del lettore su di un personaggio che nella prima parte di queste memorie si ebbe a considerare uno degli attori principali alla reggia di Lisbona ai tempi del re D. Alfonso. Egli è il conte di Castelmelhor, il quale, dopo i narrati avvenimenti, ritiratosi qualche tempo nel suo castello di Pombal, che un secolo appresso diede poi l'appellazione al famoso ministro di tal nome, esulò indi (vuolsi guidato da fine occulto) in Francia ed in Italia, non come vogliono alcune memorie manoscritte, per rimanere spettatore impassibile dei fatti in parte da lui preparati. Venuto il conte in sulle prime a Torino, seppe comportarsi in modo da ottenere protezione dalla sorella medesima della sua persecutrice, ma la di lui presenza presso questa Corte era una spina al cuore di Maria Elisabetta, nemica implacabile di esso, la quale non potendo più a lungo tollerare un simile stato di cose, erasi adoperata di ottenere dal re la permissione di farlo passare in Inghilterra. Instava adunque caldamente la regina perchè M. R. cacciasse da sè l'odiato ministro, che dipinge coi più tetri colori, contegno che dimostra come i suoi accenti fossero ancora troppo influenzati dallo spirito di passione con cui ella agì nel malinconioso dramma non ha guari ultimato : e la lettera da lei scritta il 2 aprile del 1679 alla sorella ci svela per l'appunto la sua maniera di sentire in proposito (1).

qualche effetto della sua regia protezione. Onde sarà bene, come u'habbiamo accennato, il non rilevar tanto questi atti d'esteriore amorevolezza che ci tengono luogo di qualche cosa di positivo. Riflettiamo anche quantunque abbia così un non so che di cospieno l'ostentare che questo negotio sia opera di S. M., simil concetto diuulgato altrove produce effetti diuersi. Oue hora che l'affare è stabile conuiene che la prudenza lo uadi portando in modo che se ne caulno tutti gli auuantaggi possibili, senza pregiudizio, com'è appunto il far ualere costì il gran uantaggio che ne risulta alla Francia et il motiuo ch'a S. M. di compartirci copiosamente le sue gratie. » (Archivi del regno, *Registro lettere della Corte.*)

(1) »..... Mais pour vous montrer que je vous parle sincèrement, je vous dis que je considère qu'il ne serait ni honorable ni utile pour le Portugal de voir élever par vous une personne qui y est méprisée et hayée, et que y a gouverné avec un pouvoir absolu et tirannique, et dont la mémoire y est en horreur et qu'il paraitrait que nous ne serions pas aussi naïves que nous le sommes, si vous édifierez le même antel qui a été détruit et

Senonchè la commendatizia della regina di Portogallo ottenne in parte soltanto l'ambito successo, ed invero se il conte abbandonò il Piemonte, dall'Inghilterra egli serbava continua corrispondenza colla duchessa e con i suoi ministri, anzi di lui si volle servire M. R. per ottenere da quella Corte il trattamento regio ai suoi ambasciadori, quantunque si cercasse di procedere con tutta circospezione per non intaccare la suscettibilità della sorella, siccome ce ne porge esempio una lettera di Giovanna Battista del 21 ottobre 1679 al conte di Magliano suo ministro a Londra (1); è bensì vero che la regina sul principio non volle rimaner paga dei maggiori riguardi della sorella inverso l'odiato ministro, facendosi di bel nuovo con altra lettera (2) ad aggravarne la

démoli il y a si peu d'années en Portugal, on bien quo son ambition et non pas la justice et la raison aurait causé sa ruine, puisque l'on se contenta ici à le voir élever dans le pays le plus ami et où les injures que ce royaume publiait en avoir reçues devaient être plus senties..... » (Archivi del regno, *Lettere autografe di Maria Elisabetta*.)

(1) «..... Vous n'ignorez pas que monsieur le comte de Castelmelhor est mal à la Cour de Portugal et particulièrement dans l'esprit de la reine et de monsieur le prince régent, et la première ayant appris que vous êtes adressé au dit comte en arrivant en Angleterre, et que vous aviez avec lui beaucoup de confiance et de liaison elle nous a fait de grandes plaintes comme si vous n'aviez pas toutes celles..... qu'il faudrait avec messieurs les ambassadeurs de Portugal: ainsi vous tacherez à l'avenir de vous ménager avec beaucoup d'adresse, et de prudence pour ôter ce scrupule auxdits ambassadeurs et leur donner tout le sujet possible d'être contents de votre confiance et de votre union avec ceux qui doivent effectivement paraître fort grands dans l'état présent des choses. Nous ne prétendons pas néanmoins que vous discontinuiez d'en agir essentiellement comme par lo passé avec monsieur le comte de Castelmelhor, mais ce sera avec discretion et avec adresse pour ne pas ebonner les premiers qui ne sont pas probablement amis de celui ci auquel il sera bien de ne rien témoigner de ce qui dessus pour lui épargner le chagrin qu'il en receverait. » (Archivi del regno, *Registro di lettere della Corte*.)

(2) «..... Il est toujours le même, et je le reconnais dans tout ce qu'il fait en Angleterre avec le même poison dans le cœur contre nous que nous l'avons experimenté en Portugal quand il fut assez exécrable pour attentér d'en donner d'effectif à S. A. R., et assez infâme pour en..... l'avouant à demander une amnistie à S. A. R. avant qu'elle regnât. S. A. R. fut assez généreuse pour l'avoir gardé après qu'elle eut pris les rênes du commandement, et cette impunition a été cause de l'opinion injuste qu'on a de l'innocence du dit comte, aussi nous recevons tous les jours des marques de son peu de repentir, et entre nous je vous le dis de bonne fois comme à une sœur à qui je découvre le fond de mon cœur: lo comte de Castelmelhor n'est pas seulement ennemi de l'État, mais le mien en particulier. Il s'est plus déclaré à Londre qu'en aucun endroit, parce qu'il a moins craint de le faire qu'en votre Cour et en France, où il n'avait pas été si bien reçu; j'en ai des preuves certaines et dont je ne puis douter; je ne suis pas facile à croire le mal, et j'ai, comme vous savez, moins de fiel que de miel: c'est pourquoi vous

fama, ma intorno al 1682 con più di calma ella cominciava a prendere la cosa (1).

XI. Ma riprendiamo omai il filo della narrazione. Conchiusosi adunque il trattato, stimò il priore Spinelli di togliere tosto congedo da quella Corte, ed ai 25 dello stesso mese partivasi da Lisbona. Annunziando la regina alla duchessa di Savoia l'arrivo del suo inviato, esponevale parimente l'interesse di porre mano senza ambagi alla ratifica del trattato sulla considerazione che era necessario di divulgarlo e renderlo a conoscenza dei principi stranieri, di far cessare le voci che correvano e di rendere nulli i conati di quanti tentavano opporsi all'esecuzione delle nozze. Osserva essa che fra gli avversari tenevano precipua parte gli Spagnuoli, e che D. Gioanni d'Austria aveva persino scritto al suo ministro a Lisbona di adoperarsi caldamente a rendere vane le seguite trattative. E riguardo all'avversione degli Spagnuoli, piacemi di qui riferire le parole di Federico Cornaro, ambasciadore della repubblica di Venezia a Carlo II dal 1678 al 1681: « Con Portogallo, così egli scrive, antica è l'antipatia de' Castigliani, come ho già accennato. Il vicino passaggio però del duca di Savoia a quel regno si considera per la spina più pungente che possa

m'en devez croire, et j'espère qu'après cet aveu que je vous fais avec peine, parceque je n'aime point à me rendre partie même de mes plus cruels ennemis, vous en userez avec le comte de Castelmelhor comme votre amour pour moi vous le dictera..... » (Archivi del regno, *Principi del Genevese e Nemours*, marzo 5.)

(1) «..... Je vous ai déjà écrit sur les traitemens royaux qu'on vous a accordés en Angleterre dont J'ai été ravie, et je suis fort aise qu'un portugais quelque aliené qu'il puisse être de moi vous y ait aussi utilement servie, que vous m'écrivez que le comte de Castelmelhor l'a fait : je loue votre reconnaissance pour lui, et ne saurais trouver mauvais rien au monde de ce qui vient de vous : c'est pourquoi, ma chère sœur, tout ce que vous me dites là dessus me parait bon et honnête, quoique peu praticablo dans la conjoncture présente où il n'est pas de votre service de montrer aux ministres d'ici opposer absolument à ce comte que vous le protégez avec tant d'empressement : quand S. A. R. sera ici, voyant sur les lieux les inconvenients du retour de ce cavalier et les suites qu'il entraine après sol pendant la vie de ce simulacre qui ferait parler comme bon lui plairai : elle jugera à propos d'en insinuer quelque chose. Je vous promets que mon intérêt particulier qui est peut être plus grand que vous ne vous immaginiez ne me fera point opposer pourvu que le repos public ne soit pas intéressé..... » *(Principi del Genevese e Nemours*, marzo 6.)

penetrare nelle viscere della Spagna, mentre da un principe vicino, e che riterrà spiriti bellicosi, con fomenti continuati dalla Francia, facili ad avvalorarsi colle pretensioni che pretende la Casa di Savoia dalla Spagna per ragione di crediti non si può se non dubitare sia un giorno per accendersi un fuoco non facile ad estinguersi. Inoltre essendo la Casa di Savoia chiamata da Filippo IV alla successione del regno, se ne nutriranno sempre i disegni, e si avrà gran ragione di pretendere » (1).

Aggiungerò poi ancora che nella menzionata lettera Maria Elisabetta descrive alla sorella lo stato in cui si trovava ridotto D. Alfonso, nel senso, ben inteso, che considerandosi non poter esso più recare alcun nocumento, non si dovesse concepire da quel lato verun timore sulla tranquillità del giovine principe (2).

Giunto a Torino lo Spinelli ai diciannove del mese di giugno, reso tosto conto di sua missione alla duchessa, e nelle particolari udienze del gran cancelliere e del marchese di San Tommaso venne letto il trattato; nè tralasciò il priore di rappresentare allora il desiderio della regina di scorgere ad effettuarsi prosto quell'importantissimo negozio, e di attendere la prossima partenza del duca, la quale già egli stesso erasi adoperato di ritardare, sul riflesso dell'età sua ancor troppo tenera.

XII. Dopo il soggiorno di tre settimane a Torino lo Spinelli fu incaricato di recarsi di bel nuovo a Lisbona, munito di

(1) *Relazione degli ambasciatori veneti del secolo* XVII.

(2) «.... Le Roi don Alfonse mene toujours la même vie, et toujours avec des incommodités qui tueraient milles fois un autre et qui ne l'empechent pas de vivre parce qu'il n'est bon à rien, mais il est si pésant qu'il ne se remue pas d'une chambre, et est content et satisfait au dernier point avec le verre et la bouteille sans faire autre vie que boire et dormir, mais, comme je vous ai déjà dit, sa personne reste de nul embarras pour mon neveu, et quand il parviendra après plusieurs années à hériter de celui ci, quand même (dont Dieu nous en garde) le Roy don Alfonse serait encore en vie, ma fille et mon neveu s'ils voulaient, comme surement ils ne refuseraient pas si opiniatrement, que le prince monseigneur serait aussi tot declaré roi, même dans les derniers jours quand ces peuples et la noblesse virent sa repugnance il mirent en délibération de donner le titre à ma fille puisque son père le refusait. » (Archivi del regno, *Lettere autografe di Maria Elisabetta.)*

particolari istruzioni e della sospirata ratifica del trattato.
Agli undici di luglio adunque incamminossi egli alla volta
di Lisbona, e con lettera del diciasette si faceva ad informare la duchessa del suo viaggio ed arrivo ad Avignone,
soggiungendo non avere da manifestarle altra particolarità
eccetto che in Rivoli dove dormì ed in Susa dove prese refezione ebbe a sentire discorsi *quali per quello che ho potuto comprendere consistono per una parte in un gran desiderio della gloria del proprio padrone, ma dall'altra va
congiunto un non so che di dispiacere dell'apprensione della
futura partenza* (1).

Il priore Spinelli fu a Lisbona ai diciasette di agosto, e
subito presentò alla regina la ratifica del trattato, mentre
quindi si accinse a concertare col duca di Cadaval e col
primo segretario di Stato la forma di quella si dovrebbe
spedire dal principe reggente. E nel tempo che stavasi attendendo il momento opportuno per addivenire al cambio
reciproco fu deciso di solennemente pubblicare il matrimonio, celebrando con dimostrazioni festose di gioia quel
fausto avvenimento.

La pubblicazione del matrimonio venne iniziata con lettere d'annunzio spedite a tutte le città del regno, ai magistrati e governatori delle piazze ed ai ministri dei principi,
e per dimostrare l'allegrezza sentita si tenne cappella a
palazzo, si accesero luminarie, e si ammirò (dicono le memorie contemporanee) il buon gusto de' Portoghesi nel
finto attacco di un castello di fuoco (2). Per ben cinque
giorni si prolungarono quelle festività, e secondo il con-
sueto, non omise la regina di darne minuta partecipazione
alla duchessa di Savoia coi termini i più lusinghieri (3).

Se però nel Portogallo si esultava, in Piemonte al contrario
lo spirito di malumore già era comparso sulla scena, e

(1) Archivi del regno, *Lettere dello Spinelli*, mazzo 1.
(2) *Memorie manoscritte.*
(3) Documento n° IX.

Giovanna Battista che stava attenta ad ogni menomo segno, il 24 di ottobre scriveva alla sorella : « Commo ce départ est tout ce qu'il y a de facheux pour cette cour et pour ce pays c'est la dernière chose dont il faut parler et presque dans le temps même qu'on devra l'exècuter » (1). Anzi la previdente duchessa ben sapendo come fosse di mestieri di procedere molto a rilento, e cercando di mitigare l'ardente brama della regina sino dai 28 di ottobre notificava allo Spinelli di persuadere alla sorella non essere conveniente si addivenisse in Piemonte a quelle dimostrazioni di cui era stato allora testimonio il Portogallo *per non rappresentare a' popoli una idea anticipata della partenza dell'A.S. R., la quale non può certo seguire così presto come propone la regina per le ragioni addottesi* (2).

XIII. Se adunque il partito a cui dovevasi attenere la duchessa consisteva nel respingere soverchie pubbliche dimostrazioni, bisognava del resto ch'ella inviasse a Lisbona un personaggio rivestito di carattere ufficiale per assistere alla prossima assemblea degli Stati generali. E nella guisa che il Portogallo nominò a suo ministro a Torino don Duarte Ribeiro, M. R. spedì ordine al conte Marcello Degubernatis inviato a Madrid di passare a Lisbona.

Giunse il conte Degubernatis il 21 di novembre nella metropoli del Portogallo dove fu accolto con dimostrazioni di singolare aggradimento da quei principi : ma chi ne dimostrò special gusto fu la regina la quale nelle lettere a M. R. scrive che: « me parait aussi un fort honnète hómme : il s'accomode fort bien ensemble et moi très bien de lui, je le traite avec la mème confiance quasi il était mon ministre et le conseille et l'avertis de la mème manière, avec la même liberté et avec fort joli train beaucoup plus approchant de celui d'Espagne qu'aucun autre » (3).

(1) Archivi del regno, *Registro lettere della Corte*.
(2) Archivi del regno, luogo citato.
(3) Archivi del regno, *Lettere di Maria Elisabetta*

La scelta del conte Degubernatis non devesi poi tenere
l'effetto del caso o dell'agevolezza che poteva presentare la
di lui missione trovandosi esso a Madrid, ma al contrario
fu l'opera di consumata previdenza della duchessa e dei suoi
partigiani. Ed infatti al punto in cui era camminato soltanto sin'allora il negozio e nel senso in cui scorgeva M. R.
le cose, se altro personaggio si fosse intromesso, il suo
buon esito correva molto rischio.

Il Degubernatis adunque che era un probo gentiluomo
affatto devoto alla reggente, lontano dalla corte di Torino ed
ignaro sino a certo punto della forza del partito avverso al
matrimonio, servì come si conveniva la causa di M. R., e
gli elogi della regina ed il contegno da lui tenuto quando
alla maggior parte era palese la rottura dell'affare ci persuadono piuttosto della sua semplicità che non della destrezza
e previdenza necessarie in un diplomatico.

Col progredire intanto delle trattative andava acquistando
novello vigore il desio della regina a scorgere realizzato fra
breve il suo piano, ed in una lettera di questo tempo scritta
a M. R. Maria Elisabetta s'intrattiene già persino sulla qualità delle persone che avrebbero dovuto assistere il principe
nei primi anni del matrimonio (1). Nè ignorava la regina
di Portogallo la debole complessione del duca, e nella sua
corrispondenza s'intrattiene sulla costituzione del personale
sanitario che farebbe parte della casa dell'infante (2). Senonchè intempestivi erano ancora quei concerti, e la regina
mettendo il suo cuore in pace doveva accondiscendere alle

(1) «..... Le moins que vous pourrez envoyer des personnes de la première classe sera
le meilleur, car sont les plus difficiles à s'accomoder, et qui vous couteraient bien de dépense ; je crois, selon ce que j'en peux juger, que celui qui sert présentement de gouverneur en chef est bien propre pour demeurer, car avant et après le mariage ce cher enfant
aura encore long temps besoin de la direction d'un homme qui l'élève avec tant de soin,
et qui en doit être très capable, mais je voudrais savoir s'il a la même charge qu'avait le
comte Monasterolle dans la maison de mon neveu, et si sa qualité est proportionnée pour
les premières charges..... » (Archivi del regno, luogo citato.)

(2) «..... J'oubliais à vous dire touchant le domestique de mon cher enfant et neveu
qu'il est précisement nécessaire qu'il ait un bon médecin qui connaisse son tempérament
et l'ait vu dans les incommodités qu'il a eu, aussi bien qu'un apoticaire et chirurgien ;

istanze dello Spinelli relative al tempo indeterminato della partenza di Vittorio Amedeo (1).

XIV. Ma un importante ed indispensabile atto rimaneva ancora a compiersi per dar forza al trattato e prima della celebrazione degli sponsali, la derogazione cioè alla famosa legge di Lamego, la quale, come si è detto, vietava che uno straniero potesse ascendere al trono di Portogallo, ed a cui diedesi tosto mano col convocamento degli Stati generali. Si aprirono questi il ventidue di novembre in una delle aule del regal palazzo di Lisbona. V'intervennero i tre ordini della nobiltà, del clero e del popolo, i quali furono disposti secondo l'uso, e perchè si potesse ottenere l'effetto desiderato dalla regina prese ella le precauzioni onde nella scelta dei procuratori chiamati a sostenere l'argomento controverso venissero nominati personaggi a lei affetti e disposti ad una favorevole conclusione. Nè si creda questa una sola mia induzione, perchè al contrario in una lettera scritta dalla regina alla duchessa si legge: « On a déjà nommé les procureurs de cette ville aussi bien que de quasi toutes les autres provinces du royaume tous à la satisfaction de S. A. R. qui sous main les a fait élire comme elle les voulait afin de laisser faire ce qu'on voudra d'eux. Ils doivent donner un donatif pour les grandes dépenses du mariage comme ils sont accoutumés de faire dans toutes les occasions extraordinaires » (2).

Intervenne alla funzione il principe reggente e si aprì col discorso recitato dal vescovo di Porto (3), al quale rispose con bella arringa don Giovanni Pinheiro procuratore generale della corona, ma nella qualità di procuratore generale di Lisbona a nome di tutto il congresso.

mais le médecin pardessus le tout. S'il pouvait être celui de Padoue qui l'a guéri dans la grande maladie, ce serait, je crois, le meilleur ; enfin, si celui là n'était pas possible et qu'il n'y en eut pas un excellent en votre Cour, vous pourriez en faire venir un autre de cette Université là. » (Archivi del regno, luogo citato.)

(1) Documento n° X.
(2) Archivi del regno, luogo citato.
(3) *Memorie storiche del Portogallo*, pag. 295.

10

Impostosi quindi termine al primo atto degli Stati generali presero i tre ordini a congregarsi nel mese di novembre nei luoghi loro assegnati, ed agli undici di dicembre con universale consenso venne cassa ed annullata in favore del matrimonio l'antica legge di Lamego congiuntamente a qualsiasi altra consuetudine e statuto in forza del quale in caso di morte del re don Alfonso o del principe don Pietro senza maschi si potesse opporre difficoltà alla successione dell'infante e de' suoi discendenti, stabiliendosi inoltre il donativo di un milione di cruzadi in argomento di soddisfazione per quelle nozze.

Sempre mai intenta la duchessa di Savoia a prevenire ogni occasione che potesse contribuire a vieppiù consolidare gli animi delle due nazioni alleate, diede incarico in quel mentre al conte Degubernatis ed al priore Spinelli che prima di ritirarsi da Lisbona rappresentassero al principe reggente di volere approvare una compagnia di mercanti piemontesi i quali terrebbero commercio marittimo col Portogallo, ed alla cui compagnia ella già aveva accordato larghi privilegii. Promise allora don Pietro, secondando le istanze di M. R., di concedere non solamente la franchigia per l'ammontare dei duecento mila cruzadi capitolati nell'articolo settimo del trattato matrimoniale, ma in rapporto al particolare del Brasile specificato nella domanda, accondiscese che i Piemontesi avessero potuto inviare ciacun anno un vascello al Brasile senz'essere tenuti a stanziare nei porti del Portogallo, e con facoltà di potere direttamente ritornare a Villafranca senza di essere obbligati al pagamento dei diritti di dogana, ed il tutto poi per lo spazio di cinque anni a cominciare dal giorno in cui il duca avrebbe toccato il suolo portoghese (1).

E qui accennerò alla premúra dimostrata dalla regina nel suggerire alla sorella qualsiasi fatto potesse reputare favorevole al suo paese. Già superiormente si disse che i

(1) SPINELLI, *Relazione manoscritta citata.*

rigori dell'inquisizione inducevano molti Portoghesi nuovi
cattolici ad esiliare e portarsi in terre dove spirasse maggior
aere di libertà; ora Maria Elisabetta sotto mano animava
quei commercianti fuggitivi a stabilirsi in Piemonte piut-
tostochè in altre contrade (1).

Ultimate queste vertenze il conte Degubernatis ed il
priore Spinelli si congedarono dalla Corte e partirono
agli undici di gennaio 1680 recandosi il primo in Ispagna ed il secondo in Piemonte dove giunse sul finire del
successivo mese.

XV. Appena divulgossi a Torino la convenzione matrimoniale tosto apparve in ogni ceto di persone il malcontento che già da lunga pezza cupo gemeva. Nè mancarono
lagni ed accuse rivolte contro la duchessa che si predi-
cava venduta a Francia, mossa da mire ambiziose e dalla
cupidigia di prolungare indefinitamente l'imperio a detrimento della nazione e del principe. Ed è facil cosa il
concepire come simili voci propagatesi a Lisbona da chi
vi aveva il suo interesse colà producessero un senso disaggradevole nell'animo dei grandi.

Ed infatti sino dal nove di gennaio, e così prima che
lo Spinelli prendesse le mosse verso Torino, scriveva a
M. R. che qualche cosa erasi già subodorato, al che dovevasi certamente attribuire il contegno alquanto più riservato della regina (2).

(1) «..... La nouvelle que j'ai eue de la conclusion de l'affaire de l'inquisition m'a fait
penser à un service que je vous pourrais rendre considérable pour votre Etat, qui est
d'inviter et de persuader sons mains les plus considerables gens de négoce de la nation qu'en craignent la punition d'aller porter leurs biens et d'établir leur demeure en
Piémont et en Savoie plotôt qu'en nul autre royaume... » (Principi del Genevese e
Nemours, marzo 6.)

(2) «..... In questa settimana ho havuto l'honore di vedere più volte S. M. che si è
compiaciuta communicarmi uarii suoi sentimenti da portare a uiua uoce a V. A. R. Fra
le altre cose mi disse hieri sera che non si era punto ingannato intorno a ciò che già haueua scritto a V. A. R. sopra il differire la partenza del D. Duarte Ribeiro, che il signor
marchese di Fronteres, che è uno de'più accorti et suegliati politici che siano appo il
principe reggente, haueua detto al duca di Cadaual : la Regina pare si sia raffreddata e
non solleriti più con quell'ardore che faceua la partenza di Duarte Ribeiro ; bisogna che
ui sia sotto qualche mistero, che in Piemonte vi sia qualche difficultà, e che le cose nostre

XVI. Compieva frattanto Vittorio Amedeo il giorno de-
cimoquarto di maggio del 1680 il suo quattordicesimo
anno, e tenutosi allora il Consiglio venne bensì riconosciuto maggiorenne; senonché dal medesimo indettato, in
ragione dell'età ancor troppo tenera fecesi egli stesso a
pregare la madre di voler proseguire nella reggenza, la
quale di buon grado ella assunse col fine di poter ancora padroneggiare l'animo del figlio piuttosto colla seve-
rità che colla dolcezza dei modi. E da questo contegno
proveniva che il duca, il quale lontano dalle faccende di
Stato d'ordinario risiedeva alla Veneria tramezzo alla dis-
sipazione ed ai sollazzi di ogni genere procacciatigli con
arte, piuttosto temesse di quel che amasse la madre.

Uscito adunque il duca dalla minorità volle M. R. che
tosto egli formalmente manifestasse il suo sentimento in
risguardo alle nozze .coll'infante di Portogallo, ed ai 28
di maggio diede ordine per la convocazione del Consiglio
a cui intervennero don Gabriele di Savoia (1), l'arcivescovo di Torino, Michele Beggiamo, il gran cancelliere
Buschetti, il marchese di San Maurizio, il marchese Morozzo, il presidente Trucchi, il marchese di San Tommaso
primo segretario, l'abate d'Agliè ed il marchese del Borgo,
i quali due ultimi consumati nell'esercizio delle ambasce-
rie rappresentavano nel Consiglio la pratica e l'esperienza
diplomatica.

Dopo essersi letti gli articoli e le ratificanze reciproche
di M. R. e del principe di Portogallo, e dopo avere ma-
turatamente considerata l'importanza della quistione furono

coll non camminino per la via piana. Noi siamo li soli impiegati in questo negotio
nel quale V. E. vede i gran passi che habbiamo fatto et tuttavia facciamo senza aver pur
un barlume dello stato in cui si trovano le cose della Corte di Savoia, dove è impossibile che non ui siano de' malcontenti, quali non solo per il proprio interesse, ma fomen-
tati dalli artificii e malignità de' Spagnuoli e] altri emoli possono facilmente attraversarci
quest'affare, nel quale, quando ci uenisse mancato ovvero difficultate in qualche maniera
le cose, non solo ui haveressimo perso la riputatione, ma tutto il resto. » (Archivi del regno, *Lettere dello* SPINELLI.)

(1) Figliuolo naturale di Carlo Emanuele I. Era un vecchio generale stato adoperato in
varie negoziazioni.

poste ad esame le ragioni che potevano militare ed a favore e contro il progettato matrimonio stabiliendosi intanto dovesse allora il duca dichiarare ch'egli aderiva alla esecuzione del trattato, ma quanto alla partenza si considerasse come cosa ancor lontana da non decidersi al momento, decretandosi però s'invierebbe tosto a Lisbona distinto cavaliere a chiedere formalmente la mano dell'infante. Ed in questa determinazione ognuno può scorgere di leggieri che il duca già cominciava a guadagnare terreno, ed il rimuovere il momento decisivo della partenza si puote avere benissimo quale effetto delle segrete informazioni sullo stato fisico dell'infante che a dir il vero era di precaria salute, e su di altre cose che non a caso, ma sibbene con istudio, gli vennero comunicate. Narra infatti l'autore delle *Memorie della reggenza di M. R.* che in quel frattempo il marchese di Voghera e l'abate Della Torre erano stati spediti dal duca in Portogallo, e se ivi è scritto che le relazioni fatte al principe nel ritorno furono favorevolissime ad impegnarne l'animo, questo io non oserei affermare inquantochè l'idea della missione di quei due personaggi sortì effetto appena che a Torino parlossi a lungo dell'infermità dell'infante. Lo stile stesso usato nelle lettere frequenti scritte dalla regina poteva recare sinistra impressione che mal servivano a distruggere le mille galanterie da lei inviate al duca e che contenevano animali, rarità del paese e delle Indie, e persino giovinetti mori (1). Si noti poi la sollecitudine di Maria Elisabetta nel prevenire qualsivoglia menoma voce che potesse turbare l'animo della sorella, e così con lettera delli otto luglio imprende ad informarla essersi senza fondamento sparsa la notizia che si fosse tentato di avvelenare l'infante nelle vivande come meglio si scorge dal relativo frammento di essa lettera (2).

(1) Archivi del regno, *Carte sparse.*
(2) «... Quoique ce ne soit pas le jour du courrier d'Italie et que je vous aie écrit

XVII. Si è accennato poco fa che nel Consiglio erasi stabilito d'inviare a Lisbona un personaggio per chiedere formalmente la mano dell'infante: or fa d'uopo di aggiungere
che la scelta dell'ambasciatore cadde sulla persona di
D. Carlo Filiberto d'Este marchese di Dronero, Borgoma-
nero e Porlenna, conte d'Ormea, gran croce dei Ss. Maurizio
e Lazzaro, capitano della compagnia di corazze guardie del
corpo di M. R., figliuolo di Filippo Francesco e di Margherita di Savoia, figlia legittimata di Carlo Emanuele I (1).
Due istruzioni vennero rimesse al marchese di Dronero
prima che partisse da Torino, l'una dal duca e l'altra dalla
duchessa, ed è la loro diversità per lo appunto che c'informa delle idee concepite da ciascuna di dette persone, riguardo al matrimonio.

Il y a huit jours, je me sers encore de celui de France afin que ma lettre vous soit ren-
due plus promptement, et que les bruits qui courent ici que on a voulu donner de poison
à l'infante n'arrivent pas jusqu'à vous sans que vous en sachiez avant la vérité qui vous
épargne le chagrin que cette nouvelle vous donnerait et l'alarme qu'elle pourait causer
à votre Cour. Vous saurez donc, ma chère sœur, qu'étant à Alcantare, où nous sommes
encore à nous divertir par touts les petits divertissements de la campagne, on vint
de Lisbonne nous avertir qu'un des officiers subalternes de bouche ayant envoyé
à sa femme une poule rôtie qu'on avait déservie de la table de ma fille le vendredi
un soir, cette femme l'ayant gardée jusqu'au dimanche, s'était trouvée mal après en
avoir mangé aussi bien que son fils et sa servante, mais cependant sans risque de
vie, puisque avec quelques remèdes le même jour ils se trouvèrent tous en pleine
santé. Cet accident cependant ne laissa pas que de nous effrayer. D'abord Lisbonne
en était déjà alarmée encore davantage, tout le voisinage le sachant même avant nous,
chaque personne qui contait cet accident l'augmentait beaucoup, comme c'est l'ordinaire,
et le peuple faisait mille imprécations contre les Castillans qu'ils faisaient auteurs de
l'attentat qu'ils imaginaient qu'on avait commis, et croyait l'infante miraculeusement
délivrée de ce péril comme une suite de la providence et protection particulière que le
ciel a toujours fait connaître pour la conservation des vies de la maison royale de cette
Couronne contre tous les pervers desseins de nos ennemis. Cependant comme l'ardeur
du zèle de cette nation la porte à croire facilement tout ce que l'amour leurs fait craindre
pour leurs princes, nous avons jugé le cas digne d'examen ; on l'a fait très exactement
et on a trouvé qu'ayant gardé si long temps cette poule dans le grand chaud, elle était
corrompue, qu'outre cela cette femme avait mangé plusieurs fruits verts auparavant et
pardessus tout l'infante qui se souvient très bien aussi que toutes ces femmes en ayant
mangé une aile n'ont rien du tout senti, et se portent à merveille, ce qui donne une to-
tale certitude qu'il n'y a point du venin.... » (Archivi generali del regno, *Principi del
Genevese e Nemours*, marzo 6.)
   (1) Il marchese Carlo di Dronero aveva sposato il 23 di agosto del 1671 mademigella
di Marolles figlia d'onore di M. R.

Recava l'istruzione di Vittorio Amedeo che nel compiere alle cerimonie d'uso inverso i principi ed i ministri; a quelli di maggior confidenza, vale a dire al duca di Cadaval, al marchese di Fronteira, al conte di Villarmajor ed al segretario di Stato, esaltasse la bontà del clima portoghese, i vantaggi che l'Italia avrebbe ottenuto da quell'alleanza; quindi disponeva che con belle parole persuadesse gli animi de' ministri e dei principi a convincersi sull'impossibilità attuale della partenza del duca (1). Aveva termine l'istruzione coll'incaricare il marchese di Dronero di riferire alla regina che, quanto al personale di sua casa, egli credeva di. dover seco condurre quello che già lo scorviva a Torino, ad eccezione di sue guardie, di cui il nerbo voleva lasciare presso M. R. per sicurezza de' propri Stati. Di tenore opposto è, siccome ho accennato, l'istruzione della duchessa, la quale suggeriva al marchese di adoperarsi presso la regina affinchè non s'inquietasse punto delle voci artificiosamente sparse da alcuni avversari sull'impossibilità di esoguire il matrimonio, col persuaderla che nella ratifica del trattato il duca erasi serbata la facoltà di partire a piacimento, cosicchè non sarebbe stata convenevole cosa di

---

(1) «... On vous parlera sans doute efficacement de mon départ, et on vous exagèrera les raisons qui doivent m'engager à le résoudre sans délai. Vous répondrez que ma passion à l'hâter n'est pas moindre que la sienne. Ils ne doivent pas douter qu'un jeune prince sensible à la gloire et à l'amour ne brule de la noble impatience d'offrir lui même son cœur à la plus belle princesse du monde, et d'entrer dans un florissant royaume qui a pour lui tant d'empressement. Que la disposition des affaires de l'Europe me persuade que je ne saurais partir trop tôt. Qu'il y a apparence que le feu de la guerre ne tardera pas à se rallumer entre ses voisins. Que la puissance de la France ne peut pas demeurer long temps sans occupation. Que cette Couronne formidable sait trop bien profiter de ces avantages pour ne pas tâcher d'accabler ses livaux dans leur faiblesse........ Que je ne puis refuser la consolation de me voir un peu plus fortifié à des anciens sujets désespérés de me perdre. Que j'ai surtout à combattre la tendresse de M. R. qui frémit à la seule pensée de se séparer de moi et qui ne veut pas en entendre parler jusque à que mon tempérement n'ait pris plus de vigueur, et que je ne sois en état d'assurer la succession qui n'importe pas moins à mes Etats qu'au royaume de Portugal. Que le terme néanmoins ne sera pas long, et que je ne perdrai pas un moment à réduire les choses au point qu'il faut pour satisfaire mon impatience et la leur....... » *(Relazione manoscritta del priore SPINELLI.)*

costringerlo presentemente a tale punto a cui sarebbevi già indotto dall'amore e dalla gloria (1).

Stabiliva parimente l'istruzione che, ove il principe reggente e la regina dimostrassero d'insistere sul sapere l'epoca precisa della partenza, il marchese di Dronero dovesse replicare che, dipendendo essa dalla salute del duca, era perciò impossibile di stabilirla per il prossimo anno, ma che la duchessa l'avrebbe resa avvertita un anno prima decisa la vertenza.

Questo ragionamento adunque prova che M. R. aveva sempre degli ostacoli a superare riguardo al punto essenziale della partenza, e si avverta che gl'incagli venivano accresciuti e dal modo di comportarsi stesso di Vittorio Amedeo e dalle mene di alcuni gentiluomini della Corte che con cautela si maneggiavano a fianco del giovine loro sovrano per impedire l'effettuazione di un matrimonio fortemente avversato dal paese. A tempo opportuno si scoprirà quali fossero gli agenti principali di quest'opera pietosa e patriottica, mentre per ora meglio giova di proseguire il racconto secondo l'ordine degli avvenimenti succeduti. Non ometterò del resto di qui osservare che di non lieve conseguenza per il nostro argomento è di scorgere quanto studio usasse la duchessa per agire copertamente in quest'affare, siccome appieno risulta dalle espressioni da lei usate nella lettera scritta il nove di settembre del 1680 al conte Degubernatis: « Ilaverete riguardo di comunicarci a parte et in lettere separate da quelle del Consiglio tutto ciò che è quanto ci occorre significarvi con queste » (2).

---

(1) «..... L'amour et la gloire le presseront assez, il lui fautdonner le temps d'éclairer son esprit et de toucher son cœur. Alors il n'ecoutera plus les discours des ames basses qui tâchent de le séduire par leur affection interessée et qui aimeraient plus lui faire perdre une couronne si considérable que de craindre la perte ou de leurs charges ou de leurs pensions. Quoiqu'il soit d'un bon temperament il n'est pas néanmoins encore assez avancé pour son age: les continuelles maladies de son enfance ont un peu retardé sa vigueur. L'envoyé de Portugal le verra et conviendra sans doute lui même qu'il n'est pas encore en état d'adorer de près les charmes de l'infante. » (Archivi del regno, luogo citato.)

(2) Archivi del regno, *Lettere di M. R. al conte Degubernatis.*

In tale stato di cose M. R. ravvisò prudente di partecipare ufficialmente al Cristianissimo l'andamento delle trattative, e questi, promettendole assistenza ed aiuto, le fece sapere che metterebbe a di lei disposizione una flotta per il viaggio del duca. Egualmente ella ingiunse al conte Degubernatis, suo inviato presso la Corte di Madrid, di portarsi di bel nuovo a Lisbona per coltivare le propizie disposizioni di quei principi ed essere presente alla solenne accoglienza del marchese di Dronero. Sollecitarono allora i reali di Portogallo la partenza di D. Duarte Ribeiro, il quale, siccome già ebbi altrove ad avvertire, era stato nominato ambasciatore straordinario a Torino, ma che, postosi in viaggio ancora convalescente, sovrappreso dal male, dovette prendere terra in Alicante dove in pochi giorni lasciò la vita. Essendosi indi a di lui successore nominato D. Diego di Carvalho Cerqueira, consigliere di Stato di S. A. e cancelliere del Senato di Lisbona, partì questi fra breve tempo e giunse a Torino ai 14 di dicembre del 1680. Ottenuta immantinente udienza privata dalla duchessa, presentolle il memoriale con cui la supplicava di fissare la partenza del duca per l'anno 1682, senonchè, assalito da malattia, M. R. dovette differire il solenne ricevimento sino al 20 gennaio 1681, il quale seguì con tutte le formalità d'uso. E qui nota il buon conte Muratore, maestro delle cerimonie della nostra casa ducale, che il detto ministro volle far regalo al generale Grondana, nella cui casa egli stanziava, *di una bella fruttiera d'argento, entro la quale era una borsa con quaranta doppie per distribuire alli ufficiali della casa di S. A. R. Mandò regalare mia moglie di diverse bottiglie e meraviglie di Portogallo, ma non volli si ritenesse il vaso d'argento ove erano, ma se li rimandò restituire carico di belli frutti del nostro paese* (1). E questo minuto fatto ho qui voluto inserire, perchè da esso assai apparisce l'indole e la riserva tradizionale degli ufficiali piemontesi, che, sebbene di piccolo paese, in molte

(1) Biblioteca di S. M.

ed altre più importanti azioni si dimostrarono generalmente
sommi, e tali li ha giudicati la storia scritta anche da stranieri non influenzati da spirito di municipalismo.

Siccome adunque limitata fu la richiesta dell'inviato portoghese relativamente alla partenza, cosi stringente dovette
essere la risoluzione di Vittorio Amedeo nell'accettare l'e-
poca enunziata, il quale agli undici di febbraio del 1681
venne indotto a scrivere all'infante una lettera piena di tenere espressioni che valessero a persuaderla dell'immenso
di lui desiderio nell'avvicinarsi ogni giorno di più il momento decisivo di rimanerle unito per sempre (1). Ma questi
accenti dimostrano o che non erano parto del duca, o che
egli già per tempissimo dava prove di essere buon diplomatico, poiché essi non corrispondevano guari a quanto iva
meditando nell'interno dell'animo, e coll'essersi stabilita la
partenza all'anno 1682 egli ben sapeva di avere guadagnato
terreno, ed era sicuro che in quel frattempo sarebbero
sorte occasioni da renderlo abile a meglio svincolarsi d'ogni
impegno. E non diversamente infatti si può spiegare la gioia
che lasciava trapelare, ed a cui lo Spinelli in lettera del
24 febbraio al conte Degubernatis invano cerca di attribuire
diverso significato: « S. A. R. è il più allegro e contento
di tutti; dopo questa risoluzione presa non fa che parlare,
nè sa ascoltare altro che le cose di Portogallo, e ne mostra
una soddisfazione tale che fa stupire tutti; et è arrivato
sino a dire che il primo che gli parlerà contro vuol casti-
garlo » (2).

In quei giorni similmente pervenne alla Corte di Torino
la notizia dell'approvazione data dal Pontefice ai 12 di febbraio per la dispensa del matrimonio, sulla mozione del

(1) «..... Il me semble que je m'approche de V. A. S. en fixant mon départ pour Lisbonne. Cette pensée me console un peu quoique elle ne satisfasse pas entièrement ma
tendre impatience. Que je serais heureux si les années allaient aussi vite que mes désirs !
Vous me verriez bientôt à vos pieds plein d'ardeur, de respect et de tendresse m'offrir
tout à vous, et vous convier d'être un peu à moi.....»
(2) Archivi del regno, Lettere del priore SPINELLI.

conte Provana, ministro di Savoia a Roma, il quale compiè anche, di concerto coll'arcivescovo di Braga, ambasciatore di Portogallo, tutti gli uffizi che occorrevano all'uopo.

XVIII. Intanto l'ambasciata presieduta dal marchese di Dronero e costituita di dodici primari gentiluomini piemontesi, vale a dire del cavaliere D'Agliè, dei marchesi Balbiano, Del Borgo, Di Belmont, del cavaliere Capris, del conte Di Caresana, del marchese Gonteri, dei conti Lascaris, Di Prali, Di Prelà, Robbio, del cavaliere Gubernatis e dell'abbate Cagnolo, approdava sulla nave francese *Il Temerario* felicemente a Lisbona il 20 gennaio del 1681. Quivi vennero i personaggi immantinente incontrati da D. Gonzales della Costa, mastro di campo del reggimento delle guardie, e dopo alcune ore, giunto il conte d'Ericeira del Consiglio reale e vcadore delle finanze sopra di un brigantino con eleganza adorno, condusse il marchese al porto tra le salve delle artiglierie, i suoni delle campane e dei musicali strumenti e gli applausi della numerosa popolazione ivi accorsa.

Dallo stesso conte fu quindi il Dronero accompagnato al palazzo tenuto dal Degubernatis dove si recarono per complirlo D. Giovanni da Souza, D. Antonio Alvarez da Cuncha, grande scudiere, il Nunzio di Roma, l'inviato di Francia ed i principali fidalghi.

Trattenevasi allora la Corte alla caccia presso Salvaterra, ma, ritornando tosto a Lisbona agli 11 di febbraio, volle onorare immediatamente di una speciale udienza il marchese Dronero, il quale offrì ai principi un prezioso ritratto del duca ed una collana di perle assai ricca, e che l'istessa sera venne secondo l'uso dal marchese di Nizza condotto nel palazzo destinatogli dove stette ben tre giorni con gran magnificenza. Al qual proposito non credo inutile di riferire un passo tolto dalla lettera del Girardin, in cui si fa a descrivere un lauto banchetto apprestatogli in tale occasione, e ciò per i particolari che denotano le dovizie ed il buon gusto portoghese in quei tempi (1). Alla conclusione del matrimonio non mancavano adunque che gli sponsali, ma prima di compiere quella solennità voleva conoscere la Corte il tempo preciso della venuta del duca in Portogallo. Il marchese di Dronero, che era partito da Torino sul finire del 1680, non aveva avuto incarico di rispondere limitatamente, quindi i termini suoi generali di spiegarsi su quel proposito rendevano inflessibile specialmente la regina a nulla decidere. Senonchè per buona sorte essendo capitato allora un corriere straordinario che recava la risposta del duca, tutte le difficoltà furono superate, e nel senso che, cioè, stabilisce la partenza per l'estate del 1682. È la lettera scritta da Vittorio Amedeo il quattordici di febbraio 1681 al marchese di Dronero (2).

(1) «.... Un char de triomphe paraissait au milieu dans le quel la déesse du Mariage attirait les regards par une altitude de joie si vivement representée qu'elle inspirait la même passion dans tous les cœurs. Son char attelé de deux superbes paons était conduit par un Amour au devant du quel une renommée élevée annonçait au son de sa trompette l'ouvrage de l'Amour et le triomphe de Junon. Un athlète ailé soutenait le dais qui couvrait ce trophée merveilleux et de ce dais comme d'un ciel sortaient deux autres Amours qui portaient sur la tête de leur dieu et sur celle de la déesse les couronnes de leurs victoires. Quatre autres paons rangés à l'extremité de la table servaient d'escorte au char de Junon, mais si parfaitement copiés au naturel qu'on eut dit qu'il ne manquait que le vol à leurs ailes pour les croire vivans. Tout cela cependant serait peu surprenant si la peinture ou la sculpture avaient prêté la main à ces ouvrages, mais ce qui étonne même l'imagination c'est que ce que je viens de marquer était formé du linge de la table dont on peut se figurer la finesse puisque toute cette représentation n'était executée que par l'adroite manière dont on avait plié les nappes. » (Mercure Galant, juillet 1681, pag. 186.)

(2) «.... Dall'inviato straordinario di Portogallo che risiede appresso di noi ci è stato vivamente rappresentato per parte del signor principe reggente suo signore che era assolutamente necessario di fissar la nostra partenza per Lisbona all'estate dell'anno 1682 ad effetto di far cessare le disseminazioni che si vanno facendo continuamente dagli inimici della nostra gloria, e di calmare gli spiriti de' sudditi di quella Corona agitati dal timore e dal sospetto che a bello studio si va loro intimando in pregiudicio delle nostre sincere intentioni. M. R., mia signora e madre, i di cui prudentissimi consigli regolano tanto auuantaggiosamente noi e gli Stati nostri in tutto il restante, non ha potuto parlare soura questa materia: la tenerezza del suo cuore le ha chiusa la bocca, e non le ha lasciato libero che l'uso delle lagrime nella consideratione dolorosa della mia separatione; ci ha solamente esortati ad esaminare sodamente il punto di cui si agisce et a prendere il parere de' nostri ministri quali habbiamo poscia consultati durante più giorni, e tutti uniformemente ci hanno consigliato ad abbreviare il tempo del nostro viaggio il più che si potesse e di determinarlo all'estate dell'anno prossimo, come abbiamo fatto a fine di assicurarci ogni uolta più il possesso di una principessa perfettissima e la successione di un gran regno. L'inviato suddetto ha spedito un corriere per portarne la nuova in

XIX. La celebrazione solenne degli sponsali venne poi fissata al giorno vigesimo quinto di marzo, ma il marchese di Dronero ai dieci dello stesso mese fu ammesso alla prima e pubblica udienza. In quel dì infatti il marchese di Fronteira, grande del regno, recossi, in verso le due di pomeriggio, all'abitazione dell'inviato di Savoia con le carrozze di gala della Corte, seguito da considerevole numero di quelle spettanti ai ministri delle estere potenze e dei cavalieri principali del regno. Giunto il corteggio al regal palazzo, il marchese di Dronero fu in sulla soglia incontrato da D. Luca di Portugal, maestro di cerimonie, e da D. Francesco de Souza, capitano delle guardie, i quali lo condussero nella grande aula detta del *Forte*, ove sogliono ricevere accoglienza gli ambasciatori. In essa stava il principe reggente assiso sul trono e circondato dai grandi del regno e da numeroso stuolo di nobiltà, il quale lo accolse con dimostrazioni di stima, e subito dopo col medesimo ordine fu ammesso al cospetto della regina a Corte Reale che, egualmente sul trono, era attorniata dalle dame e da molti fidalghi. L'udienza ebbe termine esposto che fu dal marchese l'obbietto di sua missione, ed ai venti del mese si rinnovarono a un dipresso le medesime funzioni, ma al palazzo il marchese di Dronero prese posto alla destra del trono, occupato nella sinistra dal duca di Cadaval, procuratore dell'infante. Impostosi dagli araldi il segno d'uso, il vescovo di Geneiro, primo segretario di Stato, lesse ad alta voce il proemio ed i due primi articoli della capitolazione matrimoniale, quindi la lettera del duca di Savoia in cui dava parte al principe reggente della presa risoluzione di partire nell'estate del prossimo anno 1682. Chiesti in seguito all'ambasciatore ed al duca di Cadaval i poteri e le procure che, voltati in lingua portoghese, furono letti ad alta voce, si distese l'atto degli

Portogallo, e noi habbiamo voluto darvene avviso, promettendoci dal zelo ch'havete per il nostro servizio e per tutto ciò che concerne la nostra grandezza, che vi riuscirà carissimo e che ne parlerete in questa conformità in codesta Corte..... » (Archivi del regno, *Registro di lettere della Corte.)*

sponsali, si pubblicò e si sottoscrisse dai ministri e dal nobile corteo. Sall quindi il marchese di Dronero alcuni gradini del trono e compli col principe e colla regina, ed in tal modo ebbe termine quella solenne cerimonia. Alla sera poi il marchese ornò di luminaria la sua abitazione facendo accendere un fuoco d'artifizio ancora che rappresentava il trionfo d'Amore (1).

La duchessa di Savoia rimase assai soddisfatta dell'accoglienza ottenuta dal marchese di Dronero, come si toglie dalla lettera scrittagli il cinque di maggio, in cui lo informa con sollecitudine del movimento allora succeduto a Mondovì tra il conte di Villanova ed il sindaco e comune di quella città nell'occasione che il conte aveva voluto impedire ad un messo la pubblicazione di un bando di quel comune nel distretto di suo feudo; ed è facil cosa il concepire che la premura manifestata da M. R. nel dare avviso di quel fatto risiede nell'apprensione continua che aveva che qualsiasi benché menoma avventura potesse dar materia a sinistramente discorrere in Lisbona agli emuli del duca (2).

Prima di far ritorno a Torino il marchese di Dronero compiè le visite di etichetta con i grandi del regno e con gli ambasciatori delle potenze estere; al di fuori del duca di Giovenazzo, ministro di Spagna, col quale nelle sue istruzioni aveva ordine di non complire in pubblico, ma segretamente volle dimostrargli molta famigliarità. Nè si può negare che il nostro ministro colle sue maniere alquanto ruvide ed elevate scontentò piuttosto la regina, che ben si accorse non essere il medesimo guari affetto a quelle nozze. La sua amicizia coll'ambasciatore di Spagna, il rifiuto di ricevere Gonzalvo da

---

(1) Nei conti dei tesorieri generali di Piemonte del 1681 e 1682 trovo alcune delle spese fattesi in occasione dell'ambasciata del marchese di Dronero, e cosl lire 33,000 per le spese delle livree , lire 10,000 per le spese del suo viaggio in Portogallo, lire 10,000 per il suo equipaggio da servire S. A. in Portogallo, e finalmente lire 16,400 state pagate al banchiere Lorenzo Olivero in rimborso di simil somma pagata in Lisbona al marchese nell'occasione dell'ambasciata. (Archivi camerali.)
2) Documento n° XI.

Costa inviatogli dal principe sulla scusa che non fosse fi-
dalgo abbastanza qualificato, il continuo sparlare del clima
e dell'acqua di Lisbona aggiunti ad altre dimostrazioni in-
dirette di tal genere sono degli appunti che Maria Elisabetta
scorgeva in lui e che non così facilmente gli ebbe a perdonare.

XX. L'inviato di Savoia nel partire venne regalato dal
principe di un gioiello di gran prezzo, mentre si distribui-
rono agli altri componenti l'ambasciata ricchi doni e dalla
regina varie cosuccie di galanteria da presentare a Vittorio Amedeo (1). Imbarcatosi quindi con tutta la famiglia
su di un vascello che da Brest il re di Francia appositamente
aveva fatto veleggiare, venne condotto a Nizza ed ai primi
di giugno giunse a Torino. Trovandosi in quei giorni la
nostra Corte alla Veneria per godervi la frescura maggiore
dell'aria, ivi il marchese diede conto della sua missione e
presentò alla duchessa ed a Vittorio Amedeo i doni loro de-
stinati dai principi portoghesi, rimettendo in pari tempo una
relazione della sua ambasciata, che probabilmente è quella
stessa che piacemi d'inserire fra i documenti (2).

Se la scelta del conte Degubernatis a ministro in Lisbona
fu tutt'opera del maneggiarsi del partito della duchessa,
quella del marchese di Dronero si potrebbe attribuire agli
avversarii di M. R., il qual concetto uno si può formare
consultando il contegno da lui tenuto a Lisbona stessa (3)

(1) Nella lettera alla sorella così scrive Maria Elisabetta: «..... Je lui ai fait une petite galanterie au sujet d'une loterie que l'infante a tirée et où elle est entrée et que je
crois le divertira. Le diamant est venu tout à point des Indes, pour y servir et je l'ai fait
tailler propre pour faire voir au travers le portrait qui le couvre, il n'est pas de grand
prix, mais il est extraordinaire d'en trouver un qui soit assez clair et net pour servir
à ces sortes d'usage; je lui envoie aussi toutes les senteurs qui sont nécessaires pour
faire les eaux et les pastilles qu'on fait ici avec les recettes dans un petit cabinet des Indes, et il les pourra commencer aussitôt qu'il sera arrivé, car la petite vaisselle qui est
nécessaire y est aussi; vous y trouverez quelque paire de gants pour vous.» (Archivi del
regno, Principi del Genevese e Nemours, mazzo 6.)

(2) Documento n° XXII.

(3) In lettera d'Alcantara del 15 di giugno parlando la regina del marchese di Dronero
diceva: «... Il est galant et honnête homme d'ailleurs, et je n'aurais pas eu de peine
à excuser ses omissions envers moi si j'eusse cru qu'il n'y en eût été dans son cœur de

e nei suoi abboccamenti a Torino col duca e con i cortigiani coi quali si faceva a divulgare cose tali sul Portogallo
e sulle pessime qualità della temperatura di Lisbona, che
quantunque in parte false od esagerate, tuttavia potevano
sconcertare gli animi di quei pochi i quali inclinavano ancora al matrimonio. Anzi per causa di simili commenti
ebb'egli a sostenere un picoiol contrasto coll'abate della
Torre, siccome ci apprende la lettera da questi scritta il
27 luglio al conte Degubernatis (1). E quanto alla sinistra
impressione che poteva cagionare la diceria sulla cattiva
qualità dell'aria, con efficacia non tralasciò di adoperarsi a
farla svanire la regina scrivendo alla sorella in proposito
con lettera del 28 di luglio (2).

plus grandes pour la gloire de son prince, mais il m'a paru si peu touché pour ce qui
regarde le mariage que je vous avoue ce que j'ai cru son froid Italien mêlangé de la gra-
vité espagnole, avec qui les idées de principauté modenaise se joignent aisément. Vous
entendrez aisément ce que je veux dire sans m'expliquer davantage et après tout si sa
conduite présente répare le passé, il n'en faut plus parler et le louer tout comme s'il l'eût
eue admirable. Vous devez cependant prendre garde qu'il ne gâte don Gabriel, car il a
paru désapprouver fort la réconciliation avec le marquis de Pianesse, doutant fort qu'elle
fut sincère du côté du dernier, et témoignant pour lui une grande antipatie que je crois
le principal motif de ces mélancolies..... » (Principi del Genevese e Nemours, mazzo 6.)
   Nella lettera poi del 22 settembre così ella scrive a M. R..... « Le Roi de France s'est
obligeamment engagé dans la démonstration qu'il a faite assurement sur tout ce qui lui
est revenu des méchantes intentions du marquis sur notre affaire, car pour ce qui est
de ses intrigues avec Jouenazzo ce que j'en sais ést que son confident Rabbie allait souvent lui parler, mais pour le marquis il ne m'est point revenu qui l'ait vu en particulier
cela à pu être et les camarades de l'ambassadeur pourront plus aisement vous en éclaircir
que moi : tout ce que j'en sais ést qu'il ne pouvait dissimuler sa partialité pour l'Espagne
et son amitié pour le ministre. » (Archivi del regno, luogo citato.)
   (1) «...... J'ai eu une petite contestation avec monsieur le marquis de Dronero qu'a
fait un peu d'éclat, au fond ce n'est rien. Il y a plus de fâcherio pour le tort qu'il s'est
fait que par toute autre considération qui me regarde. Il tenait des discours qui pouvaient
dégouter ceux qui sont destinés à aller en Portugal et même faire de la peine à S. A. R.
Ce messager ne reçut pas bien l'avis et voulut se faire un point d'honneur de soutenir que
l'air de Lisbonne est méchant et l'eau aussi. M. R. sera bien aise que vous fassiez
examiner la qualité de l'un et de l'autre par quelque médecin étranger et par le chirurgien de la Reine, afin de nous envoyer leurs sentimens là dessus. » (Archivi del regno,
Lettere varie al conte Degubernatis.)
   (2) «.... Pour ce qui est de l'air du pays ést le plus beau et le plus temperé qu'il soit ;
le frais n'y ést jamais incommode, ni le chaud jamais grand ni étouffant ; l'un est tempéré
par la chaleur du soleil, et l'autre par un vent frais qui s'élève quasi tous les après diners,
et sont les nuits fraiches. Il est vrai que les vents ont un peu incommodé l'hiver passé
la délicatesse du marquis de Dronero, mais outre que le logis ou il logeait était dans un

Ma a vero dire le dicerie correvano non in Piemonte soltanto, ma sibbene in Francia per opera degli avversari di quelle nozze, e se in un periodo di lettera del marchese D. Tommaso Felice Ferrero, ministro di Savoia a Parigi, del 18 agosto 1681 (1), che inferiormente riferisco, si notano delle accuse forse alquanto esagerate contro la duchessa reggente, non puossi negare che l'influenza straniera di molto gravitasse sulla nostra patria, e che M. R. si credesse più francese che non piemontese (2).

quartier fort exposé, et qu'on appelle même pour cette raison par sobriquet le moulin, avant il est venu dans ce pâys si plein de fluctions et de faiblesses qu'il ne doit pas s'en prendre à l'air; tous les camarades s'en sont trouvés merveilleusement, et lui seul a été malade ici, parce qu'il y a apporté la maladie extérieure et intérieure. Permettez ce petit mot à mon zèle sur tout ce qui ne me paraît de la droiture que je souhaiterais de tout le monde pour notre grande affaire..... » (Archivi del regno, luogo citato.)

(1) Tommaso Felice Ferrero, nato in Biella il 6 marzo 1626, eletto nel 1671 marchese della Marmora e di Canosio, nel 1634 fu paggio di S. A., nel 1643 cavaliere gran croce e grande ospedaliere dei Ss. Maurizio e Lazzaro, nel 1651 destinato ad accompagnare in Baviera Adelaide di Savoia, nel 1608 governatore di Chieri, nel 1677 governatore d'Aosta e d'Ivrea, nel 1678 cavaliere dell'ordine supremo, nel 1681 ambasciadore in Francia, poi ministro di Stato, nel 1697 di nuovo ambasciatore in Francia per il matrimonio di Adelaide di Savoia col duca di Borgogna, e finalmente nel 1699 gran mastro della Casa di M. R. Questo cospicuo personaggio maritato a Maria Caterina Broglia di Casalborgone, dama di M. R., morì in Torino al 29 marzo del 1706. Nell'occasione del suo solenne ingresso in Parigi, avvenuto la domenica del 29 marzo 1681, ebb'egli a sfoggiare gran lusso negli equipaggi e nelle livree, siccome si usava in quei tempi; ed il ceremoniale di sua accoglienza trovasi descritto nel Mercure Galant del marzo di detto anno.

(2) «..... Sarei molto in pena se volessi scriver a V. A. R. tutto ciò mi conviene sostener qui contro quello dicono e fanno correr questi ministri stranieri in ordine al fatto di Portogallo che però neanche lo scriverci hora, contentandomi di risponder alla meglio che posso, se non fosse che sento dal ministro di Portogallo che habbiano fatto arrivar li discorsi sino a lui con particolarità maggiori per accreditarli che è la sola cosa che mi obbliga a scriverli.

« Della settimana passata fecero correr che li Portoghesi chiamassero a V. A. R. di mettere la metà del presidio dentro Nizza, Montmegliano e cittadella di Torino, et un portoghese nel Consiglio con altre cose di costì di minor consideratione. Della prima particolarità, io non ne feci molto caso perchè s'era vista della Gassetta d'Olanda tempo fa, che per ordinario dice quello cho crede o le fanno dire; ma questi di più fortificano il loro supposto con allegare essere ciò in virtù di lettera di V. A. R. scritta alla Regina al tempo del trattato, la quale la detta Regina procurò da V. A. R. con pretesto e con parola d'una contro lettera di non scriversene per altro che per tirare li Portoghesi a quello voleva e senza obbligo di eseguirlo, e che hauendone poi preteso l'esecutione V. A. R. per mezzo del signor marchese di Dronero ha fatto tutto per liberarsene, ma che non ha potuto importare. E che se il ministro di Portogallo in Torino non l'ha ancor chiamato, lo chiamerà et il ministro di Portogallo qui hanno fatto correr voce, come esso stesso m'ha detto, che V. A. R. auena chiamato per le spese dinart in prestito al Re. Il quale s'era

11

Ed a conferma di questa mia asserzione può il lettore
consultare ancora due altri passi di lettere scritte dallo stesso
marchese Ferrero, delle quali la prima è del 13 marzo (1),
e l'altra del 10 aprile 1682 (2).

Del resto questi spedienti non erano validi a mitigare la
voce pubblica, e qual concetto si avesse di Giovanna Battista
è forse troppo al vivo dipinto nella relazione di Federigo Cornaro, ambasciadore di Venezia, dove scrive : « Della duchessa di Savoia si crede che aderisca totalmente ai voleri
e consigli della Francia, e che sia per acconsentire ad ogni
passo, anche pregiudizievole, per mantenersi nel comando
di quello Stato quando il figlio sia passato a Lisbona. Se
ne concepiscono le più vive gelosie, sebbene procuri la signora duchessa di far credere in Spagna di nutrire i migliori sentimenti per il bene dell'Italia » (3).

esibito pronto con ciò che V. A. R. li vendesse le terra dilà dal Po che fanno la scala
per la strada da Pinerolo a Casale. Io non scrivo tutto questo se non perchè V. A. R.
sappia quello si dice di considerazione, non arrestandomi alle altre bagatelle. E so che
dalla parte di Monsieur sentono tutto ciò con gran gusto...... » (Francia, *Lettere Ministri*, mazzo 112.)

(1) « Un giorno di questa settimana trovai ai Teatini l'ambasciatore di Venezia, e
com'egli non suole venirvi che le domeniche e ne pure sempre, così supposi subito che
egli voleva sapere qualche cosa da me, nè m'ingannai, perchè doppo discorso delle nuove
presenti mi chiamò se era vero che S. M. christianissima avesse chiamato a S. A. R.
Trino, e che glie l'havesse promesso doppo partito S. A. R. per Portogallo. Io le risposi
che questa sarebbe di quelle nuove che si scrivono da Milano che per lo più sono non
solo senza fondamento, ma eziandio senza apparenza, e tanto più giudicai risponderli in
questa maniera quanto che sapevo essere stato scritto da quei contorni che Monsieur de
Vauban fosse stato a Torino a visitarne il posto. Egli però mi replicò che la nuova
non le veniva da Milano, bensì le era stata detta da persona di qui autorevole e che può
sapere qualche cosa. » (Archivi del regno, luogo citato.)

(2) In questa lettera il Ferrero riferisce il seguente passo di un amico del ministro
residente a Bruxelles: «..... Je crois que vous serez maintenant content de la conduite du
gazetier : il n'a pas pu tout à coup obliger votre ami, il a fallu garder des mesures avec
celui qui voulait le contraire, mais d'ici en avant il tâchera avec toute l'adresse possible
d'exécuter ce qu'il a promis, quoique il me dit hier qu'on écrivait de plusieurs endroits
des choses fort particulières touchant des malheurs qui menacent les Etats de Savoie,
tant pour ceux qui fomentent les rebelles de Mondovi , que pour le désespoir du départ
du duc de Savoie en Portugal. Je tâcherai toujours d'y tenir la main puisque vous m'avez
marqué tant d'attachement et d'estime que vous faites pour M. R. ; mais je vous avertis
en secret que les Piémontais sont peu libérales et qu'il ne faut être dans pareille occasion. Car les gens qui font le métier de gazetier ne vivent que de cela, et ne font cas
que de l'intérêt .... » (Archivi del regno, luogo citato.)

(3) *Relazione degli ambasciatori veneti del secolo* XVII.

Se adunque tale era l'impressione prodotta nelle varie Corti d'Europa sul matrimonio del principe di Piemonte, ben maggiore si doveva sentire fra noi, in un paese che vi trovava tutto il suo interesse ad opporvisi, e se il tempo di seriamente contrariare l'esecuzione non era omai lontano, intempestiva sarebbe stata in quell'istante un'ostile dichiarazione, avvertendo che già erasi ottenuto molto col prolungare di un anno la dolorosa partenza del duca. E siccome il partito avverso tenevasi più tranquillo e celato, così i fautori della duchessa ravvisavano l'impresa non peranco destituita di successo. Infatti nella lettera scritta dall'abate della Torre al conte Degubernatis ai tre di novembre si notano queste espressioni : « Vos lettres du 23 du mois de septembre nous ont encore trouvès ici où nous passerons le reste de la semaine. Il y en avait une pour moi avec les attestations de médecins dont je vous suis fort obligé. Je ne les ai pourtant pas montrés car on ne parle plus ni de l'eau ni de l'air. Tout est excellent à Lisbonne depuis que S. A. R. a déclaré sa volonté: elle est toujours ferme et nous met à couvert de toutes les craintes que nous pûssions avoir » (1).

Apparecchiavasi in questo frattempo a Lisbona quanto per l'equipaggio della flotta e per l'accoglienza del duca era richiesto, e si nominava il duca di Cadaval ambasciatore straordinario per accompagnare Vittorio Amedeo in Portogallo. Informatane la duchessa di Savoia, spediva tosto il conte Pallavicino in qualità di maresciallo d'alloggio per preparare la dimora alla famiglia del duca, che partì agli otto di gennaio del 1682, ed ebbe istruzioni di conformarsi in tutto al gusto della regina. A Torino poi si andava travagliando attorno alle lettighe, alle argenterie e livree, che spedivansi alla volta di Nizza, ed agli undici di marzo partì la scuderia del duca, numerosa di circa cento tra cavalli e muli, anzi, per sempre più salvare le apparenze, volle ed

(1) Archivi del regno, *Lettere varie al conte Degubernatis*

ottenne persino M. R. che la Corte ad una lega dalla città questa passasse in rassegna. Per accelerare la conclusione del matrimonio la duchessa credette bensì opportuno di spedire al conte Degubernatis una procura in bianco ad effetto di sposare in parole l'infante, senonchè i ministri portoghesi, più cauti, stimarono cosa prudente di non impegnarsi maggiormente con tanta sollecitudine, deliberando invece di differire quella funzione all'arrivo del duca.

XXI. Soggiornava la Corte nei primi mesi della primavera del 1682 alla Veneria, secondo l'usanza d'allora, e di là inviò M. R. ai 28 di aprile un corriere a Lisbona per notificare che il duca si sarebbe trovato senza fallo in Nizza al principio di luglio.

Ai cinque di maggio poi la Corte fece ritorno a Torino, dove arrivata, Vittorio Amedeo ebbe a dichiarare tosto di sentirsi sorpreso da una febbriciuola che davagli noia. O che veramente fossegli sopraggiunto qualche leggiero malore, o che scorgendo vieppiù imbrogliarsi la matassa, egli l'infingesse od esagerasse, è del resto cosa sicura che di tale circostanza, regolata a seconda delle di lui mire, si tolse poi pretesto per mandare a monte il parentado che omai stavasi per contrarre. M: R. volle dimostrare bensì ch'ella non ne faceva alcun caso, credendo di nemmeno doverlo partecipare a Lisbona, affinchè non si desistesse dalla partenza della flotta, la quale infatti al primo di giugno spiegò le vele alla volta di Villafranca. Ma il vero senso di quell'accidente, sebbene dalla duchessa si tenesse celato il più che possibile, non lasciava di colpire coloro che fra i gentiluomini erano maggiormente in grado di comprenderlo, ed ecco quanto scriveva in proposito il cavaliere Giovanni Antonio San Martino di Parella al fratello marchese Emilio, il quale ebbe una parte agitatissima nella reggenza di M. R..... « Pour les nouvelles que j'ai appris de cette ville elles sont que S. A. a toujours un peu de fièvre quoique on veuille couvrir son mal. L'ambassadeur de France a demandé audience publique pour offrir de la part du roi de France une nouvelle flotte en cas que l'autre (la portoghese) n'arrive pas à temps avec une armée navale....... et une autre par terre; on ne peut pas prévoir la reponse à cela........... S. A. est de méchante humeur, on dit qu'elle voudrait être de retour de Portugal, elle ne veut voir personne si ce n'est l'abbé de la Tour, que lui fit prendre une médecine que ladite A. avait refusé

» de la main de M. R...... » (1).

Del resto, di questa malattia, così scrive il Carutti: « Quanto alla malattia di Vittorio Amedeo non è ben chiaro se fosse ad arte infinta o se vera fosse. Non è improbabile che il turbamento dell'animo, i conforti degli amici, l'aver aderito ai loro divisamenti e l'ondeggiare fra diversi timori e speranze, alterassero la sua salute, e che poscia della malattia si servisse come di ottimo pretesto per isvilupparsi da un nodo che non gli bastava l'animo di troncare a viso aperto » (2).

La Francia sentiva con pena queste voci le quali temeva avessero a guastare i suoi progetti, ed il marchese Ferrero scrivendo a M. R. così si esprime in proposito: « S. M. mi chiamò martedì noue della malattia di S. A. R. e doppo che l'hebbi informata del nuovo stato conforme al tenore della lettera di S. A. R. delli 16 mi disse che ella era molto lunga, soggiungendo *qu'il soit bientôt gueri*. Io mi accorsi benissimo che il male doueua essere stato fatto più grave, nè m'ingannai perchè M. di Croissy si spiegò meco e replicò molte uolte che S. M. n'era in molta pena, e mostrò gusto d'intendere da me conforme a detta lettera che non ui fosse altro pericolo che la lunghezza » (3).

Continuava adunque l'indisposizione del duca, che, divenuta irregolare, or si faceva volgere in bene, ora in

(1) *Notizie sulla vita e sulle gesta militari di Carlo Emilio San Martino Parella,* per il generale ALBERTO DELLA MARMORA, pag. 48.
(2) *Storia del regno di Vittorio Amedeo II,* pag. 68.
(3) Archivi del regno, Francia, *Lettere Ministri,* mazzo 112.

peggio: il vecchio medico De Petra si era intanto fatto
venire da Nizza, e lo stesso abate della Torre scrivendo
al conte Degubernatis intrattenevalo sulle fasi di questo
leggiero malore da cui era assalito Vittorio Amedeo (1).
Anche l'autore del ceremoniale di quell'anno ha occasione incidentemente di parlare della malattia del duca,
avvertendo che in seguito di essa fu egli visitato fami-
gliarmente soltanto da monsignor nunzio e dall'ambasciadore di Francia, e che il 28 maggio non intervenne colla
Corte alla processione del *Corpus Domini* (2). Ma una pubblica ndicaza ottenne il ministro francese abate di Estrades
il 20 di maggio, e notando quest'avvenimento il mastro
di cerimonie di M. R. dice *che li offerse per parte del suo
re tutte le sue truppe e quanto Iddio haueva messo in suo potere per assisterla nelle sue occorrenze e massime essendosi la
provincia del Mondovi solleuata dall'obbedienza douuta al suo
sourano* (3).
Si deve peraltro avvertire che sino dai primi anni della
reggenza di Giovanna Battista l'abate di Estrades, capitato
parecchie volte a Torino, avevale fatte simili proposizioni,
per il cui buon esito erasi anco intromessa la regina di
Portogallo, la quale sino dal 1677 la consigliava a non
opporsi troppo alle mire della grande nazione (4).

(1) «..... S. A. R. sentit quelque incommodité le mercredì sixième de ce mois au
retour de la Vénerie, elle cacha néanmoins son mal jusqu'à samedi qu'elle se mit au lit avec
beaucoup de repugnance, et elle y est encore. Elle a en tous les jours un petit accès de fièvre que n'aurait pas été considérable dans une autre personne: on l'a purgée par des
bouillons, par des lavemens et par une médecino en forme: la fièvre a diminué depuis
quatre jours, elle en eut très peu hier, et j'espère qu'elle n'en aura point de tont aujourd'hui,
on en a tiré l'avantage de la refraichir, et on tirera encore celui de la faire reposer jusqu'au
départ..... » (*Lettere varie al conte Degubernatis.*)
(2) Biblioteca di S. M., Ceremoniale SCARAVELLO, tom. IV, pag. 300.
(3) Lo stesso.
(4) Parlando di quelle proposizioni dice che quantunque « ne soyent pas fort agréables d'elles mêmes à moins qu'elles ne soyent adoucies par quelque avantage considérable
j'espère qu'on le fera, et le ministre qui est ici de France qui sait cette affaire dit qu'il
ne doute pas que vous ne trouviez de grands avantages en satisfaisant son maitre là
dessus, qu'il ne demande point que vous rompiez la guerre, mais seulement que vous
permettiez le passage. Il est vrai que vous aurez par la contribué à mettre le feu qui
brille le reste d'Europe en Italie, mais vous n'êtes pas en état de vous y opposer, car

E qui, poichè mi viene il destro, accennerò ad un tratto
usato dalla Francia, che c'informa dello spirito di galanteria
propria di quel tempo, e come anche con questo palliativo
ingegnosamente ella sapesse far primeggiare i suoi cenni :
del che ci rende avvertiti una lettera di Madama di Sevignè,
la quale già dal tredici dicembre 1679 scriveva alla figlia
questi accenti : « Je voudrais pouvoir vous décrire un écran
que M. le cardinal d'Estrées a donné à Madame de Savoie
en forme de *sapate* (1) et dont Madame de la Fayette a pris
tout le soin et donné le dessein. Vous savez que Madame de
Savoie ne souhaite au monde que l'accomplissement du mariage de son fils avec l'infante de Portugal ; c'est l'évangile
du jour ; cet écran est d'une grandeur mèdiocre ; d'un côté
du tableau c'est Madame Royale peinte en miniature, fort
ressemblante et environ grande comme la main accompagnée des vertus qui la caracterisent, cela fait un groupe
fort beau et très bien entendu. Vis à vis de la princesse est
le jeune prince beau comme un ange d'après nature aussi
entouré des jeux et des amours : cette petite troupe est
fort-agréable. La princesse montre à son fils avec la main
droite la mer et la ville de Lisbonne. La Gloire et la Renommée sont en l'air et l'attendent avec des couronnes ; sous
les pieds du prince on lit ces mots de Virgile : *Matre Deo
monstrante viam.* Rien n'est mieux imaginé......... L'autre
coté de l'écran est d'une très-belle et très-riche broderie
d'or et d'argent. Le pied est de vermeil doré très-riche

contre un torrent aussi rapide que celui des armes de France il n'y a point de digue
dans vos Etats assez forte pour y résister. C'est pourquoi les autres princes ne pourront
point vous accuser d'avoir fait volontairement ce que vous oblige la nécessité et la force,
et selon mon sens toute la difficulté que vous devez avoir présentement est de tâcher de
tirer vos convenances dans la conjoncture présente et de faire valoir ce que vous ferez
par des manières agréables aisées et sincères qui marquent que votre cœur plutôt que
vos intérêts vous font entrer dans ceux de France...... » (Archivi del regno, *Principi del
Genevese e Nemours*, mazzo 5.)

(1) Nome di una specie di festa inventata dagli Spagnuoli che celebrano il 5 dicembre
e di cui l'uso in Piemonte ebbe principio ai tempi di Caterina d'Austria, sposa di Carlo
Emanuele I. Consisteva dessa nel far doni con procurare che non si venisse a cono-
scerne la provenienza.

et très-bien travaillé. Les clous qui attachent le galon sont
de diamans, la cheville qui retient l'écran est de diamans
aussi. Le haut du bâton est la couronne de Savoie toute de
diamans. Enfin ce présent est tellement riche, agréable
dans le sujet que tous les sapates en seront effacés. On fera
trouver ce joli écran devant le feu afin que M. R. sortant
de son cabinet ait tout le plaisir de la surprise. Ah ma fille!
voila des prèsens comme j'aimerais à pouvoir faire, je ne
sais si je vous ai bien reprèsenté celui la » (1).

Per servire all'ordine migliore di cronologia che ci è
stato fino a qui di guida prendo ora a riferire una lettera
che il marchese di Louvois, ministro di Luigi XIV, con-
fidenzialmente dirigeva al suo amico marchese di Pianezza, luogotenente generale comandante la cavalleria piemontese e ministro della guerra, per informarlo dello
sparlare che faceva il ministro di Portogallo a Parigi della
condotta di M. R. Il tenore di quel documento ci avverte
che od il Portogallo già cominciava a comprendere il significato della malattia del duca, ovvero che le reti tese dalla
cabala di Corte, avversa al matrimonio, giuocavano benissimo la loro parte anche fuori de' confini del Piemonte (2).

Questa nota venne poscia rimessa a M. R., la quale, fattane redigere una copia, la spedì al marchese Ferrero,
accompagnandola di una istruzione perchè si adoperasse
a scoprire la verità dell'accaduto (3), e questi, nel risponderle il 26 giugno, mitigò in massima parte le accuse
mosse al ministro portoghese, il quale dice aver soltanto

(1) Lettres de M. de Sevigné à sa fille et à ses amis, tom. VI, pag. 120 e 121.
(2)   «..... A Versailles, le 5 juin 1682.
« Je crois vous devoir avertir que le Résident de Portugal parle ici avec beaucoup
d'emportement contre Madame la Duchesse de Savoie et laisse entendre à ceux qui le
veulent écouter que la résolution est prise en Portugal de ne pas laisser le Gouvernement de la Savoie entre les mains de M. R., de la conduite de laquelle il parle avec
un manque de respect qui scandalise tout le monde , et finit par dire que les Etats de
Savoie et de Piémont deviennent une province de Portugal par le mariage de Monsieur le
duc de Savoie , on y enverra un grand pour y gouverner toutes choses..... » (FERRERO
DELLA MARMORA, Le vicende di Carlo di Simiana, pag. 323.)
(3) Lo stesso, luogo citato, pag. 324.

dimostrato qualche apprensione della nuova diffusasi che le
truppe del Cristianissimo accennassero a marciare in Italia
per opporsi all'armamento degli Spagnuoli nel Milanese (1).
XXII. Intanto sino dal primo di giugno era da Lisbona
partita la flotta composta di dodici vascelli, vale a dire di
otto grandi fregate da guerra e quattro altre di minor conto
beno armate ed equipaggiate. Nella nave capitana, oltre al
duca di Cadaval ed al generale don Pietro Jaques de Magal-
lanes comandante di tutta l'armata, era capitano di mare e
di guerra don Giovanni d'Alencastro, cavaliere di primo
rango. Nella seconda il conte di San Vincenzo, colonnello
del reggimento della marina e vice almirante del regno.
Aveva la terza per capitano don Gonzalvo da Costa di Menezes, colonnello del reggimento della guarnigione di Lisbona. Era la quarta comandata dal marchese di Fronteira;
la quinta dal conte di Cogolino, suo fratello; la sesta da
don Luigi Lobo; la settima da don Vittorio Zeaglo, già almirante e governatore dell'armata del Brasile; e l'ottava
finalmente da don Giovanni de Castro, cavalieri tutti assai
qualificati. I capitani delle altre quattro navi minori erano
pure personaggi di nascita e di merito singolare, e dell'infanteria accolta su di esse facevano parte molti giovani fidalghi che volontariamente si erano arruolati. Sulla capitana egualmente fecero viaggio oltre gli uffiziali i principali
della Corona, fra i quali don Giovanni di Souza, somme-
gliere di cortina, don Giovanni d'Almeida, maggiordomo,
ed Antonio Alvarez da Cuncha, scalco, ed altri che a gara avevano chiesta facoltà di esservi ammessi a titolo di onore (2).
Osserverò poi che la galera capitana su cui avrebbe dovuto imbarcarsi Vittorio Amedeo, oltre le ricchezze interne,
era ancora dorata al di fuori in modo assai consistente, e
che perciò chiamavasi *Monte d'Ouro* (3).

(1) Archivi del regno, Francia, *Lettere Ministri*, mazzo 122.
(2) *Relazione manoscritta del priore* SPINELLI.
(3) Nel *Mercure Galant* del 1682 è descritta questa flotta magnificentissima.

Si noti egualmente che presso le persone affette di superstizione non mancavano gli augurii contrarii alla buona riuscita del negozio; e narrasi in proposito che a Lisbona nella processione fattasi per la conclusione del matrimonio e per augurare buon viaggio alla flotta, la statua del San Giorgio, patrono de' Portoghesi, cadesse dal cavallo su cui erasi collocata per essersi questo impennato alquanto, e che un sensato autore contemporaneo scrivesse che la processione era una vera pompa funebre: *les abusès Portugais allant en rejouissances et en dances ensevelir la ligne masculine de nos rois natifs* (1).

Comparve a Nizza la flotta portoghese il 30 di giugno, senonchè il vento contrario impedendole di ancorarsi, il duca di Cadaval fu costretto di spedire su d'una lancia alcuni gentiluomini a D. Antonio di Savoia per complimentarlo e dargli parte del suo arrivo. Ed all'uopo M. R. avevagli inviato il conte di Govone, gentiluomo della camera di S. A. R. ed a tutte cose previdente, sino da alcuni giorni innanzi incaricava l'auditore Gotio d'intromettersi a Nizza affinchè i Portoghesi non avessero poi a soffrire angarie e nel vitto e nelle cavalcature. Inteso che ebbe il duca di Cadaval da D. Antonio di Savoia come Vittorio Amedeo proseguisse ad essere indisposto, il giorno vigesimoquarto deliberò di partire alla volta di Torino con un medico, un segretario e pochi famigli, accompagnato dai detti personaggi e dal priore Spinelli eletto dalla duchessa a servire la di lui persona. Arrivato il duca a Torino ai ventotto venne subito ammesso all'udienza privata di M. R. e di Vittorio Amedeo che giaceva in letto. Alla presenza del duca s'introdusse pure il medico portoghese Antonio Mendez, il quale fu presente alle visite ed ai consulti dei medici di Corte. Ma dopo penetrante indagine si potè egli affatto convincere che lungi dall'esservi occasione di muovere alcun dubbio sul rischio della vita del giovine principe, lo stesso calore

(1) *Relation de la Cour de Portugal*, tom. I, pag. 195.

qualificato per febbre altro non era che una semplice alterazione la quale proveniva dall'intemperanza di umori esistenti nel sangue, che facilmente sarebbesi giunto ad allontanare con piccoli purgativi. E che la cosa fosse in questi
termini appare anche dalla lettera di M. R. scritta il 13 di
luglio al conte Degubernatis (1).

XXIII. Dalle relazioni consultate e dalle lettere scritte in
quel tempo adunque se non ripugna lo ammettere che una
qualche alterazione siasi prodotta nella salute di Vittorio
Amedeo (non essendovi documento che distrugga tale sup-
posizione), coll'appoggio però di altri titoli è mestieri di affermare che molto in questo si volle infingere, essendosi
usata una singolare abilità dalla parte la quale vi aveva il
proprio interesse. Ed invero se la malattia in luogo di de-
crescere andava al contrario entrando in nuove fasi, né
guari consolanti; ciò fu opera del partito avverso che maggior lena prendeva dalla cooperazione del suo principale
motore, il duca stesso, il quale conscio abbastanza come il
tempo di opporsi senza dilazione era oramai sopraggiunto,
ben seppe far maturaregli avvenimenti in modo da togliere
facilmente ogni forza alla parte contraria.

Erasi la Corte sino dai 24 di luglio trasferita alla regal
Villa di Moncalieri, dove la salute del duca andava migliorando, quantunque si facesse correre voce che il giorno
seguente fosse stato sorpreso da un attacco di flussione e da

(1) «..... Finalmente la natura ha più fatto da sè di quello habbia saputo l'arte som-
ministrarle, mentre eccitata una mossa soave che dura da alcuni giorni in qua, ne ha
provato l'A. S. sollievo notabile, a segno che hieri restò senza febbre, la quale non è
tampoco comparsa hoggi, onde li medici concorrono unitamente nel credere che questo
sarà il tanto sospirato punto del vero termine del suo male. Hora si accudirà con ogni accura-
tezza al buon gouerno che richiede una convalescenza tanto importante, e ci giova credere
che proseguendo felicemente, come speriamo, potremo porci in istrada prima del fine del
prossimo agosto. Il signor duca di Cadaxal che sentì con pena indicibile la malattia di
S. A. R. et il nostro Iramaghio, partecipa hora al sollievo che ci porge il migliore stato
dell'A. S., e continua qui il suo soggiorno con singolare nostra soddisfatione, riconoscendo sempre più le riguardevoli qualità che ornano la di lui persona, che è quanto ci
si porge a dirui col passaggio del presente corriere, pregando per fine Dio che vi conservi.» (Archivi del regno, Lettere di M. R. al conte Degubernatis.)

febbre così gagliarda che, secondo la relazione dello Spinelli, avrebbe durato cinque giorni, e tre, secondo quella dell'autore della *Storia della Reggenza*, e pare che entrambi a un dipresso dicano il vero ammettendo le parole che si leggono nella lettera scritta da M. R. al Ferrero il primo di agosto (1).

Anche il duca di Cadaval recossi a Moncalieri prendendo alloggio nella magione dei conti di Cavoretto, al qual proposito nota il conte Muratore che *S. A. R. li fa fare la spesa con tutto il suo seguito et ha sempre una carrozza a sei per condurlo e ricondurlo da casa a Corte* (2).

Arrivarono in quel mentre da Nizza il marchese di Fronteira ed il conte Cogolino che il duca di Cadaval si fece premura di presentare a M. R. ed al giovine duca. Ed ecco omai giunto il tempo in cui Vittorio Amedeo, a suggestione de' suoi partigiani, ebbe a dimostrare un'energia ed abilità commendevolissime, il che si scorge parimente dal carteggio dello Spinelli e del Della Torre, de'quali il primo indettato dalla duchessa od era astretto, od in realtà scorgeva

(1) «..... Nella nostra lettera delli diciasette del caduto vediamo con non ordinaria soddisfatione li buoni attestati di bontà che S. M. ui ha pallesati uerso S. A. R. e noi, e quanto benignamente ella s'interessi nella sanità dell'A. S., onde ci trouiamo in obbligo di tenervi informato dello stato di essa, acciò possiate renderne conto alla M. S. e far cessare con le uostre notitie che saranno più accertate d'ogni altra tutte quelle uoci mal fondate che si uanno spargendo da maleuoli e da mal istrutti del uero. Vi diremo adunque ebe uenimmo qua sabato hoggi otto giorni, la domenica seguente S. A. R. fu molestata dal mal de'denti con alteratione febrile maggiore del solito: il lunedì la soprauenne un accesso di febbre gagliarda almenu al pari di ogni altra ch'abbia hauuto durante il corso di questo male. Onde ne portammo quel senso che ben potete raffigurarvi; tuttauia il martedì si mitigò assai la febre e si è andata cessando a segno che hieri ed hoggi n'è affatto libera, sì che si conuiene da medici che questa febre non habbia relatione o dipendenza dal male ordinario, ma che sia stata prodotta da qualche costipatione di cute caggionata dall'esser qui in una stanza grandissima in cui si lasciarono le finestre aperte, come si usaua a fare per il calore che è proprio della stagione: hora ci gioua sperare che finalmente si renderà stabile il miglioramento preso dall'A. S. e di quello anderà succedendo sarete puntualmente ragguagliato. Intanto il signor duca di Cadaval si ferma qui e la flotta resta prouueduta del necessario per aspettare che la sanità di S. A. R. gli permetta di partirsene, e così essersi a Dio piacendo il bisogno di porre in opera il secreto ch'ha il medico Vallemont, seben crediamo che questo non sia differente d'altri che corrono, come quello del medico inglese e simili, che non sono ignoti qui. » (Archivi del regno, *Registro lettere della Corte.)*

(2) Biblioteca di S. M., *Ceremoniale* SCARAVELLO, pag. 302.

le cose ancor sotto un aspetto che tale non appariva al secondo. Parlando adunque lo Spinelli della febbre survenuta al duca in Moncalieri, dice che dopo cinque giorni prese bensì a declinare, ma che mentre il duca di Cadaval informavane i principi di Portogallo, la flussione ricominciò e la febbre ricomparve or crescendo or diminuendo colla solita irregolarità (1). Il Della Torre invece nella sua lettera del 24 agosto non nega bensì la circostanza di leggiera indisposizione, ma soggiunge però che questa non gli impediva di compiere ai consueti uffici (2). ·

Se dunque l'abate della Torre ammetteva ancora possibile. la partenza del duca per Lisbona, tale non·era il concetto di M. R., la quale ormai presentiva come nella lotta per così lungo tempo dibattutasi ella doveva alfine soccombere. Sino dai 15 di agosto accennava bensì al marchese Ferrero che Vittorio Amedeo proseguiva nel suo miglioramento, quantunque avesse avuto qualche ritocco di febbre, come succede nella convalescenza di lunghi mali, ma il primo di settembre faceva comprendere al conte Degubernatis non doversi più far parola di partenza per l'imminente ottobre scorgendo la piega che assumeva l'affare in cui il duca di Cadaval già cominciava a diportarsi assai freddamente (3). E valga il vero, con leggiero studio il duca di Cadaval potè penetrare ogni cosa, né d'altronde quel segreto che per prudenza agli altri veniva occultato a lui volevasi cotanto nascondere. Persuaso adunque di quello che era, scrisse a Lisbona in questo senso, e quindi per suo scarico interpellò la duchessa di voler ordinare ai medici di porre in iscritto

(1) *Relazione manoscritta del priore* SPINELLI.

(2) «..... S. A. R. s'est toujours mieux portée, n'ayant eu aucun ressentiment de fièvre et ayant fait toutes les fonctions naturelles comme un homme qui est en santé. Elle se lève soir et matin six heures par jour sans se sentir affaiblie. Vous voyez par là qu'il y a lieu d'espérer que nous pourrons partir avant la fin d'octobre, car pour ne rien risquer il faut avant de la mettre en chemin qu'elle soit plus vigoureuse qu'elle n'a jamais été, ce qui probablement arrivera parceque la longue fièvre qu'elle a eue en aura consummé le reste des humeurs superflues qui rendaient son tempérament délicat. » (Documento numero XII.)

(3) Archivi del regno, *Lettere al conte Degubernatis*.

un consulto sullo stato della salute del duca e sul tempo che ossi credevano adatto alla partenza.

' XXIV. L'incarico di stendere una relazione sulla stato del duca venne conferito al protomedico Bartolomeo Torrino (1), il quale la formolò in latino e diede sottoscritta da lui, da Pietro Fanzago da Padova, archiatro della R. Casa, e dal medico De Petra chiamato, come già fu detto, da Nizza per assistere alla cura. Iniziando il racconto dai primi anni del duca, esaltava il Torrino la tempera delicata di lui, per modo che aveva dovuto soffrire molti mali, de' quali quasi per miracolo n'era uscito incolume, lasciava indi travedere che la malattia attuale era un residuo di quelle più antiche, e conchiudeva gettando il dubbio come una complessione così debole potesse far isvanire il male da cui era travagliato.

Sortì il consulto a seconda del desiderio degli oppositori del matrimonio che, avendolo indettato, ben prevedevano qual effetto esso produrrebbe in Portogallo. Il conte Della Torre non sapeva darsene pace, e nella lettera che il primo di settembre scrisse al fido suo amico il conte Degubernatis osserva che il parere era molto esagerato. *S. A. R.*, egli scrive, *est véritablement délicate, nous l'avons toujours dit, mais la délicatesse ne va pas l'empêcher d'être homme, elle l'est et en a fait l'expérience* (2). Ma la Regina di Portogallo, che abbastanza conosceva essere la malattia un pretesto, non camminava più per quella strada, ed in lettera del sette settembre alla sorella la prega di dirle col cuore alla mano la decisione presasi, ben sapendo che Vittorio Amedeo ammalato o fisicamente o moralmente non avrebbe potuto venire in Portogallo (3).

(1) Nacque in Nizza di Provenza nell'anno 1630 da Giulio medico primario di Carlo Emanuele II. Fu medico primario della Corte di Maria Giovanna, professore di medicina nella nostra Università, ed autore di alcune opere assai riputate di medicina e filosofia. Vittorio Amedeo II lo sollevò poi, siccome il padre, all'onorevole impiego di suo archiatro.

(2) Archivi del regno, *Lettere al conte Degubernatis.*

(3) «..... Mais toute l'Europe croit cependant qu'il y a du changement dans l'esprit de mon neveu, que sa langueur est feinte, ses opiniatretés à ne point prendre de remèdes

In tali termini essendo la cosa, il duca di Cadaval, che, siccome già ebbi ad accennare, da lunga mano avova tutto subodorato, or finl per esserne convinto, non fosse altro, dall'aspetto medesimo della Corte agitatissima, dall'inquietudine de' famigliari del principe e dalle voci che correvano nella popolazione cho non più con ritegno come per lo innanzi, ma con maggior baldanza ne motteggiava. E lo stesso autore delle *Memorie manoscritte della reggenza di Giovanna*, meno ritenuto dello Spinelli, scriveva in proposito: « Je répète encore en ce lieu que Dieu ne voulait pas que S. A. R. allât en Portugal. Son mal affligeait ses sujets, l'idée de son éloignement augmentait encore leur déplaisir et tout était dans une agitation qui ne permettait pas de prendre des mesures aussi justes qu'il aurait fallu pour un contretemps qu'on aurait jamais prévu. Ils ne manquaient pas de gens qui par zèle, par affection ou par d'autres intérets insinuaient au duc de Cadaval que le chágrin de quitter ses Etats et la violence que S. A. R. se faisait pour le cacher était la véritable cause de son mal, il voyait une Cour agitée, les domestiques inquiets, les peuples qui ne cachaient leur tristesse » (1).

In questo senso parla egualmente il buon cronista di Rivoli nel suo stile semplice e no' modi famigliari: « Nell'anno 1683 si conchiuse il matrimonio tra il duca Vittorio Amedco e la principessa Maria figlia unica del re di Portogallo e della regina Maria, sorella di M. R., madre di esso duca, cioè cugina germana del medesimo, ma quando questo voleva montare in carrozza per andare a prendere la sposa in Portogallo le saltava la febbre, di modo che ciò essendo occorso per più volte, l'ambasciatore portoghese che era qui disse che il duca aveva la febbre in saccoccia e per qualche accidente indi occorso o procurato

politiques, et sa nonchalance à ne poial se lever pour affermir sa convalescence une marque certaine du peu de volonté qu'il a qu'elle donne lieu à son départ..... » (Archivi del regno, *Principi del Genevese e Nemours*, marzo 6.)

(1) *Mémoires de la Regence de M. R.*

accadde che non si facesse più detto matrimonio, e fu in bene, perchè morendo poi la regina madre, il re di Portogallo prese nuova moglie e n'ebbe figli maschi, e la principessa supposta sposa morì d'ivi a qualche anno di etisia e nubile » (1).

Il duca di Cadaval, come si è accennato, aveva spedito a Lisbona il parere dei periti dell'arte, accompagnandolo di speciali sue informazioni, cd allora si persuase la Corte della nuova che già per la città si era divulgata. Il buon ministro di Savoia, tutto creatura di M. R., ne sentiva indicibile pena e non informato, od amando di corteggiarc la duchessa, fantasticava ancora nella sua mente vaghi progetti, ed il tre di settembre le scriveva con rincrescimento delle dicerie che correvano a quel riguardo (2).

E qui si può anche avvertire che mentre il duca di Cadaval attendeva risposte da Lisbona volle visitare Pinerolo, dove rimase due giorni accolto con speciali dimostrazioni dal governatore marchese di Herleville.

XXV. Giunse in questo frattempo da Lisbona un corriere che rimise la chiesta risposta al duca di Cadaval, il quale esaminatala c rinvenutala ispirata da' suoi sentimenti, diede tosto ordine di allestire ogni cosa per la partenza della flotta, mentr'egli rimarrebbevi ancora sino al cominciare di ottobre. Ma la salute di Vittorio Amedeo manifestandosi sempre stazionaria nei miglioramenti, egli la sera del 25 di settembre tolse congedo da lui e da M. R. dopo avere loro assicurato che altra volta sarebbe venuto se un cangiamento succedesse nel giovane principe,

(1) Biblioteca di S. M.
(2) «... Non posso con somma mia mortificazione tacere a V. A. R. la zizzania che si va spargendo con lettere venute di tutte le parti, ma singolarmente da Madrid ed'Italia, le quali pubblicano procedere questo ritardo da una simulata e finta malattia di S. A. R., attribuendo indegnamente contro la riputazione di cotesto magnanimo principe a villie di volontà, e conseguentemente alla poca cognizione di sè medesima destinata dal cielo per multiplicare nella sua reale discendenza scettri e corone. Ciò che realmente procede da una mera impotenza per causa della sua disposizione. » (Archivi del regno, Lettere al conte Degubernatis.)

ed a quest'effetto lasciava in Torino colle necessarie istruzioni don Domenico Bareiro de Leitâo, incaricandolo
d'invigilare le fasi della supposta malattia del duca, ufficialmente, ma in realtà la disposizione dei partigiani di
Vittorio Amedeo, i quali erano omai la nazione intiera.

In questa circostanza poi volendo M. R. dare un atte-
stato di stima al duca di Cadaval, cavossi dal dito un
anello di diamanti qual pregollo di aggradire in argomento di devozione, ed anche Vittorio Amedeo consegnar
volle al conte Muratore un ricco suo ritratto in grossi diamanti del valore di oltre 1500 doppie, perchè lo presentasse ad esso duca.

· XXVI. Si appresta ora ad esaminare una lettera scritta ai
21 di settembre dal noto conte della Torre, dalla quale è facil cosa di convincersi che quantunque l'affare fosse giunto a
quel punto, erasi abbracciato dalla duchessa e da'suoi partigiani il partito di alimentare sino all'ultimo l'idea della
esecuzione del matrimonio, indotti probabilmente già sino
d'allora dal fine poscia adottatosi di dichiarare l'altra
parte autrice dello scioglimento. Ed in questo senso può
avere scusa la condotta tenutasi dal conte Degubernatis
il quale altrimente col far sembianza d'ignorare la realtà
della cosa quasi sino al momento di partire, avrebbe in
diplomazia fatta trista figura. Consulti adunque il lettore
il periodo della citata lettera, e non tarderà a convincersi
piacevolmente dello strano effetto di una malattia che invece di prostrar le forze di colui che n'era colpito avevale
al contrario rinvigorite (1).

Il duca di Cadaval partì intanto da Moncalieri il mattino del 26 di settembre, ma fa d'uopo di qui avvertire

(1) «... S. A. R. se léve, s'habille, sort de la chambre et se promène dans une longue
gallerie, elle est cru beaucoup et s'est même carrée durant sa maladie, car le justancorps
qu'elle portail avant que se mettre au lit lui est court et etroit. Quand je la considère en
cet état je crois qu'elle sera plus vigoureuse qu'elle n'a jamais été dans moins d'un mois, et
qu'elle aurait encore pu partir au commencement de novembre, si la flotte avait pu attendre
J'en ai parlé et j'ai même pressé, mais on ne l'a pas jugé à propos..... » (Documento
n° XIII.)

11 ·

che era appena arrivato a Villafranca quando espressa-
mente gli venne spedito il conte della Torre con ordine
di rappresentargli: 1° che la salute del duca andava migliorando per modo che se egli avesse creduto di attendere con due vascelli, fra due mesi sarebbe stato in grado di
partire; 2° che in quel frattempo l'ambasciadore di Francia
aveva chiesto d'acquartierare in Piemonte tre mila cavalli.
Ma rispondendo al primo punto, il duca di Cadaval soggiunse che gli ordini precisi avuti non gli permettevano
di agire diversamente, e quanto al secondo, non senz'accennare come fosse un difetto di confidenza il non aver-
gliene fatto prima parola, dimostrò non dovere il Gabinetto di Torino far parte di alcuna lega nè offensiva, nè
difensiva senza l'intervento del Portogallo. E così la flotta
portoghese alle ore otto del mattino sei di ottobre faceva
vela, dopo di aver eseguite le formalità d'uso. Ed a questo proposito così scrive l'autore del più volte menzionato
Ceremoniale: « Devo far sapere a chi leggerà questo mio
libro che la sudetta flotta composta di otto vascelli reali
è la più ricca, la più addobbata e la più bella che abbi
solcato il Mediterraneo e la meglio armata: tutti li cannoni di bronzo e anche li pedrieri. Il solo capitaneo era
montato di ottanta cannoni di bronzo e quaranta pedrieri,
e il minore era di settanta pezzi. Non si puossono de-
scriver li argenti e li arazzi e dorature di detti vascelli;
avevano anche quattro vascelli ben armati, uno destinato per l'hospedale, e li altri tre per portare le robbe;
forniti li salluti, spiegarono le vele al vento e si mossero
due a due con distanze eguali tutti di fronte: era ammirabile il vederli, e haueuano il vento così prospero in
poppa che in meno di tre hore si perdettero di vista e
prego Dio li accompagni felicemente al loro porto » (1).
    Non devesi poi omettere di avvertire che in tutto que-
sto negozio M. R. si comportò generosamente, quindi

(1) Biblioteca di S. M., *Ceremoniale* SCARAVELLO, tom. IV.

aveva dessa spedito a Nizza il conte Muratore coll'incarico di regalare tutti gli uffiziali della flotta, non esclusi anche i semplici soldati, al quale effetto egli il primo di ottobre portavasi sulla capitana del duca di Cadaval per compiere la sua missione (1).

Si è toccato poco fa di una lega conchiusa colla Francia, del qual avvenimento il duca di Cadaval non aveva omesso di querelarsi col conte della Torre, come anche fu scritto. Ecco dunque come avvenne il fatto:

(1) Credo non disaggradevole cosa di qui recare i nomi dei portoghesi che si trovano descritti nel *Ceremoniale di Corte*, e che furono regalati dai nostri principi.
Nomi di tutti quelli che hanno ricevuti i ritratti per parte delle LL. AA. in Moncalieri:
Al signor marchese di Fronteira, capitano di vascello.
Al signor conte Cogolino, capitano di vascello.
Al signor duca di Cadaval.
Al signor Giovanni Almelda, uffiziale della Casa della Regina.
Al Correo Mor, ossia generale delle poste di Portogallo.
Al signor inviato don Diego...
Al signor abate, fratello di detto inviato.
Al signor... (Mendez), medico di Portogallo.
Nomi di quelli a' quali ho presentato i ritratti sopra i vascelli:
D. Pietro Giacomo di Magalhaes, generale dell'armata.
D. Giovanni di Alencastro, governatore della capitana.
Conte di San Vincento D. Michel Carlos de Garoza, governatore dell'*Almirante*.
D. Gonzales da Costa Menezes, mastro di campo, governatore del *Fiscal*.
Marchese di Fronteira, governatore del *Sant'Antonio da Padova*.
Conte Cogolino, governatore del *San Bonaventura*.
D. Giovanni de Castro Telles, governatore del *Sant'Antonio da Flore*.
D. Luiz Lobo, governatore della *Concession*.
D. Vittorio Zagal, governatore del *San Francesco Borgia*.
D. Juan de Souza, primo elemosiniere della Regina.
D. Antonio Alvarez da Cuncha, uffiziale della Casa.
Christoforo de Mendoza, ufficiale della Casa.
D. Francisco Britto, volontario, il quale M. R. mi ha fatto regalare per le honestà fatte ai ministri di Savoia in Lisbona.
Ad un tal signore Antonio qual serviva d'interprete M. R. ha voluto regalato di sua mano d'una catena con medaglia d'oro di doppie 60.
Mentre io era in Nizza arrivò a Moncalieri monsignor arcivescovo di Braga qual era stato molti anni in Roma imbasciatore di Portogallo, da Roma si era portato a Villafranca per ritornare con la flotta. M. R. lo fece regalare d'una corona di diamanti di molto prezzo.
Nota qui l'autore i regali da lui ricevuti dai primi uffiziali portoghesi, e così scrive: « La sera medesima il signor duca mi mandò regallare di 300 oncie d'argento. Il signor conte di San Vincenzo mi mandò tre casselte, una piena d'amolini di acqua di Codoroa sopra una bella salus d'argento. Il primo elemosiniere due belle pezze d'argento. D. Francesco de Britto un barile di salumi e un grande amolone di racosiglie. »

Ai 30 del mese di settembre l'abate di Estrades, ambasciatore del Cristianissimo, aveva consegnato a Madama Reale l'avuta autorizzazione per conchiudere il trattato di lega difensiva, dicendo che l'unione tra i due Stati era guidata dal fine di conservare da una parte Casale e Pinerolo, e dall'altra il dominio ducale, ma subito dopo alcune ore lo aveva chiesto, unitamente al marchese della Trousse, gli ordini necessarii per alloggiare tre mila cavalli delle truppe regie in Piemonte.

Raunò allora M. R. il Consiglio, senonchè fu mestieri di rispondere esser ella disposta a dare ascolto alle proposte della lega, semprechè fossero praticabili nè ripugnanti alla gloria e riputazione di suo figlio, ma che se l'alloggio era conseguenza della lega, prima se ne firmasse il trattato.

Senonchè l'ambasciadore avendo destramente avvertito che quanto alla venuta delle truppe, gli ordini erano irrevocabili, tanto più che l'inoltrarsi della stagione renderebbe troppo difficili i passi delle Alpi, il Consiglio nella seconda sua assemblea fu costretto di approvare l'acquartieramento di tre mila cavalli che la Francia spediva sotto l'abito di impedire ogni accidente potesse succedere qualora il duca dichiarasse di partire per Lisbona (1).

Quantunque però la duchessa in tal modo si fosse piegata ai cenni del tracotante vicino, non bisogna credere che non nutrisse alcuna apprensione di un atto impolitico e pregno di funeste conseguenze, checchè ne dica il conte della Torre, il quale, favellando di quella circostanza e dell'andata di M. R. a Nizza, osserva: « M. R. se résoudrait aisément si nous n'avions point de troupes étrangères en Piémont. Pour moi je ne croirais pas que cela la doive arrêter, car ces troupes assurent plutôt l'Etat qu'elles ne le mettent en danger, n'ayant aucune apparence que le roi plein d'honneur et de justice voulût accabler un prince qui s'aban-

(1) Archivi del regno, Lettere di M. R. al conte Ferrero.

donne entre ses mains » (1). Ma Giovanna, più assennata, scrivendo al marchese Ferrero il 3 di ottobre, diceva: « Noi crediamo che fra due o tre giorni sarà conchiuso e firmato il trattato affinchè paia almeno che l'arrivo dei cavalli non è altro che l'eseguimento della convenzione, e non sembri una disonesta violenza all'autorità sovrana e alla libertà di S. A. R. » (2).

Dopo questa breve nè affatto inutile digressione facendo a noi ritorno diremo che Vittorio Amedeo si dichiarava finalmente affatto ristabilito, e qui è pur curioso lo avvertire che egli stesso qual macchina regolava il suo male a piacimento. Ed invero se venivagli fatta parola della partenza del duca di Cadaval, egli si dimostrava indifferente; se poi gli si susurrava della prossima primavera, stagione adatta a fare il viaggio, tosto spariva il sereno dal viso e diceva che il male di bel nuovo prendeva a travagliarlo. M. R. fece allora dettare dai fisici un altro consulto, che spediva a Lisbona col pensiero di mitigare la voce colà divulgatasi sul pessimo stato del duca, e l'abate della Torre nel suo carteggio col conte Degubernatis non tralascia egualmente ogni studio all'oggetto di persuadere essersi affatto il duca ristabilito, come si scorge dalla lettera del 29 di ottobre (3) e da quest'altra del 2 di novembre, in cui scrive: « S. A. R. fut hier entendre la messe à Turin avec M. R. Elle entra dans la ville à cheval à travers une foule

(1) Archivi del regno, *Lettere al conte Degubernatis.*

(2) *Lettere al Ferrero.* Il trattato si sottoscrisse il 24 di novembre.

(3) «..... Cette santé est plus forte qu'elle n'a jamais été, nos médecins en envoyent une attestation dont vous ferez l'usage que vous jugerez à propos. Leur première consultation n'était point à mon sens si terrible qu'on la suppose, et on en a tiré beaucoup de conséquences mal fondées, c'est être fort ignorant en médecine, que de conclure que S. A. R. est stérile et étique, parce qu'elle a des fluxions externes. Les fluxions sur tout salées excitent à l'amour, et vous savez que le mot latin *salacitas* vient delà et les goutteux qui en sont tous pétris sont ordinairement incontinents et féconds. Ces raisonnemens sont inutiles: le parfait rétablissement de S. A. R. détruit tous les faux jugements et toutes les craintes qu'ils ont produites. Elle serait assurement en état de partir même avant le mois de janvier et on se servirait des vaisseaux de France de la manière que vous le conseillez, si monsieur le duc de Cadaval ne l'avait absolument rejeté. » (Archivi del regno, *Lettere varie al conte Degubernatis.*)

extraordinaire de peuple trasporté de joie de la voir plus gaie et plus grande qu'elle n'était avant sa maladie » (1).

XXVII. Il due di novembre approdava poi a Lisbona la flotta portoghese su cui viaggiò il duca di Cadaval, il quale ebbe tosto lungo colloquio col principe reggente, colla regina e con gli altri ministri, a cui riferì ampiamente quanto già cogli scritti aveva posto a loro cognizione. Se pertanto M. R., che con così grande energia erasi adoperata in favore di quell'alleanza, affliggevasi dello stato in cui si trovava dessa ridotta, non meno disaggradevole riusciva alla Corte di Lisbona il suo certo scioglimento, impegnata, dirò così, com'essa era, ed al cospetto della nazione e delle potenze. È quindi cosa affatto naturale che l'avere il duca di Cadaval dimostrato grave corruccio per l'alleanza conchiusasi con la Francia senza intervento della regina, e sparsa la voce alquanto esagerata sul cattivo stato di salute di Vittorio Amedeo, devono trovare la loro sede nel partito assuntosi di appigliarsi ad un pretesto che scusasse in alcun modo la subitanea risoluzione di un affare per la cui buona riuscita eransi spesi tanti travagli e divulgate tante dicerie.

Fu in questo frattempo che il conte Degubernatis ottenne udienza dalla regina di Portogallo, la quale spiegogli in termini palesi di essere ella pienamento informata della nessuna volontà manifestata dal duca nel conchiudere le nozze coll'infante già da lei disingannata ed istrutta di ogni successo. Aggiunse di sapere benissimo che jl duca aveva ostentata profonda malinconia sinchè era quistione di partenza, cangiandosi tosto in viso allegro appena pervenne il corriere che recava l'ordine di far ritornare l'armata navale, quindi termina dicendo che come buona madre non si doveva guari più occuparo dell'unione di sua figlia con un principe che l'avrebbe sposata contro il proprio volere (2).

(1) Archivi del regno, luogo citato.
(2) Documento n° XIV.

Anche Maria Elisabetta in questa circostanza dovette soggiacere al biasimo dei parlatori del suo paese, che l'accusarono, sebbene a torto, di voler essa perdere il Portogallo, di tenere intelligenza con i ministri di Savoia, ingannando quelli di Lisbona, e finalmente di adoperarsi per impedire il matrimonio dell'infante con altri principi (1).

Ma qui comincia il bello della commedia che si giuocava da due insigni potenze d'Europa. Il carteggio del conte Degubernatis non è che una sequela di guai ed imprecazioni contro la Corte di Lisbona, la quale ei predica voler desistere da maggiori impegni, e spargere, per mezzo del duca di Cadaval, espressioni ingiuriose e di mala fede sul conto di Vittorio Amedeo.

Allora la Corte di Savoia prese l'aspetto di tenersi adontata di un procedere simile, aggravato altresì dalla corrispondenza delle stesse reali persone, come appare dalla lettera scritta il 14 di dicembre dalla duchessa al suo ministro, ed in cui trascorre nei termini i più aspri contro il duca di Cadaval, che giunge sino a chiamare scortese e mancatore di parola (2), e quasi ella fingesse d'ignorare il motivo e la vera causa di siffatta mutazione, incaricava il priore Spinelli d'informarsi in qual grado si trovasse a

(1) Archivi del regno, *Principi del Genevese e Nemours*, mazzo 6.

(2) «.... Il duca di Cadaval, che è stato il promotore del matrimonio di S. A. R. mio figlio amatissimo con l'infante, che l'ha trattato e concluso, ci ha fatto qui tante e replicate proteste di feruentissimo zelo che ci ha positiuamente promesso come ambasciatore et a nome del principe di Portogallo non solo di perseuerare nel conchiuso, ma di ritornare la prossima primauera per prendere S. A. R. mio figlio amatissimo. Appena giunto costà, lo dichiara, lo pubblica per destituito di sanità, per incapace di matrimonio, e ciò senza riguardo veruno alla diguità della unione di sangue e di affetto che passa tra cotesta e questa real Casa, smemore della propria parola replicate uolte data, di tante reiterate promesse fatteci, non che dell'accoglimento e trattamento pieni d'humanità e cortesia ricevuti in questa Corte, e particolarmente da noi, crediamo trauedere nel leggere delle vostre lettere una mutatione sì inaspettata, sì improvvisa, sì indegna d'un par suo, e in tutto ciò più d'ogni altro ci pesa il considerare la Regina, mia dilettissima sorella, esposta a tratti simili di mala fede, però vi lasciamo pensare da quanti diversi trauagli uenga angustiato l'animo nostro, e dopo auer ben ponderato tutte le circostanze di questo caso sospendiamo ogni risolutione, aspettando il ritorno dell'aiutante di camera Pellerino per ricevere lumi maggiori dello stato e andamento di cotesta Corte. » (Archivi del regno, *Lettere di M. R.)*

Lisbona l'autorità della regina, e se mai tra essa ed il duca di Cadaval fosse segulto per avventura qualche sconcerto (1).

Dal fin qui detto adunque il lettore potrà di leggieri argnire che non dalla Corte di Lisbona, siccome già ho accennato di passaggio, ma sibbene da quella di Torino procedette la rottura di quest'alleanza, e la causa che le diede motivo. Ed invero nel maneggio di tutta questa faccenda la Corte portoghese dimostrò assai di quanto le stesse a cuore l'effettuazione di quelle nozze, e ne sono monumento incontrastabile gli sforzi adopratisi per togliere le difficoltà che le leggi del paese presentavano, e le spese a cui dovette soggiacere coll'invio della flotta a Nizza e di una legazione a Torino. Se pertanto la malferma salute ostentata dal duca fosse stata la causa dell'essersi abbandonati ulteriori impegni, una simile difficoltà si sarebbe facilmente appianata quando più non si finse alcuna malattia, ma invece, sebbene ne giugnesse a Lisbona la nuova ufficiale, tuttavia non credette quella Corte di cangiare la presa deliberazione, la quale, giova il ripeterlo, aveva il suo fondamento nello scorgere un tal matrimonio inviso a colui stesso che stava per conchiuderlo, ed alla nazione. Anche l'autore del più volte menzionato *Ceremoniale di Corte* accenna all'allegrezza indicibile che il Piemonte ebbe a provare quando si sparse certa notizia dello scioglimento di quel negozio, e chiude l'argomento con queste parole: « E si è veduto che

(1) «..... Si è fatta riflessione che il duca di Cadaval deve aver risoluta la rottura del matrimonio, mentre con tratto veramente malignosissimo prevedendo che il pretesto della sanità di S. A. R. non sussistova, aggiunge che quantunque si ristabilisca non sarà in stato di matrimonio prima di quattro o cinque anni, sapendo che il Portogallo non vuole aspettare tanto, e però M. R. desidera che V. E. ne faccia far la riflessione alla Regina, acciò conosca il mal animo del duca di Cadaval e possa, come avvertita, prendere meglio le sue misure. In un'altra particolarità desidera M. R. di essere in confidenza o segreto chiarita da V. E., cioè di una voce sparsasi qui ebe il conte Pallavicino avesse alzati gli occhi troppo alto, e che non fosse veduto mal volentieri dalla Regina, il che forse inteso dal duca di Cadaval potrebbe essersi posto in capo questo negozio, e di più che la gioventù di questa Corte, portandosi in cotesta la sovvertirebbe e darebbe a molti e forse a lui il primo martello. V. E. scriva pure in cifra sopra questo liberamente perché M. R. lo desidera e l'aria non lo penetrarà. » (Archivi generali del regno, *Lettere varie al conte Degubernatis.*)

Dio benedetto ha particolar cura di questa real Casa e della persona di S. A. R. » (1).

Nè infondata era l'apprensione che il paese presentiva, poichè essa aveva il suo fondamento sul giusto timore di scorgere il Piemonte col tempo disceso al grado di una provincia portoghese, trattato poco presso come il Milanese sottoposto alla Spagna, retto cioè da ingordi forestieri, che ad altro non miravano che a mungere danaro con enormi ed ingiusti balzelli, seppure questo non poteva aprire la strada alle mire della Francia, che, padroneggiando già Casale e Pinerolo, teneva con un freno queste belle contrade.

Svanita ogni probabilità di futura alleanza coll'infante di Portogallo, il benessere del duca andò sempre migliorando, e Corte e popolo poterono vederlo qual veramente egli era. Ai 14 di dicembre così scriveva lo Spinelli: « S. A. R. sta benissimo, grasso, fresco, forte, et insomma in uno stato tale quale si può pretendere e desiderare in una età di diciasette anni, et è cresciuto a segno che non ui manca più quattro dita per compiere la giusta e compita grandezza di un huomo di giusta misura » (2).

XXVIII. Eccoci pertanto omai giunti al termine della quistione, allo scioglimento definitivo del matrimonio, che gioverà esaminare dai due lati, di Portogallo cioè e di Savoia. Quando adunque arrivò a Lisbona l'aiutante di camera Andrea Pellerino, spedito da M. R. per apportare buone nuove sul conto della salute del duca, e forse munito di altre particolari istruzioni, ristrettisi assieme con il principe D. Pietro, il duca di Cadaval, il conte di Villarmajor ed il primo segretario di Stato, fu deciso che la regina scriverebbe alla duchessa di Savoia una lettera in cui confidentemente le rappresenterebbe lo stato nel quale si trovava ridotto il negozio. Le accenna in essa il senso che aveva

(1) Biblioteca di S. M., luogo citato.
(2) Archivi del regno.

destato nei ministri e nella nazione la malattia di Vittorio
Amedeo e la poca o nissuna probabilità di miglioramento
che essi scorgevano' nell'avvenire, por modo che riusciva
nell'interesse d'entrambi di non rivolgere guari più l'animo
a quell'auspicato imene. Questo scritto, che è un documento Infallibile del nobile agire della Corte di Lisbona, e
che a testimonio di meritata onoranza è d'uopo di rendere
conosciuto (1), pervenne a M. R. poco prima del Natale
del 1683.

Si trovava allora la Corte nel castello di Moncalieri, dove
si presentò egualmente D. Domenico Barreiro, inviato di
Portogallo, che rimise alla duchessa un foglio del principe
reggente, nel quale supplicava M. R. di far ancor essa le do-
vute riflessioni riguardo alla rottura del matrimonio, invi-
tandola frattanto ad addivenire ad amichevole e reciproco
scioglimento. Dignitoso procedere di quella Corte, che non
abbisogna di alcun commento. M. R. riunì tosto il Consiglio
di Stato, al quale assistette Vittorio Amedeo. Datasi lettura
dei documenti nominati, e messa di bel nuovo sul tappeto
la rancida pretesa di considerare il Portogallo autore dello
scioglimento, s'interpellò il duca a prestare il suo consenso.
Parimente si decise che M. R. scriverebbe una lettera alla
regina da rendersi ostensibile al principe D. Pietro ed al
Consiglio, alla quale ella ne aggiunse una seconda particolare alla sorella (2). Del resto non si può niegare che Giovanna Battista siasi comportata in questa faccenda assai
meno pacatamente della sorella, ed abbia voluto dimostrarsi
di soverchia durezza verso il duca di Cadaval, il quale infin
dei conti (e forse con alquanto avanzato zelo) non aveva
poi compiuto che ad un semplice suo uffizio. La citata lettera venne quindi, unitamente all'atto degli sponsali, rimessa al conte Degubernatis, che n'ebbe un'altra della
duchessa, nella quale ella suggeriva al ministro di por

(1) Documento n° XV.
(2) Documento n° XVI.

mente: 1° che in simili casi l'uso esige la restituzione delle
arre ; 2° di far sì che la sua partenza da Lisbona seguisse
al più presto possibile , e lasciando di viaggiare per mare,
s'incamminasse per terra· con il conte Pallavicino e con
tutte le altre persone al servizio del duca ; 3° di provvedere
alla vendita delle lettighe, cavalli ed altre materie che dovevano valere allo stabilimento della casa, offrendo però
innanzi di ogni cosa alla regina quello che meglio aggradirebbe, ed al principe i cavalli che potesse desiderare.

M. R. avverte quindi il ministro che qualora la regina
fosse intenzionata di restituire il ritratto in diamanti di
S. A. R., consegnato dall'abate della Torre al duca di Cadaval, egli la supplicasse di tenerlo in argomento di tenue
ricordo del suo nipote, infine così conchiude: « Disposta
ogni cosa alla partenza, basterà che prendiate congedo dalla
regina, dal principe e dall'infante priuatamente, e perchè
la maniera disobbligante con cui ne ha usato il duca di Ca
daval non consente che lo uisitiate , stimiamo che non uisitiate tampoco gli altri ministri portoghesi, ma solo li forastieri priuatamente, dopo che ui porrete con tutti in strada
per il ritorno che ui auguriamo felice, riserbandoci di ma-
nifestarui qui meglio la stima che facciamo della seruitù e
merito uostro » (1).

Maria Elisabetta manifestò grave rincrescimento all'annunzio di queste ultime determinazioni, ma così ella scriveva: « On dit tant de choses de touts côtés de la joie que
mon neveu a fait paraître de la rupture de son mariage
que je vous avoue que cette idée diminue un peu ma doù-
leur » (2).

Ai quattordici di gennaio arrivava a Lisbona il corriere
apportatore degli accennati documenti, ed allora il conte
Degubernatis ottenne udienza dalla Corte, a cui espose l'oggetto di sua missione, e notasi che in tale circostanza il

(1) Archivi del regno, *Lettere di Madama Reale.*
(2) *Princes de Genévois et Nemours,* marzo 6.

principe si fece a pronunziare affettuose ed obbliganti parole che intenerirono gli astanti, e fattasi indi reciproca
remissione delle scritture, il conte, con gli altri cavalieri
piemontesi, venne regalato di ricchi e bei presenti. Egli
ebbe poi ancora una seconda·udienza per togliere il congedo, poscia preparossi alla partenza, che dovette seguire
inverso la metà del mese di marzo.

Con lettera del nove di·febbraio ragguaglia egli M. R.
delle cose compiutesi e dei varii progetti che si divulgavano
a Lisbona sul matrimonio dell'infante, sebbene si trattasse
di discorsi isolati e destituiti di fondamento, e poscia scende
a discorrere con questi accenti: « Fra varii discorsi ·che si
fanno sopra il matrimonio del duca coll'infante non mancano i più sensati di dichiarare che il meglio di tutto sarebbe di farla condurre a Torino con obbligo, prosperando
Iddio il matrimonio, di tradurre il primogenito in questo
regno per pegno della successione. Del che mi parlarono
di proposito il conte di Figheira e D. Antonio d'Acougna,
et in verità se si ponderassero gli inconuenienti che possono
nascere in odio del prencipe e del regno nell'introdurre un
genero in casa propria, si troucranno senza comparatione
maggiori di quelli apporterebbe seco l'andata dell'infante
fuori del regno » (1). Ignoro dove parassero siffatti ragionamenti del buon ministro di Savoia, ma sembrami che
nelle attuali congiunture fossero affatto fuori di proposito.
Del resto, quantunque il Degubernatis ragionasse in questi
termini, non isfuggì però gravi rimproveri per parte di
Maria Elisabetta, che nella lettera del 5 aprile a M. R. non
dubita di predicarlo ingrato ai benefizi da lei ricevuti, e
persino privo di sincerità nelle proprie azioni, distruggendo
in tal maniera il buon concetto·che di lui si era formata
pochi anni prima, quando cioè le·trattative del matrimonio
prendevano ottima piega (2).

(1) Archivi del regno.
(2) «..... Je n'ai point reçu, ma chère sœur, de vos lettres par ce courrier, mais je crois

Ma anche in questi accenti si scorge molta passione, e la condotta del Degubernatis fu nè più nè meno che indettata, a seconda delle mire della duchessa, a cui egli serviva ciecamente, come già altrove si ebbe ad osservare.

In questa guisa pertanto giunse a termine il grand'affare per la cui buona riuscita con singolare energia eransi adoperati alcuni scaltri personaggi scelti a quest'ufficio dalla duchessa Giovanna Battista, che potè convincersi come sempre sia difficile e spesso vana la lotta contro il voto di una leale e generosa nazione per patriottismo, dignità ed affetto a' suoi legittimi sovrani a nissuna seconda.

Aggiugnerò per ultimo che siccome era conveniente di allegare alle Corti straniere una causa più o meno plausibile per il discioglimento di un negozio che aveva destato tanto rumore, così si tolse il pretesto di fondarlo sull'effetto cagionato dalle voci divulgatesi per opera del duca di Cadaval sull'esagerato mal essere di Vittorio Amedeo, ed in questo senso fu scritto ai ministri di Savoia residenti all'estero (1).

XXIX. Nel riserbarmi poi di tener parola nel seguente capo delle conseguenze ch'ebbero a sentire i personaggi che il valido loro operare impiegarono nel discioglimento di questa alleanza, perchè una tal categoria di fatti meglio si annoda alla narrazione degli ultimi anni della reggenza di M. R., io chiuderò questa seconda parte coll'accennare alla sorte toccata agli agenti o fautori principali del negozio.

que le départ du comte Degubernatis en est cause, et que mes lettres venant dans son paquet elles auront été retardées à Madrid. Je vous ai tant écrit dans mes dernières sur l'injustice de vos soupçons et vous ai donné des éclaircissements si sincèrs de la droiture de ma conduite à votre égard, qu'il ne me reste rien à ajouter si ce n'est que rappelant les dernieres démarches de Degubernatis dans ma mémoire, je y ai trouvé tout l'embarras d'un homme de méchante foi et de qui la conscience reprochait l'ingratitude à mon égard, car prétendant cacher par des larmes de cocodrille le poison qu'il avait jeté dan ses lettres, elles lui servirent aussi pour excuser son silence à son départ que je prenais pour une affectueuse reconaissance quand il ne devait naître que des remords de sa conscience et de la crainte que je ne reçusse quelques lettres qui me détrompassent de la confiance que j'avais toujours eue en lui... » (Archivi del regno, *Principi del Genevese e Nemours*, mazzo 6.)

(1) Documento n° XVII.

E dessi sono il conte Marcello Degubernatis, il priore Spinelli e l'abate Filiberto della Torre.

Quanto al primo, di famiglia nizzarda e che da lunga pezza chiedeva di essere lui nominato presidente del Senato di Nizza, ed il figlio senatore in quel Consesso (per il qual desiderio cotanto aveva instato la regina di Portogallo prima delle differenze insorte), fu secondato nella sua domanda, quindi inviato a Roma in qualità di ministro residente per anni quindici; con patenti del 24 ottobre 1700 venne poi eletto ministro di Stato, e finalmente il 30 gennaio 1713 gran cancelliere per la morte del marchese di Bellegarde; ma a questa promozione non sopravvisse lungo tempo, poichè nell'investitura data il 4 settembre 1716 al conte e senatore Gian Battista suo unico figlio, del feudo di Baussone, si accennano a testimoniali del 6 settembre 1715, dalle quali già risulta non essere più in vita; anzi crede il Galli che la di lui morte fosse avvenuta sino dal mattino del 6 ottobre 1713 (1). Mentre era inviato a Lisbona godeva il trattenimento di lire 18,333. Riguardo poi al priore Spinelli, un trattenimento di tre mila lire si reputò sufficiente a. ricompensarlo dei prestati servizii. Ma sembra che della sovrana munificenza non si dimostrasse guari soddisfatto, nè corrispondesse per avventura la medesima alle sue elevate mire, poichè già sino dal 25 agosto 1681 così scriveva al conte Degubernatis: « Resto obbligatissimo a V. E. per il desiderio che ha di favorirmi appo S. M. Io non mi acquieterò finchè non la ueda nel nicchio che desidera, spero trouargliene anco un migliore dappoi. In quanto a me, a dirgliela in confidenza, non so che sarà se le cose non si mutano. Vi sono alcuni che uolendo essere soli cercano di torsi davanti tutto ciò che credono loro possa essere d'ostacolo a'loro disegni. Et si come io non ho alcun appoggio, dubito molto di succombere a loro macchine et artificii. Se prima che V. E. parta di costì non nasce qualche fongo sia certo che il boccone non sarà per me e che giungeranno i ghiotti che l'ingoieranno. Ond'è necessario ch'ella stia all'erta e se ui è qualche occasione non me la lasci scappare. Io son certo della costanza dell'intentioni di S. M., ma bisogna secondarla ed additargli il modo di metterli in essecutione. Consideri che mi è convenuto maritare una sorella con un Nodaro della Briga, e che per quest'altra non si è finora presentato un minimo partito; da che proceda se lo può immaginare. Oh! veda la stima e la esaltatione di un plenipotentiario del maggior negotio che si sia fatto in Europa. Se hauessi fatto per un nipote di papa ciò che ho fatto per questa Real casa, a quest' hora sarei cardinale » (1).

Il priore Spinelli, a dir il vero, diè pruove di schietto zelo, di una fedeltà e prudenza commendevoli, spiegando con successo l'ingegno che aveva atto per faccende così delicate, per modo che meritava di ottenere certamente e maggiore e più nobil guiderdone, ma fu sventura per lui che il negozio per il quale si era adoperato fosse inviso ai primari gentiluomini della Corte e soltanto favoreggiato dalla duchessa che scorgeva sfuggirle omai di mano l'autorità da lei cotanto ambita.

Di questo personaggio adunque più non mi è pervenuta notizia alcuna positiva, risultandomi solamente essere stato incaricato di stendere la relazione dei trattati matrimoniali, della quale m'ebbi a giovare colle debite precauzioni nel corso di queste *Memorie*, e dico con precauzione, perchè l'autore si dimostra parzialissimo come lo indicano abbastanza le sue parole usate in lettera del 12 gennaio 1682 scritta al conte Degubernatis, dove dice: *Ma perchè il principal mio intento è di non dire cosa alcuna che possa dispiacere nè alla regina, nè al Portogallo.* Mi viene poi supposto che abbia egli fatto il testamento il 3 marzo 1706 nel palazzo di Madama a Torino ove dimorava, ed in cui ebbe a finire i suoi giorni (2).

(1) Archivi del regno, *Lettere del priore* SPINELLI.
(2) Notizia comunicatami dall'avvocato Menocchio, patrizio di Carmagnola.

L'abate Filiberto Sallier, poi conte della Torre, infine fu
quegli che potè schivare ogni mala ventura per essere stato
nel numero di coloro che contrariavano il matrimonio,
quantunque in sul principio ne fosse pur così caldo parti-
giano. Colle sue maniere di agire ben seppe ingraziarsi nel-
l'animo del duca che animò a dichiarare finita la reggenza
e ad assumere le redini dello Stato. Inviato poi nel 1650 al-
l'Aja ambasciatore a Guglielmo III ed agli Stati generali
ottenne di sottoscrivere il trattato col quale Inghilterra e
Olanda associarono il duca nella lega del 1689. Resse quindi
le funzioni di segretario di Stato per la guerra e d'intendente
delle fortificazioni e costruzioni, ma nel 1703, quando Vittorio Amedeo dichiarò formalmente la guerra contro la
Francia, siccome egli l'aveva disapprovata, così dovette ritirarsi dalla Corte e rassegnare tutte le cariche tenute. Morì
a Tournon nel 1708. Il conte della Torre che trovo essere
stato anche presidente della Camera di Savoia fu investito
dei feudi di Cordon e Combleux col titolo marchionale, e
da lui uscì una famiglia che segnalossi nella milizia e nella
diplomazia ed ebbe i supremi onori del grado di maresciallo
e del collare dell'ordine nei due ultimi vissuti in questi
tempi.

Egli andò debitore della sua fortuna più che ai profondi
studi fatti, al vantaggio d'essere un bel parlatore, di nobile
aspetto e di buona impressione in chi lo praticasse. Ed è in
grazia di tali requisiti che molto di lui si ebbe a servire
Vittorio Amedeo, penetrante conoscitore del cuore umano(1).

(1) L'abate Filiberto della Torre nel 1682 aveva anche per trattenimento di ciascun anno
lire 1500 come segretario di Stato e finanze di S. A., e dell'Accademia delle Lettere,
conforme alle patenti 20 novembre 1677. (Archivi camerali, *Conto di Fabrisio Buniato.*)

CAPO QUARTO

I. Nel corso di quest'istoria si è esaminato come la rottura del matrimonio coll'infante di Portogallo sia stata in gran parte dovuta alla viva ed ingegnosa azione di alcuni gentiluomini che mossi dall'amore di patria, prevedendo a quali sciagure sarebbe andata incontro la nazione se il suo sovrano ne fosse ito in terra straniera, talmente seppero maneggiarsi sull'animo del duca da rendere vani tutti i conati messi in opera dalla duchessa reggente per il buon esito dell'impresa. Ma non puossi niegare che questo sentimento di avversione all'alleanza andava altresì congiunto ad un altro che aveva la sua sorgente nel malcontento prodotto dalla prolungata reggenza di Giovanna Battista, arbitraria e gravosa allo Stato , e notisi che il solo capriccio dei negoziati per il matrimonio recò un passivo che giunse a circa due milioni, somma rilevante per i tempi in cui i nostri avi andavano ancor un poco guardinghi nello sprecare il danaro pubblico (1). M. R. poi si accorgeva abbastanza che le mene del forte partito contrario, un giorno o l'altro l'avrebbero vinta, e l'imprigionamento seguito del marchese di Pianezza, del conte Provana di Druent, e del padre Agostino

(1) Credo non spregevole assunto di confessare nella presente nota alcune delle spese che aggravarono l'erario pubblico in questa circostanza, e che servirà a dimostrare come Vittorio Amedeo in fine avesse tutte le ragioni di adoprarsi per reggere egli lo Stato all'oggetto di amministrarlo con miglior regola. Nei conti adunque del 1681 del tesoriere generale trovo annotate le seguenti somme:

	L.	s.	d.
All'abate Giacomo Spinelli per servizio segreto di S. A. R.	725		
Per indoratura e fattura da compiere la vascella destinata per il matrimonio di S. A.	7,500		
Per maniglii, giustacuori ed altri adornamenti di vesti mandati alla Regina di Portogallo	1,845		
Per un ritratto dell'infante e per aver coperto un grosso diamante in mezzo ad una medaglia d'oro della SS. Annunziata per servizio di S. A., pagati a Giulio Chichiastro	6,806	6	8
Alla signora di San Martin per il suo viaggio fatto in Francia per gli affari dipendenti del matrimonio, pagate	1,500		
Allo speziale Carlo Campeggio per la provvista di droghe medicinali per servire S. A. in Portogallo	5,000		
Al pittore Luigi Vanier per due grandi ritratti di M. R. per mandare in Portogallo, a conto di lire 820 dovuteli, pagate	435		
Al segretario Borgognio per l'opera geografica degli Stati di S. A. R. da mandare in Portogallo, a conto delle lire 820, pagate	435		

Nei conti poi del 1682 di Fabrizio Bustato, consigliere e tesoriere generale di S. A., si notano le spese che seguono:

	L.	s.	d.
Per la finanza fatta a S. A. R. per la disponibilità delle cariche e per rendersi effettivi ad oggetto d'impiegarli in servizio del matrimonio	95,223	12	2
Per far acquisto di muli in Avignone da servire alle lettighe	9,180		
A Giulio Chichiastro per il prezzo e fattura del collare dell'Ordine di cui deve S. A. servirsi nel suo matrimonio	1,551	10	
Per la carta geografica de' Stati del Piemonte fatta su pittura per mandare in Portogallo	435		
Al marchese di Parella per un grosso diamante a faccette venduto a S. A. R. per valersene in occasione del matrimonio	10,500		
Al marchese di Enfraque per una croce di grossi diamanti da servire alli orecchini dell'infante di Portogallo, pagate	20,000		
Ai signori La Cler Beure e Bois per un anello di grosso diamante in tavola da servire per le fibbie dell'infante	6,500		
All'auditore G. Francesco Berlieu, a conto della spesa fatta per la costruzione di due vascelli di S. A., pagate	114,000		
Per far acquisto di cavalli in Italia per il Portogallo	1,740		
Per rasi 274 1/2 di broccato d'argento a fiori d'oro da S. A. R. mandati alla Regina di Portogallo	6,039		

Provana, quando non peranco era ufficialmente sciolto l'affare del matrimonio, e sotto il pretesto che avessero intorbidata la quiete dello Stato, è una non dubbia prova della potenza degli avversari, di cui il procedere non lasciava d'incutere inquietudini.

II. I due primi personaggi vennero arrestati la sera del 22 dicembre 1682 nel castello di Moncalieri, in quel medesimo recinto dove l'avolo del Pianezza settantaquattro anni prima aveva miseramente lasciato il capo. Il Pianezza affidato alla custodia di un cavaliere di San Martino, fu spedito a Monmegliano, ed il conte di Druent relegato in un carcere del castello di Nizza. Quanto al padre Provana la sua

	L.	s.	d.
Al pittore Ferdinando Voet per diversi ritratti di LL. AA. mandati in Portogallo	2,930		
All'orefice Giuseppe Antonio Rasetto per diversi pezzi di collane d'oro rimessi a S. A. per servizio del suo real matrimonio	3,824	5	
All'intagliatore De Fontaine per il costo e fattura d'una medaglia d'oro da S. A. R. donata all'interprete del duca di Cadaval	295		
Allo stesso per il costo e fattura di 12 medaglie d'oro coll'impronta di S. A. R. per servirsene in Portogallo	277	12	
Al medico De Petra, a considerazione della servitù prestata a S. A. pendente la sua malattia	1.465		
Al conte di San Giorgio per dare alla persona mandata dal signor cardinale d'Etrè per intendere della salute di S. A. R.	175	16	
Al tesoriere della Casa di LL. AA. per impiegare in servizio delle medesime, e che comprendono varie spese fatte per il servizio di S. A. per il matrimonio, e nelle quali sono notate per i regali fatti al duca di Cadaval nell'arrivo della flotta a Nizza, lire 12,000.	312,859		
Alli pennacchieri Cler Beure e Bois per le gioie di S. A. R. donate in regalo al duca di Cadaval, al generale della flotta portoghese, al residente di quella Corte, al vescovo di Braga, alli capitani dei vascelli e ad altri gentiluomini venuti con detta flotta	90,780		
Alli mercanti Coccietti ed Albera per le provvigioni fatte in servizio di guardaroba e matrimonio di S. A.	139,950	3	6
Al signor Antonio Betello per lo quattro carrozze, lettiga, legname, doratore, pittore, argenti, ricami della carrozza di parata, gualdrappe, selle, arnesi, morsi, staffe di argento, livree di parata, paramenti di chiesa, pizzi di Venezia, Olanda ed altre cose provviste in occasione del matrimonio	189,679		

Avverta il lettore che per sopperire a tante e così ingenti spese si addivenne al sempre censurabile mezzo di vendere cariche di consigliere di Stato, senatore, auditore, lettere di nobiltà, che recarono un considerevole provento. Noterò ancora che dei donativi fatti da municipii, i quali perciò ebbero a godere la diminuzione del quarto nel tasso, l'anno 1681 si ottenne la somma di lire 133,430 18 3, e nel 1682 quella di lire 341,016 1 76. (Archivi camerali, Conto dei tesorieri generali del 1681 e del 1682.)

qualità di gesuita potè mitigargli la pena, e così venne soltanto confinato nel collegio di Chambéry.

Un tratto di prudenza fu poi quello di spargere voce fra la popolazione che l'imprigionamento seguito non era altro che l'effetto di una determinazione stimata necessaria di adottarsi per ragione di pubblica sicurezza, non essendo allora conveniente di lasciar travedere essersi tentato di rendere vano un affare il cui esito cotanto garbava alla duchessa. Scrivendo del fatto accaduto l'abate Della Torre in lettera del 28 dicembre al conte Degubernatis, dopo averlo ragguagliato della gioia chè si manifestò alla notizia della rottura del matrimonio, gli accenna l'imprigionamento del marchese di Pianezza che fu autore e capo della trama per togliere a M. R. il governo de' suoi Stati (1), dicendo che scoperta ogni cosa dal duca alla madre, questa l'avesse fatto arrestare col conte di Druent.

Che questo avvenimento sia succeduto non guari diverso da ciò che racconta il Della Torre è assai probabile, confermandosi il medesimo col paragone di un interessante documento, sebbene non si possa rigorosamente affermare autentico. Ma l'origine delle sventure del marchese è riposta nell'accusa mossagli di stornare il duca dal matrimonio coll'infante, conforme a quanto sta scritto in esso documento. Quel che mi sorprende non poco è il considerare che il

(1) «..... S. A. R. a l'avantage de recouvrer le cœur de ses sujets en perdant l'espérance d'un royaume. Vous ne sauriez vous imaginer les transports de toni l'Etat à la nouvelle de cette rupture. Ils ont éclaté plusieurs jours d'une manière extraordinaire et dureraient encore si une seconde joie n'avait en quelque façon surmonté la première. Cette seconde joie est venue de l'emprisonnement du marquis de Pianesse. Cet homme, créature de M. R., par tant de raisons que vous savez avait voulu lui ôter le gouvernement et s'en rendre lui même l'arbitre. Il fit premièrement sonder l'esprit de S. A. R., il lui parla ensuite, il lui fit le projet et porta les choses à un point de l'exécution, mais ce jeune prince ayant horreur d'une telle perfidie, et croyant que celui qui trompait sa mère à laquelle il avait tant d'obbligations ne lui serait pas plus fidèle, découvrit toute la trame à M. R. et continua quelques jours de concert avec elle d'entretenir le marquis de Pianesse et la comte de Druent pour les mieux convaincre do leur trahison. Apres quoi ils furent arrêtés tous deux. Le premier a été conduit à Montmeillan et l'autre à Nice. Ce coup a calmé plutôt qu'agité la Cour, et vous la trouverez dans une grande tranquillité..... » (Lettera al conte Degubernatis.)

duca stesso abbia cooperato alla ruina di colui che seco
agiva di concerto, quindi per conciliare la discrepanza la quale
potrebbe nascere dal raccozzamento di queste idee parmi si
debba stabilire essere le cose arrivate al punto che conosciute
dalla madre Vittorio Amedeo sia stato costretto ad agire
sotto la di lei pressione. L' impero di Giovanna sul figlio
spiega notoriamente il fatto, senza che uno possa essere altrimente indotto a riconoscere una tanta perfidia nell'animo
del giovine nostro principe. Che però Vittorio Amedeo avesse
sembianza di dissimulare almeno ne'suoi primi anni pare
che fosse credenza universale, e la regina di Portogallo in
lettera del maggio 1683 intratticne per l'appunto la sorella
su di tale argomento e l'induce a pensare a' casi suoi ed al
fine di sua reggenza (1).

Nel documento or enunziato che è in forma di lettera in
cui si partecipa l'imprigionamento del marchese di Pianezza
al personaggio incaricato di manifestarlo al marchese di
Louvois, l'avvenuto viene narrato nella conformità seguente:
Il marchese di Pianezza impertanto per mezzo del suo nipote il conte di Druent avrebbe in primo luogo fatto sviare
il duca dalla volontà di eseguire il matrimonio coll' infante di Portogallo, ed a poco a poco insinuandosi nel di
lui animo l'avrebbe reso alieno dal governo della madre, non
lasciando persino di proporgli di separarsene affatto, locchè
facilmente si sarebbe potuto eseguire qualora fingendo egli

(1) «......... Pourra que mon neveu ne soit pas assez dissimulé comme on prétend
dans le monde pour vous déguiser ses sentiments sur des matières qui vous régardent
encore plus personellement que celle là; je lui pardonnerai aisément tous ce qu'il aura
pu avoir comme un enfant qui ne connaissait pas encore ses véritables interêts contraires
à nos intentions quelque bonnes et avantageuses qui lui fussent, mais, ma chère
sœur, vous voulez bien que je vous dise que notre tendresse mutuelle nous faisant
craindre réciproquement l'une pour l'autre plus que pour nous mêmes, l'état où vous êtes
quelque tranquille qu'il vous paraisse ne me laisse pas sans inquietude, car après le marquis de Pianesse tout est à craindre, et permettez moi de vous dire que l'humeur et le
génie de mon neveu ne pouvant être changés de blanc au noir dans l'espace de six mois,
ce que vous savez que je sais me fait peur pour la fin de votre gouvernement après avoir
reussi si heureusement dans tout son cours jusqu'au temps fatal du dénouement de notre
mariage..... » (Archivi del regno, Principi del Genevese e Nemours, mazzo 6.)

di andare a caccia, entrasse in Torino e scrivesse due lettere, una ad un ufficiale delle guardie del corpo per essere introdotto nella cittadella, e l'altra al marchese di Pianezza per annunziargli la sua nomina a primo ministro. Si osserva nel citato documento che una simile proposizione dovette persuadere Vittorio Amedeo come il conte di Druent agisse d'accordo col marchese di Pianezza con cui teneva continui abboccamenti segreti che si prolungavano talvolta tutta la notte, e che accortosi di quanto covava sotto tali progetti, ne abbia tosto dato avviso alla madre, la quale consigliollo di lasciar proseguire ogni negoziato, onde meglio maturasse la trama. Il marchese intanto sempre più avversando il Governo di M. R. usava per altro la cautela d'informare la duchessa dei colloquii che teneva col figliuolo, celandole naturalmente il vero soggetto di essi. Ma siccome le cose erano procedute al punto che il marchese aveva persino già stabilito il giorno per eseguire il disegno, e dato istruzione al duca di far chiudere in quello le porte della città appena entratovi, e di più non vedere M. R., salutandola soltanto per mezzo di una lettera; così il duca d'accordo colla madre avrebbe deciso di togliere sull'istante la libertà al marchese. Una sera adunque avuto il Pianezza un colloquio con Vittorio Amedeo, animollo a fissare l'indomani per riuscire nell'intento, ed a due ore di notte fece allestire un equipaggio, forse col disegno d'evadersi qualora il duca rifiutasse di sottoscrivere le lettere preparate. Dopo lunga parlata avuta con Vittorio Amedeo chiese il Pianezza di conferire con la duchessa, presso cui trattenutosi un'ora incirca, sempre cercò di scansare le domande ch'essa con istudio indirizzavagli all'oggetto di scoprire le sue mire. E perchè M. R. lo vide ostinato a celarle, più non volle allora sospendere l'ordine di arrestarlo all'uscire delle proprie stanze, siccome avvenne (1). Si dice inoltre che fra le carte del marchese siansi rinvenute due

(1) Documento n° XVIII.

lettere che confermarono in parte il piano della congiura, l'una del conte di Druent, l'altra del padre Provana.

Partecipava il duca medesimo al marchese Ferrero, ambasciatore a Parigi, con lettera del 21 dicembre 1682 il fatto accaduto, ed in questa aggiunge di essere stato obbligato di assicurarsi della persona del marchese di Pianezza e del conte di Druent *per conservare illeso quello ch'abbiamo di più pretioso; cioè il vincolo indissolubile che ci unisce con rispetto e affetto filiale insuperabile a M. R. mia riueritissima signora e madre* (1).

L'egregio conte Alberto Della Marmora di cara e riverita memoria è d'avviso che avuto riguardo al tempo in cui succedette la cattura del Pianezza, quando cioè già era palese la rottura del matrimonio ed all'esperienza di lui negli affari di Corte si debba ammettere essere egli stato vittima piuttosto di una qualche imprudenza del conte di Druent, che si piccava di essere filosofo, e di una vera cabala di Corte che non di una tanta animosità contro il matrimonio (2). Ma quest'opinione rimane confutata dalla lettera da noi rinvenuta di M. R. al marchese Ferrero del nove di gennaio 1683, dalla quale bensì si scorge che il progetto era del conte di Druent, ma che il marchese vi prese attivissima parte, aggiungendosi non esservi concorso nè alcuna cabala, nè verun motivo particolare, ma soltanto il reato dei delinquenti (3).

Si rifletta ancora che il prolungamento stesso della prigionia del Pianezza, quando già era cessata la reggenza e che il duca impunemente poteva liberarlo, implica il suo fallo grave in faccia alla duchessa, per cui deferenza Vittorio Amedeo credette di rispettare le di lei provvidenze a quel riguardo. Infatti solamente il ventiquattro novembre del 1686 veniva il marchese rilasciato da Monmeliano, ma per essere

(1) FERRERO DELLA MARMORA, *Le vicende di Carlo Simiana*, pag. 336.
(2) Luogo citato, pag. 342.
(3) Documento n° XIX.

trattenuto in Aosta, dove dimorò tutto il susseguente anno, quindi nel castello di Pianezza. Restituito infine nella grazia primiera, era ammesso di bel nuovo nell'esercito colla qualità di luogotenente generale comandante la cavalleria, e nel 1690 prendeva parte operosissima nella guerra sostenuta da Vittorio Amedeo contro le armi di Francia comandate dal Catinat.

III. Quanto alla fuga del marchese Carlo Emilio San Martino di Parella, avvenuta nel precedente agosto dello stesso anno 1682, ed egualmente nel castello di Moncalieri, dove egli era di servizio, giova por mente ch'essa fu cagionata dal segreto avviso datogli che già era spiccato l'ordine di arrestarlo. E questo fu la sua salvezza, poichè travestitosi nel giorno ottavo di quel mese potè ricoverarsi sui monti di Andorno, feudo di sua famiglia, indi sui confinanti di Oropa, per recarsi poscia a Ferrara, venendogli infine dal duca permesso di passare a servizio dell'Austria nel tempo che Vienna era minacciata e stretta dalle armi ottomane.

L'illustre autore della vita di questo prode guerriero piemontese opina ch'agli avvenimenti del marchese di Parella non si debba assegnare eguale causa di quelli che colpirono il marchese di Pianezza ed il conte di Druent carcerati, come si è veduto, sullo scorcio del seguente dicembre 1682 (1). Pare a me che quantunque non si conosca documento diretto, il quale ammetta che il Parella agisse di concerto con quei signori, rimane d'altro canto a sufficienza dimostrato dalle scritture del tempo che l'origine della di lui sventura si deve attribuire al mal animo contro la prolungata reggenza di M. R. ed al patriottico sentimento dimostrato nell'impedire per quanto era possibile il matrimonio del giovine duca. E la lettera scritta dalla duchessa il sedici agosto al marchese Ferrero prova in parte che non lontano dal vero è questo concetto. Inoltre lo stesso Denina, il quale ebbe ragguaglio

(1) *Notizie sulla vita e sulle gesta militari di Carlo Emilio San Martino di Parella, pag. 3 e seguenti.*

di tutti questi avvenimenti da vecchi gentiluomini della Corte, asserisce che il Parella agì con gli altri personaggi d'accordo col duca, il quale, non volendo compromettersi colla madre e coi ministri di Francia, lasciava l'azione a quei generosi che si erano assunto il difficile proposito di trarlo d'imbarazzo dall'alleanza col Portogallo (1).

Conchiudo finalmente quest'argomento coll'avvertire che anche il marchese di Dronero col suo sparlare del Portogallo e (più cautamente però) del matrimonio ebbe a rischiare assai, e non fu picciol cosa se la scansò con sole severe ammonizioni della Francia, la quale sotto la reggenza di M. R. diede prove di avere varcato i confini dei diritti i più sacri che tutelano una nazione col suo intromettersi dove non le spettava, profittando della debolezza di una donna e dell'infanzia di un principe, ma non senza detrimento della propria dignità.

Nella lettera adunque del 2 di febbraio 1683 M. R. scrivendo al marchese Ferrero gli ingiugne di adoperarsi presso il re ed il marchese di Louvois, a nome di lei e di D. Gabriele di Savoia, affinchè il Dronero potesse essere ristabilito nella buona grazia della Francia, *riflettendo pur anche noi che con la rottura del matrimonio cessa hora l'occasione per la quale l'esempio di lui poteva essere atto a contenere altri* (2).

Questi fatti poi provano ad evidenza come fosse indotto in errore il più volte citato autore della relazione della Corte di Portogallo, il quale non dubitò di affermare che i personaggi in questione più non furono inquietati partito che fu il duca di Cadaval, quasi perchè agissero di concerto colla duchessa.

IV. Dopo i succeduti avvenimenti trascorsero peranco due anni, nei quali Vittorio Amedeo si tenne lontano dagli affari per non dare ombra di sospetto alla madre gelosa

---

(1) *Histoire de Victor Amédée.* (Manoscritto della Biblioteca del duca di Genova.)
(2) Archivi del regno, registro *Lettere di Madama Reale.*

del comando, non tanto per impulso di gagliarde voglie, quanto per un certo bisogno di omaggi e di clientele. Ma il fuoco covava sotto la cenere, ed i nuovi tumulti accaduti a Mondovì, città da lunga stagione agitata da intestine fazioni e contrastante col Governo, abbastanza provano la debole amministrazione di M. R. ed i difettosi ordini che regolavano lo Stato. Ed invero fu la reggenza con ragione accusata di scialacquo del pubblico danaro, per riparare ai quali difetti la duchessa aveva ordinata l'alienazione di feudi demaniali nel Genevese e nel Faucigny contro l'opposizione della Camera dei conti, che ricusò di interinare l'editto. Penava l'animo di Vittorio Amedeo alle sciagure dello Stato sospirando il momento di deporre la simulata indifferenza e pigliare le redini del Governo. Nell'orditura di questo atto di tanto momento ebb'egli a consigliere e coadiutore il noto abate Della Torre, il quale sino allora aveva saputo scansare l'occhio vigile della duchessa, quantunque però da un autografo di Vittorio Amedeo diretto ad esso conte il 25 settembre 1683 appaia che alcuna cosa già cominciasse ella a subodorare in proposito (1).

Del resto sino dal settembre di quest'anno Vittorio Amedeo, che già con tuono proprio alla sua posizione prendeva a scuotere i vincoli che lo legavano alla temuta madre, aveva avuto lungo colloquio con lei sullo stato dei pubblici affari, ed in essa conferenza il giovine nostro principe non ebbe timore di parlare con espressioni atte a far compren-

(1) «...., Abbé de la Tour. Depuis que vous êtes parti il y court un bruit que Madame vous a fait de grandes menaces, et sur cela vous vous êtes retiré sous prétexte d'aller pourvoir à vos affaires; ceux ci sont des bruits qui courent dans la ville et qui sont venus jusqu'à mes oreilles. Je vous crois trop honnête homme pour jamais vous déguiser rien. En cas que cela aie été, j'aurais raison de me plaindre de vous et de ne pas vous croire de mes serviteurs qu'à la moindre menace vous craignez, et que pourriez vous craindre? Il me semble que je suis souverain, et donc qu'appréhendez vous? J'ai de la peine à croire tout ceci, car il y a assez de temps que je vous fréquente : je ne vous crois jamais capable de faire tout ce que ces bruits disent, car si je croyais cela, je serais malgré moi forcé à prendre des résolutions très fortes. Dieu vous aie en sa sainte et digne garde.

« De Turin, le 25 septembre 1683.

VICTOR AMÉ. »

(Archivi del regno. Lettere segrete di Vittorio Amedeo II all'abate della Torre.)

dere alla duchessa, sempre avida del comando, che questo omai era per isfuggirle di mano. Ed a questo riguardo piacemi di qui recare la lettera autografa di Vittorio Amedeo scritta al noto Della Torre, e da me rinvenuta, la quale è documento storico non' spregevole, siccome quello che ci svela il carattere di colui che giunse col tempo ad usare una fina astuzia e una previdenza celebrate nei Consigli d'Europa (1).

V. Ma era omai tempo che dalle parole si trascorresse ai fatti. Vittorio Amedeo toccava il diciottesimo anno, e tosto diè prova di voler fare da sè, coll'aggradire (non potendo far diversamente, e sopportando non senza dispetto interno, ma con apparente rassegnazione le alterigie di Luigi XIV e le prepotenze di Louvois) alle proposizioni del Cristianissimo, che con i vincoli del sangue credendo di perpetuare sempre più la sua autorità nella Corte di Torino, aveva dimostrato desiderio di dargli in consorte Anna d'Orléans, figliuola del duca Filippo e di Enrichetta d'Inghilterra.

Con lettera del sei di gennaio 1684 partecipava egli al Della Torre che *giovedì a sera si sarebbe pubblicato in Corte*

(1) «..... J'ai plusieurs choses à vous mander, j'ai parlé fort long temps à X (a) et j'ai lui commencé dire qu'il y avait fort long temps que j'entendais parler que la finance était en très méchant état et que ce qu'il me déplaisait le plus était que je n'entendais point parler de quelque moyen pour la remettre et que je la priais d'en vouloir prendre le soin que c'était la plus grande affaire que nous eussions présentement, et que je la priais nouvellement d'en vouloir prendre soin et de faire en sorte que nous eussions de l'argent au plutôt pour la présente conjoncture. Elle me répondit assez froidement qu'elle n'avait pas de plaisir a travailler, et qu'elle songeait depuis long temps à prendre son parti et vivre en repos. Je lui ai dit que j'étais très faché si elle me voulait quitter dans cette conjoncture et me priver de ses bons conseils. Cependant que si elle y tenait, elle n'avait qu'à me dire ce qu'elle savait, que je lui aurais donné toutes les apanages qu'il aurait convenus pour se retirer selon toute convenance. Ce discours ne lui fit pas beaucoup de plaisir, parce qu'elle s'attendait que je la priasse comme déja j'avais fait. Elle vit que je lui ai laissé le parti à la main. Elle ne me répondit rien, je ne lui ai jamais parlé si fortement, et elle n'osa jamais me rien dire que si non qu'elle travaillerait tant qu'elle pourrait pour moi; que c'était moi que je voulais tout dépenser et tout jeter comme par exemple à l'an quo j'avais jeté tout cet argent et qu'elle m'avait toujours été de........

« De Turin, le 30 septembre 1683.

Votre bon ami
V. Amé. »

(Archivi del regno, luogo citato.)

a) *Madama Reale.*

il suo matrimonio, e che per quanto riguardava la casa della duchessa egli aveva già l'occhio sulla principessa della Cisterna per dama d'onore e sulla marchesa del Maro per dama d'atour (1). E questo 'matrimonio dava diritto al duca di pretendere alla successione d'Inghilterra, come infatti egli fece esponendo le sue ragioni alla morte di Guglielmo III (2).

L'augusta principessa giunse a Torino nel mese di maggio, ma prima del suo arrivo compiè il duca il grand'atto con cui dichiarava di aver assunto le redini dello Stato. Ed a questo proposito narra il Denina come Vittorio Amedeo, indettato dal principe della Cisterna, per opera del conte della Torre fatte preparare le lettere con cui annunziava ai ministri ed ai magistrati la presa deliberazione, e finta una caccia a Rivoli, colà inviasse alcuni drappelli di soldati e porgesse invito a quelli fra i cortigiani sui quali poteva far calcolo. Soggiunge quindi il citato autore che M. R. venuta a conoscenza dell'avvenimento che era per succedere, abbia inviato al duca una lettera affettuosa con cui gli dichiarava che in riguardo del prossimo suo matrimonio e dell'età ella credeva di rassegnargli l'amministrazione dello Stato (3).

Ed anche in quest'ultimo tratto si ha un contrassegno della diversità tra le due reggenze di Cristina e di Giovanna Battista, poichè quella con ingegnoso ritrovato e di suo pieno volere ebbe a rimettere al figlio il governo, mentre questa lo fece bensì, ma indottavi dalla necessità e contro sua voglia.

Notabili poi sono, come tutti sanno, i primi anni del regno di Vittorio Amedeo II, che nella giovanile età dimostrò

(1) Archivi del regno, luogo citato.

(2) SCLOPIS, *Delle relazioni politiche fra la Dinastia di Savoia ed il governo britannico*, pag. 22 e seguenti.

E qui siami concesso di attestare la mia riconoscenza imperitura a quest'illustre e grave storico, e sommo personaggio, pura gloria dell'età presente, per vigoria di carattere e sincero affetto alla patria a nessuno secondo, e che io mi vanto di avere avuto benigno con i saggi consigli e con i nobili favori coi quali gli piacque d'innalzare i miei poveri studi.

(3) *Storia dell'Italia occidentale*, lib. XIII, cap. III.

provetta esperienza coll'avere subito dato mano a ristorare l'erario e stabilire saggie provvidenze, le quali calmarono gli spiriti agitati di alcune provincie. Ecco la lettera che il 3 giugno egli scriveva al conte della Torre:

« De la Vénerie, le 3 juin 1684.

« Abbé de la Tour ! Je crois que vous aurez appris qu'à mon retour j'ai pris le gouvernement des mes États. Je m'applique le plus que je puis pour m'informer à fond de toutes les affaires pour en pouvoir bien résoudre avec toute l'équité et la justice nécessaire. Je vous prie, abbé de la Tour, de me vouloir toujours assister de vos conseils, et de me mander tout ce qu'on dira de moi, afin que je m'en puisse corriger, et que je donne une bonne idée de moi dans le commmencement de ma régence.

VICTOR AMÉ » (1).

Ottimi principii e degni che ogni sovrano se li imprimesse per norma di sua condotta, perchè guai a quella nazione in cui chi la regge ad altri abbandona mollemente la cura dello Stato, e guai allo stesso principe, che tardi o tosto viene ad esperimentarne le tristissime conseguenze.

Dall'istante che Vittorio Amedeo assunse le redini dello Stato sempre mantenne indi grande freddezza colla madre dolente del comando perduto, e che con pena si vedeva segregata dagli affari anche consultivi, e direi quasi sorvegliata nelle sue azioni. Quando il duca credette di liberare il marchese di Pianezza ed il conte di Druent e richiamare il Parella, Giovanna ne dimostrò dispetto, e vuolsi che abbia troncato il discorso di quei signori a lei presentati per chiedere le pristine sue grazie con queste parole: *Sono cristiana, e ciò basta* (2). Dalla lettera che qui riferisco poi si scorge che M. R., non contenta forse dell'appannaggio costituitole,

(1) Archivi del regno, luogo citato.
(2) CARUTTI, *Storia del regno di Vittorio Amedeo II*, pag. 28.

avesse mosso doglianza al figlio, che nel risponderle manifesta tutta l'energia a lui propria, condita ben inteso con
parole che, se non escludono la dovuta riverenza ad una
madre, sono del resto per sè abbastanza eloquenti (1). Questa lettera ha la data del 18 gennaio 1686, e con atto del
sei aprile stesso anno Vittorio Amedeo per tranquillizzarla
si faceva ad assegnarle lire quattrocento mila per anno,
vale a dire lire trecento mila sulla gabella dei sali in Piemonte, e lire cento mila su quella di Savoia, avendo essa da
sua parte anticipatamente restituita l'eredità della marchesa
di Pancalieri, il marchesato di Saint-Rambert, e ceduto gli
altri beni e redditi di Bressa e l'usufrutto di tutti i beni e
redditi di Francia. Si aggiunge che collo stabilimento delle
lire quattrocento mila, in cui sono comprese le lire sessanta
mila del Governo di Savoia, debbano però cessare le trecento mila, di cui in patenti del sette settembre 1680, e
le settanta mila pagate per iscarico sino per tutto l'anno
1685.

(1) «..... J'ai reçu avec tout le respect d'un fils qui honore parfaitement sa mère la lettre
de V. A. R. et fait toute la considération que je dois à ce qu'il lui a plu me représenter sur
les intérêts. Je suis persuadé que V. A. R. ne doute pas que tous mes sentiments ne soyent
conformes à tout ce que me peut être imposé autant par les devoirs de nature que par
ceux de la raison et de l'équité, et que je ne souhaite rien plus que de lui soutenir tout
ce qui peut être necessaire à l'entretenir selon sa dignité et qualité de mère, de souveraine étant si intéressé que je suis pas l'un et l'autre à ne lui laisser manquer rien de ce
qui peut servir à sa personne et à son éclat. V. A. R. sait l'état de mes affaires, et que
je suis contraint à me resserrer sur beaucoup de choses poor n'être pas sujet à manquer
sur ce que j'avais promis. Il ne s'agit pas seulement d'une somme aussi modique que
celle dont V. A. R. m'a écrit, mais d'établir nos intérets réciproques en manière qu'ils
puissent être surs pour tous, dans mon destin étant de vous rendre contente sur tout ce
qui peut être nécessaire à la subsistance de votre personne et maison avec les pro-
portions convenables à mes forces et à l'exemple des plus grandes princesses de ce temps,
y étant une imperatrice et une reine d'Espagne. Enfin, Madame, je prétend vous maintenir dans l'éclat avec lequel vous a tenu feu S. A. R mon père d'heureuse mémoire
en son vivant et ne vous laisser manquer rien de ce qui est convenable à votre grandeur. Mon respect, Madame, et mon amitié retiennent toutes les raisons que je pourrais
alléguer ici à V. A. R. Je la supplie de vouloir agréer ce que les marquis de Moorous et de
Saint-Thomas auront l'honneor d'ajouter à ce que dessus, l'assurant que je me ferais
toujours un plaisir sensible de remplir tous les devoirs d'un bon fils envers une si bonne
mère.

    « Turin, le 18 janvier 1686.   V. AME. »

ʿArchivi del regno, *Lettere di Vittorio Amedeo II dal 1682 al 1685.*)

Madama Reale Giovanna Battista giunse all'estrema vecchiezza, e morì ai 15 di marzo del 1724.

Quanto a Vittorio Amedeo, a tutti è conosciuto il suo glorioso regno e l'atto di abdicazione che precedette la sua morte di due anni, essendo quella avvenuta nel 1730 e questa ai 31 di ottobre del 1732. Nè qui accade di oltre favellarne, mentre spero possa riuscire non disaggradevole a chi legge di qui riferire il quadro che ne fa l'illustre suo biografo allorchè ei salì sul trono nel 1684.

« Con nessuno si confidava. Geloso dell'autorità sua, udiva i pareri, ma da sè solo risolveva. Diffidava e dissimulava. Quest'abito contratto durante la reggenza della madre, e fin dall'età più verde, non depose più mai. Dicesi che ponesse studio nella politica che allora chiamavasi italiana, vale a dire negli artifizi e negli avvolgimenti di cui si piacquero le corti e le repubbliche nostre nel decimoquinto e decimosesto secolo. Dei soldati e delle faccende militari prendea diletto, e fece segretario per la guerra il Della Torre che lasciò il mestiere di abate, e fu posteriormente egregio diplomatico. Il naturale del duca era impetuoso, difficile sovente il suo commercio, assoluto il volere. Tale era il principe che nel 1684 ascendeva al trono di Savoia » (1).

In una parola per i tempi Vittorio Amedeo fu un uomo straordinario, e benchè in picciol giro fossero ristretti i suoi Stati, egli aspirò e riuscì a rendersi principe prevalente sui destini dell'Italia.

VI. Narrata brevemente in questa guisa la sorte che incontrarono i personaggi piemontesi i quali ebbero precipua parte nel corso della presente istoria, scendiamo ora a compiere lo stesso ufficio riguardo a quelli di Portogallo, per quanto i soli materiali fra noi rinvenuti lo possano consentire.

Continuarono le relazioni delle Corti di Savoia e di Por-

(1) *Storia del regno di Vittorio Amedeo II*, pag. 79.

togallo a mantenersi amichevoli dopo i succeduti avvenimenti, ma una triste epoca si apriva in questo mentre presso la reggia di Lisbona.

Il malore che da lunga stagione insensibilmente opprimeva Maria Elisabetta, aggravato forse per la morale prostrazione dell'animo, crebbe in proporzioni da sconcertare gravemente quella delicata natura. Lo spirito rattristato la alienava persino dagli oggetti sempre così teneramente amati, e con pacatezza si scorgeva discorrere del prossimo suo fine di vita. Era il sabato dopo la pasqua dell'anno 1683 quando la regina venne assalita da una febbre, non dubbio segno della malattia che per lei doveva essere l'estrema. Spiegatasi un'idropisia, ella ottenne ancora, secondo la natura di questo male, degli intervalli nei quali parevale di sentirsi alquanto sollevata, e già credeasi che sul principio del mese fosse per ottenere lo ristabilimento di sua salute. E così ne discorre il di lei biografo: « Andava alla cappella, dava le udienze, attendeva ai negozi all'ordinario suo modo, ma non durò in quello stato neppure il resto del mese. Appena giunse alla metà che la reina si trovò peggio che mai. Grandi ambasce, e passioni di cuore, e vapori melanconici, e svogliamenti, e veglie sforzate la ridussero a magrezza estrema » (1).

Nel mese di luglio abbandonato il soggiorno di Lisbona, volle recarsi a Palhavà, casa di campagna distante mezza lega dalla città, per esperimentare se mai la maggior purezza dell'aere potesse recarle qualche sollievo. Fra migliorie e ricadute ella scorse l'estate, quando nel novembre prevalendo la forza del male, dai periti dell'arte fu preveduto il non lontano decadimento. Adempiuti indi i doveri religiosi fece la regina chiamare al suo cospetto il gran maestro, il gran scudiere, tutti i gentiluomini di sua camera e le dame e donzelle di servizio, ai quali domandò scusa se mai loro avesse cagionata qualche afflizione. Non è a dire

(1) D'ORLÉANS, Vita di Maria di Savoia, pag. 189.

quanta fosse l'angoscia che opprimeva il principe e l'infante in quei fatali istanti. Ed in questi accenti ne discorre l'autore di una relazione manoscritta della malattia e morte della regina di Portogallo:

« On avait fait pendant ce temp-là retirer le roi et l'infante, parceque leurs larmes et leurs cris étaient capables d'interrompre la cérémonie. Ils revinrent après qu'elle fut achevée, et recomencérent d'une maniére la plus pitoyable du monde. Le roi disant qu'il perdait tout pour lui et pour le royaume, si Dieu lui ôtait la reine, le priant de le prendre plutôt qu'elle et demandant au prêtre qui dit la messe ensuite qu'il offrit à Dieu au moins la moitié des années qu'il avait à vivre pour les donner à là reine et les lui ôter. Il ajoutait à l'infante qu'elle pouvait bien se passer de lui, mais qu'elle ne pouvait se passer de sa mére, et que si elle la perdait, elle perderait tout, aussi bien que le royaume.

« Tous ces sentiments partaient d'un cœur si penetré de douleur qu'on le trouvait souvent seul dans quelque coin, afin qu'on ne le vit pas, et que la reine ne l'entendit point, ou il fondait en larmes et était accablé de tristesse » (1).

Nel mese di novembre Maria Elisabetta ottenne bensì ancor qualche passeggiero miglioramento, ma ai ventisette di dicembre alla gravità del male soccombeva nella sola età di 32 anni e sei mesi. Le di lei spoglie furono vestite dell'abito di San Francesco, secondo la pia usanza dei tempi, e portate a Lisbona la notte del ventotto. In questo frattempo la Corte di Torino ordinava solenni funerali, celebratisi in San Giovanni il tre di marzo da monsignor Beggiamo, ed ai quali intervennero il nunzio Mosti, l'ambasciatore di Francia, i marchesi di Dronero, Tana, Del Maro, Voghera, Piossasco, Morozzo, Dogliani, cavalieri dell'ordine supremo, e l'abate di Verrua, cancelliere di esso ordine. L'orazione funebre fu letta dal padre Carlo Giacinto Ferrero,

(1) Archivi generali del regno.

gesuita, lo stesso che recò poscia in italiano l'elogio di Maria Elisabetta scritto dal padre d'Orléans (1)

Già superiormente si è osservato come la regina di Portogallo nulla avesse omesso per compiere una perfetta educazione nell'infante sua figlia, ad ammaestramento della quale ella dettava uno scritto che le servisse di norma per regolare le sue azioni.

Sono pochi precetti e consigli che il cuore di madre e l'esperienza di regina le avevano inspirato.

È lo scritto diviso in quattro parti: discorre la prima dei doveri verso Dio, la seconda di quelli inverso di noi stessi, la terza dei doveri rispetto alla famiglia, e la quarta di quelli di un principe in rapporto ai sudditi.

Ed ecco com'è concepita quest'ultima : « Procurate con ogni studio di farvi amare da' vostri sudditi usando con loro tal benignità e dolcezza che la Maestà non si avvilisca, nè si addimestichi troppo, ma piuttosto inspiri loro amore e rispetto. Contentate almeno con parole chi non potete coi fatti, nè mai offendete persona nè con concetto d'alcun dispregio o scherno, nè con motto o risposta pungente. Questi sono modi per cui si fan de' nemici che non si racconcian mai più, e ne' principi sono assai più dannevoli che nelle persone private, perchè le offese loro non fanno mai piaghe sì dolorose e i loro portamenti non sono sì esposti alle pubbliche censure. Scusate i difetti di quei che accettate a trattare con voi, nè permettete che se ne parli mai in vostra presenza. Benignamente udirete ciò che le persone vorranno dirvi, o sia per chiedervi qualche grazia o per discolparsi di qualche accusa: non correte però a dar loro fede, nè a concedere quel che domandano sinchè non abbiate ben prima disaminato le cose. Insomma usate a tutti clemenza e compassione e sopratutto fate che nei vostri andamenti apparisca grand' equità e moderazione, poichè non v'ha cosa che maggiormente guadagni l'amore e la stima dei sudditi » (1).

Della regina di Portogallo si hanno ancora alcune poesie che svelano una tal qual vena poetica ed un cuore dedito alla pietà, oltre una specie di giornale in cui dopo un anno e mezzo ella registrava quanto succedesse di straordinario ed in lei e nel suo spirito e nelle sue azioni.

Parte di questi scritti riordinati dal cavaliere Girardin, procuratore di M. R. a Parigi, passó poi a mano di essa, come risulta dalla sua lettera scrittagli il 3 ottobre 1699, nella quale loda l'ordine e la disposizione data alle *Memorie* che si conservano in un magnifico volume *in-folio doré sur tranche de maroquin rouge* col titolo *Mémoires de la vie spirituelle de Marie de Savoie reine de Portugal*. Sono precedute da un proemio nel quale si enuncia essere il lavoro diviso in quattro parti, delle quali la prima comprende gli scritti della ,regina da lei cominciati intorno a diciotto mesi prima di sua morte; la seconda le istruzioni all'infante; la terza un succinto racconto di molti passi della vita di lei spirituale; la quarta diverse sue poesie di genere ascetico.

Prego il lettore di dispensarmi dal pronunziare un giudizio su questo scritto per il solo motivo che incombenza troppo difficile è leggere nel cuore altrui, ma perchè possa egli stesso rendersene arbitro, io mi farò a riferire la parte che nel manoscritto è chiamata le *Risoluzioni della Regina* e sulle quali è modellato tutto il rimanente di questo gran volume di 852 pagine (2). Conchiudo del resto con una sola

(1) D'ORLÉANS, luogo citato, pag. 73 e seguenti.

(2)   RÉSOLUTIONS.

Je veux en premier lieu et par dessus toutes choses me sauver, et pour cela je fais les propos et résolutions suivantes que je supplie la divine bonté do me donner la grâce et la force de pouvoir bien exécuter.

1. Premièrement je veux commencer par régler la journée autant qu'il me sera possible dans les dépendances où je me trouve, et me lever le matin à la même heure, c'est à dire à huit, si l'heure du coucher n'a pas été plus retardée que de coutume, donnant toujours

osservazione, ed è che se nella prima parte di queste *Memorie* Maria Elisabetta appare tutt'altro da quel che figura nella seconda, e specialmente nell'accennato scritto, può benissimo aversi questo l'effetto di una di quelle felici metamorfosi a cui va soggetto l'animo nostro in alcuni supremi momenti del vivere e che ci porta a seriamente riflettere a' casi passati ed all'avvenire di noi sempre incerto.

VII. L'anno 1683 suonava ferale alla reggia di Lisbona, ed un'altra morte di persona augusta aveva preceduto di poco quella di Maria Elisabetta che dopo soli tre mesi e mezzo dovette seguire l'infelice suo primo consorte.

an repos sept ou huit heures. Je ferai ansaitot une courte prière pour dédier et offrir à Dieu la journée, et je tâcherai de m'habiller promptement, sans être difficile à mes femmes, supportant leurs fautes quand il n'y aura que mon service qui en souffrira. Une heure après, tout au plus que je serai levée j'irai faire l'oraison de trois quarts d'heure ou d'une demi heure (elle l'étendit ensuite jusqu'à une heure, qu'elle réglait avec une sable comme on l'a dit.) Je tâcherai après à entendre la messe sans me distraire par la présence de ceux qui y assisteront, m'appliquant entièrement à ce divin mistère.

2. Je prendrai garde de purifier mon intention en m'habillant et en me parant, et de ne le faire que par un motif de bien séance pour satisfaire à l'état où Dieu m'a mise, et je ferai le même à l'égard de tous les bonheurs que la grandeur de mon rang me rendent indispensables en rapportant la gloire à Dieu, et ne prenant rien pour moi de toutes les louanges personnelles que ma condition m'attire.

3. Je retrancherai quelque chose à mon goût dans les repas.

4. Je tâcherai de profiter des occasions que j'aurai contraires à la sensibilité de mon cœur ou à mon amour propre dans tout le cours de la journée, particulièrement à l'égard des personnes auxquelles je suis le plus attachée, en souffrant leurs humeurs et en étouffant autant qu'il me sera possible dans mon cœur les mouvements d'impatience et de trouble qui en s'élèveront.

5. Je prendrai garde à éviter des conversations empressées dans le temps où je sentirai mon cœur disposé à s'y laisser aller.

6. Je réprimerai le penchant ordinaire de se complaire à entendre dire les défauts des gens pour qui on a de l'opposition naturelle, ou qui ont donné lieu de croire qu'elles ne vous sont pas affectionnés.

7. Je n'ajouterai pas aisément foi aux rapports qu'on me fera, et quand j'aurai à reprendre ou à punir quelqu'un, je tâcherai de le faire sans préoccupation.

8. J'éviterai les conversations de raillerie et de petites histoires où le prochain est intéressé, et je vaincrai la facilité que ma douceur naturelle me donne à laisser passer la plus part des choses qui ne sont pas notoirement méchantes ou médisantes, considérables quoique elles soyent, toujours contre la charité que nous devons au prochain.

9. Je réprimerai ma trop grande sensibilité sur le mépris et surtout ce qui peut m'attirer quelque blâme, et je tâcherai de le souffrir et de l'entendre sans m'en inquiéter.

10. Je tâcherai de ne pas juger ou soupçonner mal des actions et des paroles de mon prochain, quoique j'aie lieu parce qui a procédé de n'en avoir pas une bonne opinion, et

Si ricorderà il lettore che lo sciagurato D. Alfonso, quando vennegli tolta la libertà si volle confinare nell'isola di Terceira, ma siccome riusciva di continuo la sua persona oggetto d'inquietudine, così non molto appresso deliberossi di farlo condurre ad una delle isole Açores, dove avrebbe egli occupato il palazzo di quei governatori per poter gioire di una maggior libertà che non conveniva lasciargli in Portogallo senza scapito della pubblica quiete.

D. Alfonso adunque partì segretamente alla volta di Angra, novella sua residenza, nel 1668, dove giunse ad ignoranza degli stessi abitanti. Ivi rimase l'infelice re per ben sei anni sotto il governo del mastro di campo Nugnez Leitâo che il

quand il sera necessaire que j'en parle soit pour le bien de ces mêmes personnes, soit pour mon propre soulagement aux gens qui en sont déjà informés, je le ferai avec le plus de tranquillité et de modération qu'il me sera possible.

11. Quand je sentirai quelque inégalité dans mon esprit, je tâcherai d'être plus douce et plus affable avec les personnes pour qui j'ai naturellement quelque opposition.

12. J'aurai beaucoup de soumission pour les conseils que l'on me donnera sur mon intérieur.

13. Je m'étudierai à vaincre la complaisance intérieure sur ce qu'on a de bon en soi et sur ce que les autres en découvrent, et je réprimerais ces pensées par quelque humilité selon le motif que j'en aurai du qui me sera suggéré.

14. Je tâcherai de modérer mes désirs sur les choses qui regardent l'infante ou ma gloire et mon repos de manière que je n'en reçoive point d'inquietude et que mon cœur n'en soit point troublé.

15. Je prendrai chaque mois une passion à tâche selon l'avis et la règle que me prescrivera mon confesseur.

16. Je ferai les après-diners mes prières vocales avec plus d'attention que j'en avais coutume qui seront le chapelet, l'office de la Vierge et quelques autres petits offices de la Conception, de Saint-Joseph selon le loisir que j'en aurai ; mais j'en omettrai plutôt quelqu'une que de les faire dans des temps ou dans des occasions qui portent d'elles mêmes à la distraction, et où on les fait plutôt par coutume que par dévotion.

17. Je ferai chaque jour de la même manière ma lecture spirituelle, et je ne manquerai pas non plus de faire un examen régulier le soir de toute la journée, y gardant la forme ordinaire.

18. Je ferai cinq ou six fois par jour des élévations de cœur à Dieu, me remettant en sa présence ou m'humiliant devant lui au milieu des grandeurs et des louanges que ma condition m'attire et reconnaissant les lui devoir aussi bien que le grâces qu'il me fait.

19. J'en userai du même dans les divertissements dans lesquels je suis obbligée d'assister et qui seront d'or en avant plus fréquens, et je ferai pendant ce tems là des retours de cœur à Dieu, le priant que toutes ces distractions extérieures ne diminuent point mon application à perfectioner mon intérieur et le rendre digne de sa présence faisant des actes de foi et d'amour ou autres semblables.....

20. Quand j'aurai à parler de quelques affaires importantes, je commencerai par me

fratello aveva nominato per sorvegliarlo e provvedere a' suoi bisogni; senonchè ancor questo suo secondo soggiorno lo si doveva cangiare in altro ben più triste per causa delle politiche combinazioni di cui era vittima il misero principe. Ed in vero la Spagna, la quale teneva fisso lo sguardo sul Portogallo, nè lasciava di approfittarsi di qualunque occasione se le parasse per usurpare di nuovo l'antica sua autorità su quel regno, dicesi che per mezzo del conte di Humanes, suo ministro a Lisbona, fosse giunta a mantenere relazioni cogli abitanti di una delle isole, per venir poi ad impadronirsi di Manuel Nugnez Leitáo e della persona di

conformer à la volonté de Dieu, et puis je lui demanderai la grâce de m'y comporter avec la modération et la prudence qui y seront necessaires.

21. Je m'endormirai avec quelque bonne pensée et je tâcherai de la reprendre aussitôt après mon réveil.

22. J'obéirai sans murmure aux choses indifferentes qu'on souhaitera, et quand elles seront contre mon génie, je me m'y soumettrai avec plus de joie et même j'en rechercherai les occasions et j'éviterai toutes les contradictions qui ne sont propres qu'à aigrir l'esprit et que on a naturellement quand les génies et les humeurs sont différents.

23. Je mortifierai même un certain esprit de contrariété qu'on a avec ses inférieurs ou par humeur ou par opposition naturelle à leur esprit ou par une certaine supériorité qu'on veut exercer sur eux.

24. Je m'efforcerai de modérer mes empressements sur les affaires que j'entreprends et que j'ai le plus à cœur, et avant que d'entrer dans ces occupations extérieures et dans la communication des gens du monde je ferai un dépot de mon cœur entre les mains de Dieu afin que les puissances de mon âme puissent agir dans les choses purement humaines, et qui le distraient de sa présence sans qu'il en reçoive ce dommage et qu'il ne s'y passe rien qu'il lui soit désagréable. Je le ferai plus soigneusement dans le temps où je pourrais être plus emportée par la joie du mariage de l'infante, par les divertissements qui en suivront et plus distraite par la multitude des occupations que j'aurai en ce temps là qui pourraient diminuer mon application, occuper trop mon cœur, le refroidir et me causer du relâchement.

25. Je soumettrai mes inquietudes intérieures aux sentimens de mon confesseur, et je tâcherai de vaincre les miens, reconnaissant que c'est mon amour propre qui me les cause.

26. Je serai plus soigneuse à assister les nécessités de mes domestiques, ne les laissant pas souffrir par oubli ou négligence. Je ne retarderai point par negligence les affaires des personnes de mes terres qui viennent prétendre quelques offices de quelques affaires et je recommanderai à mon secretaire d'en avoir soin. J'aurai soin à l'égard des petites dettes qui me restent de faire exécuter les ordres que je donne à mon trésorier, et je dissimulerai une méprisante répugnance que j'ai à dépêcher avec mon secrétaire qui peut lui faire craindre de m'apporter les requêtes des pauvres gens, et qui peut aussi me faire dire et faire quelque chose contre la charité (a).

(a) Archivi del regno, *Storia della Real Casa*, marzo 5.

D. Alfonso che si sarebbe maritato alla vedova del re cattolico. Ma scopertasi l'orditura del fatto, alcuni ebbero a lasciare su di un palco la vita, ed altri soltanto fuggendo scamparono dall'ultimo supplizio. Procurò allora D. Pietro con sollecitudine di far ritornare il fratello sul continente, e fu un uffiziale generale. D. Pedro Jacopo de Magalâes, che ne ricevette la missione.

Condotto a Cintra, nove anni ancora gli toccò di trascinare una deplorabile prigionia. Dalle sbarrate finestre di quel castello egli scorgeva un circoscritto orizzonte e la montagna della *Penha*, sul cui pendio dicesi potesse vedere il solo fedele compagno che nel colmo di sue sciagure fossegli omai rimasto. E questo nobil tratto di leale servitù ce lo addita la storia nel conte di Castelmelhor, il quale corrispondeva seco lui con segnali che, se non altro, forse contribuivano a lenire l'animo suo contristato. Per una angusta scala ascendevasi ad una cameretta che per un foro guardava in una sottostante cappella. L'ascese Alfonso per l'ultima volta il 12 di settembre 1683; colpito di apoplessia, il guardiano trovollo esanime a giacere sul suolo.

Il suo corpo fu trasportato al monistero di Belem, dove riposa in una cassa di legno dietro al maggior altare, essendogli per una malintesa e disapprovata determinazione stata negata la sepoltura dei re.

Ma quale sia il senso che sui Portoghesi produsse la sequela degli avvenimenti dell'infelice loro sovrano, e che serbasi oggidì ancora nella memoria tradizionale dei più, lo dimostrano con successo le brillanti parole dell'autore di un'opera pubblicatasi in Lisbona in questo secolo, e che qui prendo a riferire nella francese versione a maggiore intelligenza di chi legge. Parlando adunque l'autore del castello di Cintra così favella:

« Les murailles de ce palais ont entendu les imprécations de rage que proferait un roi outragé dans son honneur et dans sa dignité. On montre l'appartement où l'in-

fortuné monarque promenait son désespoir, les carreaux
laissent voir encore la trace de ce mouvement continuel
par lequel il cherchait à se distraire dans une si triste po-
sition. Précédemment il occupait une autre salle d'où il
pouvait du moins contempler la campagne: sous prétexte qu'il entretenait des rélations avec ses partisans au
moyen des signaux qu'on lui adressait du château du bourg,
il fut transferé autre part. Dans la chapelle au dessus du
chœur il y a une ouverture qu'on a pratiqué dans la
muraille; c'est par là qu'il entendait la Messe. On avait
disposé ainsi les choses pour qu'il ne peut être aperçu
du peuple. On voit aussi à la fenêtre de son appartement
les traces de la grille de fer qu'on a arrachée. Ce fut dans
cette salle qu'il vécût le reste de ses jours soumis à une
dure captivité jusqu'à l'époque de sa mort. Il fut trans-
porté alors au monastère de Belem, où il git dans un cercueil de bois derrière le maitre-autel. Son corps que nous
avons vu là, il y a encore peu d'années, s'etait conservé tout
entier, et c'est à peine si l'on remarquait quelques attein-
tes à la partie prominente du visage. Il était vetu de ses
habits de soie, sans insigne aucun de la royauté. J'en deman-
derais le motif: je voudrais savoir aussi pourquoi on lui a refusé la sépulture dans l'asile des rois de sa dynastie? Les bras
dessèchés du premier roi de la famille de Bragance s'éten-
dent vainement vers le premier-né de cette famille pour lui
faire partager la poussière d'une même sépulture » (1).

Noterò qui che fu special cura del principe D. Pietro
di ragguagliare ufficialmente il duca di Savoia della morte
di D. Alfonso e della regina, al quale volle spedire un suo
gentiluomo incaricato di tale missione (2), avendogli poi anche in segno di ringraziamento Vittorio Amedeo inviato il
marchese di Balbiano che ebbe a ricevere istruzioni in
proposito il 14 dicembre del 1684.

(1) *Cintra Pintureaca*, Lisboa 1839.
· (2) Documenti n° XX e XXI.

VIII. La Corona di Lisbona pericolava intanto di passare in mani straniere, vuoi perchè non viveva alcun principe ereditario, vuoi perchè la malferma salute dell'infante era un triste vaticinio, quindi è che il novello re D. Pietro per accondiscendere alle sue brame congiunte a quelle dei Portoghesi, il 2 luglio 1687 dispossossi a Sofia Elisabetta di Baviera, figliuola di Guglielmo di Baviera, ultimo duca di Newbourg, ed elettore palatino del Reno, e di Elisabetta Amalia, figlia di Giorgio landgravio d'Assia Darmstadt, nata il 6 agosto 1666.

IX. Il novello ordine di cose succeduto nella reggia di Lisbona serve poi a persuaderci di quali egregie doti fosse fornita l'infante Elisabetta Ludovica, che colla seconda madre seppe mantenersi in maniera da tutti altamente apprezzata. Già si susurrava di trattati di matrimonio coll'infante, e fra coloro che alla di lei mano aspiravano era più sollecito il principe elettorale, ma sorpresa la giovane principessa da una lenta febbre nel settembre del 1689 miseramente potè trascinarsi sino ai 21 di ottobre dell'anno seguente, che fu per lei fatale, e notano le memorie contemporanee che in quei dolorosi frangenti non lasciò ella di dare saggio di singolare sofferenza e docilità degne delle massime apprese dall'augusta madre.

Sulla sua morte non mancarono di correre sinistre voci che volevano scorgere in essa violenza, ma questo falso rumore era opera dei partigiani di Francia che nulla lasciavano per denigrare i loro avversarii, e la vera cagione di sua morte fu la debole di lei costituzione che non potè a meno di gravemente risentirsi di tanti fatti, nè guari piacevoli, attorno ad essa accaduti.

X. Il regno di D. Pietro fu lungo e non senza vanto di celebrità. Parteggiò egli dapprima per la Francia e per Filippo V. Nel 1707 fece parte della lega che l'imperatore Leopoldo conchiuse all'Aia con l'Inghilterra e con l'Olanda, e morì ai 9 dicembre del 1706 in età di cin-

quantott'anni e sette mesi, lasciando erede del trono Giovanni quinto di tal nome, la di cui memoria onorano i
temperati rigori dell'inquisizione e la difesa conceduta agli
accusati da quel tremendo tribunale. Del re D. Pietro di-
scorrendo poi l'autore delle *Memorie storiche del Porto-*
gallo accennate sino dal bel principio di questo lavoro,
così si esprime in riguardo di sue qualità fisiche: « È di
statura proporzionatissima, grande senza eccesso, ben tagliato nel suo corpo. Ha il volto maestoso ugualmente disposto alla piacevolezza ed alla serenità, gli occhi neri, uiui,
li capegli neri e distesi, li denti bianchi, tutto il corpo di-
spostissimo e atto ad ogni esercitio caualleresco a piedi e
a cauallo. Il suo vestito è semplice e ordinariamente nero
all'italiana, cioè in giupone, calze aperte e mantello, ma
sommamente magnifico nelle fontioni. Il passo è grave e
composto, il portamento reale. Non parla molto nè in altra
lingua che portoghese, benchè molto intendente dell'italiano e spagnuolo e anche del francese. Forte a cauallo,
si diletta sommamente di caccia, tra le altre ama la più
pericolosa. Nelle feste dei tori combatte con gran destrezza
e robustezza, e raccontasi per miracolo della sua gagliar-
dia che prendendo un toro infuriato per le corna, lo arre-
stò. Si è trouato in più pericoli alla caccia del cinghiale,
da! quali l'ha saluato la sua forza e destrezza. È di complessione uguale, parco nel vivere, patiente di qualsivoglia
fatica » (1).

XI. Sotto il regno di Vittorio Amedeo II breve vertenza
seguì ancora tra le due Corti di Torino e di Lisbona, e parimente in riguardo di relazioni matrimoniali, ma pareva
decretato che in quel secolo ogni trattativa di nozze dovesse riuscire illusoria. Del resto giova osservare che nel-
l'affare in quistione fuori di proposito era l'incamminamento
di qualunque negoziato. Giovanni V, successore di D. Pietro,
aveva una sorella per nome donna Francisca, la quale era di

(1) Pag. 176 e seguenti.

una grossezza sorprendente e rara in Portogallo. Il duca di Savoia forse mal avvisato volle chiederne la mano per il principe di Piemonte, ma quando spedì due suoi vassalli accompagnati da un fisico che minutamente lo ragguagliarono e delle forme e della probabile infecondità dell'infante, egli dismise ogni idea a quel riguardo.

Ai tempi nostri pertanto era serbato di ravvivare le antiche alleanze con quella nobilissima schiatta sovrana, e stringere vieppiù il legame di fraternità che corre fra le due nazioni.

DOCUMENTI

I.

Relazione del viaggio da Parigi alla Roccella seguito nell'occasione
del matrimonio di Maria Elisabetta di Nemours col Re di Portogallo.

Dalla Roccella..... 1666.

Archivi generali del regno — Francia, Lettere Ministri, mazzo 78.

Relation du voyage de LL. AA. Madame de Vendôme
et de Mademoiselle de Nemours.

LL. AA. partirent de Paris le XXIX de mai dernier, environ
sur les six heures du soir dans le carrosse de mademoiselle de
Nemours. Elles furent accompagnées de sept autres carrosses,
de deux chariots et de deux coches, le tout attelé de six chevaux, et celui de LL. AA. de huit et de plusieurs hommes de
cheval, tant officiers qu'autres, jusqu'au nombre de LXXX.
Le carrosse de monseigneur le duc de Vendôme, dans lequel
ont toujours été jusqu'à Poitiers M. le marquis de Sande, ambassadeur du sérénissime roi de Portugal, monsieur d'Almeida
et monsieur de la Nanne, marchait le premier, celui de LL. AA.
immédiatement après, et était suivi de celui de madame la duchesse de Vendôme, dans lequel étaient les femmes de LL. AA.,
et celui de monsieur le marquis de Sande le suivait, après
lequel marchait le surplus des carrosses et des chariots.
On arriva fort tard à Chartres, la première journée ainsi on
ne trouva pas grand embarras que pour les logements, les
maréchaux de logis que madame la duchesse de Vendôme avait
promis d'y faire trouver pour les faire préparer, ne s'y étant pas
trouvés, cette bonne princesse ayant oublié ce qu'elle avait promis. Depuis Chartres jusqu'à la Rochelle en tous les lieux où
LL. AA. ont passé ou couché on y a toujours trouvé tout le
peuple assemblé dans les rues, dans les boutiques et aux fenê-

tres des maisons pour voir passer LL. AA., ou plutôt la reine de Portugal, qui n'a pas manqué de benedictions et de bons sonhaits dans tous ces mêmes lienx.

Dans tontes les villes et dans les bourgs considerables LL. AA. ont été reçues d'abord aux églises par les chanoines, curés, ou religieux avec la croix et l'eau bénitc: elles y ont reçu les compliments à l'entróe des dites églises et particulierement sur le mariage de Portugal; et de la ont été conduites au chœur sur des marchepieds qui leurs avaient été préparés pour faire leurs prières. LL. AA. ont aussi reçu dans les villes où elles sont passé les visites et les compliments des gouverneurs ou de leurs lieutenants, des présidiaux, des baillages, des élections des maires et échevins et de toutes les communautés ecclesiastiques tant séculières que régulières.

A Estampes, qui appartient à monseigneur le duc de Vendôme, le prévôt des marechaux vint au devant de LL. AA. avec ses archers et les joignit à deux lieues près de la ville, hors de laquelle et proche de ses murailles LL. AA. trouvèrent tont le peuple d'Estampes en armes qui les reçut tambours battants et les mena droit à l'église, et de là dans la maison où elles furent logées, devant laquelle ils fit garde jour et nuit, et le lendemain accompagna LL. AA. jusque dans la campagne de la même manière. A Orléans LL. AA. trouvèrent quantité de peuple à nne lieue de la ville qui s'était avancé pour les voir passer, et tontes les rues, les boutiques et les fenêtres des maisons pleines de monde et de personnel de toutes sortes de qualité qni s'y était assemblé pour le même sujet. La même chose arriva à Blois, Amboise Chastel, Revaull, Poitiers et Niors. A Poitiers monsienr le marquis de Sande, ambassadeur du sérénissime roi de Portugal, se trouva si mal de ses incommodités que LL. AA. furent contraintes d'y séjourner dans les filles du Sepulcre quatre jours entiers, pendant lesquels monseigneur le duc de Vendôme y arriva, et qui depuis a toujours marché dans son carrosse accompagné de monsieur d'Almeida, de monsieur le commandeur Caroche, frère de monsieur l'ambassadeur de Savoie, et de monsieur de la Nanne: pour monsienr le marquis de Sande on le fit porter en litière depuis Poitiers jusqu'à la Rochelle.

LL. AA. arrivèrent à la Rochelle le jendi 17 de ce mois de

juin, environ sur les 7 heures du soir : à deux lieues de cette ville elles rencontrèrent les gardes de monsieur le duc de Navaille, gouverneur de la Rochelle et du pays d'Aume, commandés par l'un de leurs officiers qui était à leur tête et qui complimenta LL. AA. de leur part; ils se mirent incontinent après et marchèrent à la tête des carrosses jusqu'à une lieue de la ville où LL. AA. furent rencontrées par messieurs les ducs de Lande, Navaille et de Noirmoutiers, accompagnés d'un nombre fort considerable de noblesse et suivis d'un escadron de cavallerie, composé de quatre compagnies de chevaux-legers, l'une du sieur La Cardonnière et l'autre du régiment de gassion, deux des plus belles compagnies de chevaux-legers que Sa Majesté ait dans ses troupes, chacune des dites compagnies étant de cinquante deux maitres effectives, tous hommes de belle taille et de bonne mine, bien montés, bien armés, et les deux de cavallerie de bourgeois et habitants de la Rochelle, hommes bien faits et bien montés.

Messieurs les ducs de Navaille, de Lande et de Noirmoutiers et le surplus de ces messieurs qui les accompagnait étant montés dans leurs carrosses et sur leurs chevaux, LL. AA. continuèrent de marcher et passèrent devant l'escadron de cavallerie où les officiers étant à sa tête et ayant aussi bien que leurs compagnons l'épée à la main, les saluèrent, après quoi monsieur le duc de Navaille les fit deffiler à leur vue : les deux premières compagnies marchèrent à la tête des carrosses et les dernières à la queue du carrosse de madame la duchesse de Vendôme ; on continua de marcher en cet ordre jusqu'à l'entrée du faubourg de la Rochelle, où étant arrivés, on tira le canon de la ville et on rencontra à une grande demi lieue quantité de personnes de la Rochelle qui étaient sorties pour voir la réception que l'on ferait à LL. AA.

A la porte de la ville monsieur le duc de Navaille mit pied à terre et vint, accompagné du maître et des échevins, présenter lui-même les clefs de la ville à LL. AA. Ensuite elles entrèrent dans la dite ville où elles trouvèrent tous les bourgeois en armes, le tambour battant, et la traversèrent presque toute entre deux haies de mousquetaires et de piqueurs avant que d'arriver à la maison où Leurs Majestés ont coutume de loger

que monsieur le duc de Navaille leur avait fait préparer ; il donna
la main au sortir du carrosse à mademoiselle de Nemours et la
mena dans son appartement où Son Altesse rencontra grand nombre de personnes de condition tant de la ville que de la province.
Incontinent après LL. AA. furent visitées et reçurent les harangues de messieurs du présidial et de l'élection ensuite de
toutes les communautés de la ville tant séculières que régulières. Presque par tontes les villes LL. AA. ont été obligées de
manger en public : les officiers de les mêmes villes se sont
donnés la peine de visiter monsieur de la Nanne et en ont usé
avec lui fort civilement ; l'équipage, qu'était très-grand, a été
conduit avec tant d'ordre par le sieur de Jony, maître d'hôtel
de S. A. mademoiselle de Nemours, qu'il ne s'y pouvait rien
ajouter tant à la bonne chère qu'à l'économie de toutes choses
dont LL. AA., monsieur l'ambassadeur et toutes leurs suisses
ont été plainement satisfaites et étonnés de voir dans tous les
lieux où elles ont passé une si grande abondance de vivres par
le soin et précautions qu'il y aportait, lequel était fort surprenant de voir huit tables servies avec tant d'ordre et de propreté,
lesquelles n'auraient pas été mieux servies dans Paris.

Le jour au quel se doit faire le mariage de mademoiselle de
Nemours avec le sérénissime roi de Portugal n'est pas encore
pris, et apparamment le mariage ne se fera point que lorsque
le vent sera bon pour mettre à la voile dans le même jour.

II.

Lettera del commendatore Ignazio Carroccio [1], ministro straordinario
di Savoia presso la Corte di Portogallo, al duca Carlo Emanuele II.

Lisbona, 9 agosto 1666.

Archivi generali del regno — Portogallo, Lettere Ministri.

Il signor duca di Beaufort ch'era partito da Prouentia poco
prima che fosse partita da Parigi la regina arriuò in Li-

(1) Ignazio Carroccio figliuolo del conte Pietro, ministro di Savoia a Luigi XIV, pervenne al grado di vice-cancelliere, e fu cavaliere gran croce dei Santi Maurizio e Laz-

sbona cinque settimane prima d'essa regina et aspettò ancora
nella medesima città circa tre settimane, finalmente non hauendo nuoua alcuna riuoltò le vele e dicesi che attenda hora
verso l'isola di Rey d'unirsi con questi uascelli che sono uenuti
a seruir la regina per intraprendere col corpo intiero della sua
armata nauale qualche gloriosa impresa: a qual effetto s'alle-
stiscono alla partenza con ogni deligenza questi uascelli per
lunedì prossimo.

Haueua il signor duca di Beaufort (1) quarantadue uascelli
oltre li brulotti e u'erano seco alcuni vascelli mercantili che in
tutto faceuano sessanta e più vele. Li Spagnuoli s'erano messi in
stato d'impedir il passaggio alla regina et haueuano già occupato un forte del re di Portogallo detto le berlinghe che è
isola maritima tra li limiti di Portogallo e Spagna oue conue-
niua necessariamente passare. Indi inoltratosi il signor duca
di Beaufort poco lungi d'un forte de' più considerabili di Portogallo tra il mare e il grosso fiume Tago chiamato Cascai,
discosto quattro leghe circa da Lisbona, trovò iui li Spagnuoli
con sedeci vascelli, quali uedendo un'armata così poderosa
sfuggivano più che potevano per non incontrarsi, et al contrario il signor duca andaua sempre accostandosi sì che temendo
li Spagnuoli qualche disastro mandarono a complimentare il
signor duca di Beaufort, qual gli obbligò ad abbassar il paui-
glione et a far il saluto come fecero con cinque tirate di canone,
e gli fu risposto con quattro: gli obligò indi di ritirarsi, nè
più sono comparsi. Giunto che fu a Lisbona il signor duca
di Beaufort con seguito di trecento gentiluomini tra uolontarii
et ufficiali, fu a visitare il re qual nel suo ingresso lo trattò
d'Altezza con molte altre espressioni d'affetto e di stima e benchè si dica che non è partito troppo soddisfatto è ciò proce-
duto per hauergli il fratello del re ricusato di trattarlo con

---

zaro, priore di Santa Maria di Susa, abate coadiutore e commendatario perpetuo di
Santa Maria di Pulcherada o San Mauro, e di lui si legge una onorifica iscrizione collocata tra la porticella della cattedrale di Torino e la capella della B. V. *ad Nives*, la
quale del resto trovasi stampata dal cavaliere Bosio nelle sue illustrazioni al *Pede-
montium sacrum* del Meiranesio che fanno parte del tomo X, *Scriptorum*, dei *Monumenta Historiae patriae*.

(1) Questo è il medesimo duca di Beaufort che uccise in duello il padre di Maria Elisabetta, come fu accennato superiormente.

titolo uguale al suo che è d'Altezza Serenissima, sì che non si sono ueduti. Fu detto signor duca di Beaufort regalato per parte del re di quantità di frutti, confitture et altre robbe da mangiare. Del viaggio et imbarco della regina dalla Rochiella che fu alli 28 di giugno scorso ne havrà V. A. R. dal conte del Villar havuto compito raguaglio.

Erano dieci li vascelli e otto brulotti al seruitio della regina oltre altri sedici di mercanti che s'erano preualsi dell'opportunità per maggior loro sicurezza, sì che in alto mare pareua un'armata nauale, essendosi le schiere compartite con bellissimo ordine, ma la contrarietà de' uenti apportò un tal sconuolgimento che u'era molto a che fare a tenersi congionti. Fu nei primi giorni la regina grandemente tranagliata dai grandi flussi e riflussi del mare, ma con animo intrepido soffrì più che potè le ingiurie del tempo e le altre incommodità sinchè le sue damigelle grauemente inferme e disperate per gli effetti che suole cagionare il male chiedeuano d'essere giettate in esso mare.

All'hora la regina mossa da grandissima compassione e trouandosi anch'essa maggiormente carricata dal male, chiedè instantemente al signor marchese di Sande et al capitano del suo vascello di condurla, se si poteva, nell'isola di Rey ch'era la più uicina, ovvero di ricondurla alla Rocchiella. Procurarono essi di consolarla et acquietarla con buone speranze, et intanto s'accomodò per due o tre giorni il tempo, ma indi turbatosi più che mai il mare, rimase la regina estremamente afflitta, e siccome incominciavano a mancar le prouisioni da uiuere sì per le persone, che per i caualli, si congregarono li capitani de vascelli e si uenne ad una longa consulta ; la conclusione fu che ciascheduno de' capitani concorresse a soccorrere secondo il bisogno e principalmente d'acqua dolce ch'era molto più pretiosa del vino, et erano per questa causa in pericolo di perdersi li caualli et il più gran male era che secondo tutte le apparenze non u'era speranza di mutatione di tempo. Fra questi disordini quando meno s'aspettaua si rese il uento fauoreuole a segno che con la continuatione ci faceua sperare d'arriuar in quattro giorni a Lisbona, ma non durò molto questa consolatione essendosi il giorno seguente leuata una nebbia tanto tant'oscura per due giorni e mezzo che non si poteua uedere il tratto d'un colpo di pistola, cosa mai più sentita in questa stagione, oltre che s'erano in sì grande oscurità talmente dispersi li vascelli che con molta difficoltà e tempo poterono riunirsi, e fu in euidentissimo pericolo di perdersi nelle giarre il *Diamante* che è uno dei più principali vascelli. Cessata la nebbia ritornò fauoreuole il nento e s'incominciò a scoprir la terra della cui uista eravamo rimasti privi per un mese intiero et auanzatisi un poco più oltre si uiddero una grande quantità di picioli fortini quali tutti fecero la foro sparata di giubilo. Gionti a Cascais, quattro leghe circa discosto da Lisbona, che è una piazza de' più considerabili del Portogallo, fu salutata la regina con grandissimo numero di uolate di cannone e moschettaria, e gli fu nel medesimo tempo risposto da tutti li vascelli, il che rese con nuvole benchè oscure altretanto grande il giubilo quanto fossero stati di tormento tutti gli altri patimenti. Gionta che fu la regina alli 2 d'agosto sul fiume Tago non più discosto d'una lega da Lisbona, fu complimentata per parte del re col quale haueua essa regina prenenato due giorni prima per un gentil huomo spedito in diligenza sopra una chialoppa. Vn'hora doppo l'arriuo di detta regina gli mandò il re quattro grandi canestri di frutta, cioè vno di regalati citroni di Portogallo, altro di persici, altro di meloni, et altri frutti. Doppochè la regina hebbe pranzato comparuero iui molti cauaglieri che furono presentati alla regina dal signor marchese di Sande, indi arrinò il signor conte di Castelmelhor accompagnato da grande moltitudine di cavaglieri, qual postosi con li ginocchi a terra baciò la mano alla regina, poi leuatosi in piedi fece il suo compimento. Gli rispose la regina con quella benignità et espressioni di stima che procedono dal suo instinto naturale nel discernere li meriti di ciascheduno: si licentiò detto signor conte di Castelmelhor con baciar nuouamente la mano alla regina alla quale presentò un gran numero di cavaglieri che haveva seco. D'iui a poco arrivò la madre del sudetto signor conte di Castelmelhor destinata prima dama della regina, in habito nero con una tela bianca piegata al dinanti che la faceva parere in habito di religiosa, come se fosse stata un'abbadessa dal cui principio si congetturò il rigore del monastero come in effetto è sin qui stato. Fu detta dama presentata dal signor conte di Castelmelhor suo figlio, fece un breue compimento et indi prese il suo posto al dietro della sedia della regina: dall'altro canto della sedia d'essa regina u'era il signor marchese di Santa Croce maggiordomo maggiore della regina, e tennero ambi il suo posto senz'intermissione.

Immediatamente dopo fu di nuouo regalata la regina di quattro grandi canestri di confitture e frutti. Circa le hore cinque e mezza arriuò il Re col principe suo fratello e con gran seguito di nobiltà in una barcha assai ben ornata condotta da circa quindici barcaiuoli vestiti di rosso con passamano d'oro et argento.

Arrivato il Re al bordo del uascello della regina andò il signor vescouo e duca di Làon con rochetto e mozzetta ad incontrarlo, et entrò nella istessa barcha per far il suo compimento al quale corrispose il re con molta benignità et espressioni di riconoscimento per haver cooperato con sì grande zelo al suo matrimonio col ringratiarlo insieme della pena presasi nel voler compire con la sua propria persona a seruir la regina in un uiaggio tanto longo e disastroso e trattò sempre detto monsignor di Làon d'Eccellentia. S'incaminò il re uerso la stanza della regina, doue gionto andò la regina ad incontrarlo insin alla porta della medesima stanza ch'essa habitava sul vascello, e postosi subito in stato di metter li ginocchi a terra s'abbassò il Re in modo che pareua uolesse anch'esso inginocchiarsi, ma come che non può riuscirgli così facilmente a causa della sua debolezza in una parte furono immediatamente sollevati dai cavaglieri che n'erano attorno, s'abbraciarono con molta tenerezza, indi s'accostarono alla sedia della rogina doue stettero sempre il re et la regina in piedi, e doppo hauere discorso per poco tempo con assistenza d'interpreti delle lingue tutti li circostanti che stavano esattissimamente osservando, scorsero che dopo hauer il Re mirata e rimirata la regina ne mostrò tutt'intiero il gradimento. Partirono indi tra le sei e sette hore di sera su la medesima barcha il Re, la regina con li cauaglieri ch'erano al luoro seguito verso Alcantara luogo di delitie, non più discosto mezza lega dal vascello doue era la regina, e non fu inuitato monsignor di Lâon nella barca del re, ma essendo in quella grande confusione stato oppresso grandemente dal caldo si pose immediatamente nel suo letto che restaua ancora nel medesimo vascello. A pena fu collocato nel letto che ui arriuò il signor conte della Torre per parte del re per leuarlo o condurlo a Lisbona nella casa che si era per lui preparata. Si scusò detto monsignor di Lâon con dire che il suo male non gli permetteua di riceuere quel fauore per allhora, mostrando a detto signor conte della Torre la sua gratitudine et obligatione in ordine alle cortesie che usaua seco, senza parlare mai in tali ringratiamenti del Re per parte del quale gli ueniua fatta l'instanza. Dormì donque monsignor di Lâon anchor quella notte sul vascello e fu l'indimani a sera condotto dal medesimo conte alla casa che se gli era preparata. Doppo che hebbe cenato fu il signor marchese di Sande a trovarlo e gli disse che s'era saputo ch'aueua concepito qualche disgusto per non essere stato inuitato nella medesima barcha del Re, ma che l'assicuraua essere stata inauertenza e poca consideratione di chi n'haueua l'incombenza e che si sarebbe riparato a quest'errore in qualunque modo sapesse monsignor di Lâon desiderare. Volle monsignor di Lâon dissimulare ma non lasciò per questo d'hauerne ancora qualche rancore: si cercano hora tutti li modi di contentarlo. Giouedì, quinto giorno d'agosto, il Re mandò il signor marchese di Sande per sapere nuoue della sua salute o gli fece dire che quando non fosse impedito da qualche male l'haurebbe obbligato molto a lasciarsi uedere e che per lui gli sarebbe sempre libero di vedere la regina; quanto a noi altri che siamo stati al seguito di detta regina da che ella è in Alcantara siamo tutti priui della facoltà di più rendergli li nostri ossequii uenendo ogn'hora maggiormente ristretta et il più gran studio di monsignor di Lâon è di trovar qualche modo di mitigare sì gran rigore. Per altro dicono che il Re ha ogni ueneratione o stima per essa e procura di diuertirla con canti et istromenti musicali. S'è astenuto il Re di dormire con la regina per tre notti per essere stato instantemente pregato a causa di qualche impedimento ch'haueua sovrapreso la regina, il che è poi seguito con intiera e reciproca sodisfattione alli sei di questo corrente agosto. Fu fatta la beneditione dal signor vescovo di Targo ellemosiniere del re. La Corte è molto numerosa di cauaglieri e secondo il costume del paese sono li uestiti, carrozze e lettiche assai richamente ornati, ma circa il uiuere il modo è totalmente diuerso dal nostro e la parsimonia molto ben osseruata. Monsignor di Lâon è sinqui trattato dal Re. Il resto delle persone ch'erano al seguito della regina sono rimasti tutti dispersi et in confusione non essendosegli dato altro recapito, e sarebbe manco male se col ben pagare si trouassero hosterie e luoghi per ritirarsi conuenientemente, si paga oltre modo et il più gran regallo è un poco di frutta.

Il signor della Nanne ha voluto dire qualche cosa de' trattamenti di nostra Corte: gl' è stato risposto che non era di bisogno di pigliar da noi la legge.

Si studiano a tutto luoro potere gl'Inglesi per l'aggiustamento di questo Re con li Spagnuoli e v'è a quest'effetto un inviato qual..... che habbia procurato di tenersi incognito, non ha potuto far che il suo animo non sia stato penetrato dalli Francesi, cioè dal signor conte di Chiomberg generale dell'armata francese, e dal signor abate di San Romain che è qua residente, li quali sono molto uigilanti et attenti ad ogni successo per preuertir qualunque cosa possa ingelosire li dissegni del luoro Re. Si desiderava in ogni modo da tutto questo regno sommamente la pace, ma la poca intelligenza et applicatione del Consiglio di questo Re non ben vnito ma discorde non saprà approfittarsi della contingenza che potrebbe riuscirli propitia.

Il signor della Nanne è stato ricercato dal signor conte di Castelmelhor per assistere al stabilimento della casa della regina, nel che si va trauagliando dal medesimo con partecipazione di monsignor di Lâon: quando sarà ciò intieramente determinato procurarò di hauerne il dettaglio ; ho in ogni modo saputo che se gli sono stabiliti cento milla scudi l'anno oltre altre regalie in occasione ch'arriuano le flotte delle Indie. Si fanno grandissimi preparatiui per l'entrata della regina, ma non saranno pronti che per li 25 d'agosto et intanto se ne starà la regina in Alcantara, aria poco salubre. Li presenti di gioie sin qui fatti dal Re alla regina non eccederanno il valore di 10 mila scudi, dicesi però che sogliono darsi quando si fa l'entrata solenne in Lisbona.

III.

Relazione fatta a S. A. R. dal conte Filiberto Piossasco del suo viaggio a Lisbona nell'occasione che veniva spedito ambasciadore per ricevere i regii trattamenti.

..... 23 agosto 1667.

Archivi del regno — Ceremoniale.

ALTEZZA REALE,

Honorato da V. A. R. del carico di suo ambasciadore estraordinario alla Maestà del Re D. Alfonso Sesto di Portogallo, deuo darle conto e del mio viaggio e del trattamento da quella Maestà riceuuti. Partii sotto i felicissimi auspicii di V. A. R. li otto aprile scorso da questa città et a dodeci giunti a Nizza per aspettare il capitano Agostino Germano genouese che con la di lui naue detta la *Madonna del Loretto* mi venisse a leuare nel porto di Villafrauca, nè giunse questo prima dei vinti sul mezzo giorno, che per non differirgli il viaggio due hore dopo il di lui arriuo mi trouai colà imbarcato con trentasei persone e col bagaglio, e se bene si leuasse l'àncora la mattina dei uinti uno, tuttauia non si fece uiaggio che sul tardi, la sera aspettandosi il fratello del medesimo capitano che se ne ueniua con alcune prouisioni. In cinque giorni ci portassimo all'altezza di Alicante dopo quali stettimo alcuni giorni in calma sinchè rimessosi il uento a nostro fauore giunsimo felicemente a sette di maggio circa il mezzo giorno alla barra di Lisbona, oue stanno stiuati due forti, l'un detto *S. Giuliano*, e l'altro *Buggio e Cabessa secca.* Il primo riconosciuto il nostro vascello inarberò il stendardo regio e col sparo d'un cannone diede il segno del mio arriuo a tutti gli altri forti situati dall'una e dall'altra parte del fiume Tago; cosi auuisati inarberarono anch'essi il stendardo.

Auuicinatosi il vascello a sudetti forti cominciò quel di *San*

Giuliano a salutare col sparo di cinquantasei pezzi di cannone e molti con palla. Appena hebbe finito questo che l'altro di *Cabezza secca* ne fece il simile con sedici. Stimai a mio debito di restituire il saluto a detti forti e feci sparare la più parte dell'artiglieria del vascello e vollero questi mostrarsene grati ringratiandomene ciascheduno con due altri tiri.

Il forte di *Cascais* che resta fuori della barra fece anche un saluto considerabile di trenta e più tiri al quale si corrispose con molta civiltà. Li forti di *S. Antonio* e di *Samaias* al lungo del fiume spararono pur anch'essi quanti pezzi haueuano e furono risalutati.

Non si passò la torre di Bellei per qnella sera stante la marca contraria, ma a fauore dell'acqua ui si accostassimo la mattina degli otto per tempo, e questa salutò con quattordici pezzi che sono quanti ne tiene e fece il simile la Torrcuecchia e a tutti si corrispose. Consigliato da amici mi portai più auanti sino alla drittura del palazzo reale, e passandosi auanti il forte reale, cosa innsitata, fui salutato con sette tiri che diede ad ammirare a tutti. Qui si gettò l'àncora, e per non trouarsi apparecchiato il palazzo a me destiuato conuenne fermarmi sino alle cinqne hore dopo il mezzo giorno delli none.

Intanto la mattina degli otto inuiai mio figlio dal signor conte Castelmelhor, primo ministro, a dargli parte del mio arriuo, e l'inuiai anche dalla Regina a presentarle alcune lettere delle LL. AA. RR. Fui io nell'istesso giorno complimentato per parte del detto sig. conte Castelmelhor, e la sera sul tardi per parte del Re dal gonernatore di Bellei.

Comparue alle cinque hore dopo il mezzo giorno delli noue il signor conte di Villaflor, caualiere principale, che già hebbe comando d'armate con tre lancie al vascello, che dopo hauermi complimentato per parte del Re mi conduse in un palazzo addobbato a Sabregas. Questo caualiere per essere titolato fu da me trattato con titolo di eccellenza, essendo io stato assicurato che Monsu Cominge et Monsu Francon, ambasciadori di Francia e d'Inghilterra, haueuano trattato di tal maniera con titolati dandogli la mano in casa, come pure ho fatto anche per ordine preciso della Regina.

Nell'istesso giorno fnrono messe sei guardie del Re al basso delle scale, e vi si trattennero per quelli tre giorni e mezzo nei quali fui io trattato a spese del Re e seruito da medesimi uffiziali che seruono la di lui persona.

La sera delli noue giunto al palazzo sudetto fui complimentato di nuovo per parte del Re da uno de' suoi veadori, che è a dire maggiordomo, e la mattina dei dieci da altro della Regina per parte d'essa, a' quali diedi la mano in casa con titolo di Signoria che tanto mi fe' imporre di fare la Regina per Monsu di Verjus suo segretario. Hebbi nell'istesso giorno molte visite dei forestieri, in particolare da monsu l'abbé di S. Romain che è quello che per parte del Re di Francia ha stabilita la lega col Portogallo. Questo non pretese nè hebbe da me nè titoli, nè la mano; ben l'accompagnai alla punta della scala: trattommi esso sempre con titolo di Eccellenza. Li residenti d'Olanda e di Suetia e l'inuiato d'Inghilterra m'inuiarono anche a complimentare, et i mandati mi trattarono con titolo di Eccellenza. Visitato poi da' residenti d'Ollanda e di Suetia fui trattato da essi nell'istessa maniera, nè pretese da me alcun trattamento. L'inuiato d'Inghilterra, perchè pretendeva la mano in casa mia, non mi uisitò: hauendomi però due volte incontrato fece fermare la lettiga, e parlandomi in francese trattommi con titolo di Eccellenza.

Sul tardi del medesimo giorno mi portai incognito dalla Regina, con quale occasione le presentai li cani, collari e panieri che M. R. gli inviò.

Mi fermai sino ai sedici nel medesimo palazzo, ma per essere quello discosto due miglia dalla corte procurandone altro, ebbi col mezzo della Regina quello della signora marchesa di Castelmelior ben situato, ben grande e ben nobile. S'addobbarono l'anticamera e la camera con le tappezzarie di damasco con trine d'oro, e la sala con tappezzaria de' sandali della China portate da qui.

Li 19 il sig. conte d'Auera, uno dei sei cavalieri della camera del sig. Infante Don Pedro, e Regedor mi complimentò per parte del detto signor infante con molta civiltà anche per aver tanto differito.

Li vinti uno, giorno di sabato, feci la mia entrata hauendo prouisto di carrozza e di lettiga, fui incontrato al conuento di

S. Benento dal sig. conte di Valdereis, vice-Rè delle Algarve con due carrozze di S. M., due della Regina et una del signor infante. Fra quelle del Re ui era la propria di rispetto della persona. Furono per parte del Re auuisati tutti li caualieri ch'haueuano carrozze di douerle mandare, ma pochi furono quelli che inuiassero, stante che la più parte haueua i muli et i caualli secondo il costume del paese alla campagna al verde. Quelli che inuiarono furono il signor conte Castelmelhor, il sig. marchese Mariol, il sig. marchese Gouea, il sig. marchese Nicia, il sig. conte d'Auera. Il sig. abbate Marco Bani, agente del sig. cardinale Orsino, ne inuiò quattro de' suoi amici, e li signori Ghersi due. Ne furono contate diecisette. Nella carrozza della persona altri non vi entrò che il sudetto sig. conte di Valdereis et io, nè mai uolle quello pigliar altro posto che quello dalla parte de' cavalli. Quella di rispetto della Regina e la mia camminauano auanti uote, e tutti li carrozzieri scoperti. S'andò a dirittura al palazzo soura la piazza del quale stauano disposte sotto le armi le solite guardie che stanno al di fuori, però accresciute di numero. S'entrò per la porta della cappella che fin dell'hora era stata chiusa, anzi il medesimo caualiere mi disse che ciò era in ordine ad honorare maggiormente la mia fontione. Al scendere della carrozza trouai uno dei capitani della guardia, uno dei veadori et altri caualieri del Re a rice-uermi. Nel salire delle scale uiddi per tutto compartiti de' soldati della guardia con l'armi, come anche nelle scale, et al lungo d'una galleria per la quale si passò, nella quale ui era concorso gran mondo. Fui introdotto dal Re che staua appoggiato ad un tauolino con il cappello in capo e se lo levò al vedermi salutandomi, rimettendoselo però nè più lo levò che a lui non fui accostato. M'impose subito di metterlo anch'io, anzi non mi permetteua di leuarlo, mentre nel discorso pronunciauo il nome suo o quello di V. A. R. Compirono in quell'occasione tutti i titolati che erano in molto numero. Sentì volentieri le espressioni gli feci per parte delle LL. AA. RR. alla forma della mia instruttione, e con risposte amoreuolissime che mi fece per mezzo del suo segretario Macedo che seruì d'interprete, si disse grato di questa missione; e promise la sua amicitia et ogni corrispondenza non tanto in ordine alla parentela quanto in ordine ai meriti et alla stima che fa delle LL. AA. RR. Mi fece instanze soura la buona salute delle LL. AA. RR. e di Monsignor il principe. Nel licenziarmi abbassò affatto il cappello e si scostò alquanto dal tauolino. Nell'istessa maniera fui condotto a casa che già staua preparata. Il sig. conte di Valdereis in quella occasione mi diede la mano in casa mia, e ch'io poi gli cedei nell'accompagnarlo alla punta della scala secondo il costume del paese. Alle cinque hore del medesimo giorno tornò il medesimo cavaliere con le medesime carrozze e mi condusse dalla Regina, auanti la qnale, per breuissimo tempo, messi il cappello, e nel leuarlo lo leuarono anche quelli caualieri che sono soliti e che hanno il privilegio di coprirsi, che con li marchesi e li conti, e questa è dignità personale.

Li 24, in martedì, fui condotto dal signor infante leuato di casa dal sig. conte di Villarmajor, uno dei sei gentiluomini della sua camera che uenne con tre carrozze. Al fondo delle scale fui incontrato dal signor conte della Torre, uno pure dei sei caualieri della camera, ma caualiere di molta stima.

Mostrò il signor infante gradimento delle espressioni gli feci per parte delle LL. AA. RR.: se ne disse obbligato e molto seruitore: fui accompagnato nell'istessa maniera a casa.

Perchè non credeua si mettessero guardie del Re alla mia casa stimai bene farne instanza non hauendo anche tutta certezza che gli ambasciadori di Francia e d'Inghilterra le hauessero hauuto. Ma ne furono accordate due che d'ogni giorno si cambiauano, e qneste alloggiai alla metà della scala, hauendo uno svizzero alla porta con miei colori.

Hebbi visita da varii titolati, non però da tutti. Li fidalghi, ai quali non nolsi accordare la mano, s'astennero di rendermi visita.

Li 29, giorno di Pentecoste, alle nndici hore hebbi udienza particolare dal Re, al quale resi le altre lettere, secondo gli ordini di V. A. R. Nell'uscire mi portai per la messa nella cappella del Re, dove trovai preparato a mio conto dentro della balaustrata dal corno dell'epistola un taboretto coperto di damasco cremesino con un gran cnscino di velluto del medesimo colore con moletto d'oro. Auanti staua un banchetto con un tappeto di nelluto simile, e sotto a' piedi altro turchesco. Assistei alla messa in ginocchio et a sedere secondo uedeua che sedeuano e s'inginocchiauano il Re et il signor infante che la sentiuano d'alto della loro tribuna, e questa guarda in faccia l'altare maggiore. Mi trovai anche alli nove di giugno, giorno della festa del Signore, invitato per lettera del signor conte Castelmelhor alla cappella che tenne il Re nella chiesa cattedrale. Andai a servire il Re dal palazzo alla detta chiesa accompagnandolo dalle sue stanze alla carrozza, camminando immediatamente dietro alla di lui persona coperto. Montando il Re nella sua carrozza montai io nella mia, che nella marchia tenne il luogo immediato auanti a quella di rispetto del signor infante, camminando auanti la mia due de' cavalieri del signor infante e del Re. Aspettai alle scale della detta chiesa il Re e ripigliando il mio luogo l'accompagnai sino alla sua cortina, d'indi mi portai al luogo per me destinato che era alla dirittura quasi della medesima cortina con la sedia, cossino e tappeto alla forma già avuta il giorno di Pentecoste, nella cappella reale. Li marchesi e li conti si posarono dalla parte della cortina, ma al basso della scalinata dell'altare maggiore. Li marchesi solamente haueuano il cussino. Si celebrò la messa grande, nè altri che il Re, il signor infante et il vescovo furono incensati, e fu il vescovo che incensò i primi. Il medesimo anche diede a essi la pace a bacciare. Finita la messa comparve il vescovo con altri sacerdoti e si diede principio alla processione, hauendo il Re, il signor infante, e tutti li caualieri preso il manto dell'ordine. Al Re fu presentato un cereo acceso dal suo camerero Mor, et altro simile fu presentato al signor infante dal signor conte d'Auera suo cameriere, et a me ne fu presentato altro da uno che credo mastro delle ceremonie della cappella. Il Re pigliò il luogo al di dietro del pallio caminando auanti a lui molti de' caualieri con l'abito degli ordini et il signor infante. Camminai io al posto già detto tra il signor visconte di Lima, Strenor-Mor, et il marchese della Fuentes, camerero Mor. Ne' luoghi più stretti camminai io auanti a essi. Ritornata la processione alla porta della chiesa il Re prese il pallio con il signor infante e pigliarono i primi bastoni auanti, l'altro più degno fu preso dal presidente del Senato di Lisbona che ha questo priuilegio in tal giorno, anche senza i titolati, comeche è il detto magistrato

che fa la spesa, e fu la cagione che non hebbi io alcun bastone,
come poi l' hebbi il giovedì, giorno dell'ottava, nella processione
che si fece nella cappella reale, nonostante che i caualieri hauessero tutti anche il manto delli ordini. Finita la processione
ritornò il Re al suo palazzo col medesimo ordine col quale si
era partito. Io pure lo seruii sin dentro le sue stanze. Fu pure
seruito da me nell'istessa maniera, mentre andò li dodeci, vi-
gilia di S. Antonio, al vespro alla chiesa al detto santo dedicata,
tenendo in essa cappella alla forma da esso lui tenuta nella
cattedrale il giorno della festa del Signore, nonostante che da
lui hauessi preso licenza che pigliai alle undici, condotto dal
conte di Valdereis con due carrozze nell'istesso modo e maniera
ch'haueuo riceuuto la prima audienza. Hebbi anche li medesimi
trattamenti li diecisette nell'andar all'audienza e congedo della
Regina. Il signor infante m'inuiò anche li dieciotto il sig. conte
della Torre con tre carrozze, et al scender della carrozza fui
riceuuto dal signor conte di Villarmaior, e parve che il signor
infante si scostasse più dal tauolino, e nel ricevermi e nell'ac-
compagnarmi.

Mi fermai sino alli vinti in Lisbona, e su le cinque hore del
detto giorno fui incognito a pigliar nuoua licenza dalla Regina,
et a dirittura passai al vascello ; nè partii detto giorno, ma l'indomani; passando auanti la torre di Bellai fui salutato da questa
con quattordici tiri e con otto dal forte di *Torreuecchia* : la
mattina anche delli vinti due passando in uicinanza del forte
di *San Giuliano* fui salutato con trentasei tiri, e molti con palla,
e dal forte *Cabezza secca* con sette che, risalutato, ringratiò
con altrettanti, e tutti essi forti inarberarono il regio stendardo.
Proseguendo il mio uiaggio lo terminai felicemente doppo
trent'un giorni di nauigatione, oltre li quattro che misi da
Nizza a qui. E perchè forse V. A. R. potrebbe gradire d'hauer
qualche conoscenza del numero delle persone, et in qual maniera si sii colà vissuto, dovrà sapere che compresi li sei caualieri, li trenta cinque con liurea, e le due guardie del Re, eravamo sessanta ordinari, nè mancarono quasi d'ogni giorno
straordinarii; pochi però furono i portoghesi, non essendo di
loro costume il mangiar fuor di casa. Non si hebbe riguardo
alla spesa per uiuere con qualche lautezza, e nelle mancie se

ne usò con generosità a segno che non ui fu chi degli uffiziali
del Re che hauesse seruito non la pubblicasse.

E così, signore, ho procurato sodisfare come ho più potuto
al mio debito, rincrescendomi non hauere habilità corrispou-
dente al molto mio desiderio et a gran meriti di V. A. R., che
è supplicata di ricevere a gradimento la mia debole servitù che
di nuovo humilmente le rassegno, e di permettere che renden-
dole le douute gratie d'un tanto impiego, inclinato a' suoi piedi
le facci umilissima rinerenza.

Di casa, li 12 agosto 1667.

Di V. R. A.

Umil.ᵐᵒ *Seruitore e vassallo*

FILIBERTO PIOSSASCO.

IV.

**Lettera autografa di Maria Elisabella regina di Portogallo
a M. R. Giovanna Battista dechessa di Savoia.**

......18 marzo......(1674)

Archivi generali del regno — Lettere della regina di Portogallo.

Je n'ai point reçu de vos lettres ce dernier ordinaire car ce
courrier d'Italie n'est point arrivé, mais, ma chère sœur, j'ai
assez à vous entretenir aujourd'hui sans attendre à répondre à
la lettre que je dois recevoir dans huit jours, puisque je prétends vous faire lire dans mon cœur un secrét qui n'en est pas
encore sorti et que je ne ferai qu'à vous seule. Vous vous souviendrez, ma chère sœur, des lettres que je vous ai écrites et
de ce que je vous ai fait entendre sur le sujet de nos chers enfans : je vois par des raisons de politique d'intérêt et de sureté
qu'il est temps de songer tout de bon à considérer qui pourra
soutenir cette couroune avec l'infante eu cas qu'elle eu demeure

héritière comme elle l'est jusqu'à cet heure, par politique pour
reparer le plûtot qu'il sera possible et que son age le permettra
le manque de succesion et donner de nouelles esperances aux
Portugais de savoir et multiplier par cette petite princesse, et
en même temps rompre le prétexte dont les Espagnols se servent pour cacher leur poison sous une belle apparence de nouvelle alliance par intérêt pour engager par une proposition
aussi avantageuse les princes dont l'infante sera choisie dans les
intérêts de cette couronne, et en tirer les convenances qui ne
peuvent être que très utiles de sûreté en ôtant aux sujets de
S. A. l'horreur qu'ils pourraient avoir d'être gouvernés par un
prince étranger, si on ne se preuvait pas de prendre une nouvelle nature, qui se rendit autant portugais par éducation que
s'il l'était par naissance, et faire évanouir les idées des méchans
et le prétexte de sédition dans le temps aussi bien que dans
l'avenir ; vous voyez bien par ça que quoique ma fille n'ait que
six ans, je ne me presse pas hors de propos à songer à lui
afermir la couronne sur la tête car quoi que j'en ai encore plusieurs à attendre et me détromper tout à fait de l'espérance de
lui donner un frère le pis aller sera toujours de demeurer infante
avec un grand apanage du bien et d'aller aux états du prince qui
sera le mari s'il y en a pas qui veuille en quitter le sejour des
siens pour celui d'un royaume aussi agréable que celui ci, et
dont la considération est assez grande pour faire faire quelques
réflections aux plus grands puissants souverains, puisque leur
etat n'y perdrait rien. Les fils qui proviendraient du mariage
pourraient réparer leur absence et perpétuer leur maison ; il en
a même deja qui témoignent y penser quoi que l'on ne pense
point à eux et que je n'ai découvert jusqu'à cet heure mes idées
qu'à vous seule, dont je suis sûre comme de moi même. Gardez
moi donc, ma chère sœur, un secrét inviolable et même me
donnez votre conseil sur cette affaire ne voulant pas faire la
moindre démarche sans la voir :.vous me servez de père, de
mère, de sœur et d'amie, dans ce rencontre je n'ai que vous à
qui je me puisse fier et dont je suis sûre de la tendresse. Aidez
moi à choisir un fils pour une mère qui vous aime plus qu'elle
même, un mari à une niéce qui est née avec les mêmes sentiments, et un roi à un royaume auquel vous devez prendre un

particulier intérêt. Considerez les princes qui peuvent dignement soutenir par leur naissance et par les vertus de leur pères toutes ces qualités, et enfin choisissez comme s'y c'était pour vous même et ce sera tonjours le meilleur pour nous et le plus utile pour ce royaume; mais an nom de Dieu ne comuniquez cette lettre à personne si ce n'est à S. A. R. mon frère, si vous le jngez à prôpos, à qui vous demanderez de ma part le même secrèt.

L'infante s'est tronvé mal ces jours ici et elle a eu deux jours la fièvre, mais elle en a été quitte pour qnelques lavements, et elle se porte présentement fort bien; elle n'a pas laissé de me donner de l'inquietude, mais, Dieu merci, elle n'a pas duré.

Le pape nous envoye les indulgences de cet année avec autre bref sur l'affaire de l'inquisition que je crois qui s'accomodera sans bruits.

Pour ce qui est du roi D. Alfonso, sonvent il parle non plus qne s'il était de l'autre monde, et il pensa y aller l'antre jour car après s'être enivré, comme il fait ordinairement, il tomba dans une potite écuelle d'ean la tête la première, où il se serait noyé si l'on ne l'eut prontement retiré, mais quoi qu'il vive comme une bête brute il vit, et c'est assez pour n'être jamais sans inquietnde et sans prétexte à la malice de nos voisins.

Adien, ma chère sœur, je crois que vons serez satisfaite de ma sincerité et bien persuadée de ma tendresse intime; embrassez pour moi votre cher enfan, la mienne vous en fait autant.

V.

Altra della stessa a Madama Reale.

... ai primi di gennaio 1678.

Archivi generali del regno, luogo citato.

Enfin le personnage (1) est arrivé heureusement, qui m'a causé une joie inexplicable, me donnant tant d'assurances et de marques de votre amitié et du désir que vons avez de la

(1) Il priore Giacomo Spinelli.

conclusion de l'affaire dont il est chargé : les propositions qu'il m'a faites me paraissent fort raisonables, et nous n'aurons pas de peine de notre côté à satisfaire aux dontes proposés par lui, mais comme nous avons employé tont le temps qu'il y a qu'il est ici à tûcher de le bien cacher, il ne pourra pas vous envoyer par ce courrier ici nos réponses, ce sera pour l'autre, et si vous en étes satisfaite, comme je n'en doute pas, vous devez considérer que pour engager cette affaire tout de bon et ne pas donner le temps aux partis contraires de nôtre côté et de celui ci de la tronbler, il serait nécessaire d'envoyer une procuration et une lettre de créance à cet homme pour la traiter à fond, et après concerter selon nos lumières et l'etat du quel vous aurez disposé vos articles : il me semble que c'est là le pas que nous devons faire pour la faire réussir heureusement, et je tronve le prieur fort digne de cet emploi, car il me parait prudent, très discret, modéré et bien patient, et par dessus cela un zèle infini pour nos intérêts et pour notre affaire qui nous donnera à toutes deux autant de gloire que de plaisir. Mais je suprime ce que ma tendresse m'inspire la dessus pour ne vous pas donner de peine de déchifrer davantage, et ce que je vous puis dire, ma chère sœur, est que si vous faites aussi bien de vôtre côté que vous me le promettez, j'espère y correspondre du mien avec le même succes, et le prince régent n'a pas un desir moins ardent de la voir conclue que la reine de Portugal. Je crois que pour en conserver mieux le secret il est à propos que vous continuiez la négotiation de Bavière, car, comme les Français en sont informés et font tomber de ce côté là tous leurs soupçons, il est bon de les continuer dans cette pensée, et que en Bavière on ne laisse de s'abuser, car s'ils le souhaitaient, ils auraient beaucoup plus de curiosité et feraient plus de diligence pour savoir la vérité des négotiations qu'ils soupçonnent que j'ai sur cette matière et pourraient plus aisement la pénétrer. Dites moi, ma chère sœur, si vous approuvez cette pensée aussi bien que la première que je vous écrit touchant la procuration, car souhaittant sincèrement et avec une égale passion l'exécution de nos projets, nous ne saurions trop les engager, car, ontre que nous ne pouvons tronver un meilleur temps pour le faire sans trouble et du déhors par l'état présent de l'Europe, il est très nécessaire pour la conservation du secret que la longueur peut risquer aussi bien que pour couper court à toutes espérances de ce côte ci à ceux qui avaient intérêt de l'embarasser aussi bien que du nôtre de la finir le plus promtement qu'il nous sera possible. Le personnage vous rendra compte : du reste j'ai cru à propos d'ajouter à cette lettre que vous ne devez point vous étonner, ma chère sœur, ni facher si quelqu'un d'ici vous écrivait que l'on parle du mariage du duc de Savoye avec l'infante, car après l'avoir bien longtemps mariée avec le roi d'Espagne jusqu'à dire que son ambassadeur était déjà en chemin, l'on s'est auisé entendant parler d'un homme que vous vouliez envoyer ici que c'était les uns pour la Bavière et les autres pour la Savoye, et sachant qu'il y avait un homme sans nom dans le palais, cela les..... mais comme il en est promptement sorti et qu'il est à présent merveilleusement caché, les bruits finiront comme ceux d'Espagne et de Toscane dont l'on a fort aussi parlé : c'est pourquoi ne vous en mettez pas en peine.

VI.

Altra della stessa a Madama Reale.

...17 aprile 1678.

Archivi generali del regno, luogo citato.

Nous sommes trop sûres de la tendresse de nos cœurs l'une pour l'autre pour qu'il soit nécéssairo des protestations ordinaires en pareilles matières pour nous persuader de notre bonne foi, de notre sincèrité et de notre passion pour l'union que nous préméditons. Mais, ma chère sœur, comme nous allons toutes deux au même but et que nous avons le même intérêt, il faut aussi que nous facilitions également les moyens et que nous passions par dessus les moins considerables inconveniens pour surmonter les plus grands et les plus prejudiciables à notre dessein.

J'ai parlé au personnage (1), il m'a dit les raisons que V. A. R. avait pour apporter quelque délai à l'exécution principale qui est la venue de S. A. R. en Portugal. La première est le blâme que craint V. A. R. dans l'Europe. Je réponds à cela que les gens de bon sens et disinteressés ne peuvent point blamer V. A. R. de vouloir acquerir une couronne à son fils et d'envoyer s'en assurer en contractant lui même, autant que son age le peut permettre, son mariage avec le meilleur parti sans contredit qui soit à présent et qu'au contraire on louera la capacité, le courage de V. A. R. d'avoir su si bien prendre ses mesures et profiter des troubles de toute l'Europe pour l'établissement de son repos et de la grandeur de S. A. R. son fils.

Votre seconde raison est la haine de vos sujets dans votre régence, à quoi je réponds que leur plaintes seront égales après la minorité, et que V. A. R. leur répondra autant des actions de S. A. R. quoique majeur dans un age si tendre, et dont l'on sait que les mouvements dépendront aussi entierement des volontés de V. A. R. que si elle était encore en apparence comme elle le sera en effet dans la suprème autorité, et que les mêmes moyens dont vous userez alors pour adoucir leurs plaintes sont les mêmes dans les deux temps de la régence et de la majorité puisque vous leur paraîtrez également maitresse de ses actions. Et je crois aussi qu'un des meilleurs moyens, si vous ne l'avez pas déjà pensé, pour vous en décharger auprès d'eux est de leur faire entendre que V. A. R. ne fait en cela que suivre les sentimens de feu S. A. R. qui avant sa mort avait engagé cette affaire, comme vous savez, qu'en effet il en avait le dessein.

Je conviens cependant avec vous qu'il faut dresser des articles et songer efficacement à engager l'affaire présentement afin de vous appliquer après entièrement aux mesures qu'il faut prendre pour l'exécuter surement. Mais, comme je vous ai déjà dit dans ma dernière lettre, les ministres confidents de cette affaire, qui sont seulement le....... et les deux cameristes, dont le secret est impenetrable, et à qui le prince régent confie

(1) Intende parlare del priore Spinelli.

toutes les affaires de son royaume et de sa conservation, faisaient grande difficulté d'entrer en telle manière de traiter avec
un homme sans pouvoir et sans lettre de créance. J'apprehendais
que cette difficulté ne causat du retardement au projet que
vous demandez et par consequent à l'affaire. Cependant je crois
que j'ai vaincu cet obstacle en leur disant que V. A. R. ne de-
mandait ce projet que pour abréger le temps qu'il faut pour
avoir les réponses des courriers, et qu'ayant par ce moyen les
lumières nécessaires pour faire de votre côté V. A. R. pourrait
donner les ordres et les pouvoirs nécessaires à votre envoyé en
y répondant pour ajuster l'affaire, et l'engager tout de bon sans
qu'il fût nécessaire de vous renvoyer les articles que pour les
ratifier. Je crois, ma chère sœur, que c'est votre intention, et
je suis bien aise de vous faire voir la passion que j'ai d'applanir toutes les difficultés sur notre affaire. Pour ce qui regarde
l'approbation du roi de France, je la trouve aussi nécessaire et
avantageuse, que vous et nous ne pouvons prendre un meilleur
temps pour l'avoir que celui dans lequel ce roi là a un intérêt
présent et pressant de ménager le Portugal et de montrer à
toute l'Europe l'union qu'il y a entre la France et le Portugal
en se faisant comme auteur du mariage de son héritière : l'on
a mille raisons bonnes pour persuader présentement la France
de l'intérêt qu'elle a dans ce mariage, dont j'ai discouru au
long avec le personnage qui vous en rendra compte. Et peut
être que ces raisons la changeront avec les affaires et la situa-
tion de l'Europe. C'est pourquoi une de celles qui me paraissent des plus considerables pour presser la conclusion de notre
affaire est de ne pas perdre cette favorable conjoncture pour
la faire approuver et même désirer du roi de France pour son
propre intérêt et pour en rendre l'exécution certaine et sûre ;
car, ma chère sœur, on ne retrouve jamais le temps que le ciel
nous offre, la prudence humaine ne pouvant pas s'étendre jusqu'à
deviner les futurs que l'on doit toujours craindre de voir être
moins propices. Votre ministre vous rendra compte des raisons
que j'ai d'ailleurs pour presser l'exécution de notre dessein.
Elles sont si fortes que j'espère que de votre côté vous y en-
trerez, et que vous travaillerez autant de votre côté que je fais
du mien à vaincre tous les obstacles qui peuvent l'embarrasser.

Car enfin je prends tout sur moi. Je ferai ce discours même à monsieur le prince régent et à ses ministres, qui y seraient asseurement fort sensibles, le prince régent ne désirant rien tant au monde que de voir sa fille unique mariée, et choisirait que ce fut avec un prince moindre sans embarras et sûrement, qu'avec un dont l'engagement ne put être certain et infaillible que dans un temps éloigné et qui pourrait faire perdre les avantages que les autres proposent sans en profiter par les embarras que l'on pourrait trouver après dans l'exécution. Ainsi vous voyez bien que je me rends coupable du risque qui peut par cet incident courir tout le Portugal, qui ne cesse de demander que l'on assure le mariage de l'infante, et qu'il est temps de le faire. La fortune même de l'infante ma fille y est intéressée en écartant toutes les autres propositions de mariage que l'on fait de touts côtés pour que les divers sentimens et intérêts n'apportent quelque refroidissement ou embarras dans notre affaire. Je me trompe même moi même, puisque s'il y arrivait des malheurs que vous avez experimenté, et que l'on ne peut trop prévoir, je me trouverais dans un risque inévitable, parce que les divers partis qui se formeraient dans l'Etat sur ce mariage seraient capables de le perdre. Enfin, ma chère sœur, je laisse à votre prudence à considerer le risque que peut courrir notre dessein par le delai, et je laisse à votre tendresse pour moi à avoir égard à ceux où je me mets pour obvier à tout ce qui peut y être contraire, et je crois qu'après avoir bien fait réflexion à l'un et à l'autre, vous travaillerez fortement à abréger sincerement le plus qu'il vous sera possible l'exécution de cette si importante affaire. Songez à la gloire, au plaisir et à la satisfaction qui V. A. R. et moi en recevrons, et faites un effort sur vous même pour prendre une résolution fixe et certaine sur le temps précis de son exécution, car de là dépend principalement son heureux succes. Je ferai de mon côté tout mon possible pour modérer la juste impatience des Portugais ; mais, ma chère sœur, je vois bien que je ne la pourrai contenir que pour un temps fort bref, car plus il voyent croitre l'infante sans frère, plus leur ardeur s'augmente de voir assurer la couronne et la succession par son mariage. Pour commencer cette conduite que je me suis proposée depuis avoir reçu votre lettre, je n'ai pas pressé le projet. C'est pourquoi je ne vous l'envoyerai que par l'autre ordinarie afin de passer insensiblement le temps sans qu'on s'apperçoive de la véritable cause du delai. Abrégez le, ma très chère sœur, autant de votre côté que je tacherai de l'abréger du mien, et de cette manière nous nous rencontrerons toutes deux dans le même chemin et couperons tous ceux qui pourraient nous détourner de notre fin.

Pour ce qui est de la Bavière, il ne sera pas difficile de s'en dégager quand notre engagement sera une fois réglé, car l'age de ce petit prince et l'impatience extrème du Portugal sur le mariage de l'infante sont des raisons trop legitimes et qui parlent assez d'elles mêmes. Quand il sera temps je vous écrirai une lettre la dessus que vous déchargera entièrement auprès du duc de Bavière, et qui lui montrera même qu'il vous est obligé d'avoir travaillé avec tant d'ardeur pour me persuader ce mariage. Il vous a refusé celui de l'ainé et quoi qu'un jésuite de la maison (1) ait écrit ici à un autre jésuite d'en faire la proposition, vous n'êtes pas obligée de deviner ses pensées la dessus, mais seulement de répondre sur ce qu'il vous a fait dire et écrire. C'est pourquoi ne vous mettez point en peine de cette affaire, je vous en ferai honnêtement et agréablement sortir aussitôt que nous aurons asseuré la notre. Mais gardez-moi le secret du jésuite, je veux dire de la proposition qu'il a faite ici, car on me la extremement recommandé, et je me suis engagée à la tenir inviolable. Pour le notre il ne peut pas être mieux gardé qu'il ne l'est, et l'on ne parle non plus ici de l'affaire et de l'inconnu que si l'un et l'autre étaient abimés dans les ondes de la mer. La patience et la modération du personnage y contribuissent beaucoup, et assurement V. A. R. ne pouvait pas en choisir un plus digne de cet emploi, ni qui s'en acquitta avec plus de zèle et de capacité.

Pardonnez au mien la longueur de ce chiffre, mais j'ai cru que dans une matière si importante il valait mieux faire des rédites que d'omettre à écrire la moindre circonstance qui puisse servir.

(1) Le jésuite est Antoine Viera, qui a commerce avec un père parent du duc de Bavière.

VII.

Lettera in cifra di Maria Elisabetta a Madama Reale.

Senza data, ma del 1678.

Archivi generali del regno, luogo citato.

Je vois tant de longueurs, ma chère sœur, à l'affaire que nous traittons, et les courriers ordinaires restent tant de temps à rapporter les réponses, que considerant l'indispensable nécessité qu'il y a d'en finir et d'une bonne fois s'entendre, se fixer et tomber d'accord sur les points essentiels à fin de conclure tout-à-fait le traité aussi promptement qu'il est important pour son heureux succès, je me suis résolue de vous envoyer un courrier et de vous dire avec ma confiance ordinaire l'etat auquel se trouve notre affaire, la reprenant dans son principe afin de vous mieux faire connaître le peril qu'elle court dans le délai et dans les difficultés insurmontables que vos ministres inventent.

Je vous dirai donc, ma chère sœur, qu'ayant toujours désiré mon neveu comme vous avez plutôt par l'amour qui nous a toujours si intimement liées, que par les avantages quelque grands qu'ils puissent être que l'infante en peut tirer, toutes mes pensées ont toujours été à suivre ce dessein. J'y ai trouvé deux fortes oppositions dans le Portugal qui sont les partisans d'Espagne et le duc de Toscane, ils font adroitement publier que le Portugal s'en tirera soit par une paix perpetuelle avec extinction de tous les tributs ou par les richesses immenses et les ports opulents du duc de Toscane. Au milieu de ces deux factions permanentes et dans le commencement de mon dessein pour l'Espagne la mort du duc de Savoie mon frère m'obligea à changer d'objet, ne pouvant cependant m'en éloigner, j'inclinais à la Bavière purement parce que cette maison était récemment mêlée avec le sang de Savoie, et que cette négotiation

passaut par mes mains, il me serait aisé de la gouverner de
manière que si après avoir pris vos mesures et consideré les
avantages que vous procuriez à un autre, pouvant les acquerir
à mon neveu, vous preniez cette résolution et je ne me trouvasse
point engagée ailleurs. J'ai donc travaillé incessamment pour
vaincre les deux plus forts obstacles qui se présentaient à mon
idée, qui sont l'Espagne et Toscane, et j'ai anticipé de telle manière mes diligences avec le prince régent et ses principaux
ministres que je les avais tout-à-fait persuadés et j'attendais
avec une impatience extrême votre réponse au projet et les
pouvoirs que vous m'aviez promis qui l'accompagneraient afin
de mettre notre affaire dans un tel engagement que tout l'artifice de nos ennemis et des prétendans ne fut plus capable d'y
mettre aucun embarras. Mais dans le temps que je croyais
être à la veille de mon bonheur, je me suis trouvée dans un
trouble et un embarras le plus affligeant du monde, car les difficultés que l'on apporte de votre part à l'article 10 et 14 sont
d'une telle nature que je n'ai osé les confier à tous ceux qui
entrent dans cette affaire, pas même au prince régent de crainte
de le dégouter par des propositions tout-à-fait impossibles, de
manière que cela disposant son esprit naturellement assez ir-
resolu à admettre quelqu'autre dessein en le faisant méfier de
la sincerité avec laquelle vous traitez, comme ceux mêmes qui
sont les plus affectionnés n'ont pu s'empecher de me l'insinuer.
Je me suis donc résolue d'essayer le blâme que j'en pourrais retirer. C'est ponrqnoi je vous conjure de ne pas vous contenter
de le montrer à ceux qui entrent dans cette affaire, mais de
vous le faire traduire vous même, de le lire et de le communiquer à part à quelques habiles gens qui soyent dans votre
confiance, afin qu'ils l'examinent et voyent si l'opinion contraire
peut être soutenue, car je suis certaine qu'il n'y a que la malice
ou l'ignorance qui peuvent faire soutenir une proposition si
contraire à la raison naturelle, à l'usage commun, à la justice
et au droit naturel qui donne des sentimens si contraires aux
pères et aux mères à ceux que l'ont veut supposer en mon
neveu, puisque je suis certaine qu'il aimera mieux voir régner
ses enfans que lui même, et qu'il ne voudra conquerir des couronnes que pour les leur donner. Mais, ma chère sœur, sans

les stipuler et en fournir des difficultés et des prétentions chimeriques je vous assure sans me tromper ni vous que mon neveu sera tout ce qu'il voudra dans tous les cas que l'on peut prévoir par le jugement, l'esprit et la prudence, avec laquelle il saura se conduire et gagner l'amour des peuples portugais, car ayant des enfans, ces enfans pendant la vie de l'infante et après sa mort sauront trop bien le respect et l'amour qu'ils lui devront pour ne lui pas céder la puissance ou au moins la partager avec lui, et s'il n'en avait point, il n'y a point de successeur prétendant en Portugal qui ait le pouvoir de tirer par force un prince qui a le gouvernement en main, les armes et toute la justice à ses ordres. Et pour le déhors du royaume il n'y en pourrait avoir aucun qui y eut du parti aussi pressant que l'aurait mon neveu si dans le temps de la mort du prince régent et de l'infante il se trouvait en possession du gouvernement, et tout le royaume accoutumé à son obeissance aimé et craint de ses sujets, il est très probable et presque indubitable que tout le desir des peuples étant d'avoir un bon roi qui les gouverne, les Portugais ne le chercheront pas ailleurs, et que la nécessité et le cœur des peuples qu'il aurait acquis lui conserveraient le royaume que la nature ne lui aurait pas donné. Dieu veuille, ma chère sœur, qu'il ne soit jamais en état d'expérimenter cette fortune, et que nos petits enfans perpètuent nos liens et règnent éternellement sur les climats si étendus de Portugal, sans qu'il soit bésoin d'autres soins, ni d'autres industries que celles avec lesquelles nous travaillons présentement à leur enfrayer le chemin dont je consens très volontier que le profit leur demeure, réservant pour vous et pour moi la gloire immortelle qui nous en provient.

Facilitons donc, ma chère sœur, également cette grande affaire où nous sommes également intéréssées : de mon côté vous voyez que je le fais jusqu'à me sacrifier moi même que l'on a rélâché ici tous les points qui ont quelque possibilité que l'on tombe d'accord avec vous de ne point faire les fiançailles que l'on n'aient auparavant dérogé la loi de Lamego en faveur du duc de Savoie et de l'infante seulement. Qui est ce que vous pouvez désirer, puisque c'est le vrai temps, et que le faisant plutôt sans nommer aux Etats le prince positivement pour qui

l'on fait déroger cette loi en courrait trop de risque pour les
raisons que le prieur sait et que je vous ai déjà écrites.

Pour ce qui régarde le traittement, le prince régent donnera
à mon neveu . . . .
Et pour ce qui régarde la régence en cas de retour en Savoie
et de mort du duc de Savoie, mon neveu, pendant votre vie,
l'on a passé ce point dans la généralité pour laisser la liberté
à mon neveu d'en disposer alors comme il lui plaira, car si on
l'avait stipulé, nous ne pourrions pas nous empécher que ce ne
fût en faveur de l'infante, puisque le droit lui donne la régence
de ses enfans que nous ne devons, ni ne pouvons lui ôter. Mais
la consideration que nous avons pour vous nous a fait oublier
ce qui pouvait être même de l'intérêt de notre enfant, et nous
croyons que les liens sont mieux entre vos mains que dans les
siennes mêmes. Nous passons aussi par dessus tout ce qui regarde les intérêts domestiques, et quoi que nous eussions raison de répliquer sur la somme et sur la manière du payement,
nous ne voulons point le faire pour vous montrer que nous ne
désirons que d'applanir et faciliter toutes choses par une
prompte conclusion. Mais, ma chère sœur, il faut aussi que
de votre côté vous en fassiez de même, car nous ne devons
plus nous amuser à des répliques. Reglez les principaux et essentiels points éclairées, si vous vous en êtes satisfaite, comme
je n'en doute pas, faites une minute du contract : envoyez les   ·
pouvoirs pour conclure et ajuster avec le prieur. Envoyez lui
une bonne instruction pour les . . . . comme il vous plaira,
afin qu'il puisse discuter les points de moindre conséquence
sur lesquels on pourrait avoir quelque leger . . . . doute, et
qu'il ne passe ni moins, ni plus avant que vous le trouverez à
propos. Car il est temps, ma chère sœur, de finir nos doutes,
et si l'on en invente encore quelques uns qui soyent essentiels,
ou que l'on persiste dans ceux auxquels je vous répond et dont
vous ne pouvez pas laisser de voir l'impossibilité, je vous le
dis, ma chère sœur, avec ma sincerité ordinaire, et comme si
j'étais pour rendre le dernier soupir, l'on prendra ici sans
faillir ces difficultés pour une négative, et je vous laisse à
penser le désespoir auquel je me trouverais si pour des idées
ou de vues si éloignées sur des cas qu'il est bien plus probable

qui n'arriverent jamais, qu'il ne l'est qu'ils puissent arriver. Et quand même ils arriveraient, l'on y apportera bien plus aisement le rémède alors que l'on ne le peut prévenir présentement. Nous embarassons, ou, pour mieux dire, nous ruinons un dessein aussi prudemment conduit jusqu'à maintenant que je souhaitte ardemment de vous et de moi. Mais ce qui me console est que je crois très certainement que ce sera tout le contraire, car je vous crois trop équitable pour ne pas vous conformer à la raison et à la justice dont notre réponse est conçue, et j'espère que ce courrier nous en rapportera une de vous telle que nous la pouvons souhaitter. Ma chère sœur, il la faut précise, car le délai est aussi nuisible que le refus, puisque vous ne sauriez croire combien les Castillans profitent du temps pour gagner les gens et avancer leurs négociations. L'on tient pour certain qu'après la paix ils demanderont l'infante. Cette publique démonstration est d'un danger infini si elle ne se trouve pas déjà engagée, car, pour vous le dire comme en confession, je crains là dessus jusqu'au prince régent même par la demangeaison que l'amour de père, malgré le peril que sa personne et le royaume courraient, il souhaitte de voir sa fille encore plus grande reine qu'elle ne le sera de Portugal seul; et encore, pour vous tout dire, la trop grande facilité qu'il a à se laisser persuader par des ministres à qui je connais dans le fond du cœur une grande affection à l'Espagne me fait encore craindre avec plus de raison. Je vous parle le cœur au bout de ma plume et je suis résolue de vous dire tout, quelque risque je courre en vous faisant une confiance entière de tout ce que je sais : c'est que je crois notre affaire dans une crise laquelle vous pouvait rendre salutaire ou mortelle, selon la résolution que vous prendrez.

Prenez en donc une digne de votre esprit, de vos lumières et de votre prudence, et soyez très certaine que mon neveu sera plus considéré, aimé et respecté ici qu'en Savoie, et qu'il y régnera aussi souverenaiment. Le prince régent prétend le faire entrer dans le Gouvernement aussitôt qu'il sera marié, et je peux vous l'assurer, le connaissant comme je fais qu'il partagera de bon cœur la suprème autorité avec son gendre quand il sera capable : son humeur, sa bonté naturelle et l'amour qu'il a pour l'infante en étant des gages.

C'est pourquoi ma chère sœur ne craignez point d'engager une affaire qui vous donnera une satisfaction infinie aussi bien qu'à mon neveu, et qui assurera pour toujours votre répos, et perpetnera votre gloire. Le secret jusqu'à cette heure a été gardé aussi heureusement que fidellement, et le prieur mérite une louange infinie sur cela pour la retraite et la prudence avec laquelle il se conduit. Mais j'aurais grande peur qu'avec un plus long séjour l'on ne vienne à le decouvrir, et un secret court tonjours un grand peril dans le délai du temps. C'est pourqnoi ma chère sœur ne parlons plus, car il serait nuisible et pernicieux de retarder plus long temps une chose qui a tous les éclaircissements que l'on peut demander et donner, car je vous le dis encore une fois, ma chère sœur, nons ne pouvons pas faire plus de notre côté que ce qne nons faisons, puisque il n'y a que l'impossible que nous laissons de faire pour adhèrir à vos désirs et faciliter notre dessein. Nous avons suivi l'exemple le plus favorable qui est celui dn Roy D. Ferdinand, de la reine D. Isabelle pouvant en choisir d'autres comme celui du roi Filippe avec la reine Marie d'Angleterre qui sont les deux plus modernes et qui s'accomodent mieux à la politique de nos temps et étaient deux grands rois l'un déjà et de par soi d'Aragone, et l'autre héritier de Charles Quint. Le premier en usa comme vous le verrez dans le papier et dans son histoire, et l'autre subit toutes les lois facheuses et les restrictions qne les Anglais voulurent lui imposer pour assurer à ses enfans la couronne d'Angleterre. Quand l'on veut en acquerir pour soi et pour sa postérité il ne faut pas être si scrupuleux sur des choses futures que le temps gouverne mieux que nous ne pourrions le prèméditer, et il faut passer par dessus des inconvenients éloignés et peu probables pour courir un si beau risque. Pensez y donc et croyez bien ma chère sœur que j'aimerais mieux mourir mille foi que de vous tromper aussi bien que mon neveu, et soyez bien certaine que vous ne vous répentirez jamai, ni lui non plus de vous être fiés en mes paroles. Vous voyez avec quelle liberté confiance et ouverture de cœur je vous écrit. Cela va jnsqu'à vous découvrir les défauts de ceux que j'aimé davantage. Jugez par la de la sincerité de mon procèdé avec vous, car je crois que je ne vous en saurais

donner une plus véritable et essentielle marque. Pour ce qui
est du temps du départ de mon neveu nous le réglerons quand
nous serons d'accord sur lo traité et que nous en aurons signé
les articles. Car présentement je n'ai dans la tête ni dans le
cœur que de surmonter cet obstacle invincible que vos ministres ont opposé à la conclusion de l'affaire, voyant très certainement que sans cela nous ne pouvons pas aller plus avant
puisque l'impossible n'a point d'accomodement ni de mitigation
qu'on lui puisse donner. Cependant si vous entrez dans mes
pensées comme j'ai tout lieu de l'espèrer tant bien persuadée que
vous apprennez les réponses que nous vous donnons et ennoyez
la minute du traité que je vous demande aussi bien que les
pouvoirs pour stipuler les choses et arrêter et signer avec le
prieur le contract, il sera temps alors de communiquer à la
France nôtre dessein. Je ne sais si le malheur arrivé au comte
d'Estrée ne rendra pas moins propre le cardinal son frère à
en être l'instrument. Vous en saurez plus des nouvelles que
moi et me manderez ce que vous jugerez à propos que je fasse
la dessus. L'accident fâcheux qui est arrivé au père de Ville
à retardé le départ dè ce courrier de quelques jours, car le
pauvre homme a fait une rude chûte qui lui a demis l'os d'un
bras, et comme il est le principal instrument dont je me sers
pour la conduite de notre affaire celà m'a fort embarassée. Il
m'a cependant promis de chiffrer ou de faire déchiffrer par le
frère son compagnon à qui il a dicté lui même, sans crainte
qu'il y entende rien, toute cette grande lettre qui n'est pas une
petite fatigue. Mais je trouverai la sienne et la mienne bien
employé si je peux vous persuader que je fais humainement
tout ce qui m'est possible pour vous plaire, et que l'amour que
j'ai pour vous doit vous convaincre plus que toutes mes raisons
que s'il était possible d'en faire davantage, je le ferais, et le
ferais faire aux autres, ou j'en mourrais à la peine. Adieu ma
belle et charmante souveraine, j'attends le retour de ce courrier comme la sentence de ma vie ou de ma mort : elle est entre
vos mains, c'est pourquoi j'espère plus que je ne crains.

VIII.

Trattato di matrimonio tra Vittorio Amedeo duca di Savoia e l'infante D. Isabella Maria Giuseppa di Portogallo.

Lisbona, 14 maggio 1679.

Archivi generali del regno. — Relazione Ms. del priore Spinelli.

Au nom de la très Sainte Trinité, Père, Fils et S. Esprit, trois personnes et un seul Dieu pour sa gloire et son service et pour le bien commun et utilité de ces royaumes sachent tous ceux qui la présente écriture et traité de capitulation matrimoniale verront que le très haut et très-puissant prince de Portugal D. Pierre successeur gouverneur et régent de ces royaumes, considerant qu'étant entre autres la plus grande de ses obligations celle de procurer la conservation, défense et accroissement d'iceux partous les moyens, et avec le soin qui requiérent le rang et la dignité en laquelle il a plu à Dieu par sa grâce de lo placer, et voyant que la sérénissime infante Madame Elisabeth Louise Josephe sa fille unique s'approchait de l'âge compétant au mariage duquel pour le bien commun il était nécessaire qu'on traitat pour assurer la royale déscendence des roys ses progeniteurs dans les enfants qui naitraient d'elle se trouvant unique à present, sans frères mâles qui puissent lui succeder et après avoir murement pesé les singulieres circonstances du cas présent il ne peut ne point connaitre combien l'utilité publique de ces royaumes exige que on y admette le prince ci après déclaré lequel avec la sérénissime infante doit après ses jours les régir et gouverner en paix et justice.

D'autre part la très haute et très puissante princesse Madame Marie Jeanne Baptiste duchesse de Savoye, princesse de Piémont, reyne de Cypre, etc., mère et tutrice du très haut et très puissant prince Victor Amedé, Second duc de Savoye,

prince de Piemont, roy de Cypre et régente de ses Etats dans
l'ardeur du desír maternel qu'elle a de ne rien omettre de ce
qui pourrait être agréable au sérénissime prince son fils faisant réflexion sur les considerables avantages que pourrait
avoir la Royale Maison de Savoye, ses Etats et sujets en renou-
velant par des liens plus forts l'union de la parenté et des intérêts anciens et nouveaux de la Maison royale de Portugal
par le mariago de la sérénissime infante pendant les circonstances des convenances préliminaires et concourrant les af-
fections aux mêmes fins avec pareil desir et sincerité mutuelle.

Finalement ont été accordée les fiançailles et mariage du
très haut et très puissant prince Victor Amédé II avec la
sérénissime infante Madame Elisabeth Louise Josephe et pour
en effet les mettre en exècution sous les conditions clauses et
déclarations convenables à un et autre prince, bien, augmentation et conservation de leurs Etàts et sujets, en la ville de
Lisbonne au palais de Corte real se sont trouvés presens l'excel-
lentissime seigneur D. Nuno Alvares Pereira, duc de Cadaval,
marquis de Ferreira, comte de Tentugal, gouverneur des villes
et châteaux d'Oliuenca et d'Aluor, seigneur des villes de Tentugal, Buarcos, Villanoua, Rabacal, Alvaiazare, Penacoua, Mor-
tayra, Ferreira, Cadaual, Cercal, Pereal, Villanova, Vilarna,
Villarvina d'Albergoria, Arou de Peixe, commandeur des com-
manderies de Grandola, Sandoal, Cixo et de Moraes, des Conseils d'Etàt, de guerre et des dèpêches, président de l'administration du tabac, capitaino general de la cavallerie de la Cour
et d'Extromadure, grande maitre d'hôtel et chef des finances,
de la très haute et très puissante princesse de Portugal, et
l'illustrissime signeur François Correa de la Cerda, secrétaire
d'Etàt et du Conseil du sérénissime prince de Portugal, com-
missaire general apostolique de la Bulle de la Cruzade, comme
procureurs du très haut et très puissant prince de Portugal
D. Pierre; en vertu du pouvoir spécial qu'ils avaient signé de
sa main royale et scellé du grand sceau de ses armes, écrit
par Louis Teixeira de Carvalho premier commis de secrétai-
rerie d'Etàt, et soussigné par le dit François Correa de la
Cerda, fait et octroyé le quatorzième jour de décembre de 1678,
comme père lègitime, administrateur de la dite sérénissime

infante, son unique fille, et de la très haute et très puissante
princesse Madame Marie Françoise Elisabeth, sa lègitime
épouse, et comme successeur, gonverneur et régent des royaumes
de Portugal.

S'est aussi trouvé présent au même lieu le très illustre don
Jacques Spinelli, prieur, commendataire de Sainte Constance,
comme procureur et en vertu du pouvoir special qu'il avait
de la très haute et très puissante princesse Madame Marie
Jeanne Baptiste, duchesse de Savoye, princesse de Piémont,
reine de Cypre, comme mère et tutrice du très haut et très
puissant prince Victor Amedé II, duc de Savoye, prince de
Piémont, roi de Cypre et régente des ses Etats, écrit en langue
italienne, signé de sa main royale, scellé de son sceau ordinaire,
soussigné par le premier secrétaire d'Etát de cotte Couronne là
de S. Thomas. Donné et octroyé à Turin le douzième jour de
novembre de l'an 1678, et l'un et l'autre des dits ponvoirs seront
mis consécutivement à la fin de ce traité. Lesquels étant exa-
minés d'une part et autre approuvés et tenus pour bons et suf-
fisants, les dits seigneurs plénipotentiaires, commissaires,
députés pour ce traité de mariage au noms des dits sérénissimes princes ont convenus et ont accordé les articles sui-
vants :

I.

Premiérement il a été établi pour principe et condition fondamentale de la quelle dépend tout le reste qu'en explique ct
en tant que de besoin qu'on révoque en faveur de ce mariage
la loi de Lamego comme aussi toute autre loi, usage, dispositions et choses quelconques qui puissent en cas de mort du sérénissime roi D. Alfonso et du sérénissime prince D. Pierre sans
enfants mâles ni de lègitime mariage s'opposer en aucune façon
à la succession de la sérénissime infante susdite et de ses
descendans au royaume de Portugal, etats et droits apparte-
nant à cette couronne, ou empêcher l'effet d'aucune des choses
contenues ci apres. Et pour plus grande précaution il a aussi
été résolu qu'on ètablisse par antorité royale et celle des Etats
en vigueur de nouvelle loi irrevocable tout ce qui est nécessaire
pour l'entier accomplissement des choses suivantes, à quelle fin

on convoquera les Etats pour pourvoir en très bonne forme à ce que dessus. Ce qui s'exécutera quand ces articles auront été signés et ratifiés de chaque coté auparavant que S. A. R. de Savoye sorte de ses Etats, et qu'on fasse les fiançailles.

II.

Pour faire les dites fiançailles S. A. R. étant parvenue à sa majorité et au temps dont on démeurera d'accord envoyera en Portugal un ambassadeur extraordinaire dans les formes convenables et muni d'un pouvoir suffisant.

III.

Le sérénissime prince de Portugal D. Pierre fera la dépense de l'armée navale qu'ira prendre S. A. R. de Savoye au port que M. R. ordonnera, et encore celle que S. A. R. fera depuis son embarquement jusqu'à son arrivé dans le royaume de Portugal.

IV.

On envoyera demander conjoinctement la dispense à Sa Sainteté immédiatement après les fiançailles qui se célèbreront sur la confiance de la dite future dispense.

V.

Le sérénissime prince de Portugal traitera S. A. R. dans tous les actes publics et écrits avec toutes les démonstrations d'honneur et d'amour qui se doivent à sa royale personne et à son rang en sorte que M. R. et lui seront satisfaits sur ce point autant qu'ils le peuvent souhaiter.

VI.

Le sérénissime prince de Portugal donnera à la sérénissime infante pour l'entretien de sa maison le duché de Bragance ou celui de l'Infantado qu'il possède (ce qui sera au choix de S. A. R. de Savoye) lui faisant bons et certains cent mille cruzades monneyés de Portugal tous les ans.

VII.

Comme on a murement considéré combien il importe de ne

17

point extraire de la Savoye et du Piémont l'argent contant qui
roulant dans le pays fournit aux peuples le moyen de payer
les impots, et aux souverains de tirer les revenus dont ils se
servent pour maintenir le décor avec le quel ils ont toujours
vécu, il a été convenu que ce qui devra servir pour l'entretien
de S. A. R. et de sa Maison en Portugal y sera envoyé par le
secours du commerce en denrées, chanvres, soies et autres
choses qui croissent dans ses Etats concertant et s'accomo-
dant pour cela au besoin et à la satisfaction du royaume de
Portugal. Il a aussi été convenu pour l'effet susdit qu'on en
puisse régler la quantité à raison chaque année de deux cent
mille cruzades non marqués d'argent neuf qu'on dit monter à
trente six mille pistolles d'Espagne environ.

VIII.

Ce qui a été exprimé au sixième article pour l'entretien de
la Maison de la sérénissime infante sera gouverné par S. A. R.
de Savoye immédiatement après ses noces. Et devant ce temps
l'administration en appartiendra au sérénissime prince de Portugal.

IX.

Après que le mariage sera fait le sérénissime prince de Portugal convoquera les Etats genèraux du royaume qui fairont
un serment à faveur de S. A. R. de Savoye qui exprime que le
sérénissime roi D. Alfonse et le sérénissime prince D. Pierre
venant à mourir sans enfants males ni de légitime mariage et
capables de succeder, ils reconnaitront S. A. R. de Savoye et
lui obeïront de la manière qu'explique l'article suivant.

X.

Le sérénissime roi don Alfonse et le sérénissime prince de
Portugal venant à mourir sans enfans mûles comme dessus
S. A. R. qui sera mari de la sérénissime infante reine, régnera
conjoinctement avec elle et aura l'autorité et le titre de roy.
Et il a été établi qu'au dit cas on se conforme dans les dé-
pêches, signatures non moins et tous les autres actes publiques
comme à ce qui a été pratiqué en pareil cas par les rois catho-

liques D. Ferdinand et Isabele. Que s'il arrivait que le sérénissime roi D. Alfonse survivait au sérénissime prince D. Pierre, la sérénissime infante et S. A. R. conjoinctement auront après le dit sérénissime prince la régence du royaume avec la même autorité qu'il a aujourd'hui, et après la mort du sérénissime roi D. Alfonse ils régneront absolument et pleinement conformement à ce qui a été dit.

XI.

Arrivant que le sérénissime prince de Portugal ait un enfant mâle de légitime mariage et capable de succeder, leurs AA. RR. pourront alors se retirer en Savoye.

XII.

Le sérénissime prince D. Pierre donnera en ce même cas la dot à la sérénissime infante la même que Louis XIII roi de France donna à M. R. Christine sa sœur en la mariant au duc de Savoye père de feu S. A. R. et le payement de la dot passera de la même manière en Piémont et en argent contant, et voulant le sérénissime prince D. Pierre se conformer en tout à ce qui a été fait en faveur de M. R. Christine assignera à la même sérénissime infante une pension viagère telle qui l'eut la dite M. R. Christine déclarant en outre le dit sérénissime prince de ne vouloir pas priver pour cela la dite sérénissime infante sa fille des droits particuliers qu'elle peut avoir sur les biens de la sérénissime princesse sa mère.

XIII.

Le sérénissime prince de Portugal fera la dépense de l'armée navale qui conduira leurs A. A. Royales en leurs Etats de Savoye dans le cas mentioné à l'onzieme article et avant qu'elles partent du royaume de Portugal on prendra les précautions convenables pour qu'au cas qu'elles doivent retourner en dit royaume elles ny trouvent aucun obstacle au cas que le dit sérénissime prince vint à mourir.

XIV.

Au cas que le sérénissime prince de Portugal eut un fils

mâle comme dessus, capable de lui succèder à la Couronne, et que le dit fils vient à mourir après que leurs A. A. R. R. de Savoye s'en seront allées en leurs Etats, elles devront on celle qui se trouvera encore en vie retourner au dit royaume de la manière suivante: ayant des enfans elles conduiront avec elles l'ainé et pourront aussi conduire les antres ou les laisser en Piémont comme il leurs plaira. La sérénissime infante venant à mourir, son fils ainé devra venir en Portugal, et s'il sera mineur, S. A. R. viendra avec lui pour gouverner, jusqu'à ce qu'il soit majeur, et au surplus pour le temps qui sera convenable, et qui sera exprèssement on tacitement entendu, le tout au cas que le sérénissime prince ne fut plus en vie, et sy la sérénissime infante venait a mourir après que S. A. R. aurait pris conjoinctement avec elle le titre de roi de Portugal la dite A. R. pourrait et pourra toujours porter le même titre durant sa vie quoi qu'il n'eut point d'enfants de la sérénissime infante.

XV.

La sérénissime infante allant comme dessus dans les Etats de S. A. R. elle aura durant le mariage pour l'entretien de sa Maison ce qui ont eu la duchesse royale première femme de feu S. A. R. Charles Emannel II et M. R. d'aujourd'huy régente dn vivant de la dite A. R., et en cas de mort de S. A. R. on assignera à la dite sérénissime infante une des maisons royales qu'on a accoutumé en ce cas assigner au choix de la dite sérénissime infante et elle jouira des revenus de sa dot et de celui d'un douaire proportionné à la même dot conformement à ce qui est porté par le contract dotal de M. R. Christine de France, sur lequel on se réglera aussi touchant ee qui devra demeurer à S. A. R. s'il survivait à la sérénissime infante sans infants.

XVI.

On donnera à S. A. R. toute la commodité convenable d'aller en Piémont quand il lui plaira ni ayant aucun doute que, soit pour le temps de son départ, soit en la diligence de son retour, il ne se regle en manière que chacun aura sujet d'en être satisfait.

XVII.

S. A. R. ayant nn fils il pourra l'envoyer en Piémont pourvu
que lui et la sérénissime infante demeurent en Portugal, ou
bien laissant son fils ainé avec l'infante en Portugal S. A. R.
pourra séjourner davantage en Piémont. Et quant au séjour
de ses autres fils on observera en tonts les cas ce qui est dit
au quatorzième article, à savoir qu'il pourra les envoyer en
Piémont ou les retenir en Portugal à son choix.

XVIII.

Le fils ainé du roy portera toujours le nom de duc de Savoye jusqne à ce qu'il soit parvenu à la succession du royaume
de Portugal, et alors il placera le titre de duc de Savoye dans
les lieux plus décents qui se pourront convenablement pra-
tiquer.

XIX.

En considèration de ce mariage tous les sujets naturels de
S. A. R. de Savoye jouiront du même privilège dont jouissent
les mêmes naturels de Portugal pour pouvoir entrer dans les
charges, honneurs, offices et dignités de la République de même
que s'il ètaient nés portugais, et de la même manière seront
traités les Portngais dans les Etats et domaines de S. A. R.
de Savoye, et sera également permis aux uns et aux autres de
faire commerce et trafiquer dans les lieux de leurs domaines
par mer et par terre, tant aux Indes orientales qne occi-
dentales.

XX.

En dernier lieu il a été convenn qu'on fera quatre originaux
des prèsents articles entièrement semblables en la substance,
c'est a dir un en langue portugaise et l'autre en langue française pour les remettre au sérénissime prince de Portugal pour
être par lui ratifiés, et deux autres entièrement semblables, un
en langue portugaise et un autre en langue française qu'on
envoyera à M. R. pour être pareillement ratifiés par elle, et
les ratifications seront faites et expediéea de part et d'autre

dans cinq mois à venir qui commenceront de s'écouler et numèrer du jour de la date et signature de la présente capitulation qui demeurera en secret jusqu'au temps que les dits sérénissimes princes jugeront convenable de la faire publier. Ce que nous soussignés en vertu des pouvoirs que nous en avons eu de nos princes promettons chacun en leurs noms.

A Lisbonne le quatorzième de mai mil sixcent septante neuf.

EL DUQUE FRANCISCO CORREA DE LA CERDA.
Priore GIACOMO SPINELLI.

Article séparé.

Quoi que dans l'article cinquième du traité de la capitulation de mariage entre le très haut et très puissant prince Victor Amedée II duc de Savoye, et la sérénissime infante de Portugal Madame Elisabeth Louise Josephe, signé ce même jour par l'excélentissime seigneur duc de Cadaval et l'illustrissime seigneur François Correa de la Cerda en vertu du pouvoir qu'ils avaient, il soit dit en termes généraux que le sérénissime duc de Savoye étant arrivé en ce royaume, serait traité par le sérénissime prince de Portugal avec toutes les démonstrations d'honneur et d'amour qui sont dues à sa royale personne et dignité, comme il n'y est point déclaré quelles doivent être, les dits seigneurs plénipotentiaires sont convenus qu'elles seraient exprimées dans cet article à part, lequel aura la même force comme s'il était inseri dans le même traité, ce qui sera signé et ratifié dans la même forme par les sérénissimes princes leurs maitres respectivement en la manière suivante.

S. A. R. de Savoye étant arrivé en Portugal sera traité de parité par le sérénissime prince D. Pierre; lui dèfererà néanmoins comme à son beau père dans les lieux privés et publiques, et quand le sérénissime prince sera roi il traitera S. A. R. comme les rois ont coutume de traiter leurs enfants ainés, et tout le reste du royaume traitera S. A. R. de la même manière qu'on en use présentement à l'égarde du dit sérénissime prince D. Pierre.

En foi de quoi et en vertu des pouvoirs qui nous ont été octroyés nous avont signé cet article à part de nos mains et signatures.

A Lisbonne dans le palais de Corte real le 14 du mois de mai 1679.

EL DUQUE FRANCISCO CORREA DE LA CERDA.

Priore GIACOMO SPINELLI.

IX.

Lettera di Maria Elisabetta a Madama Reale.

...11 settembre 1679.

Archivi generali del regno. — Lettere autografe di Maria Elisabetta.

Je devance le départ de l'ordinaire pour vous donner plutôt part du plaisir que me donne la joie publique et l'applaudissement que reçoit notre alliance depuis que le prince monseigneur l'a divulguée à tous ses sujets, et il me semble que ma satisfaction s'en augmente quand je vous l'écris quoique vous ne le saviez pas plutôt que si j'attendais le jour de le courrier à...... S. A. R. en donna avis mardi aux tribunaux, et aussi tôt ils sortirent avec d'esclamation de joie pour nous en venir féliciter aussi bien que les principaux du peuple qui composent une partie de la chambre de ville, le lendemain l'on chanta le *Te Deum* à la chapelle en action de grâce de la conclusion de cette grande affaire où la Cour se trouve dans une propreté et un ajustement qui trasport à la joye qui parait sur tout les visages. Le prieur vous dira comment il l'aura trouvée, tout le monde nous baisa la main en sortant de cette fonction, et l'àpres-dinée toutes le dames en firent autant: il y aura trois nuits durant des luminaires par toute la ville,

des feux d'artifice que les Français et des particuliers portugais feront voir inopinement sur la mer qui est vis-à-vis
de nos fenètres, des courses de cannes et de lances faite à
l'improviste par des cavalliers dans le transport de leur joie,
et tout cela se conclura dimanche par une revue de toute
la milice et des gardes qui viendront témoigner leur rejouis-
sance par une manière de bataille fente et de mouvement
militaire, et le soir commedie castilliane avec des entrées
comme des ballets et de vers à la louange de ce divin hi-
menée. Voilà ma chère sœur ce que l'on fera ces jours ci
pour solemniser la conclusion du mariage de nos chers enfants qui n'est rien aupres de ce que l'on doit faire quand
il s'executera.

X.

Lettera del priore don Iacopo Spinelli a Madama Reale.

Di Lisbona, 25 novembre 1679.

Archivi generali del regno — Lettere del priore Spinelli.

ALTEZZA REALE,

Riceuo col presente ordinario la benignissima di V. A. R. in
data delli 8 ottobre, e doppo hauerla considerata ho ueduto il
punto principale indursi all'impossibilità della partenza di
S. A. R. fra·un anno et al non potersi presentemente prendere
da V. A. R. misura alcuna, nè risolutione accertata intorno il
tempo preciso della medesima per quelli rispetti che si degna
suggerirmi. Sopra di che essendo io stato più uolte in questa
settimana col padre de Ville si è discorso lungamente, e doppo
dibattute e ben ponderate le raggioni et partecipate dal detto
padre alla.regina, è rimasta S. M. se non appagata conuinta
dalla forza di essere de motiui che persuadono a non accelerare detta partenza più di quel che si puote et conuenientemente si deue, meno a parlarne così ripentinamente per i puoco

buoni effetti et inconuenienti che potrebbe produrre una pratica così subitanea et intempestiua: nel che ha aiutato assai la lettera che ha scritto V. A. R. alla regina, e le riflessioni che gli hanno già fatto fare antecedentemente quando mi parlò et incaricò di questo. Onde ciò udendo, S. M. si è limitata di concerto che non se ne parli apertamente ad alcuno qui. Che uenendone io interrogato debba risponder che sinhora V. A. R. non si era aperta meco in minima cosa concernente questo punto. Che credeuo se ne sarà dichiarata et intesa a dirittura con S. M. sopra della quale debba io scarricarmi. Ella poi per sodisfare all'instanza che dal principe reggente e dai ministri gliene uengono e uerranno nuouamente fatte ha preso per espediente di risponder che V. A. R. non stimava bene, nè poteva per degni rispetti determinare in ciò cosa ueruna sintanto che non si ueda adempito il rimanente che deue precedere detta partenza particolarmente quello risguarda la derogatione della legge di Lamego che è il fondamento e la base di tutto il negotio, et ciò per guadagnare qualche tempo et tirare insensibilmente le cose al fine che V. A. R. desidera et a quella maggior dilatione che si potrà. Il che certamente porterà auanti parecchi mesi prima che si rinouino le instanze. Questo concerto et prudentissimo disegno di S. M. fu da ella solamente et unicamente confidato al duca di Cadaual; per hauerlo in aiuto gli ha communicato le giuste raggioni e sentimenti di V. A. R. ne quali è egli entrato con intiera approuatione, come anco nel prudentissimo ripiego della regina, nè altri che lui, il padre de Ville et S. M. ne sanno il mistero. Sì che io spero che V. A. R. non uerrà in sostanza maggiormente angustiata sopra questo punto per qualche tempo, sebene in apparenza non si cesserà di sollecitare.

Posto questo ritegno alle premure della regina intorno al tempo della sudetta partenza sono anche cessate quelle delli altri interrogatori circa la Corte di S. A. R., qualità de cauaglieri, mobili, etc., sopra di che non mi è stato replicato altro. E se non ne uerrà di nuouo parlato procurerò di regolare le mie risposte conforme a quanto mi viene prescritto da V. A. R.

Ha approuato la regina la commissione data da V. A. R. al conte Ferraris di passare l'ufficio coll'imperatore nella forma

accennata e sopra questo particolare dice che puote V. A. R.
regolarsi conforme stimarà meglio e si costuma da cotesta
Corte non solo coll'imperatore, ma anco cogl'altri potentati.
Sarebbe però di parere che bastasse ciò che si è fatto senza
procedere a maggiori formalità tanto più che da questa parte
non si pensa fare di vantaggio.
Già sodisfeci a quanto mi haueua imposto S. M. verso li
conte di Villarmajor, marchese di Fronteres et il segretario di
Stato, facendogli quelle espressioni di stima e gradimento che
stimai convenienti in nome di V. A. R. come haurà ueduto dal-
l'antecedente mie.
Il duca di Cadaual è stato soddisfattissimo dell'obbligatis-
sima risposta fattagli da V. A. R. E mi pare di uederlo ogni
uolta più ben intentionato et zelante per il buon esito di questo negotio. In quanto al conte di Castelmelior mi disse la regina nell'ultima udienza che non si marauigliaua che la sua
hipocrisia et affettata moderatione havesse deluso l'animo di
V. A. R. et ingannatala in molte cose. Che questa era l'arte con
la quale si cattiuana quello della regina d'Inghilterra, con tuttociò lo scusò et lodò in alcune altre buone parti, dal che m'ac-
corai che non sarà impossibile a suo tempo condurre l'impresa
al suo fine almeno per richiamarlo nel regno. Anzi ultimamente
d'ordine di S. M. il padre Ville fece qui ad un amico del medesimo (che gli suol scrivere tutto) una parlata assai a proposito e tutta tendente a fargli suggerire in che egli erra e si fa
del male e come dourebbe regolare la sua condotta per arri-
uare a conseguire ciò che egli desidera. Nè si lasciarà qui di
continuare a nutrire la sua speranza. Siamo poi usciti da un
gran trauaglio. Il male della serenissima infanta che sul principio si credeua non sarebbe di consideratione scoppiò in una
febre continua con un ripiglio quotidiano assai fiero che pose
tutti in apprensione et ha obligato a sagnarla sei uolte. Finalmente coll'aiuto di Dio diede uolta nella settima, et hora si
troua in buon stato e fuori di pericolo. Si sono in quest'occasione fatte molte deuotioni e voti tanto in generale che in particolare da S. M. che si è trouata in un angustia et afflittione
incredibile.
Martedì arrivò qui il signor Duarte Ribeiro e secondo le

nuoue che si hanno si aspetta domani mattina il signor conte di Gubernatis. E doppo dimani si darà principio alla prima apertura de' Stati la quale si è andata tirando in lungo principalmento per aspettarlo. Hoggi si è dato alla serenissima Infanta l'ultimo medicamento che ha operato assai passabilmente. Sta bene per quello mi fa sapere il padre de Ville d'ordine di S. M. Et a V. A. R. faccio humilissima riuerenza.

Lisbona, 10 novembre 1679.

Hum.^{mo}, dev.^{mo} et obb.^{mo} servo

P. SPINELLI.

XI.

Lettera della duchessa di Savoia
al conte Marcello Degubernatis inviato straordinario a Lisbona.

Di Torino, 5 maggio 1681.

Archivi generali del regno.

LA DUCHESSA DI SAVOIA REGINA DI CIPRO, ETC.

Molto magnifico nostro carissimo. Tuttochè l'ordinario di Spagna che passò sabato non ci habbi portato alcuna lettera di Lisbona, non uogliamo ad ogni modo lasciare partire il presente senza accompagnarlo con queste righe con le quali ui confermiamo la sodisfattione che ci risulta dal felice compimento che si è dato all'ambasciata del signor marchese di Dronero quale stiamo attendendo con ansietà per finire di stabilire al suo arriuo quello sarà necessario per la casa e uiaggio di S. A. R. Con egual impazienza desideriamo d'intendere l'esito che hauranno hauuto i negoziati del signor duca di Giouenazzo in cotesta Corte sopra gli emergenti con la Spagna. Al che non hauemo che soggiongere essendo persuasa che regolarete la uostra condotta con i riflessi insinuativi et in conformità di quanto ui è stato da Noi prescritto con le antecedenti sopra questo particolare.

Il conte di Villanoua del Mondoui hauendo uoluto impedire ad un messo la pubblicazione di un ordine di quella città nel distretto di sua giurisdizione, congregò il sindaco del Mondoui da quatro in cinque cento huomini e si portò con essi a Villanoua per insultare detto conte senza che il gouernatore lo potesse contenere. L'attentato non hebbe maggiore successo. Ma calmata che fu la tempesta uolendo S. A. R. procedere a qualche risentimento contro il sindico col fargli precetto di portarsi a Torino per rendere conto dell'operato si ritirò egli in chiesa e la città et il Consiglio cessarono dalle loro fontioni. Il popolo ha comunemente disapprovato questa nouità, contuttociò il sindico e consiglieri animati dalla speranza d'esser assistiti da alcuni banditi e paesani delle montagne continuano nella loro contumacia. Quando non si dispongano ad obbedire saremo forse obligata ad inuiarui qualche truppa per assistere a quel gouernatore, castigare i contumaci e per stabilire un nuouo conseglio, siamo assicurata che non si metteranno in diffesa per essergli il popolo contrario. Potrebbe essere che ciò desse materia di discorrere sinistramente del fatto et agli emoli d'interpretare la cosa come correlatiua al matrimonio di S. A. R. Il che non essendo habbiamo stimato di portaruene questo distinto raguaglio acciò siate informato della uerità e possiate ualeruene opportunamente contro le false inuentioni che potessero i male intentionati disseminare con tal occasione in cotesta Corte.

Et accertandoui della nostra dispostissima uolontà per i vostri uantaggi preghiamo Dio che ui conserui.

Torino, 5 maggio 1681.

GIOVANNA BATTISTA.

XII.

Lettera dell'abate conte della Terre al conte Marcello Degubernatis
inviato a Lisbona.

Archivi generali del regno — Lettere dirette al conte Degubernatis.

Moncalier, le 24 aoust 1682.

Depuis le dernier courrier qu'on vous a dépeché S. A. R. s'est toujours mieux portée n'ayant eu aucun ressentiment de fièvre et ayant fait toutes les fonctions naturelles comme un homme qui est en santé. Elle se lève soir et matin six heures par jour, sans se sentir faible. Vous voyez par là qu'il y a lieu d'espèrer que nous pourrons partir avant la fin d'octobre, car pour ne rien risquer il faut avant de la mettre en chemin qu'elle soit plus vigoureuse qu'elle n'a jamais été, ce qui probablement arrivera, parceque la longue fièvre qu'elle a eu aura consumé le reste des humeurs superflues qui rendaient son tempérament delicat.

L'évasion du marquis de Parelle a fait de bruit à la Cour et en fera peut-être loin d'ici. Je vous en dirai sincèrement la vérité. Il prit la fuite, le 12 de ce mois, croyant légèrement qu'ont voulait l'arrêter, parce qu'il était averti qu'on prenait secrètement des informations contre lui pour découvrir le sujet des négociations qu'on l'accusait d'avoir faites à Milan, à Venise et Vienne pour émpêcher le mariage de S. A. R. Il est allé à Andorno, qui est une terre qu'il a dans les montagnes du Biellais ; comme on le croit plus chimérique dans ses desseins que véritablement coupable, on lui a ordonné d'aller demeurer à Rome jusqu'à nouvel ordre, ou de venir se justifier. Cette affaire n'aura sans doute pas de suite, car je crois qu'il ne peut ni ne veut exciter des troubles dans l'Etat. Ce n'est pas non plus l'intérèt des Espagnols ni des impériaux qui ont assez d'occupation en Hongrie contre les mécontens et les Turcs , sans attirer la guerre en Italie. On est toujours plus charmé des manières de monsieur le duc de Cadaval et de toute la noblesse portugaise. On ne peut pas vivre plus honnêtement qu'ils font, et témoigner moins d'impatience dans un si long retardement. On tâche aussi de le leur adoucir par toute sorte de bons traitements ici et à Villefranche. Je vous prie, monsieur, de me continuer votre amitié et de croire que vous ne l'accorderez jamais à personne qui soit plus passionnement et plus sincèrement à vous que je le suis.

Je ne veux pas oublier de vous redire encore que vous rendrez un très-grand service à S. A. R. si vous pouvez ménager avec avantage la vente des vaisseaux qu'on a fait faire en Hollande.

L'ABBÉ DE LA TOUR.

XIII.

Altra delle stesse al conte Marcello Degubernatis.

Archivi generali del regno, luogo citato.

Moncalier, le 21 septembre 1682.

Le courrier extraordinaire a apporté des ordres que je croyais nécessaires, et que j'attendais même, mais qui ne laissent pas de me causer la plus grande affliction que j'aie eu de ma vie. La flotte s'en retourna sans porter S. A. R., et le duc de Cadaval nous quitte. Je ne saurais penser à cela sans perdre le courage que j'exhorte les autres à avoir dans une si funèste conjoncture. Je ne puis me consoler qu'en détournant ma pensée du temps présent et en la reportant au printemps qui vient, dans lequel nous devons espérer que la Providence après nous avoir éprouvés par tant d'afflictions, nous consolera enfin entièrement; elle semble déjà nous le promettre en rendant peu à peu la première santé à S. A. R. Elle se lève, s'habille, sort de sa chambre et se promène dans une longue galerie. Elle a grandi beaucoup, et s'est même carrée durant sa maladie, car le justaucorps

qu'elle portait avant de se mettre au lit lui est court et étroit.
Quand je la considère en cet état, je crois qu'elle sera plus vigoureuse qu'elle n'a jamais été dans moins d'un mois, et qu'elle
aurait encore pu partir au commencement de novembre, si la
flotte avait pu attendre. J'en ai parlé et je l'ai même pressé,
mais on ne l'a pas jugé à propos.

Je propose une autre chose; c'est de nous servir des vaisseaux
de France et de partir au mois de janvier qui est propre pour
la navigation. Si le prince avait de la répugnance à y donner son
consentement par réputation, il nous suffira de savoir qu'il re-
cevera avec joie S. A. R., de quelque manière qu'elle aille. Ce point
est important, car le terme du printemps est éloigné et il vaut
mieux pour la santé de S. A. R. qu'elle arrive à Lisbonne en hiver
qu'en eté. De cette manière le voyage se ferait avec sûreté et commodité. Nous irions à Nice au mois de novembre, et quand nous
verrions S. A. R. avec toute la force nécessaire nous ferions venir
en 24 heures les vaisseaux de Toulon pour faire voile au premier bon vent.

Vous voyez par tous ces projets que l'état de S. A. R. est bien
différent de ce qu'on l'a imaginé en Portugal sur la consultation de nos médecins. On pouvait donner autant de créance au
médecins portugais qu'à eux, car elle est sans doute mieux in-
tentionnée qu'ils ne le sont pour le mariage.

Je vous ai déjà informé de la fuite du marquis de Parelle et de
son exile à Ferrare, où il est. Les desseins, s'il en avait, étaient
chimériques, et c'est probablement l'intrigue dont on veut parler à Madrid. Nous ne négligerons pas les suites qu'elle pourrait avoir, et on donnera une si grande attention à découvrir
et à détruire toutes les cabales, qu'il n'y a rien à craindre de
ce côté. Je craindrais plus du côté du Portugal, si la prudence
et le courage de la reine assistée de vos conseils n'étaient assez puissants pour soutenir son ouvrage. Vous serez aussi fortifié bien tôt par M. le duc de Cadaval qui témoigne d'être si content de leurs AA. RR. et de tout ce pays. On ne l'est pas moins
de lui. On l'aime et on l'estime depuis le premier de la Cour
jusqu'au dernier du peuple, aussi il n'y a jamais été un homme
si prudent dans sa conduite, plus noble et plus honnête dans
ses manières. On fera les présents comme si S. A. R. s'en allait.

Ce sont des boites, des portraits enrichis de diamants pour tous les officiers de qualité. Celui de monsieur le duc de Cadaval est de deux mille pistoles, et les moindres de deux cent cinquante. Il y en a treize. Notre ami François de Brito y est compris. On donne des bagues aux jeunes fidalgues qui n'ont point de charges, et l'on distribuera à la flotte douze mille écus. On joindra à celà un grand service de toutes sortes de rafraîchissements. Il serait nécessaire que nous eussions ici la parcelle des louages des maisons qu'il faut payer et l'état de la dépence qu'on a faite jusqu'à présent afin de savoir au juste ce qui restera de l'argent provenant de la vente des marchandises, quand S. A. R. arrivera en Portugal. Ayez la bonté de vous faire remettre les listes par tous ceux qui ont touché quelque argent et de me les envoyer. M. R. entend qu'on ne fasse plus rien que par vos ordres et que vous fassiez exécuter le réglement qu'elle m'a commandé de vous envoyer. M. le duc de Cadaval a fait retrancher l'argent des présents et n'a pas voulu qu'on en ait donné qu'aux capitaines des vaisseaux et aux officiers de la Couronne suivant la liste que vous m'auriez envoyée, n'oubliez pas néanmoins monsieur de Brito.

Je suis très passionément à vous

L'ABBÉ DE LA TOUR.

XIV.

Lettera del conte Marcello Degubernatis a Madama Reale.

Di Lisbona, 30 ottobre 1682.

Archivi generali del regno, luogo citato.

MADAMA REALE,

Gionse il corriere la sera del 19 di ottobre poche ore doppo l'arriuo dell'ordinario, et essendomi immediatamente portato dalla regina per felicitarla delle buone nuoue peruenuteci circa la miglioria notabile della sanità di S. A. R., non mi parue di ritrouare nella M. S. quell'allegrezza e serenità che poteuano tali notizie produrre nel di lei real animo.

Onde per inuestigarne la causa mi mossi a dichiararmene seco dicendole che mi darebbe gran pena se non mi giouasse il credere ch'ella uoleua in questa occasione mostrarmi la sua egualità d'animo tanto nelle cose prospere che auuerse: al che essa mi rispose trouarsi trauagliata da un raffreddore e che poteuo credere niuno più di lei rallegrarsene. Pure premendo io più da vicino sopra la materia finalmente mi hebbe a dire che la sanità di S. A. R. era tuttociò ch'ella potesse desiderare mentre fosse accompagnata dalla uolontà di effettuare il matrimonio, al che io hauendo soggiunto che non haueua motiuo di dubitarne escì fuori con allegarmi la poca ansia che haueua mostrato S. A. R. durante la sua infermità, in riguardo massime dell'infante, onde la regina di Portogallo haueua procurato di disingannare la detta infante in occasione che non potendone dissimular il sentimento se n'era in qualche forma seco doluta. A queste congietture le quali procurai di sbattere con altre più potenti che militano in contrario aggiunse la regina che la propositione fatta al duca di Cadaual di maritare il Correo Mor con madamigella di Saluzzo era una proua euidente esser la uolontà di S. A. R. aliena dal matrimonio coll'infante mentre si cercavano altri incontri per disponerlo al viaggio e che S. A. R. non depose la malinconia nè si fece vedere in stato di ricuperare la sanità salvo doppo l'arriuo del corriere che portò l'ordine di far ritornare l'armata nauale, onde ella arguiva che ogni volta si trattarebbe d'instradare S. A. R. a Lisbona si trouarebbe l'istessa infermità e che lei sarebbe la più infelice madre del mondo quando maritasse sua figlia con un principe che la sposasse contro uolontà. Adoprai la poca rettorica che mi somministrò il zelo per dissuaderla dalle conseguenze che ella formaua da queste premesse et in sostanza le rimostrai non douer la regina trouare strano che S. A. R. hauesse qualche ripugnanza a sradicarsi dal patrio regno: esser ciò naturale etiandio negli huomini più maturi e prudenti, poter la M. S. congietturarlo dalla forza che hebbe ella medesima in lasciar la patria benchè per esser regina di Portogallo, e che finalmente esser quello il corso ordinario

18

delle principesse, esser necessario per conoscer la duratione degli effetti riflettere primieramente alla qualità delle cause: non poter dubitare che S. A. R. habbia ripugnanza alcuna a questo matrimonio in riguardo del personale dell'infante, il che solamente potrebbe produrre quei perniciosi effetti che sogliono originarsi dalli matrimoni inuolontarii, per il che non dovea darle la minima apprensione qualsiasi altro motiuo di ripugnanza nell'animo di S. A. R. perchè tutti suanirebbero subito che fosse sciolta da quei lacci che insensibilmente tengono legato il cuore alla patria massime in un principe la di cui età non gli permette di poter prescindere dall'affetto naturale: le maggiori sue conuenienze, esser necessario un maturo giudicio per non cadere in questa debolezza la qual è più tosto vitio della natura humana che degli huomini istessi, onde sebene pochi resistino a non sentire gli stimoli però è vero che tutti ne guariscono con la mutatione dell'aria il che si verificaua in S. A. R. ritrouando in Portogallo per sposa la più bella e più virtuosa principessa del mondo, in S. M. un altra madre, e nel serenissimo principe ogni corrispondenza d'affetto e di stima oltre un paese delicioso e capace di tutti li diuertimenti immaginabili, et un regno che sta continuamente anelando la sua presenza.

Mi parue di lasciar S. M. con l'animo più tranquillo, conforme ella medesima si degnò accennarmi, e dubito assai che habbino dato fomento a queste apprensioni le notitie peruenute alla regina per mezzo del duca di Cadaual, tanto più che la M. S. non mi communicò conforme al solito la lettera scrittale dal medesimo duca il di cui genio è bastantemente proclivo a concepire sospetti, e mi confermo maggiormente in questo sentimento dal non hauer uoluto egli fermarsi costì sino al fine dell'opera non ostante le reiterate instanze fattegli per parte di V. A. R. e massime trattandosi del breue spatio di tre o quattro mesi onde ha del verisimile che egli si fosse priuato della gloria di coronare l'opera se non si fosse posto nell'immaginatiua che questo negotio non conseguirebbe il suo fine o per difetto d'impotenza o di volontà. Questo è un argomento che io faccio nel quale potrei facilmente ingannarmi.

Per ovviare a questo inconveniente supplicai la regina di

preuenire anticipatamente il duca di voler conferire seco innanti trattare del negotio col serenissimo principe, et a questo effetto mi promise d'inuiar un suo confidente alla Barra affinchè fosse auuisato primá di sbarcare et etiandio di scriuergli nella forma con cui dovea regolarsi nel primo congresso ch'haurebbe con S. A. Del resto posso assicurare V. A. R. che tutti questi ministri restano scandalizzati del ricuso che ha fatto il sudetto duca di fermarsi costì sino al compimento del negotio e se ne sono dichiarati meco l'arcivescovo, il marchese di Gouea et il marchese d'Arroncias oltre molti caualieri della prima qualità quali si sforzano di persuadermi che il duca se ne venga mal intentionato contro il matrimonio, il che sebene io conosca procedere dall'inuidia et emulatione contro la di lui persona non lascia però di darmi qualche apprensione cauandone intanto l'avantaggio d'impegnarli maggiormente nella riuscita del negotio. Siccome la voce commune d'hoggidì è che S. A. R. non voglia venire in Portogallo è arrivata la speculatione di alcuni a immaginarsi che ciò sia a causa che il Re di Francia habbia fatto intendere a S. A. R. secretamente di non effettuare il suo matrimonio. Vogliono alcuni che il Re di Francia habbia mutato di parere sul riflesso di certe politiche immaginarie, e che S. A. R. non ardisca di contradirgli : il che non hauendo apparenza alcuna mi pare un sogno di certi cervelli noti che si pascono d'idee chimeriche e strauaganti.

Li 20 del medesimo ottobre fui all'udienza del serenissimo principe reggente al quale communicai con participazione di S. M. il proggetto da V. A. R. trasmessomi circa il viaggio di S. A. R. da farsi per terra nel prossimo mese di gennaro. Nel che se bene mostrasse di consentire, nulladimeno mi disse che era conueniente inanti di prender la risolutione attendere l'arriuo del duca di Cadaual, et hauendogli io replicato che V. A. R. entrava nell'istesso sentimento et a tal fine haueua fatto consapevole l'istesso duca del medesimo progetto e dato a me l'ordine di aspettare il di lui arriuo inanti d'intauolare la materia, ma che mi ero mosso di parlarne anticipatamente all'A. S. affinchè in caso che gli accidenti del mare procrastinassero la venuta del sudetto duca, si degnasse di farmi sapere i suoi sentimenti in tempo opportuno, cioè fra li 8 del prossimo novembre acciochè V. A. R. havesse l'aggio di preuenire le cose e prendere le misure necessarie : al che l' A. S. mi soggionse che speraua douesse l'armata giongere fra tutto il corrente mese di ottobre e che in ogni euento il tempo darebbe il consiglio alla risolutione da prendersi, si rallegrò meco del notabile miglioramento di S. A. R. e mi terminò il discorso dicendomi che per l'intiera effettuatione del negotio non ui era altro a desiderare che la perfetta sanità dell' A. S. R.

Ho saputo dalla regina e dal marchese d'Arroncias come l'inquisitore generale sopra la notitia della pericolosa infermità di S. A. R. propose nel Consiglio di Stato di cominciare a pensare con chi douesse maritarsi l'infante e che il principe reggente con qualche sentimento gli chiuse la bocca dicendo altamente che non volesse in alcun modo si parlasse di questa materia salvo in caso non vi fosse più della vita di S. A. R. speranza alcuna.

Detto marchese di Arroncias propose nel Consiglio che atteso il duca di Cadaual se ne ritornaua, doueuasi spedire prontamente un caualiere della prima qualità che assistesse in cotesta Corte, ma il sentimento commune degli altri consiglieri a quali aderì il serenissimo principe fu che si fermasse costì il ministro destinato per Roma sino al ritorno dell'armata doppo il quale con la relatione da farsi per il duca di Cadaual si prouederebbe più accertatamente.

È certissimo che il duca di Cadaual non ha mai scritto nè motivato nelle sue lettere scritte al prencipe et alla regina l'instanza fattagli da V. A. R. di fermarsi costì, anzi tacendo questa particolarità ha egli sempre dimandato di ritornarsene con l'armata e ciò si è solamente saputo con la dichiaratione da me fattane a S. A. secondo l'ordine datomene, e quando ne feci incontinente ogni premura alla regina non mi seppe dir altro che non era più in tempo atteso l'ordine già trasmesso al duca di ritornarsene con l'armata. Il marchese de Las Minas mi disse ultimamente che questo matrimonio si era nel principio reso odioso alla nobiltà per il modo con cui era stato conchiuso hauendo il prencipe reggente e la regina diffidato di tutti li altri eccetto del duca di Cadaual mentre per altro poteuano ben credere che niuno degli altri ministri e grandi della

Corte haurebbe potuto contradire un matrimonio d'avantaggio così evidente a questa Corona non douendosi alcun altro prencipe poner nella billancia in riguardo del duca di Savoia, che del restante essendo già svanito questo risentimento tutta la nobiltà presentemente ne desiderava l'effettuatione, e passando da questo discorso ad essagerationi contro il duca di Cadaual mi disse altamente che era odiato da tutti li fidalghi et abborrito dal popolo.

Io senza entrare nelle loro gare et emulationi apro le orecchie e chiudo la bocca procurando di cauarne quel profitto che può condurre alla facilità dell'intento.

Non ui è dubbio che la causa principale per cui ha esclamato il popolo contro questo matrimonio è stato il tributo che se gl'impose a consideratione del medesimo. Hora però che se n'è fatta l'esattione, tutti nniversalmente lo desiderano. Veramente non fu buona politica valersi di quel mezzo mentre gli emoli presero da quella nuova impositione motivo d'insinuare alla plebe che se il matrimonio si fosse fatto con Fiorenza haurehbe quel principe supplito intieramente del proprio a tutte le spese, e se gli diede ad intendere che il duca di Savoia era pouero, con mille altri supposti quali oggidì sono intieramente suaniti.

L'arciuescono di Braga ha scritto marauiglie di cotesta Corte e della incomparabile generosità di V. A. R. come anche delle insigni qualità di S. A. R., onde tutti questi fidalghi non cessano di commendare la magnificenza de' presenti fatti costì ai canalieri portoghesi riprouando che habbia il duca di Cadaual impedito la distributione delli 50 mila scudi all'armata.

Pochi giorni inanti l'arriuo del corriere straordinario il padre Pietro Zagaete giesuita che già promosse il matrimonio dell'infanta col gran duca fu ultimamente dal padre Pommerau sotto pretesto di consultare se trouaua bene che egli scriuesse al gran duca di rinnouare l'istanza stante la pericolosa infermità di S. A. R., al che il padre Pommeran (conforme egli medesimo mi ha raccontato) rispose che le cose non erano ridotte a segno di trattare sopra questa materia, mentre ui era ogni probabile speranza che S. A. R. sarebhe ben presto restituita alla pristina sanità. Al che il medesimo padre soggiunse che l'istesso padre

Pommerau haurebbe potuto scriuere al gran duca, il che ricusò onninamente di fare. Veramente quando Dio non permetta che segua il matrimonio con S. A. R. scorgo ogni probabilità debba esser preferto il gran duca, e dei principi francesi non ne vogliono. Per i cadetti dei principi alemanni conoscono che restano condannati intieramente nelle spese oltre il rischio nel quale pongono la sussistenza e decoro dell'infanta quando venisse il prencipe reggente ad hauere figliuoli maschi. Al duca di Parma nnoce la ragione propria che tiene alla successione della Corona.

Il duca di Modena si esclude dal nipotismo mazarinico e la medesima nota arguiscono ne'principi di Soissons.

Nel piego che portò il corriere straordinario diretto alla regina mi dice il padre Pommerau che ni era una lettera del padre rettore di cotesto collegio per il sudetto padre, e mi ha parimente assicurato che il medesimo padre gl'inuiò una lettera per ricapitare il sudetto padre rettore come ha fatto per via dell'ordinario, che partì di quà li 20 del passato. Io voglio credere che se tali lettere contenessero qualche misterio le incaminarebbe per altra strada.

A dì 28 di ottobre fu da me il marchese di Gouea, il quale mi disse che nel Consiglio di Stato si era letta la copia della lettera scritta da V. A. R. al duca di Cadaual, e che tutto il Consiglio haueua inteso male che il medesimo duca non si fosse trattenuto costì stante l'instanza fattagliene da V. A. R., e mi disse chiaramente che il duca haueua perso il giudicio o se ne ritornaua con massime differenti da quelle con le quali era partito di quà mostrandosi dotto marchese di Gouea molto zelante per l'effettuatione del matrimonio. Comunicai al medesimo in questa occasione il proggetto trasmessomi da V. A. R. circa il viaggio di S. A. R. per terra, e me lo commandò sommamente dicendomi non tralasciassi d'informarne gli altri signori del Consiglio.

Doppo d'hauer la regina per degne cause obbligata madama Dancourt a cohabitare col marito si va talmente raffreddando l'entrata rimasale in palazzo che sarà costretta di ritornarsene in Francia e non sarà poco se conseruarà la pensione di mille scudi annui che gode al presente.

Questa risolutione promossa dal padre Pommerau confessore di S. M. diede materia a diuersi discorsi in odio della detta madama Dancourt e fu intesa (com'è solito in simili accidenti) con applauso universale.

Il padre sudetto va coltiuando il [genio di S. M. in una uita molto spirituale nella quale non lascia però di accudire al negotio col conseruarmi l'honore di trattare meco negli occorrenti.

Conserui il signor Iddio l'augusta persona di V. A. R. conforme lo desidero et è necessario mentre a' suoi reali piedi profondamente m'inchino.

Lisbona, addì 30 ottobre 1682.

Humilissimo servo e fedelissimo suddito

MARCELLO DE GUBERNATIS.

XV.

Lettera della regina di Portogallo a Madama Reale.

...27 novembre 1682.

Archivi generali del regno, luogo citato.

Je vous écrivis, ma chère sœur, par le dernier courrier extraordinaire l'etat auquel se trouve notre grande affaire en ce pays depuis l'arrivée de l'armée et l'augmentation des craintes et des allarmes qu'avaient apporté la relation du duc de Cadaval et la confirmation de notre médecin sur l'etat auquel vos médecins avaient rapporté par leur consultation que la santé de S. A. R. mon neveu s'était de tout temps trouvée, et le peu d'effet que faisait sur les esprits sa guérison présente, puisque supposant que sa santé ait toujours été faible, altérée et incertaine, comme ils le prétendent, quand même il retournerait parfaitement

dans l'etat auquel il était auparavant, cela ne suffirait pas
pour les dissuader de la préoccupation qu'ils ont des périls que
ce royaume courrait en abandonnant toutes les espérances sur
la bonne disposition et la vigueur d'un prince qui croit par tout
ce qui leur en est revenu n'être en etat de plusieurs années de
les satisfaire, ni de pouvoir solidement établir une sureté vrai-
semblable d'une parfaite santé.

Je vois, ma chère sœur, ces craintes augmenter tous les jours
et passer des ministres aux courtisans, aux peuples; enfin la
chose est arrivée à un tel excés que les plus zélés croyant être
les plus obligés à désaprouver une chose de laquelle on craint
la ruine du royaume quand l'on prétendait y trouver un remède
à la necessité du prompt établissement de la succession, dont
il a besoin plus qu'un autre, j'ai cru qu'en laissant passer le
premier feu de ce zèle l'on pourrait au moins attendre jusqu'au
printemps à prendre les mesures que l'on jugerait alors plus
convenables, selon l'etat auquel se trouverait mon neveu. C'est
pourquoi j'ai retardé autant qu'il m'a été possible les dernières
qu'on devait prendre avec vous, désirant vous les adoucir ou
par le temps ou par la manière, et enfin espérer du temps ce
que je voyais dans celui-ci absolument impossible; j'ai empéché
qu'on ne vous ai fait dire par le dernier courrier et par Barreiro les impossibilités qu'on trouvait dans l'exécution du mariage de nos enfants, j'en ai fait retarder plusieurs semaines
pour tâcher de retourner les choses sur un pied favorable à
nos desirs, j'ai même pris sur moi la cruelle commission de
vous l'écrire afin de ne pas laisser engager formellement une
rupture dont on ne pourrait après se dédire; mais, ma chère
sœur, à mon regret tous mes soins ont été inutiles, car plus
on m'a crue passionnée pour ce mariage, plus j'ai travaillé pour
le passé par tout ce qui pouvait y contribuer, et plus mes diligences sont suspectes. Je ne puis dire tout ce qu'on m'écrit,
l'on peut dire ce que l'on a vu et la plus grande faveur que l'on
me fasse est de croire que je suis trompée, et que les autres
désirent se presser. Enfin ce torrent est si rapide qu'il emporte
les plus grands rochers après lui, quelques constants et stables
qu'ils voudraient être à leur premier etat : c'est pourquoi, ma
chère sœur, croyez que les destinées plutôt que nos volontés

nous en séparent, car je puis dire que S. A. R. monseigneur est
aussi affligée que moi de se voir dans la dure nécessité de vous
représenter l'etat auquel cet affaire est réduite, afin que prenant les mesures que vous jugerez convenables, vous ordonniez
à son ministre de parler là dessus de la manière dont vous le
jugerez à propos. Il vous en envoyerait même un autre qu'il a
déjà nommé en secret, si vous jugiez qu'il put être de quelqne
ntilité pour votre service dans cette conjoncture, et qu'il vous
soit agréable qu'il en assiste un à votre Cour en cette occasion.

Répondez-moi là dessus afin que l'on puisse vous y obeir,
car, ma chère sœur, le prince et moi souhaittons faire toutes
choses pour vous en diminner le chagrin, et il n'y a qu'un intérêt aussi grand que celui qu'on lui représente incessamment
de l'etat et de la succession de la Couronne qu'il puisse préférer
aux votres; mais que pouvons nous faire lui et moi quand tous
les ministres crient unanimement, pressent et protestent contre
un mariage qu'ils croyent risquer toutes choses, et qu'en même
temps ils ne veulent pas attendre un moment pour assurer l'un
et l'autre par la personne de l'infante? Elle est fille du royaume
aussi bien que notre, et nous ne pouvons pas résister à cette
impatience sur une chose aussi incertaine que toutes les rela-
tions dn duc de Cadaval et celles de vos médecins font paraltre
la santé de mon neveu; mais quand nous le pourrions, serait-il,
ma chère sœur, avantageux à S. A. R. mon neveu de venir dans
un pays préoccupé de l'idée qu'il voudrait causer sa ruine? Et
si les plus fidèles ministres le sont, pourrais-je seule en détromper tont le monde et persuader à S. A. R. monseigneur de suivre
seulement son inclination et la mienne et de risquer toutes
choses pour la satisfaire? C'est pourquoi, ma chère sœur, les
choses sont tellement boulversées que ce qui devait causer notre
félicité ne pourrait plus que nous attirer milles disgrâces. Si
nòus voulions forcer les dispositions divines qui semblent s'opposer directement aux notres, rendons nous avec soumission à
cette tonte puissance à qui celles de la terre doivent céder sans
doute, et dénonons les liens que notre amour avait formés sans
désunir nos cœurs qui indépendemment de cela l'ont tonjours
été si tendrement. C'est dans cette conjoncture que l'on en ex-

périmentera la solidité, car quand les intérêts sont unis il n'est pas difficile qu'ils le soyent, mais quand ils viennent à se séparer, c'est la pierre de touche qui en découvre la constance et la fermeté; le mien, ma chère sœur, sera toujours avec la même passion à vous, et souhaitera à mon neveu le même bonheur que s'il était réellement mon fils comme je l'espérais : helas ! si le ciel nous eut été propice je ne serais pas présentement réduite à vous faire ces assurances. Cruel incident, cruelle maladie et malheureuse embassade qui a ruiné toutes mes esperances, car je croyais devoir plus craindre pour elle ; mais, ma chère sœur, nous ne savions peut être ce que nous désirions, et Dieu sait mieux que nous ce qui était le plus avantageux pour nos enfants; enfin, ma chère sœur, sans vouloir approfondir ce point, ce qui est certain c'est que leur union n'était pas déterminée au ciel, puisque toutes les diligences humaines ne l'ont pu exécuter sur la terre. Que vous puis-je dire de plus? Je suis sûre que mon cœur vous parle bien mieux que ma plume, et vous dit tout ce qu'elle ne peut écrire. Croyez-la, ma chère sœur, et aimez toujours une sœur qui vous adorera autant qu'elle aura de vie indépendemment de toutes choses.

Je n'ai pas le courage d'écrire à mon neveu, car que lui dirai-je? Faites lui mes excuses, si vous le jugez à propos, et dites-lui ce que vous trouverez le plus convenable de ma part.

J'oubliais de vous dire que le duc de Cadaval m'a rendu un portrait de mon neveu dans une boite garnie de diamans qui était destinée pour l'infante : plût à Dieu qu'il l'eut trouvé dans l'état dans lequel il est représenté dans ce portrait; mais il lui a paru si différent que l'abbé de la Tour sait le scrupule qu'il fit de l'apporter à l'infante, et même il me l'a remis sans le lui vouloir montrer, ne la voulant pas tromper à ce qu'il prétend.

Le prince monseigneur ne vous écrit point parce qu'il a cru qu'il vous serait moins fâcheux d'apprendre ses sentimens par moi même que par les mains d'un secrétaire qui ne pourrait pas vous être si agréable, ni vous devoir si bien persuader de la véritable douleur qu'il a d'être obligé par les raisons que je vous ai déjà écrites à désister de la chose du monde qu'il souhaitait davantage et à préferer l'intérêt du royaume et le soin qu'il doit apporter à lui procurer un prompt établissement dans la succession de l'infante, à l'inclination et aux avantages qu'il considerait dans la personne de mon neveu; mais que ne pouvant résister à l'empressement de ses ministres et de tous ses sujets, il croyait devoir adhérer aux instances reiterées qu'ils lui font de songer promptement à rémedier à la nécessité où le royaume se trouve il vous conjure de l'en croire pas moins à l'avenir affectionné à tout ce qui vous regarde, et d'être persuadée qu'il conservera toute sa vie la vénération qu'il doit à votre personne et la reconnaissance que tout ce que vous avez fait pour sa satisfaction dans la sienne et dans celle de ses sujets lui a inspiré.

L'infante vous assure aussi de la tendresse qu'elle conservera toujours pour une tante qu'elle a consideretée avec tant de plaisir comme sa seconde mère, qui ne peut s'empécher de vous demander la grâce de lui permettre le même avantage, et de lui conserver celui de l'aimer comme votre enfant, quoi qu'elle ne jouisse pas du bouheur de l'être réellement; elle vous assure qu'elle le sera toujours par inclination et par reconnaissance à toutes vos bontés pour elle.

J'ai cru qu'il était à propos que j'avertisse en secret le comte de Gubernatis de cette résolution, afin qu'il ne se laisse pas tromper par des gens qui par des intérêts particuliers lui parlent differemment de ce qu'ils pensent et de ce qu'ils disent à moi et à S. A. R. monseigneur, et qui ont toujours été si mal intentionnés qu'ils veulent présentement lui paraître l'être bien et qu'ils le sont peu en effet : je les connais mieux que lui, c'est pourquoi je l'en ai averti et vous écris afin que s'il vous en écrit quelque chose, vous sachiez le fondement que vous y devez faire.

XVI.

Lettera della duchessa di Savoia alla regina di Portogallo.

Di Torino, 29 dicembre 1682.

Nel volume manoscritto, Memorie della Reggenza di Madama Reale, *esistente negli archivi generali del regno.*

J'ai lu à S. A. R., mon fils, votre dernière lettre par laquelle vous m'avez fait connaitre que l'accomplissement du mariage de nos enfants était impossible, et je lui ai demandé sur vos désirs son consentement pour le rompre, il me l'a donné avec peine, extrèmement surpris du procédé irregulier qu'on tient à son égard qui lui parait bien opposé à la sincérité de ses intentions et à ce qu'il se promettait des autres. Le duc de Cadaval après nous avoir assurés tous deux en qualité d'ambassadeur extraordinaire qu'on ne prendrait aucune résolution jusque au printemps, et que la flotte reviendrait alors infailliblement si S. A. R. se portait bien, après nous avoir remis des lettres de monsieur le prince régent qui nous confirmaient les mêmes assurances devait se souvenir de sa parole et de celle de son maitre, lorsqu'il a formé le dessein de précipiter toutes choses et de décrier publiquement et d'une manière injurieuse la complession d'un jeune prince dont il a reçu toutes sortes de bon traitements, et que lui même a reconnu pour son souverain. Le temps détruira les raisons secrètes qui font agir ceux qui ont peut-être des intérêts séparés de ceux de l'Etat. Nous avons fait remettre au sieur Barreiro la réponse au mémoire qu'il nous a présenté, et nous ordonnons au comte Degubernatis d'y répondre encore et de prendre ensuite congé pour se rendre auprès de nous, après avoir fait embarquer l'écurie de S. A. R. et retiré tout ce qui lui appartient, à quoi je ne doute pas qu'on ne se règle sur ce qui se pratique toujours sur cette sorte de dégagement, et qu'on ne mette nos sujets à couvert des insultes dont on semble les avoir menacés, et qu'on ne saurait tollérer sans violer les droits des gens. Voilà, ma chère sœur, tout ce que j'ai la force de vous dire sur la disgrâce qui empêche notre plus parfaite union et qui me pénètre de la plus vive de toutes les douleurs : je pleure notre malheur commun, je plains, monsieur le prince, ma nièce et votre royaume. Tous y perdent également; l'un un fils capable de le consoler de n'en avoir point: l'autre un mari digne d'elle; et le Portugal un prince dont les aïeux ont vu naître plusieurs monarchies, et qui par ses qualités personelles jointes au rang qu'il tient dans le monde aurait pu porter la grandeur portugaise plus loin qu'elle n'a jamais été. Je me soumets, ma chère sœur, comme vous, aux décrets impénétrables de la Providence qui laisse triompher en cette occasion la malice des hommes, peut-être pour notre plus grand bien, je suis sûre de votre cœur, ne doutez pas du mien qui ne cessera jamais d'être à vous.

XVII.

Circolare inviata ai ministri di Savoia all'estero per loro significare la rottura del matrimonio.

Archivi generali del regno, luogo citato.

Monsieur,

Vous recevrez dans cette lettre un avis aussy nouveau que peu attendu dans le monde. C'est celuy de la résolution que LL. AA. RR. ont prise de rompre le traité de mariage qui avait été conclu entre S. A. R. et la Sérénissime Infante de Portugal. Je commencerai donc pour vous dire qu'il n'est pas possible de vous exprimer l'ardeur, les empressements et les soumissions que monsieur le duc de Cadaval, premier ministre du Portugal, a témoigné à LL. AA. RR. pendant le séjour qu'il a fait icy. Il a mis en usage toutes sortes de soins et d'expressions pour les persuader de la fidélité de ses services, et il y

avait réussy autant qu'il pouvait le souhaiter. Au temps de son
départ il redoubla ces démonstrations de zèle et affecta une
extrême impatience de voir S. A. R. à Lisbonne et de revenir
icy pour l'accompagner dans son voyage, et il en donna non
seulement sa parole positive, mais encore celle qu'il pouvait
donner comme ambassadeur au nom du prince son maître.
LL. AA. RR. ont répondu à ces démarches par tous les témoi-
gnages de gratitude et tous les favorables traitemens qui sont
ordinaires à leurs généreuses bontés, et luy ont fait des présents de grand prix ainsy qu'aux principaux officiers de l'armée navale.

Vous serez étonné d'apprendre présentement que ce même
duc de Cadaval à peine a eu mis pied à terre à Lisbonne qu'il
y a répandu le bruit que la santé de S. A. R. était absolument
ruinée, et qu'elle ne pouvait sans miracle se remettre des maux
habituels que sa complexion avait contracté, et a si fortement
imprimé cette idée dans l'esprit de la reine et du prince régent
qu'il les a persuadée que pour assurer la succession du Royaume il devaient rompre ce mariage et chercher un autre prince.
Il est constant que rien n'est plus faux que cette impression,
et le ministre même de Portugal qui est en cette cour et tous
ceux qui voyent S. A. R. sont témoins que ses forces sont parfaitement rétablies, et sa santé confirmée. Mais comme la même
cause produit quelques fois des effets opposés, M. R. qui avait
traité ce mariage par la passion qu'elle a toujours eue pour la
gloire et les avantages de son fils voyant présentement que le
Portugal cesse de répondre à ses empressemens et ne reconnaît
pas assez combien ce mariage luy était aussy glorieux et avantageux, elle a refusé d'écouter les représentations qu'on luy
voulait faire que les suppositions du duc de Cadaval ne se pouvaient pas soutenir et tomberaient d'elles mêmes puisque la
fausseté en est manifeste, et que la reine et le prince mieux
éclairés de la vérité reprendraient sans doute leurs premiers
désirs sur cette affaire, que d'ailleurs S. A. R. avait en main
les droits qu'elle a acquis par les fiançailles contractées qui luy
fournissaient une opposition légitime et valable pour empêcher
toute autre mariage avec l'Infante, mais n'écoutant que les
conseils de son cœur et ceux de sa grandeur sans déférer à pas

un, en ce elle ne s'est appliquée qu'à persuader S. A. R. de rompre ce mariage sans délay et en expédier un courrier exprès à Lisbonne pour en porter l'avis. C'est présentement au duc de Cadaval à penser inutilement aux moyens de réparer en faveur du Portugal la perte d'un si grand prince qu'il a causée à ce royaume-là par ses conseils, pendant qu'il restera toujours à S. A. R. la gloire que tous les états dudit royaume expressement assemblés ayent d'une commune voix révoqué en sa faveur la loy de Lamego qui en est la fondamentale. Qu'une armée navale soit partie de Lisbonne et soit venue au port de Villefranche où elle a séjourné pendant plusieurs mois pour l'attendre. Que le duc de Cadaval luy même le seigneur de Portugal le plus considérable accompagné de plusieurs grands du premier ordre ayent rendu à sadite A. R. dans sa cour des devoirs qu'ils ne rendent qu'à leur souverain. Aussy il restera dans les etats florissants à dire de ses sujets fideles et affectionnés au delà de tous les peuples du monde et regardé comme le plus grand party qui soit présentement dans l'Europe et qui peut le mieux par sa personne et par son esprit aussy bien que par son rang rendre une princesse heureuse. C'est cè que j'ay bien voulu vous faire savoir et je suis, etc.

XVIII.

Abbozzo della lettera da inviarsi al personaggio incaricato di manifestare al marchese di Louvois, ministro del re di Francia, l'avvenuto sull'imprigionamento del marchese di Pianezza e del conte di Druent.

Archivi generali del regno.

Je fus avertie sur la fin du mois d'octobre passé que le marquis de Pianesse faisait détourner S. A. R. de l'accomplissement de son mariage avec l'infante de Portugal par le moyen du comte de Druent, son neveu. Je ne donnai pas beaucoup de

créance à ce premier avis, quoique j'eusse été informé presque
au même temps qu'un prêtre prisonnier depuis six mois avait
déposé que le comte de Druent l'avait sollicité, et lui avait
fourni des mémoires pour écrire une lettre à S. A. R. contre son
mariage, qu'il s'était servi dans la même vue de lui prêtre et
de quelques autres qu'il croyait sorciers et magiciens pour se
rendre maître de la volonté de ce prince, et que le marquis de
Pianesse avait agi secrétement pour empêcher que ce prêtre ne
parla. Le comte de Druent continua dans la suite d'insinuer
beaucoup de choses à S. A. R. contre moi et le gouvernement
présent, croyant d'avoir ébranlé son esprit il lui fit le projet de
se séparer entièrement de moi, proposant en même temps la
manière de l'exécuter, qui était que S. A. R., feignant d'aller à
la chasse se rendit à Turin, qu'elle écrivit d'abord deux lettres
l'une à un officier des gardes du corps pour l'introduire dans
la cittadelle, l'autre au marquis de Pianesse pour l'appeler
auprès de sa personne et le faire son premier ministre.

Cette proposition persuada S. A. R. que le comte de Druent
pouvait agir de concert avec le marquis de Pianesse, avec lequel
il avait une étroite liaison et des entretiens secrets de plusieurs
heures tous les jours, et surtout la nuit, qu'il passait presque
entière avec lui. Cette pensée donna plus d'horreur à S. A. R.
de la trahison qu'on me faisait, et il vint me la découvrir d'un
bout à l'autre. Je fus d'abord éloignée de la croire, considé-
rant le marquis de Pianesse comme la plus fidèle de mes créa-
tures. Néanmoins je priais S. A. R. de continuer la négociation
afin de m'éclairer sur une verité si importante. Ce jeune prince
suivit mes instructions avec beaucoup de discrétion, et continua d'écouter les propositions qu'on lui faisait. Non seulement
le comte de Druent le sollicitait chaque jour, mais le marquis
de Pianesse même lui parla deux fois exagérant beaucoup plus
contre moi que le comte de Druent n'avait fait, et pour couvrir
son jeu il venait d'abord avec empressement me rendre compte
en apparence de l'entretien qu'il avait eu avec S. A. R. ; mais
c'est par là même que je verifiai sa tromperie ; car il ne me di-
sait que des bagatelles dont j'étais convenue auparavant avec
S. A. R. qui lui dirait de me faire une fausse confidence. Enfin
le marquis de Pianesse après avoir confirmé à S. A. R. tous les

projets du comte de Druent, il la pressa pour l'exécution, il en
marqua le jour, et lui donna pour première instruction de faire
fermer les portes de Turin dès qu'elle y serait entrée, et de ne plus
me voir, mais de me dire adieu par lettre. Il lui fit remettre la
minute de cette lettre et des autres qu'elle devait écrire au roy
très chrétien, aux ministres et aux magistrats, pour leur donner part de sa résolution, et afin de porter plus promptement
S. A. R. à se déclarer, il alla deux fois à Turin et lui fit dire
par le comte de Druent qui l'attendait tout le jour chez lui sans
sortir, comme en effet il le fit démeurer enfermé contre sa coutume avec sa femme et le père Provane, jésuite, confesseur de
la marquise. Il préparait en même temps plusieurs personnes
de la Cour au changement qu'il méditait, leur disant que S. A. R.
s'éveillait beaucoup et prenait un air à vouloir être lui maître.
La perfidie étant ainsi avérée, mon fils et moi seuls sans le conseil de personne résolumes de faire arrêter le marquis de Pianesse, faisant réflexion qu'il ne pouvait avoir d'autre vue que de
nous perdre l'un par l'autre, et de boulverser l'Etat. Ce qui me
détermina à ne plus différer fut l'entretien que S. A. R. eut
avec le marquis de Pianesse le même soir qu'il fut arrêté, car
il le pressa vivement et fixa l'exécution au lendemain, ayant
fait venir son équipage à deux heures de nuit, comme monsieur le marquis de la Trousse l'a appris de son écuyer, dans le
dessein probablement de se retirer si S. A. R. reculait ou refusait de signer le papier; ce même soir après cet entretien avec
S. A. R. le marquis de Pianesse demanda à me parler selon sa
coutume, je l'entretins près d'une heure, et je lui fis mille que-
stions pour le convaincre à reconnaître sa faute et à me la découvrir; mais comme je le vit obstiné à me tromper, je ne chan-
gai rien à l'ordre que j'avais donné de l'arrêter, et il fut executé
à la sortie de ma chambre.

On a trouvé parmi les papiers du marquis de Pianesse deux
lettres qui confirment une partie du détail de sa perfidie, l'une
est du comte de Druent et l'autre du père Provana, jésuite.
Monsieur le marquis de la Trousse a vu les origineaux de ces
deux lettres et des autres que S. A. R. devait copier... J'ai cru
lui devoir donner une copie de cette relation exacte que j'ai
fait moi-même, parceque la chose s'étant passée entre S. A. R.

19

et moi, personne n'en peut écrire fidèlement les particularités:
je le prie d'en faire l'usage qu'il jugera à propos, et surtout
de l'envoyer à M. de Louvois, car je suis bien aise qu'un si
grand ministre, que je compte pour le meilleur de mes amis,
soit informé, et qu'il informe aussi le roy des raisons qui m'ont
obligée d'arrêter les mauvais desseins du marquis de Pianesse
par un juste châtiment, puisque je n'ay pu le gagner par toutes sortes de bienfaits.

XIX.

Lettera di M. R. Giovanna Battista al marchese Felice Ferrero
suo ministro a Parigi.

Di Torino, 9 gennaio 1683.

*Archivi generali del regno — Francia, Lettere Ministri,
masso 113 — Registro di lettere di M. R.*

Marchese Ferrero. Accusiamo con questa la riceuuta di due
vostre lettere peruenuteci la prima in data delli uentinoue, e la
seguente delli uenticinque del caduto, questa per uia dell'ordinario, e l'altra con una per S. A. R. mio figlio amatissimo col
ritorno del corriere straordinario speditomi immediatamente
doppo la detentione delli marchese di Pianezza e conte di
Druent la quale teneuamo per certo fosse per souraprendere
costì l'animo del re e de' ministri massime del signor marchese
di Louvois al segno che ci scrivete, mentre S. M. e questo ministro molto ben informati delle obbligationi grandissime che
ci doueua il predetto marchese di Pianezza e di quanta stima e
confidenza uenisse honorato da noi non poteuano se non diffi-
cilissimamente persuadersi una tanta ingratitudine, pure questa
è manifesta, nè il signor abbate Di Estrades e'l marchese della
Trousse ponno niegare ciò che uedono chiaramente con gli occhi proprii e toccano come si dice palpabilmente con mano.

Onde vogliamo credere che un così gran Re detesterà ben longi dal scusare un simile tiro in un suddito tanto beneficato, et acciò che ui consti più euidentemente d'un attione possiamo dire così nera ui mandiamo la copia d'una lettera originale del padre Agostino Provana giesuita, ritrouatasi fra quelle del marchese di Pianezza, dalla quale uedrete che non si pnò riuocar in dubbio la trama cui il medesimo padre ritrouatosi qui in casa del marchese di San Tommaso in occasione che ui si portò il signor de la Trousse non potè negare il fatto, anzi confessò che il marchese di Pianezza gli parlò il sabato diecinuoue del passato, ch'egli fece la lettera la sera, che la parte di cui si fa mentione in essa siamo noi, che il vecchio è il gran Cancelliere, e che il negotio doueua secondo il dettaglio seguire da lì a due giorni.

Il marchese di Pianezza poi ha detto al signor di San Martino che il conte di Druent poteua ben rompersi il collo quando era uenuto da bagni, e che non si sentiua d'altro colpeuole che d'essere intrato nel di lui progetto, soggiongendo che l'haueua confidato al padre Prouana il quale è stato relegato d'ordine nostro nel collegio di Ciamberì, dove si regolarà la di lui condotta nel modo che si conuiene, sendoci contentata di non passare ad ulteriori dimostrationi contro di lui in gratia del carattere che porta, e della religione. Il che tutto deduciamo alla uostra notitia acciò ue ne ualliate come stimarete a proposito per rendere S. M. e li ministri ben impressi del uero, e che in questo fatto non u'è concorso nè alcuna cabala, nè alcun motino particolare, ma il solo reato de' delinquenti, procurando sempre a tutto potere di portar l'animo grande della M. S. e quello de' ministri pieni di rettitudine a non interessarsi in un affare che dene parer loro come ad ognuno detestabile.

Veniamo hora al particolare di cui ci scrivete in ordine al matrimonio di S. A. R. mio figlio amatissimo con l'infanta di Portogallo, e come haurete uedute le risolutioni prese di dar pienamente le mani al discioglimento di esso non resta che di render riuerenti e uiuissime gratie a S. M. come desideriamo che facciate in nome di S. A. R. e nostro della protettione che la M. S. si è degnata di dare a questo negotio e della generosa esibitione che fa di continuare quando lo stato di essa lo ad-

mettesse, e nello stesso tempo accertarete S. M. (a nome nostro
e di S. A. R.) che non si prenderà alcun impegno di matrimonio
per S. A. R. senza la partecipazione e gradimento della M. S. sotto
il cui glorioso riparo uogliamo uiuere e perseuerare a tutto potere di meritarlo, e come si tratta hora di negotio finito basta
d'hauer accennato che la uenuta dei Francesi possa essere stata
in buona parte la cagione senza rittoccar più nè questo punto
nè quello della lega.....

XX.

**Lettera del Re D. Pietro di Portogallo a Vittorio Amedeo II
duca di Savoia.**

Di Lisbona, 17 novembre 1683.

Archivi generali del regno — Portogallo, Lettere Principi.

Meu Irmāo. Em doze de setembre proximo passado foi Deos
seruido leuar pura sy a el rey meu senhor e Irmāo, e porque a
grande confianca que tenho no animo de Vossa Alteza Real me
faz preciso parteciparlhe a cauza deste meu sentimento lho si-
gnifico por esta carta segurando a V. A. R. que nas occaziōe
que se offerecerera procurarei sempre darlhe contentamento.
Deos guarde a V. A. R. como dezeio.

Escrita em Lixbôa a 17 de nouembro de 1683.

Bom Irmāo de V. A. R.

El Rey.

XXI.

Altra dello stesso alla duchessa di Savoia.

Di Lisbona, 15 marzo 1684.

Archivi generali del regno, luogo citato.

Senhora Irmâ. O anno passado enfermou a Rajaha minha sobre todas muito amada e muito prezada mulher como V. A. R. terà ja entendido fuisse aggrauando o mal de maneira que nuo tendo bastantes os grandes e efficazes remedios comque se procurou a talhas foi forendo recorrer a preces e oracôes emque esta Corte e todos meus vassallos mostrarao o grande amor que tenhao a raynha que com admirauel constansia e piedade christâa se conformou com a vontade diuina e em segunda feira ao mezodia vinte sete de dez° do anno passado passou agozar da Bema-Venturanca fez testamento com todo osocego de animo e nello selembrou do grande amor que tina a V. A. R.

Mando a Francisco Pereira da Silua q. in assistio nessa Corte que com esta minha carta signifique a V. A. R. a minha penna esperando que V. A. R. me assista com a quello affecto que ella pode e que sempre mereci a V. A. R. Deos guarde a V. A. R. como dezeio.

Escrita em Lisbôa a 15 de m. 1684.

Bom Irmâo de V. A. R.

EL REY.

XXII.

Relazione dell'ambasciata di Portogallo
falta...... probabilmente dal marchese di Dronero.

Archivi generali del regno.

ALTEZZA REALE,

Non posso nè compiere al mio debito, nè soddisfare al mio desiderio nel riferire a V. A. R. lo stato del regno e della corte di Portogallo, perchè il mio breue soggiorno colà e l'essere stato malamente secondato dalla salute mi hanno impedito di ricauare quelle informationi che potrebbono accreditare la mia attenzione pel seruitio di V. A. R., che supplico umilmente di gradire quel poco che mi è vanuto fatto di risapere, e che porto riverentemente alla sua notizia.

Il regno di Portogallo è piccolo ma fertile ed opulento. La sua lunghezza è di cento leghe, la sua larghezza di trenta. Contiene molte città fra quali Lisbona sedia dei Re, Coimbra et Euora famose per le loro uniuersità, Braga e Braganza, ducato, Eluas, Guarda, Miranda, Lamego, Viseu, Porto, Portolegro, Setubal, Portocale e Baza, rinomate per li suoi bagni. Numera tre arciuescouati e dieci vescouati, tutti posseduti da Fidalghi. La Chiesa è ricchissima ascendendo le rendite d'essa a quattro millioni. Quelle della commenda a ottocento milla crociati. Queste sono della spedizione del principe, e suol con esse ricompensare i seruizii della nobiltà cui, per essere molto povera, sono di gran sussidio, sendoui tal famiglia che da parecchie generazioni non sussiste che coi loro soli prouenti onde si rendono come creditarii, e s'eternizano in dette famiglie. A questo pare uoglia opporsi il pontefice come che non possa il principe disporre de' beni ecclesiastici che in vita de' nominati ad essi, il che quantunque paia ferire la sua autorità produce però questo buon effetto, che dà luogo d'accrescere il numero dei beneficati con far girare a pro di tutti quel bene ch'oggi resta inchiodato a fauore di quei soli che ne sono proueduti.

Le rendite del regno che consistono nelle gabelle, dogane e tasse delle uettouaglie sono da dieci in dodici milioni di cruciati, che eguagliano a cento venticinque e ventotto milioni di liure: una parte però è alienata, parte fu dimembrata dalla politica spagnuola, parte consumarono le guerre seguite dopo l'incoronamento del Re D. Giouanni, e parte ne diminuì egli stesso, la cui prodiga liberalità imitata dal Re Alfonso e dal prencipe D. Pietro, presentemente regnante, fa che più poco ne gode.

Sono dirette le rendite dalli tre vedadori delle finanze. Queste cariche, per essere egualmente d'onoranza e d'emolumento considerabili, sono sempre possedute da più cospicui cauaglieri del regno che san farne il loro profitto.

S'applicano le medesime al mantenimento delle piazze e della soldatesca, il cui zelo non riguardando alla tenuità delle paghe e della disattentione con cui si sodisfano, è sempre affettuosa ed esatta al seruizio. L'infanteria assoldata consiste in sette o otto mila huomini, divisa in reggimenti, il cui commando è commesso tutto ai fidalghi. La caualleria ne farà da ottocento in mille, di questa sei compagnie, di quella due reggimenti stanno sempre in Lisbona, distribuito il rimanente nelle altre piazze.

Esenti da ogni imposizione le terre e le persone, altra grauezza non prouano que' popoli oltre le accennate gabelle e tasse de' uiueri che la sola contributione delle decime, che solamente nelle contingenze delle guerre s'essigiscono sopra tutti i beni. Benchè i regni ne' climi più caldi e quelli a' quali per mantenere e conseruare i paesi conquistati conuiene mandar huomini alle loro colonie, sogliano essere per ordinario spopolati, il Portugallo però non l'è a proportione quanto la Spagna, non ostante ch'ogni anno n'escan ben mille huomini che andando all'Indie e al Brasile, alcun mai più non ritorna. Nientedimeno sarebbe opera non men necessaria che utile a loro re lo studiarsi di accrescerne la populazione. Il regno è per costituzione monarchico: le sue leggi fondamentali sono in tutto vantaggiose ai re, e questi assoluti come in Francia ed in

Spagna. Possono a lor noglia intraprendere guerre, e stabilir pace e tregua, e imporre tribnti a popoli senza che abbiano a prenderne conoscenza gli stati, per li quali dopo l'acclamazione del Re D. Giovanni gli hanno ed egli e i successori onorati con aner molto riguardo per loro che solo si raddunano d'ordine dei re e per intenderne i noleri.

I titoli del Re di Portogallo sono re di Portogallo, Algarve di qua e di là dei mari dell'Affrica, signor di Guinea, della nauigatione e del commercio d'Etiopia, d'Arabia, di Persia e dell'Indie, dominio vastissimo e perciò mostruoso anendo in riguardo alle membra picciolissimo il corpo. Tutti i titoli che dona il Re sono grandi, e ne pnò crescere a sno arbitrio quanti ne vuole. Di presente s'annonerano un duca, none marchesi, qnarantacinque conti, tre visconti e un barone.

Questi osseruano fra loro preminenze e anzianità del titolo con quest'ordine, primieramente i dnchi, poscia i marchesi, conti, visconti e baroni, e nella cappella ciascun siede con qualche distinzione dagli altri secondo il proprio grado. Ancora gli arcinesconi e vescoui sono grandi: quelli ultimi de' marchesi, questi primi de' conti.

Il Brasile è assai fruttnoso, abbondantissimo di zuccaro e di tabacco. È un grandissimo paese dell'America meridionale, diviso in quattordici prefetture, conta nouecento leghe di costa e cento e cinquanta di dentro. In tanta vastità di paese si dice non ne sia più di quindici mila portoghesi nativi che dominano con dispotica autorità.

Dall'Indie e dall'Affrica ne contano di giurisdizione al Portogallo quattro mila leghe di costa i cui pronenti non sono che di dieci per cento delle merci che se n'estraggono. Nell'Affrica il Portngallo possiede il regno d'Angola del quale è tributario il regno di Congo, se ne ricavano i Negri che seruono con molto profitto negli nffizi bassi a portughesi, e negli edificii di zuccari nel Brasile con quotidiano miracolo della diuina prouidenza, poichè impiegati in ciascun edificio da dncento cinquanta negri, sono qnesti comandati da pochissimi portnghesi, che nel castigarli allorchè mancano procedono con tanta seuerità che li ridncono anche talnolta alla morte, nè v' ha esempio che si sien mai rinoltati.

Il Mozambico confina col Monomotapa, oue s'incomincia introdurre il commercio dell'oro. Dopo la perdita di Zeilan occupata dalli olandesi dominando la Spagna, l'Indie sono anzi d'aggrauio che d'utile a portughesi consumandosi i natiui di questo regno nel munir le fortezze che guardano qualche costa, e che oramai si tengono più a titolo di grandezza che di profitto, assorbito questo dalla necessità del loro mantenimento. La città di Lisbona, che uogliono conti da cento cinquanta mila anime circa, è delle più belle e delle più ricche città dell'Europa. È capo del regno, e arciuescouado: distinguesi come Roma in sette colli alle riue del Tago in amenissimo sito sotto un clima (al riferir de' pratici) umido e caldo, temperato però dall'aria che ui spira continuamente, e si conuerte bene spesso in vento assai tollerabile, lasciando placido detto clima con maraviglia che tre pessime cagioni tra loro contrarie producano un ottimo effetto.

La nobiltà non è molta, non contandosi più di quaranta in cinquanta i ceppi ueramente nobili, propagati in rami diuersi e in molte case. Cagione della sua piccola quantità ne sono le scorse guerre e l'essere passato molto in Spagna al tempo della dominazione di questa doue sono rimaste. Non v'è segno che distingua il plebeo dal caualiere, il quale d'animo alteroso e superbo suol trattare quello con istrapazzo. È geloso conseruatore della chiarezza del sangue, onde mai non lo macchia con disuguale o inferiore parentado. La nobiltà s'è mostrata propensa al matrimonio di S. A. R. senza che io possa accertare se per effetto d'inclinazione o di politica. Non così la plebe (particolarmente al mio arrivo) che non sa dissimulare, nè saprei se per opera de' Fiorentini che l' ha abbagliata coi tesoii, o dal genio naturalmente auuerso con indifferenza a forastieri.

La corte non è senza aderenti alla Spagna, non mancandoui spagnuoli in Portogallo, nè portoghesi in Spagna, e tutti co' loro fini. Quelli per auer un sicuro ricovero, questi per que' vantaggi che ne potrebbon riceuere se mai s'unissero le due Corone, come si uan figurando riuscibile: onde sopra tutte le fazioni è potente quella di Spagna. Ne sono parziali molti do' grandi, de' ministri e del popolo, ne' cui animi non uien meno l'affetto per quella corona di ciò che molte famiglie ancor uiuono de' suoi beneficii. Perciò, benchè la Spagna abbia dopo quarant'anni perduto il dominio del Portogallo, non lascia di dominare l'affetto de' beneficati e di molti altri cui la possibilità della sudetta unione de' regni fa sperare o il conseguimento di quelle fortune che ancor non hanno, o l'accrescimento di quelle che già possedono. Queste viuenti benchè sepolte disposizioni benissimo conosciute in Spagna tengono talora in esercizio gli animi a macchinare, onde non è men necessaria la uigilanza e l'applicazione ai re di Portogallo per mantenersi la sovranità di ciò che sarebbe facile il perderla con la disattenzione a cagione della situazione del regno, della grande frontiera che ha da guardarsi, della scarsezza degli huomini, e della prossimità del potente uicino, la trascuratezza del cui gouerno benchè paia che di presente escluda il timore d'ogni attentato, può uenir tempo in cui reso più accurato sia altrettanto in istato di nuocere, quanto appena hora è sufficiente a difendersi. Il Re Alfonso sta a Cintra distante per quattro leghe da Lisbona, è custodito più per formalità che per necessità, non auendo nè partito, nè forze, nè uolontà. Il primo distrutto dalla morte, dall'esilio e dall'essere passati molti con loro uantaggio al seruizio del principe, l'altro infiacchito dall'infermità stando sempre a letto paralitico ed immobile d'una parte, e l'ultima priua d'attitudine col senno, come ne fan pruoua le passate vicende da lui sofferte senza riscuotersi. Non appetisce che mangiar e bere, nel che fare se gli fosse conceduto a sua uoglia sarebbe già morto, sì come non è più che mezzo uiuo: ma la pietà e l'affetto del principe che l'ama quanto se stesso non gli lascia somministrare che l'alimento bastante a conseruargli senza nocumento la uita, della quale si fa conoscere ueramente sollecito e con le uisite che gli fa fare e con i medici da cui in ogni occorrenza d'infermità è con esattezza seruito.

Il principe D. Pietro, che a 26 d'aprile passato compiè i trenta tre anni, è di statura che tanto manca alle maggiori quanto un poco oltre alle mediocri, basta ad essere perfetta, regolato nelle membra e proporzionatamente quadrato, con che ha libera e disinuolta l'azione, agile il corpo, robustissime le forze, d'occhi grandi, di volto assai lungo, che ritondo e colorito di bruno oliuastro, l'aria insieme dolce e maestosa con

che inspira egualmente venerazione ed amore. Alla disattenzione con la quale è stato educato supplisce la bontà della sua
naturalezza contrasegnata da una grande applicazione al gouerno e da nna somma pietà nella religione, adempiendo egualmente le parti di buon cristiano e di buon principe. È propen-
sissimo a' religiosi de' quali son talora sì piene l'anticamere
che paion chiostri, ed hanno libero a lui sempre l'ingresso. Il
conoscimento della sua dilicatezza in fatti di coscienza cagiona
che molti di essi si uagliono della sua pietà per loro fini, essendo pochi quelli affari che con la suggestione d'uno scrupolo
o non conseguiscano o non distruggano come torna loro più a
conto. Moltissimo inclina alla caccia nella quale come nel rimanente è indefesso. Vi riesce sì destro e uigoroso che bene
spesso confidato nella propria robustezza non teme ad affrontar
solo un toro che vittoriosamente combatte. Ama con singolarissimo affetto la Regina, per la quale ha meritamente tutta la
possibile defferenza, e con tenerezza infinita l'infante che fa le
delizie del suo cuore. I più forti e migliori cacciatori come con-
geniali hanno la miglior parte nella sua grazia, e fra questi
D. Giouanni d'Alincastro, commissario della caualleria d'Estremadura, e D. Giouanni Galue. suo scudiero. Non si scorge che
habbia fauorito dichiarato: ma il marchese di Fronteira, se
non ha di privato il nome ne gode gli effetti con tal predominio d'ascendente sopra il suo spirito, che con credito d'ogni
altro maggiore conseguisce ogni grazia. È distinto nel suo
affetto il duca di Cadaual per l'assomiglianza di genio e per
l'affinità, benchè in grado rimoto. Ma se questi è famigliare
appresso lui per simpatia, il Fronteira è potente per autorità.
Si compiace il principe più della solitudine che del conuersare
benchè non si sa se ciò faccia per genio o per consiglio di coloro che uogliono esser soli della sua confidenza. Patisce di
distillazione, detta colà stillicidio, indisposizione cagionata
non da interna mala costituzione, ma dal clima che la rende
uniuersale.

Della Regina non può discorrersi senza pregiudicarne la
grandezza delle sue doti, le quali meglio che da ogni più grande
eloquenza possono raccogliersi dalla prudenza, ingegno e virtù
con cui ne' passati auuenimenti s'è regolata, e tuttavia si regola

di presente in tanti e sì rilevanti affari, trionfando egualmente del caso e dell'inuidia. La pietà singolare, l'affabilità, la magnanimità, il zelo per la giustizia, la generosità in dimenticarsi le offese, la distinguono in tutto per quella grande eroina del nostro secolo, che sola può fare paragone con V. A. R. che natura fa dignamente primogenita.

La serenissima infante, degnissimo parto di sì gran madre, è una perfettissima idea della più uiuace bellezza che la natura habbia formato sopra la sfera d'ogni altra: l'esteriore auuenenza però del uolto non agguaglia la beltà interiore dell'animo e benchè sia nata sì gran principessa, molto più deue alla natura che alla fortuna.

Il Consiglio di stato lo compongono dieci caualieri dei primi del Regno che ui siedono conforme l'anzianità dei titoli: consulta tutti i posti di guerra e di corte. Le consulte sono portate al principe dal segretario di stato, alle quali ha per lo più la bontà di deferire, non sendo solito d'interuenire ad esse non più che la Regina, se non è per cose graui.

Il duca di Cadaval, seguendo la predetta anzianità, tiene il primo posto in consiglio, è maggiordomo maggiore della regina e generale della caualleria. È molto distinto in quella corte pel titolo di duca e per l'attenenza ch'egli ha col principe di cugino, benchè, come s'è detto, d'un grado lontano. È il più zelante e il più affezionato ai seruizi della corona che s'abbia la corte. Non sa che sia interesse. Natura gli ha dati mediocri talenti che tiene estremamente soggetti a uoleri della regina, la quale l'ha in quella stima che merita lo stato e la fedeltà sua. Così ancora il principe che seco tratta molto familiarmente ha tutta l'aura del popolo dal quale è insieme singolarmente riuerito e amato. Il suo uiuere è assai moderato più di quello potrebbe conuenire alla sua condizione alla quale si uolesse togliere ogni superflua pompa di uestire e di portamento. Fors'egli è di genio così sommesso per l'umiltà e la gelosia e l'inuidia che suol sempre nutrire nelle corti la distinzione. Il marchese di Gouea di casa Silua, maggiordomo maggiore del principe, primo posto della corte e del regno, presidente del disimbarco del passo che corrisponde all'ultimo consiglio d'appellazione è il grado di presidente a quello di gran cancelliere. Egli è huomo di grande capacità e accortezza, d'origine e di genio spagnuolo. Onde i ministri di Francia sogliono auere nell'istruzioni di non trattar seco della sua propensione a quella corona. Non ha prole e finisce in lui la sua casa. Vive ritirato per esser molto auanzato nell'età. A cagione delle sue molte infermità i suoi nemici prendono occasione di motteggiarlo di mancanza di senno.

Il marchese di Fronteira di casa Mascaregna è un de' camerieri del prencipe, e de' tre veadori delle finanze e mastro di campo generale dell'Estremadura. Due solamente sono i cameristi e assistono di continuo al principe una settimana ciascuno. Questo grado è dei più riguardevoli della corte e di grandissima conseguenza.

Ve n'era in maggior numero che il principe ha uoluto restringere a due cessando di più farne a luogo di quelli che con la morte andauan mancando. È uno de' caualieri più scaltri e più manicosi di quella corte, di bell'aspetto, di sublime intendimento e di grande facondia. Onde non è merauiglia che s'abbia guadagnato l'animo del principe, la cui uolontà pare uincolata al suo arbitrio.

La splendidezza della sua casa lo dichiara d'animo generoso ; ma i suoi nemici lo tassano d'interesse e di grandi capacità. Comunque ciò sia ha con la sua maniera trouata la via di farsi nel breve spazio di dieci o dodici anni più di trenta mila scudi di rendita cresciuta ora notabilmente col priorato del Crato tenuto sempre da' prencipi della real casa e dallo stesso principe don Pietro auanti il suo matrimonio. A questo beneficio molti erano competitori, e di quelli pure che poteuano meritarlo a quali è stato preferito con grande euidenza di fauore dalla defferenza che il principe ha fatto di lui.

Non è molto ben ueduto dalla nobiltà che suol sempre scarseggiare d'affetto coi fauoriti. Nel matrimonio della serenissima infanta ha efficacemente appoggiata la Toscana col suo partito forte per le grandi alleanze. È in tutto opposto alla regina che seco dissimula di saperlo tale con prudenza veramente degna d'ammirazione e con la quale ha superato ogni ostacolo in grandissimi affari. Ha sette titoli in sua casa. Quello di marchese non è successiuo ma conceduto dal principe a lui solo in sua vita. Successivi sono quelli del contado della Torre portato dal suo primogenito e del contado di Cogolino posseduto dal secondogenito entrambi ammogliati e dotti benché altieri e superbi. D'età sarà vicino a cinquant'anni, è robusto di forze e stretto di grande amicizia con monsignor Nunzio Durazzo, e per tener celate le loro segrete intelligenze si servono del mezzo di Cesare Ghersi. Sembra di genio francese ed è molto propenso alla Spagna come nell'aggiustamento del frangente del Brasile ha fatto conoscere. Il marchese di Ronchas di Casarosa di presente è ambasciatore appresso il re d'Inghilterra.

L'Inquisitor generale D. Verissimo d'Alincastro è pure del Consiglio di Stato ed arciuescouo. Huomo di non istraordinarii talenti; ma buon prelato esercita il tribunale dell'inquisizione con indipendente e assoluta autorità, e si è rigorosissima la giustizia massimamente contra li cristiani nuoui. Così chiamansi quelli che discendono da ebrei. Ve ne sono talora alcuni tra questi che occultamente e interamente professano il giudaismo.

Per estirpare tal setta e impedire il progresso è senza esempio la seuerità con cui si procede con quelli che ne sono in sospetto : bastando che sien singolari i testimonii per essere condannati (1). Loro è insoffribile tanto rigore, ond'è che si hanno portate doglianze al pontefice adducendo d'auerlo sperimentato troppo eccessiuo in alcuni processi i quali auendo egli ordinato che fossero trasmessi a Roma come che noleua prenderne conoscenza per esseruisi mostrato renitente l'inquisitore n'ebbe sospesa l'autorità che tuttauia continua (nonostante che si sian poscia mandati) con grandissimo sentimento de' cristiani vecchi e veri portoghesi che vorrebbero per ogni

(1) L'Inquisizione in Portogallo terribile siccome in Ispagna desolò lungo tempo quel regno. Introdotta da Giovanni III qual freno contro i nouatori, fu temperata da Giovanni V e quasi spenta da Giuseppe I per opera del celebre suo ministro marchese di Pombal. Nei tempi da noi descritti era ancora nel massimo suo vigore. In una lettera del conte Degubernatis scritta li 5 maggio 1688 probabilmente alla marchesa di S. Tommaso così si esprime in proposito : « Domenica prossima si celabrerà quini con grande solennità l'atto della Fede quale si comprouerà (come si dice) con dare alle fiamme alcuni di questi christiani nuoui. A me basta di hauerne ueduto uno in Madrid dove la ceremonia si terminò col ridurre in cenere uentidue di quei miserabili. » (Archivi generale del regno, Lettere del presidente Degubernatis.)

conto estirpata la setta. Cacciati gli ebrei di Spagna regnando iui Ferdinando il Cattolico riffuggiaronsi in Portogallo.

Nel tempo del re Emannelle douendo questi passare in ultimo matrimonio con la sorella di Carlo Quinto imperadore non uoleua ella prestarvi il consenso se prima non era purgata da quella setta il regno. Connenne però a qnel re di scacciarli restringendo ad un mese il termine con libertà di restarui a quelli che auessero uolnto abbracciare la cattolica fede, come segul di molti.

Era grande il loro numero onde perchè non si dispopolasse il regno fu persuaso il re dal Consiglio di ritenere i figliuoli non maggiori di sette anni per fargli ammaestrare nella cristiana religione come fu fatto. Da questi e da quelli che s'erano fatti cattolici discendono coloro che sono detti cristiani nuoui i quali oltre al non essere in alcuna stima, nè poter possedere verun posto sono in disprezzo massimamente della nobiltà.

Luigi Souza arciuescouo di Lisbona e capellan maggiore fratello del marchese da Ronchas è prelato d'egregia indole che alla chiarezza del sangue e alla sublimità del grado ha degnamente accoppiate integrità di costumi e dottrina eccellente. Il conte di Valdereis tiene il posto di apposentator maggiore corrispondente a quello di gran marescial che sopraintende agli alloggiamenti, è dei più vecchi consiglieri di Stato, huomo di buon gindicio che riconoscendo la fortuna della sua casa dalla Spagna si mostra molto inclinato forse per gratitudine a qnella Corona. Il conte di Villarmaggiore camerista del principe e veadore delle finanze è huomo di molta capacità, e S. A. l'honora di grande confidenza.

Monsignor don Emanuel Pereira altre volte domenicano ora segretario di Stato è soggetto di tntte quelle virtù che si desiderano in un buon prelato e di tutte le qnalità che si richiedono in un ottimo consigliere del prencipe. Netto d'ogni simulazione, d'ingenui costumi, di perfetta dottrina è capace dell'ufficio ch'egli esercita di segretario ed ogni altro del regno, è stimato assai da S. A. e da S. M. alle cui parti sinceramente aderisce.

Era già segretario di Stato il Correr, benchè egli abbia poco doppo rinunziato a tal carico si è però riseruati i negozii di Roma per li quali va solamente a Corte standosene per altro a villeggiare in campagna.

Il conte di Hericeira il gionane, di casa Menezes, veadore delle finanze sopraintendente alla marina ed alla moneta, è dotto e famoso per la sua historia, di spirito uiuace e intrigante. Sul principio si mostrò poco favorevole al matrimonio di S. A. R., ma sul fine fu guadagnato dalla regina, per mezzo della moglie cui S. M faceua grazia di molti fauori (1).

Fra i ministri de' principi forestieri si annouera primo monsignor Durazzo nunzio apostolico che già da otto anni si tiene in quella Corte : soggetto di molta stima e degno di tutti quegli onori onde suol riconoscere i meriti la Santa Sede, è di tutta quella capacità di dottrina, di prudenza e destrezza nei negozii, e di quella pietà e bontà d'animo che più si desideri in un ottimo ministro d'un Sommo Pontefice e della Chiesa. È legato a *latere*: però esercita grande giurisdizione in quella città e in tutto il regno. Vanno al suo tribunale tutte le cause degli ecclesiastici. Con le sue cortesissime maniere si è conciliata la beneuolenza di tutta la Corte e della città benchè nel caso tra gli Spagnuoli e i Portoghesi abbia data cagione di quella diffidenza alla regina. Ma egli forse in ciò ha parzialità per la Spagna per essere Genouese e perciò amico del duca di Giouenazzo che da Genoua pure riconosce la sua origine e fors'alquanto auuerso alla corona di Savoia. Io però non ho mai scorto in lui se non sentimenti di sommo rispetto e venerazione verso le persone e case reali benchè m'abbiano alcuni voluto far credere ch'egli abbia ripugnato o non sia stato propenso al matrimonio di S. A. R. Vero è che egli tiene segreta intelligenza col marchese di Fronteira, onde si vedono spesso in aperto e più souuente in occulto per uia di Cesare

(1) Omette qui l'autore della relazione fra le principali dignità di accennare a quella di *Merrigno Mor*, equivalente a gran giustiziere, uficio che conosce tutti i delitti commessi dagli oficiali della Corte, tenuto nei tempi descritti dal conte di Palma di casa Mascarenhas ; a quello di *Reposteiro Mor*, che vuol dire gran maestro della guardaroba reale, già occupato dal conte di Castelmelhor ; a quello di *Monteiro Mor*, cioè generale delle caccie posseduto da Manuel di Melo.

La carica di *Camereira Mor*, cioè di dama maggiore, ai tempi di Maria Elisabetta fu tenuta dalla duchessa di Cadaval, e dopo la morte di questa, dalla marchesa di Jorem sia dell'Infante.

Ghersi genovese, negoziante ricco in quella città per leuar ogni sospetto che potessero dare col uisitarsi troppo frequentemente.

Il presidente d'Aupede ambasciatore del re cristianissimo è di tutte quelle parti più riguardevoli che si vogliono per sostenere con decoro il nuouo carattere di cui è freggiato. Di sua professione ha sempre atteso alla facoltà legale, però non ha quelle cognizioni che non si possono acquistare che con la lunga esperienza delle Corti. Non si è troppo bene introdotto nella città di Lisbona, nè a quella Corte, auendo ricusato di ceder la mano a fidalghi che furono a dargli la ben uenuta in nome del principe, darla a grandi eccetto al duca di Cadaual, ma si risolse poi di darla a tutti quelli che si coprono auanti il principe. Ha medesimamente incontrato poco bene per li trattamenti pretesi di sua moglie, dama assai bella e manierosa, di spirito uiuace e grande, laonde sicome le prime azioni son quelle che fanno più profonda impressione negli animi, così non si crede ch'ei sia per conseguir soddisfazione della sua ambasciata con quella nazione tenacissima delle offese specialmente di quelle che toccano il merito e la stima. E in questa di cui si parla ui sono interessati i grandi in modo che oue non si risolve di dar la mano indifferentemente a tutti i fidalghi si stima che non sarà uisitato da alcuno. Ne aueua scritto in Francia e ne attendeua con ansietà la risposta per sapere più accertatamente la maniera di regolarsi.

Alla mia partenza da quella città non era peranche stato visitato nè lui nè la moglie. Meco ha trattato con ogni eccesso di ciuiltà e l'ho riconosciuto buon caualiere ben inclinato verso V. A. R. delle quali parlandomi sempre non proferiua mai se non sentimenti di grandissima venerazione, protestandomi sempre che in ciò faceua l'espresso uolere del suo re il quale dall'istesso occhio che i propri riguarderebbe sempre gli interessi di V. A. R. e in tutte l'occorrenze l'assisterebbe. Il duca di Giouenazzo ambasciadore straordinario del re Cattolico per dar soddisfazione al principe di Portogallo sopra il seguito nel Brasile trouò al suo arriuo molto inaspriti contra Castiglia i Portoghesi; ma egli con la sua destrezza ha saputo in pochi giorni guadagnarsi gli affetti usando di grande ciuiltà uerso i nobili e di generosità con tutti massimamente co' poueri ai quali spargena abondanti elemosine. La stima ch'egli si è acquistata e la soddisfazione che ha data al principe, alla regina, a grandi e a tutta la città fanno credere ch'ei sia per rimanere a quella Corte ambasciadore ordinario sino all'arrivo di S. A. R. in Lisbona ed alla consumazione del suo matrimonio. Io non parlo delle sue qualità assai ben note alla Corte di V. A. R. dove per lungo tempo ha dati saggi d'essere caualiere di tutte quelle condizioni che possono accompagnare il lustro della sua ambasciata. In Lisbona però molto gli ha profitato la scarsezza di ciuiltà usata verso la nobiltà dall'ambasciatore di Francia.

Il signor di Guinezaue inviato del re Cristianissimo che staua in sul partire nel tempo medesimo ch'io feci uela da quella città è stato a quella corte sei anni continui. Non v'ha negozio della corona di Portogallo di cui egli non abbia minuta e precisa notizia parlandone così fondatamente come se non hauesse fatto alcun altro studio maggiore. Dotato di quella uiuacità di spirito che è naturale a' Francesi è alquanto però leggiero, ond' è facilmente trascorso a dar dispiaceri alla regina da cui ebbi onore d'intendere le giuste cagioni ch'ella più nolte ha auuto di dolersi de' portamenti di quel ministro che poscia è stato con suo poco vantaggio necessitato a sincerarsi e dar soddisfazioni a S. M. di certe relazioni mandate di lei in Francia senza alcun fondamento. Con la nobiltà però ha usato sì belle maniere che se ne porta seco la beneuolenza di tutti. Io ho tutte le ragioni di lodarlo e di lodarmene per li buoni trattamenti che ho riceuuti anche in particolare. L'abbate Masserati inniato di Spagna già sono molti anni che si ritrova a quella Corte. Io non saprei che discorrere con fondamento non auendolo praticato ma ueduto ; dalle notizie però che me ne sono state date tengo ch'egli sia huomo di spirito e di buon giudicio, bene attento e sollecito a tutto ciò che riguarda il seruizio del suo re in quella Corte. Il non essere egli natiuo spagnuolo e perciò senza quell'alterigia che è naturale a quella nazione gli è di molto vantaggio. Imperocchè con la sua sommissione conciliandosi la beneuolenza di tutti quelli con cui trattaua gli riuscì totalmente a disegno il servir bene alla corona di Spagna con soddisfazione del principe.

Gl'inuiati d'Inghilterra e d'Olanda non sono soggetti di grande capacità nè di tanta considerazione a quella Corte onde s'habbia particolarmente a discorrere di loro. Meco hanno trattato amendue con ogni ciuiltà che potesse obbligarmi a tutti qne' termini di corrispondenza che ho nsati nel render loro le uisite.

I Fiorentini non hanno in Portogallo alcun ministro dichiarato. Il banchiere Genorio console di quella nazione aueua comperato molte aderenze a prezzo d'oro, sì che grande e numerosa era la loro fazione. La maggior parte de' religiosi teneuano le parti di qnel duca per uia de' quali han dato fuori scritture e seminate uoci perniciosissime: l'opinione commune era che il marchese di Fronteira tenesse rigorosamente il loro partito. La regina però ha noluto persuadere il contrario dicendomi che egli era anzi stato inclinato al maritaggio di S. A. R. con la serenissima infanta. Ma questo può anche essere un effetto della grande generosità della Maestà Sua che norrebbe seruire a tutti anche a'nemici e confermarsi al genio del principe che intende che S. A. R. sia ben persuasa della propensione del marchese a tutto ciò che riguarda il suo matrimonio e il seruizio e il decoro della sua corona.

Il confessore del principe è gesuita confidentissimo del marchese di Fronteira che perciò regola il principe e ne possiede lo spirito.

Il confessore della regina è il padre Pommerau pur gesuita succeduto al padre Ville. Qnesti ha usato meco di grandi ceremonie e mi ha dimostrato esser bene affetto a V. A. R. parlandone con sentimento di tutta venerazione.

De Granges console de' Francesi è ben ueduto per hauer seruito nelle passate guerre in posto assai considerabile nella caualleria e per essere di cortesi e generose maniere. Pare però che nel matrimonio di S. A. R. non abbia fatti conoscere fanoreuoli sentimenti.

Il Ghersi genouese già banchiere famoso, ora lasciato in apparenza il negozio al fratello, tiene posto nel Consiglio del tabacco: l'essere pecunioso gli cresce la stima e fa che il principe se ne serue in più occorrenti.

Nel rimanente il paese è bello e fertile quanto si possa

desiderare pel diletto e per l'uso. E se pure manca di qualche cosa non è che gli manchi la disposizione per produrla, ma l'applicazione degli abitanti naturalmente trascurati in coltiuarlo, bastando ciò solo per renderlo tutto abbondantemente fruttifero.

La nazione è ardita, ualorosa e guerriera. Non inclina però alla guerra offensiua, nè mai ha pigliato le armi che per difesa o per religione: si è manifestato questo suo principio nell'ultime emergenze tra Francia e Spagna non unendosi alle sollicitazioni di quella, non ostante che con la ragione d'una lega offensiua e difensiua gli offerisse grandi uantaggi con maggiori speranze di probabili acquisti. Che naturalmente non sia portata d'affetto per gli stranieri non pare però tanto aliena dagli Spagnuoli nè punto dagli Francesi. Lo persuase la uenuta del duca di Giouenazzo che seguita in tempo di un' animosità qual potea esser quella cagionata dal seguito nel Brasile non si vide alcuna di quelle odiose dimostrazioni che s'osservarono quando auuenne l'affare del cavaliere di Lore, perchè da molti Francesi che si trouarono in Lisbona pur intesi da poi che conuenne spacciarsi per Sauoiardi per non esser soperchiati dal popolo. Da questo possono VV. AA. RR. arguire quanto saran ben ueduti i suoi, sicome S. A. R. sarà riceuuta come trionfante di tutti gli animi, da' quali è egualmente aspettata con pienezza di uoti che dal principe, dalla regina e dalla serenissima infanta con impazienza di desiderio, non hauendo oggi di nulla più a petto che di manifestarle nella disposizione di quanto può contribuire alle sue soddisfazioni l'infinita tenerezza de' luoro cuori, altrettanto interessati ne' suoi compiacimenti, quanto ogni fedele suo suddito nell'accrescimento delle sue glorie e grandezze.

FINE.

INDICE

CAPO IV.

311

DOCUMENTI

www.ingramcontent.com/pod-product-compliance
Lightning Source LLC
Chambersburg PA
CBHW060542030726
47498CB00004B/1288